深牢大狱

海岩 著

浙江人民出版社

图书在版编目（CIP）数据

深牢大狱 / 海岩著. -- 杭州 : 浙江人民出版社，2017.3

ISBN 978-7-213-07951-1

Ⅰ. ①深… Ⅱ. ①海… Ⅲ. ①长篇小说－中国－当代 Ⅳ. ①I247.5

中国版本图书馆CIP数据核字（2017）第057685号

深牢大狱

海岩　著

出版发行　浙江人民出版社（杭州市体育场路347号　邮编310006）

责任编辑　钱　丛

责任校对　张谷年　朱志萍

封面设计　林　丽

电脑制版　书情文化

印　　刷　河北鹏润印刷有限公司

开　　本　700毫米×980毫米　1/16

印　　张　28

字　　数　370千字

版　　次　2017年4月第1版

印　　次　2017年4月第1次印刷

书　　号　ISBN 978-7-213-07951-1

定　　价　49.80元

时间是什么？

时间是无论行走多远都将回到起点的一个圆周，还是永远不会重叠的平行之线？

——作者问

心中的梦想
——代总序

我二十多岁时开始进行业余文学创作，断断续续，全凭兴之所至。有时三五个月写一个长篇，一蹴而就；有时数年投笔，不着一字。概括来看，我的写作不过是为丰富个人业余生活且偶尔为之的一种自娱自乐，因此连“业余作家”的称号都有些愧不敢当。我经历中的正式职业是士兵、警察、企业干部和其他，这些职业提供给我的环境，与文学相去甚远。多年以来，我身边甚至连一个够得上文学爱好者的同事都没有。如果在办公室里突然和人谈论一下文学，你自己都会觉得酸腐和神经，至少不像谈足球什么的那么自然。

文学确实越来越曲高和寡了。在20世纪50、60、70年代曾经延续或爆发过的那种对小说、散文和诗歌的狂热，以及由这狂热所虚构的文学的崇高地位，已是依稀旧事。大众获得知识和信息的渠道，早被电视、电影、电脑之类的时髦传媒统治起来，便捷得令人瞠目。埋头读书不仅枯燥乏味，而且简直有些呆傻的嫌疑。社会与时代愈演愈烈的物质化和功利化倾向，也促使许多人渐渐远离了自己的精神家园。有多少人还在固执地爱着文学呢？

因此，也很少有像我一样在企业界做到高职还在为没能圆了作家梦而时时遗憾的人了。当个职业作家是我自小的志愿。不仅这个志愿没有实现，而且自小学四年级因故辍学后，我就几乎再也没有进过任何一间课堂，也未再参加过任何系统的学习。一个现代都市人连小学毕业的文凭都没有，一直令我为之汗颜。前些年，知识界有几位前辈对作家中的非学者化现象发出批评，更使我掩面过市，真的怀疑自己在作家和企业家这一文一武两个行列中，都是个滥竽充数者。

没受过多少教育也能混入文学界，是我多年以前偶然发现的秘密。把个人的见闻、经验、阅历，甚至道听途说，敷衍成章，稍稍绘形绘色，便成了小说。再把人物的内心独白变成动作和表情，重新分分场景和章节，小说又成了剧本，似乎一切都那么简便易行。文学固然神秘，但薄得就像一层窗户纸，一捅就破，一破就变得任人亲近。尽管我是一个俗务缠身的人，在众人眼里，几乎没有思考和写作的时间，但这些年，连小说带剧本，居然能完成近三百万字的作品。有人不免惊讶和疑心，或恭我废寝忘食、艰辛刻苦，或贬我用秘书捉刀代笔。他们都不知道，文学对我来说，其实犹如思想和呼吸那样自然、随意和快乐。

当然，文学是有优劣文野之分的。像我这样从自己的精神需要出发，依据生活印象和想象妄自涂抹的小说，当然不可能成为上品和精品。何况有些作品明显沾染了当代人流行的浮躁，一看就知道是速成的东西。我所占的便宜，是从小喜欢听故事，听罢又喜欢卖弄给别人，经此锻炼，摸到了几处推波助澜、一唱三叹的窍门。可惜我的性子有些急，所以小说里的那些故事常进展得太过仓促，以致不能尽情展开人物的面貌和情致，当然更谈不上文笔的灵性和深奥。而我的写作又多是于每晚睡前，书成之后，不免总能让人看到字里行间的困乏潦草，如此我也就不敢在文学上有什么目标和抱负，在文学圈里则把自己归为“票友”，聊以自嘲。

读者当然能看到，我的目光总是留恋着那个激情时代，青春的纯情、浪漫、率真、挚爱、狂放不羁，甚至苦难，都是我倾心向往却终不可得的。因为我们被太多现实的烦恼纠缠着，有时会忘记了人的本质。烦恼皆由欲望产生。和我的成长年代相比，20 世纪 90 年代的各种物质欲望实在是太泛滥了，令人在精神上感到无尽的失落。而我抵抗这种失落的武器，就是让笔下的人物充满人文主义的情感，他们的错误，也因他们的单纯而变得美丽！于是，这些作品的风格貌似写实、贴近生活，实际上都是些幻想和童话，读者喜爱的人物几乎都理想得无法存在。而以我的成见，文学既可以是生活实景的逼真描摹，也可以把生活瞬间地理想化，诱发人们内心深处的梦想。有许多在现实中得不到的感受、做不到的事情，却常常令我们憧憬一生。也恰恰是那些无法身体力行的境界，才最让人激动！

在这些作品中，警察是我最热衷表现的人物。与其说是缘于我对警察生活的熟悉，不如说是我对这个职业的迷恋。在和平年代，很少能找到另一种职业比它更酷！这个职业就像一个引力强大的“场”，有一种深刻的向心力在凝聚着你，使你即使远离了它也依旧恋恋不舍地想再贡献点什么。

谨为序。

海　岩

篇　首

我给你讲一个故事。不是编的，那是我耳闻目睹甚至亲身经历的一段故事，关于一个人的命运，或者，关于他的爱情。

我也是这故事中的一个角色，先不告诉你我姓甚名谁。除我之外，这故事中还有一些人的来龙去脉、身份面目，也恕不预示，到时候再说。

关于故事的篇首我曾思谋良久，反复揣摩该从何处进入。最初我计划先从庞建东说起，他从十六岁考入警校就开始了他的刑警之梦，三年中专又加两年大专，走出校门却被分到监狱管犯人去了。管犯人与庞建东的人生理想相去甚远，而且既辛苦又枯燥，还要耗时劳心，远不及当一名智慧而又勇敢的刑警那么风光传奇。但庞建东没有办法，他爸妈都是平头百姓，找不到任何门路助他实现人生梦想，不管学校把他分到什么单位，他都只能老老实实地到那儿应卯值更。工作对他来说首先不是事业，更不是乐趣，而是一个谋生的差事。

他不像人家刘川，刘川虽说父母双亡，但父母给他留下了一笔蹦着高花都花不完的家产，这份差事人家爱干就干，不爱干抹脸就走。就是什么都不干，人家刘川也照样锦衣玉食！

最让庞建东感到难堪的是，他那个干文艺的野蛮女友因为在一部电视剧里饰演过一名警校女生，所以对刑警的铁血豪情一直情有独钟。于是庞建东从上警校起就一直跟她吹牛，说他学的就是刑侦专业，以此来拴住女孩的芳心。可惜庞建东上的这所警校，就是定向培养狱警的，他大专毕业后，注定要分到监狱局去，监狱局又把他分到了天河监狱，天河监狱又把他分到了一个普通的监区，监区又让他当了一名管号队长。队长虽然也带“长”字，但在管教干部中实际上什么都不是。刚分到监区的新民警都是队长，队长其实就是最小的兵。庞建东在他女朋友面前曾试图美其名曰：他现在当的是一名司法警察。可他女朋友早就心知肚明，她笑着对他说：“我知道，不就是狱卒嘛！”

你看，这个故事如果从庞建东讲起，就扯上了他的女朋友，就扯远了。后来我决定还是先讲老钟。老钟是天河监狱的狱政科科长，后来又去当了遣送科科长和监区长。遣送科和监区过去都叫大队，科长和监区长过去都叫大队长，所以干警们叫老钟还习惯性地叫他钟大。从钟大讲起也许是我的一个下意识的选择，因为他是我有生以来最崇敬的人物之一。论年龄老钟虽然快“知天命”了，但在庞建东这批年轻人眼里却无疑是个偶像。这并非因为他是司法系统的部级先进人物，而是因为他日常的行为举止、为人处事，不仅坦诚磊落，而且让人看着哪儿都舒服。而且，老钟过去让几个蒙面人绑过，绑匪至今没有抓到。幸亏老钟那天夜里自己从三楼跳了下来，才逃过这劫。单从这件事情来看，也能看出老钟脑门上那些深刻的皱纹里，该是藏了多少故事。

不过从钟大讲起也容易跑题，讲钟大就必然要讲科里监区里的那些工作，管教生产和生活卫生之类的，并不是这个故事的主题。我要讲的这段生活，是关于一个人的命运，命运无常啊！是关于年轻人的爱情，年轻的爱情总是美丽多姿！没有爱情的故事，还叫故事吗？

于是，我最终决定，抛开这故事中所有的人物，先从一件事上讲起，这件事就是刘川陪他奶奶安葬他爸。人死之后，骨灰安放本是一项常规的丧葬程序，形式大于内容，但刘川父亲骨灰安放仪式的场面，给人的印象却极其深刻。形式到了那个分儿上，也就变成了内容，足以成为整个故事恰如其分的开始。

一

庞建东事前不可能想到，刘川陪他奶奶安放他老爸的骨灰，能有这么大排场。

庞建东家住的地方，离慈宁公墓不算太远，他跟刘川关系不错，听说刘川要去慈宁给他老爸竖碑立墓，就跟过来帮忙。

他的警校同学小珂也一起来了。小珂是个女孩，爱玩，名义上是过来帮忙，实际上就是玩来了。小珂说她长这么大从没见过什么是正经的墓地，想象中的墓地就跟个清净的公园差不太多。

这慈宁公墓真的像个公园，苍松翠柏，亭台连陌，庞建东虽然住得近，也从没进来过。如果不是参加刘川老爸这个入土为安的仪式，恐怕等他死了以后，也是进不到这里来的。这里最小的一块墓地，据说也要二三十万大洋。更何况刘川老爸的这块墓地，是块夫妻合葬的大墓，价值几许庞建东想都不敢去想。

刘川的老爸是个大款，经营广告公司起家。当年最早出来干广告这行的都算顺应了风水，虽不像做证券投机和房地产那样一夜暴发，但也不过五六年的工夫，就基本完成了资本的原始积累。刘川老爸下海冒险的时候，刘川的奶奶还在一家国有大厂工会主席的职位上没退休呢，那家工厂没有停产关门的时候，工会主席按规定享受副厂级待遇，平时还有一辆半新不旧的奥迪，一天到晚充当刘家的专驾。公有制的各种待遇刘川从小就沾光。所以，在庞建东看来，刘川最合适了，从小到大二十来年，可谓左右逢源、路路皆通，在哪一个所有制里都是风光占尽。

可不是吗，刘川的奶奶已经退休十年，出外入内，还是前呼后拥，国家配的奥迪没了，人家反倒坐上了奔驰。今天跟来建墓的那些西装革履的家伙，个个坐着豪车！都是刘家的部将。他们衣着体面，面目庄严，毕恭毕敬地围在刘川和他的奶奶的前后左右，在墓碑前默然伫立，哀悼如仪，让庞建东和小珂看得一愣一愣的。

刘川相貌风流，性格简单，表面看还像个孩子，平时常和庞建东他们打打闹闹，一点看不出他在外面能让人这么隆重地簇拥着。

庞建东和刘川、小珂他们，都是去年年底分到天河监狱工作的学生，庞建东分在一监区，小珂分在生活卫生科，刘川分在遣送科。大家年龄相仿，个性相投，又是同一批来的，所以工作之余聚多离少，特别是庞建东和刘川，上厕所都爱互相叫着。庞建东跟小珂同窗多年，已经很熟，跟刘川新交不久，正在新鲜。刘川并非来自警校，他是从公安大学毕业的。庞建东老问刘川："你应该去搞刑侦啊，怎么分到我们这荒郊野地来了？"

刘川也不知道自己怎么就阴差阳错，分到这个荒郊野地来了。

这事要怪还是怪刘川的奶奶。

刘川的人生道路，从小到大，皆由奶奶一手规划，他奶奶即便在儿子的公司如日中天，家里的财富滚滚而来的时候，依然对铁饭碗式的固定收入保持着恒久不变的心理依赖。她甚至对孙子从小衣来伸手，饭来张口、出则名车，入则豪宅的生活倍感忧虑，认为孩子总有一天将毁于不劳而获的物质享乐，变成一个四体不勤、五谷不分的废物。再说，万一打仗怎么办，万一来运动了怎么办，刘川经受得了吗？刘川的生存能力实在太差！老太太的大半生都在此起彼伏的政治运动中度过，而且那个年代，战争的威胁是年年讲、月月讲、天天讲的。所以刘川中学一毕业，就被奶奶指定报考了军校和公安院校，在军校和公安院校之间，刘川选择了后者。刘川对庞建东和小珂说过，他估计军校的生活肯定比公安院校更加刻板难过。

公大四年，其实也很难过。每天早上出操，晚上点名，想必跟军校也差不太多。而且，还不许谈恋爱。虽说私下也有谈的，但谈得偷偷摸摸，非常不爽。刘川第一年就想退学来着，但奶奶严词不准，老爸于是也就不准。熬到快毕业的时候老爸一病不起，拖累了刘川的毕业成绩，公安部和北京市公安局来学校挑人，看成绩没有挑他，于是被二茬来的司法局挑走了。司法局起初在刘川的想象中肯定是坐机关的，比去公安局还舒服呢，让他暗喜因祸得福。他哪会想到司法局又把他转分到监狱局，监狱局又把他一下子塞到天河监狱来了。

刘川和庞建东、小珂不同，小珂、庞建东从中专就上了警校，据说在警校从中专转大专的时候就被监狱局号上的，跑不了。刘川和监狱局每年招收的那些大学生也不同，那些大学生都是外地的，肯到监狱工作八成是为了拿个北京户口，所以庞建东总是奇怪地问刘川，你怎么到这儿来了？

刘川也说不清怎么就到天监来了，他不好意思向别人承认，是奶奶逼他服从分配的，是父亲临终时嘱咐他要好好听奶奶话的。他十岁以前父亲就这样吩咐他，现在他二十二岁了，还是这话。

刘川刚刚分到天监，父亲就留下这句遗言，撒手走了。刘川为父亲操办后事的那几个月里，隔三岔五地上班。今天，父亲终于隆重地睡进了这块昂贵的墓地，睡在了刘川母亲的身侧，盖棺封土之后，按照奶奶的意见，刘川今天晚上就得回遣送科上班去了。

刘川的科长老钟本来今天也要到墓地来的，但因为要准备晚上的遣送任务，所以没来，只给刘川打了一个电话，把心意表了。刘川知道遣送科这一阵子人手奇缺，所以他已答应科长，一定参加今晚去四川的押解任务。

庞建东和小珂今天都上中班，所以骨灰安放仪式刚一结束就和刘川告辞。刘川留他们一起吃饭，他们说时间不够了，改日再吃吧。庞建东又托刘川傍晚上班前去一趟西客站，接一下他的女朋友季文竹，他女朋友回江苏老家给母亲做寿今天回来，可能行李太多。刘川正好下午有空，而且他也有车。

分手告别之后，庞建东和小珂看着刘川和他奶奶被他家公司那些气宇轩昂的头目前呼后拥，拥到了墓地广场那一溜轿车跟前，他们看到，那些头目的西服统统都是黑色的，那一溜车子也统统都是黑色的，车门开合的声音此起彼伏，然后，车队浩浩荡荡，鱼贯驶出了庄重肃穆的陵园大门，那气势就跟外国电影里的黑手党差不多。

车队扬起的尘土遮住了他们的视线，墓地门前安静下来。庞建东转头看看小珂，小珂也转头看看庞建东，两人似乎都想说句什么，但后来什么都没再说。

他们就上班去了。

也许他们心里想说的就是，现在从陵园赶到大监，还赶得上中午食堂开饭。

在中午开饭的时间，刘川没有吃饭，他和他的奶奶，还有父亲生前最最信任的那位王律师，在奶奶的起居室里，关上门谈了很长时间。

王律师向奶奶和刘川介绍了刘川父亲的遗产情况，所谓遗产，主要就是刘川父亲亲手创办的那家万和公司。

万和公司现有广告公司一家、家具工厂一家、布艺连锁店五家。这几个实体店，是当年万和公司发家的基础产业，过去曾经兴旺一时，无奈风水轮流转，无论是广告、布艺，还是家私，这些年全都沦为做滥的行业，业内互相厮杀、倾轧，彼此斗得你死我活。支撑万和公司的这三项主业，现在无一不是业务萧条，惨淡经营，勉强撑着门面而已。真正给公司大把挣钱的，反倒是前几年才盖起来的万和城这项副业。在刘川父亲作古这年，万和公司的账面总资产共计一亿一千六百万元，百分之八十都是万和城的；账面总负债四千九百万元，也大都是万和城的。总资产减去总负债的净资产，共计六千七百万元，除了万和城的自有资金，其余则都是家具厂和布艺店的房屋土地和一些存货。从万和娱乐城的经营趋势看，靠它本身的收入还清银行贷款，大约只需四年的时间，所以应该说，父母给他们的长辈与后代，留下了一份不错的资产。

现在的问题是，万和的亿万资产，万和的数千职工，今后谁主沉浮？

刘川父亲在世的时候，将万和公司董事长、总裁以及万和城总经理等所有要职，一身兼任，台前台后，事必躬亲，现在突然撒手人寰，公司里里外外的事务，这一阵只能依靠一位副总经理临时应付。万和是家族企业，当然要由家族成员出面主持，刘川父亲的直系亲属当中，除了刘川老迈无力的奶奶，只有刘川独苗一根。所以律师建议，刘川应当赶快辞去公职，进入公司，主持万和的经营大政。

可这时候的刘川，刚刚走出大学校门，还是个没有一点社会经验的孩子，这么早就坐享其成接掌公司，与奶奶对刘川的人生规划完全不同。奶奶一直认为，刘川还需要在艰苦环境下好好锻炼一番，才能最终承担大任。

所以，奶奶在呆愣了几秒钟之后，迟疑地向律师问道："公司的事，刘川也不大懂，他大学刚刚毕业，还需要踏踏实实找个单位工作两年，公司的事能不能先让娄总管着，你也帮帮忙，你们总比刘川有经验……”

律师通情达理，对奶奶托以重任并没动心，他摇头说道：“企业的事，我也不全懂，娄总虽然业务熟，但公司毕竟不是他自己的，他是拿你们的钱干你们的事，这是经营模式中最不靠谱的一种，很容易演变为拿你们的钱干他自己的事，谁又能看得住他？刘川虽然不知道怎么办企业，但他进公司，至少是拿自己的钱干自己的事，公司的钱都是怎么花出去的，至少还能看住。娄总今后可以管管日常业务，公司的重大事项资金往来，还是得你们自己把住。再说，刘川是大学生，人也聪明，如果早点进入公司，用不了几年，这点业务也就全能懂了。”

奶奶看看刘川，刘川也看看奶奶。刘川虽然对当监狱警察并没兴趣，可说实在的，他也讨厌到生意场上去办公司。

奶奶叹了口气。

奶奶一生都很自信、很强硬，可这一口气叹的，把孤儿寡母的那点辛酸无助，那点无可奈何，全都露出来了。

奶奶说：“那好吧。”

这一天的午饭吃得很晚，刘川离家已是午后三时，他没精打采地开着车子，心里说不清是高兴还是郁闷。无论是留在监狱还是进入父亲的公司，离他自己的人生理想都同样遥远。虽然刘川上的是公大，当的是警察，而且从小擅长运动，球类、游泳样样不差，但他的骨子里，其实是个艺术家！他从上中学起就迷上了摇滚，和几个同学合伙弄了个乐队，名曰“呐喊”，他当主唱！虽然他喜欢的歌曲大都属于摇滚中比较柔情和富于旋律的那种，有点类似于“零点”周小鸥的风格，但他们仍然给自己的乐队起了这样一个血脉偾张的名字，好像不如此就不足以抒发那一颗颗年轻而又“愤怒”的心。

“呐喊”一共五人，后来三个上了大学，但除他之外，乐队始终没散。

因为他上的是公安大学，军事化管理、军事化作息、早操晚课，警装加身，再披头散发，衣衫褴褛地和摇滚乐队混在一起，显然不可能了。离开乐队是他一生中第一件痛心的事情，弟兄们原来个个信誓旦旦，表示坚决等他，但后来他们终于又找了一个主唱，比他唱得地道，唱得粗野，只是长相惨了点，但“呐喊”因此也更像真正的摇滚乐队了。

他以前就听音乐圈里的一个混混跟“呐喊”的鼓手说过：“你们那主唱起范儿就不对，他也就靠他那张脸了。”

没错，他们后来也发现了，“呐喊”的拥趸大都不是对摇滚乐着迷的人，而是一帮只迷帅哥的无知少女。

刘川没想到西客站这么堵车，他接上庞建东的女朋友季文竹后，在站前的车流中足足堵了半个小时才勉强绕到了西三环的辅路。

庞建东的女朋友看来真是搞文艺的，那种漂亮和一般女孩是不一样的。身上的穿戴虽非样样名牌，但每个细节都搭配得时尚得体。虽然刘川在中学也“玩过艺术”，但和真正的艺术圈并无实际往来，这个美丽的女孩是他“亲密接触”的第一个明星。尽管他也知道，季文竹在影视圈里不过是个脸都不熟的“北漂”，但他还是兴奋地认为，此时自己身边坐着的女孩，肯定是个未来的新星。

正如庞建东说的那样，季文竹的行李确实很多，大概除了房子、家具之外，日常穿用都从老家席卷过来了，一副誓将北漂进行到底的样子。她坐刘川的车先去了她在航天桥租住的一间平房，在那里放下了大包小包的行李，然后才和刘川一起赶往天河监狱，去找她的男朋友庞建东。

路上两个人聊天，多是女孩开口，先说天气饮食，后问父母兄弟。话题虽说漫无边际，可大都围绕刘川展开——你喜欢冬天夏天，你喜欢辣的、甜的，你家就你一个，你奶奶管你很严，不知是女孩的个性外向还是比刘川更加好奇，她一路的盘问多得密不透风，直到从航天桥轻装出来，才轮到刘川开口反问。

轮到刘川开口，却不知该问什么，想问季文竹多大了，又想女孩的年龄是不许问的。想问季文竹老家气候如何，又想气候她刚才已经说过，仓促间他竟然问了最不该问的：“你怎么喜欢上我们庞建东了？”话刚出口就发觉这个问题非常唐突，万一季文竹理解出“庞建东怎么配得上你”这类弦外之音，岂不毁了他和庞建东的哥们儿义气！

“谁说我喜欢庞建东了？”

季文竹的回答让他更加如芒在背，他结结巴巴试图挽回：“你，你不是庞建东的女朋友吗？庞建东可喜欢你呢，和我说过好多次了。”

季文竹点头承认：“啊，建东对我是挺好的。”想想，又歪过头来反问刘川，“那你说我应该喜欢上谁？”

刘川头上开始冒汗，口中无以为答，心绪和手脚全都乱了方寸，恰逢路口拐弯，于是命该倒霉地和一辆野蛮抢行的出租车剐蹭在了一起。刘川开的是辆崭新的沃尔沃E90，这种车兼有顶级的性能和朴素的外表，是崇尚质量而又不喜张扬的“布波”阶层最青睐的座驾。他的车灯在这场剐蹭中撞碎了灯罩，而那辆红色出租车只不过有些小片的划痕。出租汽车的司机长得又黑又胖，先发制人地把刘川从沃尔沃里拽了出来，咋咋呼呼地和刘川理论责任。以季文竹的看法，刘川明显占理，事故缘起皆为对方违章并线，她从车里下来，本想上前帮腔，忽又想起刘川是个警察，想必无须人多势众。于是兴致勃勃站在一边，且看刘川如何亮出证件，将那胖子好好修理一番。谁料刘川不仅不敢公开身份，反而老老实实地跟在胖子身后，去看他的车子，刚刚辩解两句，就被胖子恶语驳回，最后竟在路人围观之下，乖乖交了三百块钱，换来胖子一脸得意，如此才算“公案私了”。

出租车走了，围观者散去，刘川和季文竹回到车上，彼此无话。刘川发动车子，起步前他转眼看看刚刚认识的这个女孩，掩饰不住一脸的英雄气短。

季文竹也转脸看他，并没给他留下面子，她说：“我还以为，你会让他赔你。”

刘川红了半天脸，强词答辩：“那人多讨厌呀，我可不愿意在街上跟这种人吵个没完，给他点钱打发算了。”

季文竹目光依然停在刘川脸上，她说：“我不明白，既然你家那么有钱，为什么让你去当警察？要当为什么不在城里，非要到城外去看守犯人？”

刘川张了半天嘴，说：“我们家……让我锻炼。”

季文竹笑道：“噢，‘天将降大任于斯人也，必将劳其筋骨，饿其体肤，苦其心智……’后面怎么说来着？”

刘川不敢就茬接话，怀疑季文竹其实意在讥讽，他打断她，说：“我们家已经不让我干了，我今天上了班就去辞职。”

刘川换好警服，走进遣送科科长钟天水的办公室时，老钟正在唠唠叨叨地骂人。

被骂的是刚从生产科调到遣送科实习锻炼的一个大学生，遣送科今晚要把一百多名犯人往四川押送，老钟骂他是因为他一刻钟前突然临时请假。“离出发还有两个小时，你让我到哪儿找人替你！”老钟说，“你以为我这儿还是大学呀，这堂课没事就听听，有事就不听。我这是遣送队！是流动监狱！你们就是监狱的围墙！少一个人就少一段围墙！那一百多犯人走这么远路，跑一个我负不了责任。”

刘川从到天监上班的第一天起就被郑重告之，北京市监狱局已经是连续五年无脱逃、无暴狱、无安全事故、无非正常死亡的“四无”单位，背负着司法系统的荣誉。连续五年！每个干警天天都在默念这句紧箍咒语，无论哪个监狱，哪个监区，哪个科队，谁也不愿这个金晃晃的牌子砸在自己手里。

那大学生比刘川早来一年，虽然一直在生产科坐机关，但这个利害关系应该同样明白。可他还是结结巴巴地解释着自己突然请假的理由——他们家楼上漏水，把他家的房子泡了，他刚刚接到邻居的电话，他家里的人全都不在，只有他能回去，他们家的房子是刚装修的，不赶快处理损失可就大了……刘川从旁听着，觉得理由还算充足，但老钟非但没有一点同情，反倒把话题引向了刘川：

“你们家那点破烂算什么呀，你看看人家刘川，人家家财万贯，放着那么大的一个公司不管，人家开着沃尔沃过来上班。刘川的父亲上午刚刚下葬，人家下午就赶过来参战，今天晚上人家跟你一起走。三十多个小时的火车，吃不好、睡不好，人家今天不去行不行，嗯？可人家去！”

那大学生看了刘川一眼，刘川脸倒红了。从上大学那一阵刘川就是这样，挨批没事，不能夸，一夸脸准红。

大学生愁眉苦脸地走了，老钟还在唠叨，还是夸刘川，数落那小子。老钟似乎特别喜欢刘川，就冲刘川出身豪门还能到监狱当差，老钟就一直把他当个光荣，总是四处宣扬：“谁说现在年轻人不懂奉献，我们大队刘川就懂！”

所以刘川预想到了，当老钟从他口中听到“辞职”二字的时候，该是怎样一种表情——不是愤怒，不是吃惊，不是鄙夷，甚至，也不是惋惜和遗憾，而是一种说不出口的失落和伤痛。“你这算是正式提出来呢，还是只跟我打个招呼，你定了吗？”老钟的话为刘川留出了很大余地，他当然希望刘川的辞职只是一个初步想法，是先来跟他通个气的，那也算死孩子放屁有缓。但刘川没有这样表示，他脸红着，从刚才老钟夸他开始一直红到了现在，他说：“是我奶奶让我辞的，我们家……”老钟说：“你奶奶不是让你大学毕业先好好锻炼锻炼吗，这才几个月呀，起码得干满一年吧。一年也就是一眨眼的工夫。”刘川说：“本来我奶奶是这么想的，可我爸一走，我爸的公司没人管了。”老钟闷了一下，知道无可挽回，点头说：“哦，那倒也是。”

刘川看着老钟的脸色，他不知该用什么话来安慰老钟，先是说了一句实在的：“今天晚上去四川的任务您放心，我会站好最后一班岗的。”说完觉得不够，又说了一句口惠而实不至的，“等将来我爸的公司稳定了，我也许还回来呢……”老钟勉强笑笑，不当真地说：“哦，好啊，回来欢迎。”

长途遣送任务刘川参加过不止一次，他去过河南，去过东北，最远的一次是去新疆。北京至新疆，往返六天火车座席，回来时脸都绿了。刘川还参加过一次去石家庄的短途押运，是坐汽车，走高速公路，和在火车上长途颠簸相比，不那么辛苦。

这一次是去四川，押解的犯人又多，也是个苦活儿。但刘川觉得这次任务对他特别珍贵，像是一场隆重的告别演出，在这场演出中他虽然不是主角，但无疑是最卖力气的一个。这天傍晚五点刚过，他就和遣送科的干警一起，将确定今晚启程的一百一十八名川籍犯人押出监区，押到遣送科的大通道里，在那里点名、编组、搜身、检查行李、查验行李标签、发还罪犯的暂存物品、和每一名犯人核对暂存的钱款账目，然后给犯人开饭，开完饭还要放茅，让犯人把大小便排泄干净以后，再给他们一一戴上戒具。两个犯人戴一副手铐，刑期在十五年以上的，还要加戴脚镣。刘川快速麻利地做着一切，情绪始终高涨饱满，连对犯人的态度，也比平时和蔼了许多。因为有一个犯人提出他的存款账上少了一百块钱，押解行动指挥部的副总指挥、遣送科的副科长老姜又让刘川去核对原始账目，忙得刘川快发车了还没顾上吃晚饭呢。

吃晚饭的时候刘川看见庞建东了，他奇怪地问庞建东：“你不是已经下班了吗？怎么没走，你女朋友呢？”

庞建东一脸无奈地摇摇头，说：“我正要下班，监狱办说有事让我留一下，我只好让我女朋友先走了，结果她刚走没多久，监狱办又说没事了。我打她手机她手机又关了，我先垫垫肚子再说。”

刘川问：“监狱办找你什么事啊？”

庞建东说：“听说是临时抽我参加一个重要犯人的押解任务。”

刘川说：“押解任务？那应该是我们遣送科找你呀，怎么是监狱办？”

庞建东说：“谁知道呢。哎，我刚才在监狱办听你们科钟大说你要辞职了，真的假的？”

刘川说：“我得先吃口饭，要不来不及了，等我从四川回来，咱们再慢慢说。”

人的一生常常碰到一些意想不到的事情，改变你的生活、改变你的路线，甚至改变你的性格。

比如，刘川想不到父母会走得这么突然。虽然他从小是奶奶带大的，与父母相处的时间并不太长，但无论如何，双亲的先后离世还是让他有一种孤儿般的凄凉。尽管他身边还有一个疼他的奶奶，还有一份现成的财富，但在心理上，他还是觉得自己非常可怜。也许正是因为这种心理，刘川对天监遣送大队这份工作、对这个集体、对年龄和他父亲差不太多的大队长老钟，还是感觉格外亲切，在他将要离开的一刻，感觉格外依依不舍。

又比如，今晚。

如果刘川未来的生活路线发生了什么意想不到的转变，如果他今后试图对这种转变追根溯源，那他首先将会想到的，一定就是今晚。

今晚，八时二十分，前往成都的西行列车将从西客站准点出发。晚七时整，夜幕降临，北京天监遣送大队的楼里楼外一片灯火通明，一百一十八名身着灰蓝色囚服的犯人抱着自己的行李，两人一副铐子，被押出了遣送科的楼门，押到了被巨大的探照灯照得通明瓦亮的天监广场。天监的标志性雕塑凤凰涅槃，矗立在广场中央。

这次长途押解行动的代号即为“凤凰”，“凤凰”行动的总指挥是天监的副监狱长老强，他站在探照灯光芒边缘的暗影里，目光镇定，面无表情。四辆用大客车改装的囚车早已发动起来，警灯闪闪，车门洞开，威风凛凛地在操场上一字排列。做好长途跋涉准备的民警们头戴白色警盔，分组立于囚车的前端，弹压着分队而列的四队囚犯。副总指挥姜水运走到队前。他的到位让每一个犯人和民警都意识到，押解行动就要开始。

姜水运用清亮的嗓音喊了一声：“听我口令，蹲下！”

犯人们齐声应道：“是！”同时蹲了下来，因为一手抱着行李，一手戴着铐子，所以蹲得不甚整齐。

姜水运宣布：“根据北京市监狱局的命令，你们将被押往其他监狱服刑，从现在开始，进入非常时期。现在，我宣布几条纪律：一、一切行动必须服从指挥；二、不准扒车张望、不准交头接耳、不准吵闹喧哗、不准擅离或者私自调换座位、未经允许不准起立；三、列车途经村镇或者转弯时，听到低头的命令后，迅速低头，经允许后方可抬头；四、遇事举手报告，未经允许不准擅自行动；五、保持车内卫生，不准损坏车内设施。听清楚没有？”

犯人们虽然统统蹲着，但百余副嗓子的声气依然浑厚：“是！”

姜水运又喊：“注意口令，低头！”

一百一十八个脑袋很整齐地都沉下去了。

姜水运喊：“注意听口令，第一队，起立！”

最边上的两排犯人站起来了，姜水运命令：“上车！”

犯人开始上车，刘川负责最后一队犯人，将乘坐最后一部囚车。他很想用手机给奶奶打个电话，告诉她自己就要出发，但现在不是打电话的时候。这时，他的注意力被一位匆匆从办公区赶来的监狱办的干部牵住，他看见那人在强副监狱长耳边嘀咕着什么，强副监狱长又问了几句什么，然后点了点头，向刘川这边走过来了。

“刘川，你到监狱办去一下。”

刘川愣了一下，说：“这不马上发车了吗……”

强副监狱长面目严肃：“这次任务你不参加了，你另有别的任务。”

刘川懵懵懂懂地随着监狱办的干部出了监区，进了办公楼，那人没把刘川往监狱办领，而是把他领进了一间会议室里。

会议桌靠里顶头，监狱长邓铁山正襟危坐，他的左侧坐着遣送科科长钟天水和监狱的一个老司机杨师傅。刘川只知道别人都叫他杨师傅，具体名字叫不上来。杨师傅的对面还有两个人，刘川不仅叫不出名字，而且面目也很陌生，而且这两个人没穿警服，可以肯定不是天监的干部。刘川分到天监好几个月了，虽说因为他爸生病以致上班上得三天打鱼，两天晒网，但天监的干部和职工差不多都照过面了，连坐在老钟另一侧的两位武警战士，那一对憨厚面孔也已半熟。

果然，监狱长邓铁山先把刘川向那两位陌生人做了介绍：“这就是刘川，刚从公安大学毕业的，跟你们是近亲。”又把那两位陌生人介绍给刘川，“这是东照市公安局的林处长、景科长。”

刘川规规矩矩地敬了礼，双手接了林处长、景科长伸过来的手掌，握了一下，然后按照监狱长的指点，在他们身边的一张椅子上坐了下来。没容刘川琢磨眼前的场面是怎么回事，监狱长便已开口发问：

“刘川，你听说过去年东照市的那起银行金库抢劫案吗？报纸上登过的，有印象吗？”

刘川说：“有印象。”

监狱长说：“有什么印象？”

刘川说：“这案子好像已经破了吧，报纸上登过。”

那位景科长点着头，把话茬接了过来：“对，已经破了，有四个人被我们击毙了，还有一个判了死缓。”

监狱长接下来说：“判死缓的这个罪犯叫单成功，前些天已经从看守所送到我们这儿来了。根据公安部的指示和咱们监狱局的通知，今天晚上要用汽车把这个犯人押解到东照去，我们和你们遣送科商量了一下，决定派你去。”

刘川挺直上身，接令式地点了一下头，心里却疑窦丛生。押解犯人去外地，谁去谁不去都是由科里自行安排，人手不够时，才由狱政科统一调配力量，从来不用监狱长亲自下令，更用不着如此郑重其事地面授机宜。而且，还是这样突如其来地把他从行将上路的“凤凰”行动中拉到这间会议室里，而且，还有那么两位外地的办案刑警莫名其妙地掺和着，这显然不是个一般的押解任务，其中必然另有缘由。

果然，接下来的细节由遣送科的科长老钟做了具体布置：“这次押解任务，代号为‘睡眠’，由你和咱们科里的冯瑞龙一起执行。冯瑞龙已经去办提押手续了，咱们老杨负责开车，配两名武警。你们今天晚上十点三十分准时出发，从紫石口出北京进入河北，大概在明天凌晨三点钟到达清西陵附近的紫荆关。一过紫荆关，一名武警会突发急病，然后你们开车到附近的灵堡村，村口有一间修理厂，你们在那儿把犯人押下车，由你和另一位武警战士就地看押，那位病危的武警战士由冯瑞龙带着，坐老杨的车到附近的涿州市进行抢救。他们走后，犯人可能会要求放茅，不管他是要解大手还是解小手，你们都押他出来，屋子后面有块空地，在那儿犯人肯定要逃跑，他如果逃跑……”

刘川不知道科长何以会如此熟练地说出这么一连串未来的事情，他心里紧张得只剩下本能的反应，他脱口而出：“放心吧科长，我不会让他跑的！”但他的话音未落，那位表情沉稳的林处长开了口，他用比他的表情还要沉稳的声音，断然截住了刘川：

“不，你放他跑，就是在紫荆关以东二十里的灵堡村，你放他跑！”

二

应该说，当刘川从前往成都的队伍中被突然换下，临时受命于这场古怪“睡眠”的一刻，才是整个故事的真正开端。前面关于刘川老爸的骨灰安葬、刘川辞职，以及庞建东和他女朋友季文竹等人物、事件的铺陈，最多只能算一阵零锣碎鼓的垫场。

这一天晚上，在天河监狱的这间会议室里，那位东照来的景科长花了大约四十分钟的时间，向刘川，也向司机老杨和那两位武警，详细交代了行动的细节和各种注意事项。之后他们又对着交通地图和科长老钟一起，进一步确认了行车路线和联络方法。最后，无论是林处长还是监狱长，全都一再严词强调，此次“睡眠”行动必须严格保密，参与任务的每一个人，无论事前事后，都要守口如瓶，如有半点泄露，都将受到纪律惩罚。至于为什么要把这个金库大劫案的要犯设局放掉，领导们谁也没说。当然，刘川他们谁也没问。从刘川走进公安大学的那一天起就被反复灌输的规矩当中，不该问的不问，是最基本的一条。

至于为什么偏偏要选择刘川来完成这个任务，这个“睡眠”开始似乎选择过庞建东，后来突然换下庞建东，匆匆换上了刘川，这当中的原委，我以后再说。

会议室里的秘密会议结束后，刘川又在老钟的主持下，和两名武警，特别是其中那位将要与他一同执行放人任务的山东大汉，彼此熟悉了一番。除了熟悉两位同行的武警之外，还要熟悉一下武警们的微型冲锋枪，刘川在公大多次上过射击训练课，对各种枪械并不陌生。

接下来，大家一起走出会议室，各自分头准备去了。老杨要再一次检查车辆，刘川要帮同行的老民警冯瑞龙一起完成罪犯单成功的提押程序。提押一名犯人和提押一百一十八名犯人的程序完全一样，依然是刚刚做过的那一套工作，除了犯人的晚饭已经开过之外，搜身、检查行李、发还被扣物品、核对暂存钱物、放茅、戴戒具等，一样不少。地点还是在刚刚挤满了一百多名川籍犯人的大通道里。和两个小时以前相比，这时的大通道显得空空荡荡。

罪犯被监区民警押过来的时候，刘川特别留意了他的相貌，他说不清那张面孔上的表情算是冷酷还是慈祥。从收押档案上看犯人只有四十八岁，但脸上的神情却已有了老年人的特征。他个子不高，体格不壮，眼神镇定，不卑不亢。动作略显迟缓，语速不慌不忙，冯瑞龙问什么答什么，既不犹豫，也无赘言，那份沉稳老练，显然不是装出来的。

刘川看他，他也看刘川，只看了一眼，便将目光移去。犯人是不会盯着管教对视的，不会找这份不自在。但那意味深长的一瞥，刘川还是感受到了。也许，刘川想，犯人已经知道，几个小时之后，他将在他面前这个看上去还像个年轻学生的警察手里逃之夭夭。

晚上十点二十五分，犯人单成功被带出了遣送科的楼门。按常规，被判十五年以上的罪犯除手铐之外还要戴上脚镣，但这次，没给他戴上。押出楼门前监区民警不知内幕地提醒了一句：“不戴镣啦？”问得刘川一愣，还是冯瑞龙上来，老道地答了一句："上车戴，上车把他锁在座上。"才算遮掩过去。

刘川押着犯人向广场走去，广场上的探照灯早已熄灭。月光下一辆孤零零的囚车刚刚发动，这辆由依维柯改装的囚车顶部，红蓝闪烁的警灯照亮了周围有限的空间。司机老杨的面色在警灯的旋转中略显紧张，默默地看着他们一行由远而近。

罪犯押至车前，两位荷枪实弹的武警战士，已就位于囚车两端。在司机老杨上车之后，冯瑞龙喝令犯人蹲下，刘川和两位高大的武警立于犯人身后，目视着蹲在下面的那个瘦削的脊背，听着冯瑞龙出发前对押犯做出的例行训令。那训令声在空旷的操场上显得过于单薄，似乎只在人们的耳鼓里稍稍掠过，便被黑暗无边的夜空尽行吸走。

"根据监狱局的命令，现在将你押往东照监狱继续服刑，从现在开始，进入非常时期。现在，我宣布几条纪律……"

囚车在晚上十点三十分准时穿过监区与外墙之间的隔离地带，驶出了天河监狱的最后一道大门。车前的大灯照亮了前方的土路，把土路的坑洼不平显现得阴影毕露。穿过这条半里长的土路他们不再颠簸，悄无声息地从一片居民新区的边缘缓缓驶过，当囚车开上一条开阔的大道之后，车上的气氛和发动机的声音才一齐平稳。但一路上谁也没有开口说话，连平时一向话多的冯瑞龙也只是目视窗外，保持着严肃的沉默。

他们乘坐的这种中型囚车，均由依维柯中旅改装而成。除了用铁栏封锁车窗，车厢内部也加了铁栏隔断。犯人独自坐于隔栏后面，手上加铐，一只脚还用铁链与座椅相连，纵有上天入地的身手，看上去恐也插翅难逃。更有刘川和冯瑞龙坐在隔栏这边，轮流面向后座，监视着犯人的一举一动。两名武警也不清闲，各守一个车窗，一个对内盯住罪犯，一个向外观望沿途路边。

囚车开动后先由刘川值班，他在监视的同时，不禁好奇地端详着犯人的脸面。那张脸被窗外的月光勾勒得阴影凸显，那些起伏的阴影究竟潜伏着多少复杂的经历、多少复杂的故事，一时难以言传。

车子开出北京地界的时间比预计的早了十八分钟，但对计划的进程并无大碍。刘川听到冯瑞龙好几次用手机向“家里”报告他们途中的位置，用一些心照不宣的隐语，表示路上一切正常。夜里两点五十分左右，车子提前从公路一侧的“紫荆关”的路标下快速驶过，一分钟后，一位武警战士突然抱着枪从座位上歪倒下来。

前面坐着的人纷纷惊起查看，刘川听到老冯在喊：“怎么了？怎么了？”听到另一位武警用一口纯粹的山东腔呼叫他的伙伴：“小赵！小赵！”刘川在冯瑞龙背后俯身看到，那位姓赵的武警双目半闭，一脸痛苦，口中发出阵阵呻吟。

老冯说：“会不会是晕车呀，快给他点水喝。”

刘川赶快找来一瓶矿泉水，水刚喝进武警的嘴里，就被他连咳带呛地喷了出来。冯瑞龙先是喊了一声：“哎呀，他脸色不对呀！”又喊，“老杨，先停一下车。”

刘川没有关注武警的“病情”，他侧目观察了一下被锁在后面的犯人。犯人的脸微微抬起，目光阴沉地向这边关注。老冯直起身来，对犯人喝道：“看什么！低头！”犯人面无表情，把头低下。老冯对山东武警说：“咱们把他扶下去，让他透透风。”

囚车在寂静的公路边上停下，四周是漆黑如墨的旷野。刘川被命令留在车上看着犯人，而冯瑞龙、山东人，连同先下车的司机老杨，一起把那个“昏厥”的武警抬下车子。他们在车下逗留了一会儿，嘀嘀咕咕地又议论了一阵“病情”，还给那个战士做了一阵人工呼吸。然后，冯瑞龙就在车下，在离敞开的车门很近的地方，用车上的犯人肯定能隐约听到的声音，向“家里”做了请示。

请示的内容大约是：一名押解战士突发急病，现已陷入昏迷，脉搏似有似无，情势非常危急。从冯瑞龙对着手机频频应声的口气中，车上车下的人都能听出，监狱领导的指示是：救人要紧。于是，刘川看到，冯瑞龙很快挂掉电话，和山东汉子一起，把他的战友又抬上车子，然后和司机老杨小声商量了几句，车子重新开动起来。

一切按预订的计划，极其逼真地进行。三点二十五分，司机老杨把车子开到路边的一个小村的边上。那小村坐落在一片坡地的顶端，坡下是成片的树林。小村的边上，有几间平房，门口堆了些农机、农具，看上去确实像个简陋破败的修理厂。这里找不到任何路牌标志，但刘川心里明白，这就是计划中他们要落脚的那个灵堡村，这片直通树林的狭窄斜坡，就是车上那厮的放生之地!

他们押着犯人下了囚车，冯瑞龙再三催促：“动作快点！”也不知是催犯人还是催刘川。在一连串的催促声中，刘川佯作匆忙，故意把脚镣遗忘在车上，犯人的行李也留在了车上。他把犯人双手反铐过来，押下车子。这时他看到，这个所谓的修理厂不过是几间废弃不用的平房，大门四开，杂物零乱，找不到一个人影，看不到一丝灯光。

下车之后，冯瑞龙把武警小赵的枪支交给了刘川，然后当着犯人的面对刘川和那位山东小伙说道：“你们留下来押犯人，我带小赵去涿州找医院，这儿离涿州近。监狱马上就会派车过来找你们，他们也会通知附近的公安机关，可能很快就会有人来找你们，小刘你把手机开着。”说完，冯瑞龙又冲反铐双手蹲在地上的犯人警告了两句，然后匆匆上车，车开走了。

囚车的声音在浓夜覆盖的公路上很快消失，整个坡地立刻沉入寂静。刘川看一眼身边的山东武警。说了句：“咱们把犯人押到屋里去。”武警心照不宣地点头。

刘川喝令犯人："站起来！"

犯人站起来了，同时应了一声："是。"

刘川命令："进屋。"

犯人向最近的一间房子走去，快进门时，突然站住，说了句："报告，犯人单成功求茅。"

刘川问："大茅小茅？"

"大茅。"

这是计划中早已既定的情节，至此都在按部就班地发生。刘川和山东武警一起，押着犯人绕过房屋，走到了房后坡地的边缘。站在这里朝下望去，是一片杂草丛生的慢坡，慢坡向下延伸到尽头，与一片黑黝黝的树林相连。坡地的左侧，连着这几间小平房的，是一片稀疏不整的村落，夜深人静的时刻，光烛俱灭，鸡犬无声。

刘川知道此处就是犯人脱身亡命的地方，心头不禁怦怦乱跳，他的紧张似乎超过了要跑的犯人。他掏出钥匙，钥匙微微抖着，捅了两次才捅开了犯人的手铐，他没想到犯人会在刚刚褪下手铐的刹那，就毫不犹豫地将他猛力一推，然后脱兔般连蹿带跳地向坡下逃去。刘川被推得趔趄了一下，他下意识地追了两步，随后便代之以虚张声势的高声喊叫：

"站住！站住！"

武警战士也用山东腔吼了起来："站住！站住！开枪啦！"

刘川真的开枪了，"啪啪啪！啪啪啪！"打出两串连射。这是刘川第一次使用这种新型的微型冲锋枪，枪的后坐力比他想象中要大，但枪的响声，却不如他预想的那样清脆，哪怕是在这样夜深人静的荒野，听上去也还是沉闷得让人心慌。

武警战士也随即开了枪，枪是朝天开的，而这时逃犯的身影刚刚淹没于凝止的夜幕和摇动的树林。枪响之后万籁俱寂，只有他们自己的耳朵里，还依稀残留着枪声的回响。

那片黑黝黝的树林似乎也安静下来，风在那一刻莫名其妙地停了。刘川和山东战士呆呆地站在坡顶，半天谁也没有出声，似乎都在倾听林中的动静，揣测犯人逃跑的方向……

树林里没有动静。

刘川的视线渐渐抬起，他这才发觉，今夜的天空无星无月，但他的脸颊和发梢却略挂了一丝星月的凉意，脑子里空空如也。

他也许在想，这是自己身为一名人民警察，完成的最后一个任务，很不英勇，很不壮烈。他退役前的最后一战，是放跑一个杀人越货的通天要犯!

完成任务之后，他们原路回到北京。回到北京之后发生的一切，让刘川哭笑不得。

首先，罪犯逃跑事件在天河监狱的每个角落风一样地传开，每个人见到刘川脸上都不自然。庞建东和小珂等一班年轻的同事都悄悄地问他："怎么回事啊，你怎么没看住呀？"刘川因为被告诫过要严守秘密，所以对一切关切的询问只能以沉默或者懊悔的表情加以搪塞。

他只对小珂多解释了一句："犯人要大便，我就把铐子摘了，我们两条枪，没想到这家伙敢跑。"

小珂说："笨！"

小珂的口头禅就是这个字：笨!

刘川低头，不多说话，到此为止。

接下来自然是大会点名小会批评，刘川自己写了三回检查，一回比一回"认识深刻"。那一阵他在监狱里确实是个灰溜溜的人物，虽然大家都知道他就要退役，但临退之前晚节不保，终归是个极不光彩的事情。

这件事最后的结局连刘川也始料未及，在一连串的批评检讨之后，他被宣布停止工作，专心反省，配合监狱局派来的调查组调查事实，找出症结，分清责任。一个月之后处理结果下来了，刘川被宣布给予辞退处理。虽然冯瑞龙是这次押解行动的负责人，但这个“事故”从情节上说，没有冯瑞龙的一点责任。司机老杨和“病危”武警就更没责任了。那位山东战士是有责任的，但其责任与刘川相比，明显在其次。而武警战士由武警部队依军规处置，也与监狱无关。监狱所能处理的，就只有刘川，辞退已经是最严厉的处理。

处理决定是在全监干警大会上宣布的，宣布时刘川在座。会后他听到有些老同志在背后议论，说刘川这小子算是没救了，惹这么大祸，丢这么大人，这些天居然吃睡如常，大会宣布处理决定时他在下面连一点表情都没有。又有人更正道：“谁说没表情，我就坐在他旁边，我看他还笑呢。”

刘川心里有点窝火，他想：谁他妈笑啦。他没表情是真的，笑绝对没笑！

那几天老钟代表监狱长私下里和他谈过两次话，让他务必承受这段委屈，事实很快就会还原。在天河监狱所有干警和职工当中，脱逃事件的真相只有监狱长、老钟和参加行动的几个人知道。冯瑞龙也半开玩笑地安慰过刘川，说刘川冤枉得伟大，倒霉得光荣。吹捧之后，结论却是片儿汤话：“反正你本来就要辞职回家的，所以你也没什么实际损失。”

真是站着说话不腰疼。

至此，刘川才算明白，这次“睡眠”行动于出发前突然让他换下庞建东，正是因为他的辞职。因为在这个任务完成之后，为了保密的需要，这场苦肉计总归是要演一回的，反正刘川也要辞职了，“辞退”他除了面子损失之外，并不妨碍他接下来的实际生活。如果“辞退”了庞建东，肯定暂时不能发他工资了，庞建东家里并不富裕，他“辞退”回家后生活一时如何安排，组织上不能不加考虑。另外庞建东和他女朋友的关系这一阵子本来就悬，这情况老钟都知道，所以是老钟向监狱长提的建议，临时把刘川换上去的。刘川家财万贯，“辞退”了正好回家做老板去，而且刘川还没交女朋友呢，老钟也全都门儿清。至于刘川面子上的损失，很快就能像消费者买了假货似的，得到双倍的返还，说不定还能记功受奖。所以换刘川代替小庞进入“睡眠”最合适不过，省却了日后的诸多麻烦。

为了让各位能听得明白，我现在不得不暂时放下刘川的心情与得失，先说说“睡眠”行动的由来。这由来得先从两个月以前的某日说起，如果这是一部电影的话，那么最先出场的人物并不是刘川，而是那位司机老杨。

司机老杨是天河监狱新招的一名职工，他原来在工厂工作，工厂效益不好，老杨就辞职应聘到监狱开车，目前尚未转为干警。老杨和妻子育有一女，父母高寿，可算家庭幸福，团圆美满，又刚刚找到这份稳定的工作，他的生活表面看风平浪静，谁料两个月前一石投入、波澜顿生。那块击水的石头，是一个妩媚的女人，那女人是老杨多年没有来往的一个熟人，说白了，是老杨的一个旧情人儿。

她叫佟宝莲，三十出头，比老杨小十三岁。我后来见过这个女人的照片，确实风姿绰约，大概是最让中年男人着迷的那种类型。她十年前曾与老杨有染，之后数年藕断丝连，但后来老杨老了，又无金钱，所以那女人也就不再与其来往了。其实老杨原来就无钱无势，但十年前毕竟生得身强体壮，四方大脸，佟宝莲找他，只是找一个“炮友”而已，别无他念。后来听说这女的去外地了，老杨也就当她是自己经历中的一个小小插曲，一个永远的秘密，早已渐渐淡忘。所以，佟宝莲的突然出现，把已经安于本分生活的老杨，活活吓出一身冷汗。因为佟宝莲一见面就开宗明义，说她无事不登三宝殿，她专程从东照市赶过来，是有件事希望老杨念过去的“情分”帮她一帮。如果老杨不帮，那就你不仁我也不义了。佟宝莲对老杨家住何处一清二楚，老杨当然知道佟宝莲一旦“不义”，对他这样一个上有老下有小的家庭来说，将是怎样一个局面。

最初老杨以为她只是要钱，其实不是。佟宝莲不但分文未索，而且，老杨万万没想到的是，她还从她随身带来的一只手提包里，一下拿出了还没拆封的三十万现款。那一摞摞成捆的钞票整整齐齐堆成小山，等佟宝莲不动声色地说出那件事情后，老杨的反应就不仅仅是一身冷汗了，那个瞬间他惊怔得几乎魂飞魄散。

佟宝莲求办的事情，是逼老杨搭一条赌命的贼船，她要老杨设法买通关节，让刚刚关进监狱的东照银行大劫案的押犯单成功越狱出来。三十万是打底的钱，以后需要多少，她对老杨说：“我照数埋单！”

在佟宝莲找到老杨的第二天早上，刚一上班，一夜未眠的老杨就把那三十万元现金放在了监狱长邓铁山的办公桌上。这大概是老杨一辈子都攒不到的钱，但老杨的眼睛，都不敢再看它一看。

老杨报告的情况，迅速逐级上达。当天晚上，东照市公安局的林处长率人赶到北京，在公安部刑侦局的一个据点里，他们向老杨详细询问了佟宝莲的来龙去脉，并向监狱长邓铁山通报了东照银行金库被劫案的有关案情。

东照市年前发生的银行金库被劫案，被劫钱款共计人民币三百八十五万元，美元九十九万元，总损失为人民币一千二百余万元，三名武警战士和一名保安当场被害。东照公安局在省公安厅和公安部的指挥协调下，很快破案。在抓捕犯罪嫌疑人时遭到拒捕，当场击毙嫌犯四人，但未能查获被劫巨款。事隔数月，北京公安局在侦破另一桩案件的过程中，发现涉案人员单成功也曾参与过东照银行大劫案的策划。因无证据证明单成功主谋策划和直接参与劫款杀人，所以在后来的法庭审判中，虽然与单成功在北京的犯罪数罪并罚，最终也只合并判其死缓。但公安机关根据种种迹象推测，单成功作为东照银行被劫案唯一活下来的案犯，很可能知道被劫巨款的下落。北京、东照两地公安机关正在多方调查之际，佟宝莲突然浮出水面。

经查，佟宝莲于1994年从北京调至东照市某金融机关工作，与该机关一位领导关系暧昧。那位领导1995年6月将佟调入银行金库工作，1998年该领导因受贿事发被抓，佟宝莲也被银行辞退，然后去向不明。现在佟宝莲突然现身北京，并试图营救单成功，说明她很可能是金库大劫案的另一位尚未暴露的同谋，至少是一个知情者。而她敢于冒险出面营救单成功，显然不可能仅为男女私情。不为私情又为什么？唯有“金钱”二字顺理成章。最有说服力的推测莫过于：佟宝莲确实是大劫案的另一个参与者，而知道那笔巨款下落的，唯有单成功一人。

于是，在公安机关的指挥下，老杨在两个月左右的时间内，又先后向佟宝莲索要了人民币四十五万元。他不断地告诉佟宝莲，他把这前前后后总共七十五万元人民币，分别用于收买监狱民警和驻监武警部队的头头。他告诉佟宝莲，因为单成功是东照人，听说要押回原籍服刑，所以，能让其脱逃的唯一机会，只能是在押解途中。他还告诉佟宝莲，他已重金买通了监狱押解遣送部门的干部，买通了武警部队的小头目，以及将被指派承担押解任务的民警和武警。佟宝莲似乎也完全相信，这个世道只要有钱，没有攻不克的堡垒。而且，七十五万元人民币对那些沾不上什么荤腥的基层狱警和武警战士来说，也绝不是个微不足道的数目。

这个欲擒故纵的计划进行得秘而不宣，相当顺利。除了侦办案件的公安人员外，监狱方面，只有监狱长邓铁山、遣送科科长老钟和当事人司机老杨知情。另一个“知情者”，就是罪犯单成功本人了。按照公安机关的安排，老钟利用对单成功进行入监教育单独谈话的机会，把佟宝莲的营救计划告之于他，并且要他在转押至东照监狱的途中依计逃脱。

在监狱局下达对单成功执行押解命令的当天晚上，这个计划的知情面又扩大到了遣送科的中队长冯瑞龙，以及武警驻天监部队的首长和两名执行押解任务的战士。最后一个知情者是即将退役的年轻民警刘川，也正是因为刘川此前恰巧提出辞职，所以单成功的最终“脱逃”，便落实到了刘川的身上。

犯人跑了，刘川因“玩忽职守”被“辞退处理”，以掩人耳目。刘川收拾好自己的东西，上交了警服和由他保管的钥匙，以及一切应当上交的物品，“灰溜溜”地离开了天河监狱。离开监狱那天，在父亲的公司里主持工作的娄总派人派车来接刘川，人和车都进不了监区，是小珂和庞建东帮他拎着他要带走的东西从电动铁门里走了出来，算是给他送行。

他没跟奶奶说辞退的事。说了奶奶会生气的，会骂他的。他犯不着找这个麻烦。

刘川回家了，连着三天没有出门，除非奶奶砸门叫他吃饭，其余时间他就一直待在自己的屋里，守在电脑跟前，玩了三天游戏。

玩累了就上网找人聊天。先是找女的聊，聊腻了又装成女的找男的聊，还跟一个男的非常深情地谈了一会儿恋爱。第三天晚上他走出自己的房间，走进餐厅，坐在餐桌上吃晚饭时，小脸都是绿的。

这天晚上坐在餐桌前的除了奶奶之外，还有爸爸公司里的那位王律师。王律师看刘川衣冠不整、精神萎靡的样子，关心地询问：“哟，刘川怎么了，气色这么难看？”刘川说：“没事。”奶奶说：“活该！”

吃完晚饭，奶奶没让刘川再回自己的房间，她让刘川看了王律师拿来的几份文件。刘川在公大是学外语的，对这类法律文书不甚明白，看了一会儿就觉头昏脑涨，想想还不如抬起眼睛听王律师解释。

王律师今晚是为刘家的万和公司变更工商登记的事宜而来。刘川父亲过世已经两个多月，工商登记需要尽快变更。首先要明确遗产继承后新的出资人身份，其次要明确公司新的法人代表。律师说：万和公司当初成立时为方便办理工商手续，在登记注册时，将资本分为刘川父亲和奶奶二人共有，双方各占股百分之八十和百分之二十。父亲病故后，其在万和公司名下的资产，应由刘川和奶奶作为同一序列的法定继承人共同继承，继承后刘川奶奶占万和公司百分之六十股份，刘川占百分之四十股份。按照常规，应由占大股的一方出任公司的法定代表人。律师希望两位股东对此予以确认，他好尽早到工商部门办理公司股东和法人变更的一应手续。

关于公司的法人代表，刘川和奶奶互相推让了半天，那样子就像推让一碗谁也吃不下去的剩饭。关于股比继承和工商变更的手续，两人也无更多主见，最后都按律师的安排如此这般：由奶奶勉为其难，出任公司董事长，算是做了法定代表人。作为条件，刘川也答应了奶奶的要求，不再贪恋电脑游戏之类玩物丧志的勾当，收收心好好钻研一下企业管理，把父亲留下的万和公司继往开来。

这一天晚上，眉头最为舒展的并不是这两位万和的拥有者，而是那位戴着深度眼镜的王律师。从他如释重负的脸上可以看出万和新主“登基改号”的大事，算是有了眉目，他多年来一直为之服务的万和企业，又翻开了崭新的历史篇章。

他和刘川的奶奶都没料到，第二天刘川还是玩了一天电脑。

第二天，到了晚上，奶奶叫来了在公司主持日常工作的副总裁娄大鹏，然后把刘川从房间里喊到了摆好晚饭的餐桌前。刘川走进餐厅时娄大鹏正在向奶奶发着牢骚，说公司现在里里外外靠他一人独力支撑，非常不易，非常辛苦，而且权力有限，很多事不办不是，办也不是，敦促奶奶尽快代表刘家就任董事长一职，然后立即充实经营班子，尽早任命公司总裁。总裁一定要找对公司情况比较了解，业务上又比较熟练的行家里手，万一用人不当，后果不堪设想。

奶奶见刘川来了，马上就势接了娄大鹏的话头说道：“我今天找你来就为这事。”接下来她向娄大鹏宣布了两个重要决定，一是由她本人接替刘川的父亲担任万和公司的董事长，二是由刘川接任万和公司总裁一职。奶奶也许看到了，娄大鹏在听到奶奶自任董事长时恭敬地频频点头，但在听到将由刘川出任总裁时，竟意外地怔了片刻，随后便不由自主地有些发呆。他本来一直以为刘川父亲病故之后，董事长职务或由刘川或由刘川奶奶虚挂，而主理公司日常事务的总裁一职，非他本人莫属。娄大鹏自万和初创就投身其中，一直是刘川父亲的亲密战友兼左膀右臂，功劳苦劳都有，一向深得刘家信任。他没想到刘川的奶奶如此抱残守缺，如此固执家族世袭的陈旧模式，不假思索地把一个毫无管理经验和经营知识的毛头阿斗扶上总裁宝座，凌驾于他这个开国老臣之上，这确实让他的惊讶和不满难以掩饰。

奶奶注意到了娄大鹏的表情，所以用长者的慈祥，甚至还夹带了一丝托孤的凄凉，试图对其动之以情。她说：“大鹏，你这么多年跟着刘川他爸爸打天下，你的功劳我们全都记着。刘川年纪小，很多方面都不懂，公司里的事，还得你教他。你是做叔叔的，可要好好支持后辈，也算他爸爸没白跟你朋友一场。”

娄大鹏强笑，说：“当然，当然。”

奶奶目光移向刘川，显然是希望刘川这时能说两句应景的话，至少谦虚两句，客套两句，但刘川没有。他压根没注意娄大鹏的表情，在这个万和公司权力更替、改朝换代的时刻，他甚至都没有正正规规地坐下来，他从走进餐厅后就一直站在餐桌旁边，魂不守舍地等到奶奶和娄大鹏的对话稍停，就马上乘隙插入，急急地说了他自己的事情：

“奶奶，今天我不在家吃饭了。今天我们同事过生日，晚上非让我过去玩。”

奶奶愣了半天，突然当着娄大鹏的面气急败坏地吼了一句：“玩，你就知道玩！”

三

这天晚上是庞建东参加工作以后的第一个生日，所以请的还都是警校那帮同学。刘川不是警校的学生，但庞建东和刘川这几个月混得不错，又加上刘川最近走了背运，正需要朋友的同情关心，所以庞建东一下午打了好几个电话，叫刘川无论如何一定过来。

庞建东父母都出差去了，他可以放心大胆地把朋友都召到家来。庞建东家地方不大，本不适合开这么大Party，好在大家都是同窗多年的好友，挤在一起还显得亲热无间。除了和他一起分到天监的几个人外，还有分到北监和二监的同学。庞建东同桌的那个男生分到监狱管理局的教育处去了，今天也拿着局机关干部的派头来了，虽然是庞建东的生日Party，但饭桌上就听这小子白话了。他口才好，尤其屋里有漂亮女孩的时候，更是滔滔不绝，也不管是否盖住了寿星佬的风头。

屋里的漂亮女孩就是庞建东的女朋友，那张脸确实无愧于演员这个职业，怎么看也看不出缺点，粉白细嫩的面色让天花上的灯光都无意间明亮了许多，把庞建东眼角的每一道笑纹，都映衬得红光四射。那天晚上，最让庞建东不满的就是局教育处的那位“同桌的你”，庞建东好几次恨不得生硬地让他打住：你小子少说两句行是不行！

季文竹那天晚上的眉目，其实并未随了这位“同桌”的长篇大论流波而去，她的关注似乎更多投向了恭陪末席默默倾听的刘川。刘川也是那天晚上干活最多的男士，当那帮小伙子在客厅里抽着烟陪季文竹高谈阔论的时候，只有刘川挤在厨房里帮小珂为大家准备饭食。吃完了饭，小珂收拾桌子，刘川在厨房里洗碗，其他男生在客厅里摆起了麻将，季文竹趁乱踱进了厨房。

刘川和季文竹有过一面之缘，但不知为什么比第一次见她更不自然。季文竹没帮刘川一起洗碗，只是靠在门边和他闲谈。

“你在家吃完饭洗碗吗？”

“上大学以前洗，家里明明有阿姨，但奶奶还是老让我洗。”

“洗衣服吗？”

“洗衣机洗。”

“收拾屋子吗？”

“小时候奶奶让我拖过地。”

“我问现在。”

“现在阿姨收拾屋子。”

“你自己的屋子谁收拾？”

“阿姨收拾。”

“你奶奶不是管你挺严吗，为什么不让你自己收拾？”

“让，我老是懒得收拾，奶奶一看太脏了就让阿姨帮我收拾了。”

“那她还不骂你？”

“骂。”

“骂你，你怎么办？”

“听着。”

“听完改了吗？”

“看情况再说。”

他们聊着，小珂进来了，问刘川洗完了没有。刘川说差不多了。小珂看水池两边堆了好几摞碗碟，问刘川哪些是冲完了的，刘川看了半天一时搞混了，小珂说：“笨！”

那天男人们大都喝了点酒，一边搓麻将，一边哪壶不开提哪壶地问刘川犯人脱逃的事。季文竹见话题涉及刘川，便饶有兴趣地插嘴打听：“哟，你把犯人放跑啦，怎么跑的？”刘川本来表情还挺自然，无所谓似的，被季文竹插进来一问，立刻不自然了。他因为等一会儿还得开车，所以没有喝酒，但那一刻脸上突然红得烫人。

庞建东马上替刘川圆场，岔开话题说：“刘川，你现在是老板了，听说万和娱乐城是你们家开的，什么时候请我们跳一回舞去？”刘川说：“行啊。”大家也就随着转过话头，半真半闹地说：“那我们可都去。”刘川却极其认真，说：“行。”

季文竹说：“那我也去！”

从这个生日Party开始，庞建东就发现他女朋友看刘川的眼神有点不对。庞建东本来觉得，在刘川犯错误被单位辞退，人生道路进入空前低谷的时候，作为哥们儿，他主动邀请刘川参加自己的生日聚会，对刘川无疑是一个安慰，没想到竟弄出个“引狼入室”的结果。想想前些天他还托刘川到车站去接季文竹，更是失算的一步。在庞建东看来，女孩喜欢刘川的原因只有一个，那就是看上了他那张漂亮的脸蛋。或许刘川跟季文竹聊天时还炫耀了他的富有，女孩子没有一个不虚荣的。

那天的生日聚会结束时天色已晚，季文竹主动问刘川可否送她回家。季文竹的口气听上去无心随意，而且这个晚上的男生中只有刘川一人有车，所以季文竹如此问，也没什么不妥。但这回庞建东不再给刘川机会，他马上插过来说：“文竹我送你回去，门口打个车很方便的。”

在送季文竹的路上，庞建东主动地说起了刘川，他说：“你知道刘川今天为什么不大吭声吗？他让我们那儿给辞退了。”

季文竹满脸惊讶：“辞退，为什么呀？”庞建东沉默了一会儿，这沉默使问题显得有些严重：“他犯错误了。”他说。季文竹追问：“犯什么错误了，他真的把犯人放跑了吗？”“对，”庞建东说，“他就是把犯人放跑了。”

季文竹有点不相信似的，还想从庞建东的表情上找到破绽：“真的假的？”庞建东也转脸看她：“我骗你干吗！”季文竹怔了半天，才问：“他和那犯人认识？”庞建东说：“不认识，要认识就不是辞退的事了，就得判刑了。他押犯人粗心大意，犯人一跑，他又不敢去追。你别看刘川长得仪表堂堂、高高大大，这种富人家出来的孩子，就是胆小，一碰上危险就往后缩。”

季文竹不再吭声，陷入思索。庞建东也猜不出她在思索什么，是对刘川彻底失望呢，还是对他更好奇了……

真正对刘川感到失望的，是刘川的奶奶。

在参加完庞建东生日聚会的第二天上午，刘川被奶奶硬从被窝里拽了出来。他匆匆忙忙洗漱之后，被奶奶催着离开家门，和她一起坐车来到了位于西城的万和公司。

万和公司就设在万和城的顶楼，万和城是一幢万余平方米的单体建筑，公司的总裁办公室就设在顶层朝南的一个大房间里。自从刘川的老爸去世以后，娄大鹏就搬进了这间屋子，用代理总裁的身份向万和公司数千名职工发号施令。前一天晚上，奶奶宣布刘川接任万和总裁职务之后，娄大鹏至今还没彻底反应过来，当奶奶带着刘川走进这间办公室时，娄大鹏虽然毕恭毕敬地起身相迎，但最后还是习惯地将祖孙二人安顿在大班台对面的沙发上坐下，而他自己，则依然坐进了万和总裁的大班椅里，而且不知是真糊涂还是假糊涂地问道：

“今天过来……有事？”

奶奶笑笑，说：“啊，刘川也该来上班了，我带他来看看地方。这就是他的办公室吧。刘川，”奶奶指指娄大鹏坐的椅子，说，“你以后就坐那儿。”

娄大鹏这才醒过味来，眉高眼低地赶紧站起来，一通往里请刘川：“对对对，刘川，你爸爸过去就坐在这里，现在传给你坐。这是咱们万和的帅位，你不在我是临时代替，帅位一天不可空缺呀。这些天我也是累死了，你来得正好，我也该好好透口气歇一阵了。”

娄大鹏把刘川拉到总裁的大班椅上坐下，又把台面上一大堆文件往他眼前一推，接着说道：“这些天日常经营的一般性文件我都签了，这儿还有一大堆必须呈报公司法人代表签字的，现在你既然就位了，就由你报给你奶奶吧。你奶奶现在是董事长了，这些文件她签了字才能算数。”

刘川随手翻了一下那堆文件，皱着眉头叨咕一句：“这都是什么呀？”他抬头向对面沙发上的奶奶望去，那目光与其说是求助，不如说是推诿。

“奶奶，还是你看吧，这些都得由你签字呢。”

奶奶当然老练一些，不慌不忙地对娄大鹏说道：“拿来吧，都是什么，我来签。”

于是娄大鹏又把那一摞文件从刘川眼前拿开，送到沙发那边去了。刘川就坐在大班椅上，眼睛看着娄大鹏一份文件一份文件地讲给奶奶听，心里却不知飘移到哪里去想别的。想什么呢，也许在想季文竹吧。我之所以这么估计，是因为季文竹的那张明星脸蛋，能让每个男孩都着急上火，想入非非。

沙发那边，娄大鹏边说奶奶边签，签到最后一份文件，奶奶却迟疑了片刻没有落笔。那份文件是一个银行贷款的担保函，由万和公司为一家名叫华丰实业的公司向银行出具，据娄大鹏介绍，这家华丰公司很有实力，最近向国家争取到一个很好的项目，而且是支援西部开发的一个项目，这个项目的贷款银行要求提供同额担保，好多家公司都在争取参与。因为华丰的老板是万和娱乐城的熟客，和刘川父亲生前交情甚笃，所以才把这个稳赚一笔担保费的好事肥水没流外人田。奶奶听娄大鹏说得丝丝入扣，在情在理，看看那份担保文件，也做得干干净净、正正规规，只是上面的数额让她心里没底。那是一个七千万元的贷款项目，虽然钱不是万和向银行去借，万和只是为别人担保一下，但由于数目巨大，奶奶胆小，所以还是没签。娄大鹏答应回头请华丰实业的尹老板来和奶奶见个面，有何疑问可以当面问他。

他们好不容易把文件处理完了，娄大鹏又问奶奶还有什么交代，奶奶为树刘川的权威，特意说道："大鹏，现在刘川是总裁了，你问他吧。"说完还用鼓励的目光支援刘川。娄大鹏的面孔只好对正刘川，半笑不笑地问道："刘川，你看你还有什么交代？"

他们谁也没有想到，刘川继位总裁后做出的第一个"交代"，听口气竟然像是一个请示，他竟然向他的副手娄大鹏问道："娄叔叔，我想请我的一些朋友来娱乐城跳跳舞，可能我们还要在这儿吃一顿自助餐，您说行吗？"

请朋友跳舞这天是个周六，大多数应邀者如约而来。季文竹也赶过来了，此前庞建东已经回复刘川说他周六值班可能来不了啦，后来知道季文竹真的要来，所以庞建东只好请假陪她一起来了。

我也搞不清刘川是先给季文竹打的电话还是先给庞建东打的电话，还是打完庞建东的电话知道他不来了才又给季文竹打的电话。反正我觉得刘川给季文竹打的这个电话，多少有点别有用心。

好在，那天晚上刘川作为主人，主要是照顾大家吃好玩好，并没有过分僭越向季文竹献媚，跳舞也主要是和大伙一块疯狂蹦迪，在慢舞时间也未主动邀请季文竹共舞。那天骚扰季文竹的倒是一个大腹便便的中年男人，那男人是娄大鹏领过来的，先是坐在后面看演出，到了慢舞时间，娄大鹏就过来找刘川，问他：“季文竹是何许人也？”刘川说：“是个朋友。”娄大鹏便说：“咱们公司有一个重要客户想请这个女孩跳舞，不知是否可以。”刘川说：“应该可以吧，你叫那人自己去请不就得了。”娄大鹏说：“她是你的客人，还是你去说比较好吧，要不女孩该觉得人家想要干吗似的，万一回绝人家，岂不伤人面子。”刘川说：“那好吧，我帮你问问。”

因为要替别人邀请，刘川那天晚上才第一次主动走到季文竹面前，和她说了有人请她跳舞的事情。季文竹问：“谁要请我？”刘川说：“是我爸公司一个客户。”季文竹想了想，说：“是你们的客户呀，那就跳吧。”

于是就跳了。

季文竹不愧是个演员，据说以前还是学舞蹈的，那舞跳得确实好看，加上那个胖子也是个中高手，步伐、手势牵引得法，让季文竹把一身舞技发挥得淋漓尽致。大家都围在边上欣赏，笑容中全是赞叹。唯有庞建东板着脸一点不笑。一曲舞毕，一曲又起，季文竹礼貌地甩了胖子，径直走到刘川面前，把他邀下舞池。和那中年胖子相比，尽管刘川技不如人，但他年轻、挺拔、身材好，和季文竹青春搭配，也能舞出一种无与伦比的美感，看得周围无数眼球流波飞转，看得庞建东脸色更加难看。

曲终人散，主持人重新登场，贫嘴饶舌地把这对男女的舞姿夸奖一番，才介绍下面的节目。季文竹跳得脸红冒汗，大声叫着让刘川给她去找水喝。刘川就去找水，庞建东跟过来质问刘川：“刚才那老家伙到底是谁，你干吗让文竹跟他跳舞？”刘川说：“那是我们公司一个客户，我也不怎么认识。”庞建东说：“不认识干吗非让文竹跟他跳舞，你不会是把我女朋友当成你们公司的公关小姐了吧。”刘川一怔，说：“谁呀！”这时，季文竹走过来问他们：“你们说什么呢？”庞建东没再说话。季文竹疑惑地看着刘川，刘川也没再说话。

庞建东悻悻然拉着季文竹拿饮料去了，刘川还怔在原地。这时台上一个歌手用沙哑的声音开始低声吟唱，不少男女在歌声中再次离座，相拥着走进舞池。小珂上来请刘川跳舞，她说：“刘川，咱俩跳一个行吗，你跳得真好，你教教我吧。”可这时刘川耳朵里嗡嗡作响，已经听不见任何声音，他红着脸转身走出舞厅，把万分尴尬的小珂抛在身后。

那天晚上大家尽欢而散，没人留意刘、庞之间这段龃龉，更没人留意小珂的委屈和郁闷。季文竹显然看出庞建东与刘川之间发生了问题，不然她不会在第二天就给刘川打来电话，询问昨天两人突然不睦的缘由。

刘川依然扛着，说：“没有啊，建东说我们俩吵嘴了吗？”

季文竹说：“没劲，吵就吵了呗，你没必要瞒我！”

刘川不吭声了。

季文竹说：“因为什么呀，是因为我吗？”

刘川说：“不是。”

季文竹说：“真不是？”

刘川嘴硬道：“我不会为了女人跟哥们儿吵嘴的。”

季文竹针锋相对：“为女人不值得，是吗？”

刘川被噎了一会儿，说：“那倒不是，为女人闹得死去活来的男人，没什么出息。”

季文竹也沉默了一会儿，说：“所以做女的就是倒霉。男人个个嘴里吹捧女人，说到底还是不把女人放在眼里。”

刘川犟嘴道：“谁说的，我就特别尊重女的。”

季文竹问：“那你尊重我吗？”

刘川说：“当然尊重。”

季文竹说："那我问你，要是我求你帮忙，你肯帮吗？"

刘川说："那要看帮什么忙了，体力活绝对没问题。"

季文竹问："我明天搬家，需要个劳力，你来吗？"

刘川说："没问题，我可以从我们公司找几个壮劳力来，明天什么时候？"

季文竹说："我找的是你，没找你们公司。搬家的劳力我已经找了搬家公司，我是请你帮我收拾收拾。"

刘川顿了一下，故意问："你怎么不找庞建东，他不是你的男朋友吗？"

季文竹绕着说："男朋友？我的男朋友多着呢，你不也是吗？"

"我？我和庞建东可不一样……"

"对，没有一个人和另一个人完全一样。可一样不一样和请你帮忙搬家有什么关系吗？"

刘川沉默了。

也许他觉得继续绕来绕去地斗嘴已没有太大意义，他和电话那头的女孩，彼此心照不宣，谁都明白他们各自说的，心里想的，都是什么。

虽然季文竹仅仅在北京住了一年，可身边的家具用具居然多得拉了满满一车。刘川帮季文竹收拾打包，忙碌了整整四个小时，下午快三点了那辆满载的卡车才从航天桥季文竹的住处出发，向城东酒仙桥的方向驶去。

季文竹也许忽略了庞建东这个星期是上正常班的，五点下班，六点左右就能赶到航天桥找她。这一天的六点钟庞建东真的来了，他乘公交车走京开高速很快进入三环主路，再从玉泉营桥到航天桥不过二十分钟车程。当他到达航天桥季文竹租住的那个小院的时候，却发现季文竹的房间已是人去屋空。他打季文竹的手机，手机通了却始终无人接听，经向院里的一个老太太打听，才知道季文竹今天下午搬到酒仙桥去了。

季文竹要搬家的事虽然过去多次说过，但这么大的事从决定到实施居然一点没让他参与，这让庞建东感到特别失落。他向那老太太打听了季文竹的新地址，狠心花了五十多块钱打了辆出租车，从航天桥绕了大半个北京赶到酒仙桥去。当他终于找到季文竹的新家时，刺痛他的就不仅仅是那份其实并不足道的失落，而是一股恶胆旁生的怒火。

因为他最先看到的，是停在那幢居民楼下的那辆崭新的沃尔沃轿车。

他两腿麻木地走上楼去，季文竹住四楼，四楼靠右手的那扇门没关，里边的一男一女一边搬动家具，一边商量着室内的布局。庞建东走向前去，站在那间一室一厅的单元门口，看着季文竹和刘川正在一面肮脏的墙壁前使劲挪动着一只书柜。季文竹突然看见他了，目光怔怔地停了动作。刘川先是催她使劲，继而也循着她的目光回头，当然，他也和她一样，看见了门口庞建东那张发青的面孔。

庞建东和刘川是要好的朋友，朋友妻不可欺，是中国人起码的道德，刘川如此重色轻友，巧取豪夺，难道不怕天下人取笑？

刘川没想到庞建东会在第二天领着季文竹找上门来和他对质，庞建东就是在刘川家漂亮的客厅里说这番话的。

尽管，刘川和季文竹都做了口径相同的解释：因为庞建东白天上班，季文竹东西太多，搬家必须有人帮忙，刘川只是帮忙。但庞建东不傻，他尖锐地打断他们，迅速地将话题从现象转向本质：“我看见了，你在帮她搬家，在帮她布置屋子，你们在一起很快乐，你跟她在一起，很快乐吗？”

刘川沉默了，没有回答。庞建东毅然移目，移向季文竹：“你呢，跟他在一起，你快乐吗？”

让刘川意外的是，季文竹也同样毅然地做出了回答：“对，我很快乐。”

庞建东咄咄再问：“因为你喜欢他，啊？”

季文竹看着刘川，她看着那张有点受惊的脸庞，镇定自若地再答：“对，我喜欢他！”

庞建东发抖的声音转而刺向刘川：“你呢，你喜欢她吗？”

刘川的脑子空白了片刻，他对这个问题其实并无所答，但在庞建东和季文竹四目逼视之下，那两个字不由自主地脱口而出。

“喜欢。”

确切地说，季文竹的相貌、气质，他真的喜欢，但他此时的这个表白，很大程度是被激出来的！是被季文竹的勇敢，也是被自己的虚荣，激出来的。他下意识地选择了相同的勇敢，只是不想在这个女孩面前丢脸。

庞建东愣了，他被实际上让他自己激变的场面弄得走投无路，除了恼羞成怒已经别无选择。庞建东发怒的特征就是面含微笑，那极不自然的微笑把他的故作镇定表现得杀气腾腾！

“好，你们真有种！我喜欢这样！刘川你今天好歹像个爷们儿了！过去我一直觉得，你这人心还挺好，而且没有富家子弟的架子，身上没有那股子难闻的铜臭味。你倒霉的时候，我还挺同情你，你犯错误被开除了，我还请你来参加我的生日聚会，我还当你是我的朋友，我还觉得你犯错误可能是偶然的……”

庞建东面红耳赤、瑟瑟发抖的样子，进一步把刘川逼入了争斗，让他的腔调也变得同样恶毒：“对，我犯错误就是偶然的！我本来就是代人受过！”

庞建东说：“你代谁受过？是当时和你在一起的那个武警战士，还是代我？对，没错，那个任务原来好像是定我去的，后来换上你了。因为我不是你们遣送科的，因为你们钟大特别信任你。刘川，你现在应该好好想想，你这样还有人敢信任你吗？你犯了错误连责任都不敢承担，你还是不是个男的？你是不是觉得，你背着我去找季文竹，责任也不在你，而在她？”

刘川说：“我只是帮她搬家。我有什么责任？”

庞建东说："有什么责任你心里清楚，我今天来就想跟你说一句话，你要真是个男的，追女孩就别总靠你那脸蛋，靠你们家那点臭钱，你也拿出点真本事在女孩面前炫耀炫耀。你要真是个有责任心的男人，怎么会让监狱开除了？你追犯人要像追女孩那么胆儿大，你会让监狱开除吗？！"

庞建东离开刘川家时把门关得很重，那重重的门声也让刘川刚刚燃起的激情戛然而熄，胸膛里一颗激跳的心，又渐渐回落到原处，他用深深的呼吸稳定住自己的声音，他的声音在刹那间变得有气无力。

"等建东气消了，你再跟他好好说说去吧，看来他真的误会咱们了。"

季文竹瞪着刘川，那一双美丽的大眼睛里，不知是气恼还是疑惑，她良久才说："也许，是我误会了。"她从沙发上拿起了她的提包，也离开了这间宽大的客厅，在房门再次发出震响之前，她留下了自己的委屈和愤怒：

"建东说得没错，你是一个不敢负责的男人！"

他们都走了，但客厅里没有安静，奶奶的出现让刘川觉得自己在这一天里众叛亲离。奶奶用严厉的目光捕捉着刘川逃避的眼睛，用直率的追问拦住了刘川的去路。

"刘川，你让单位开除了吗，因为什么？"

刘川前一秒钟还想否认："没有。"但奶奶气急败坏的脸色让他心又虚了，他低了头辩解一句，"不是开除，是辞退。"

"为什么，你犯什么错误了，你不是跟我说你是辞职的吗，怎么成了辞退？我在机关干了一辈子，辞退是怎么回事你以为我不懂吗？你没犯错误，组织上怎么会把你辞退？"

刘川突然发火，这股火在季文竹摔门而去的那一刻就积在胸中，现在，在奶奶没完没了的逼问中终于发作出来，能让他放肆发作的只有从小疼他的亲人：

“你别老管我的事了！我跟你说不清楚！”

他吼了这么一声，大步走出了客厅。他没像庞建东和季文竹那样气急败坏地摔门，他知道自己的这声叫喊，已经足够把奶奶气疯。

刘川给科长老钟打了电话，老钟在电话中跟刘川说了他家的地址，同意刘川来他家找他。

老钟家住在西客站附近一幢老式的居民楼里，房子既小又旧。老钟正在家里生病，见刘川来了勉强起床，陪刘川在窄小的客厅落座。刘川的话题先从这间房子说起，他问老钟怎么没住监狱的宿舍，监狱分的房子要比这个楼好得多了，老钟在天监的级别、资历都不算浅，为什么没有分到房子？老钟说监狱倒是给他分了房子，两室一厅还不错呢，可他把那房子卖了。刘川问干吗不自己住啊？老钟说，本来是自己住的，可前年某夜几个蒙面歹徒突然闯进他家把他绑了，既不谋财，也没害命，只说要跟他做笔“交易”。老钟趁绑匪不备，奋勇从三楼跳窗而下，才侥幸逃生。也幸亏他老婆、女儿那天都没在家，否则全家老小能否活到今天，都难说了。这个案子至今没破，老钟的老婆到现在一提起来还怕得浑身哆嗦，说什么也要搬家不可。刘川问：“那你估计是谁干的？”老钟淡淡说道：“估计就是哪个犯人的同伙。”

不知是不是因为听了老钟的这段经历，刘川满腹的委屈顿时减了七成。他换了一种平静的态度对老钟说道：“钟大，我没别的事情，我就想问问，东照公安局那个银行大劫案破了没破，我那事什么时候算个完啊。”

老钟是个极负责任的领导，第二天就给刘川打了电话，说：“已经和东照市公安局联系过了，他们办案的人就在北京，正想和你见个面呢，一来表示感谢，二来也做做慰问工作。”刘川说：“行啊，只要这事早点完了，谢不谢都无所谓了。”

于是，老钟牵线，就约了见面。

见面的地点约在了北京公安局某处的一幢办公楼里，那地方一说地址才知道离刘川家很近。当天晚上吃完晚饭，刘川按约定的时间赶到那里，他被人带进屋时看到老钟已经到了，还是一脸病容，正和东照公安局的林处长、景科长他们聊着什么。

和他们一起聊的还有北京市公安局的两个同志，那两个人由老钟向刘川做了介绍，大家彼此握手，然后一一落座。正如老钟昨天说的那样，林处长上来先是一通感谢，感谢刘川积极配合这个案子的侦破工作，对他为追回国家财产而承受的麻烦，所做出的努力，又给予了慰问和表扬。但刘川听得出来，表扬尽管用语诚恳，但那笔千万元的国家财产，其实并未追回。果然，林处长话锋一转，表扬就变成了希望。他说："刘川啊，这案子公安部、北京市局和我们省厅，都很重视，不追回那笔巨款我们是回不了家，交不了差的。所以我们今天找你，除了感谢之外，还是要请你继续配合我们的工作，尽早把这个案子彻底查清。"

刘川愣了半天，半天没有吭声。林处长也察觉出他的态度不够热情，便用目光去扫老钟，老钟随即徐徐开口。

"刘川啊，现在的情况是这样，那个家伙逃跑以后，没有发现他有更多活动……"

刘川打断老钟："不是还有个女的吗，就是找老杨的那个女的，你们可以让老杨去盯盯那个女的，单成功是她救出来的，她肯定得去找他。"

景科长插话解答："单成功是去找了佟宝莲，可前天，那个佟宝莲被人杀死了。"

刘川听故事似的，听得呆了，呆了片刻，才问："被谁杀死了？"

景科长说："凶手目前没有确定，如果从视线内的人物分析，单成功嫌疑最大。"

老钟看刘川发呆，便继续刚才中断的话题，接着说了下去：“现在公安的同志研究了一个办法，准备让你和那家伙接触一下，你是公安大学毕业的，这方面也受过一些训练，所以林处长、景科长他们都很信任你，认为你有条件……”

刘川马上打断老钟：“不行啊，我刚刚担任我爸公司的总经理了，这两天就得上班去，我一上班肯定就走不开了，肯定没时间了。”

景科长接了刘川的话：“啊，你的这个情况你们钟科长都跟我们介绍了，我们都了解，也都研究过了。这个案子不会占用你太长时间，正好利用你上任前的这段空闲，反正这公司是你们家自己的，你早去几天晚去几天还是能自己说了算的。你看咱们能不能国家利益和个人利益都兼顾到，你从公大毕业后虽然没干公安，但不管怎么说，也还是个人民警察，咱们还算……”

“我不是警察了。”刘川再次打断对方，“我已经辞职了，不信你问我们钟大。”

北京公安局的一个干部笑着插话：“哎，我听说你们公安大学里有一句话，从公大出来的学生，以后甭管走到哪儿，一辈子都是警察。”

刘川闷闷地看了那人一眼，没理他。

刘川没想到他们今天约他来，不是来谈结束的，而是要重新开始。他心里乱乱的，低头无话。他无话，大家都很尴尬。

屋里沉默了一会儿，老钟脸色疲乏，但还是由他，连咳带喘地首先发话：“刘川，你的意思是说，你已经辞职了，你已经不是一名监狱民警了，我也不是你的领导了，对吗？那咱们还是朋友吗？”

刘川头没抬，嘟囔了一句：“你是我领导。”

老钟说：“我今天来，事前跟咱们邓监狱长做了汇报，邓监狱长还说，刘川这孩子不错，当初不知道公安局还需要他深入配合，现在看来，幸亏当初换了刘川来执行这个任务。邓监说，刘川是公大毕业的，配合公安局搞侦查，肯定比庞建东熟悉多了。刘川，你现在应该说还是一名在职的监狱干警，你的辞职组织上还没有研究，还没有批准。辞退你的决定也是因为这个任务的需要，是假的，这你都知道。所以，你现在仍然是咱们天河监狱的一名现役民警，以后你就是当了多大的老板，你手下有了多少人马，无论你走到哪儿，你都应该自豪地说：我刘川在一个地方，就守一个地方的规矩，我当学生，是一个好学生；我当警察，是一个好警察！什么是好警察？服从命令，不怕牺牲，这是起码的！”

刘川依然没有抬头，没有声音，林处长试图再说点什么，为动员刘川再做些努力：“刘川，咱们都是人民警察，我们也是服从命令，我们干这个工作也是……”但话到此处刘开口打断了他。他的声音依然低落，但他没精打采的话语，终于安抚了屋里每一颗焦灼而又期待的心。

“……好吧，那我服从命令。”

四

和林处长他们估计的几乎一样，单成功脱逃后，很快由佟宝莲接应，一同潜回北京。数日之后，佟宝莲被人勒死在京郊一间小旅馆里，凶手基本锁定单成功。佟宝莲死后，单成功一直躲在他在北京的一个姘妇家中，从此闭门不出。尽管景科长带来的刑警分成两组，每天二十四小时轮班盯守，但一直没有再见单成功现身。

单成功的这个姘妇名叫芸姐，正式的名字我记不清了。林处长他们对刘川提到这个女人时，都是叫她芸姐。这位芸姐看上去三十出头，至少化完了妆给人的感觉就是这个年龄。她在城东一家名叫美丽屋的夜总会里做经理兼妈咪，带一帮三陪小姐和一帮三陪少爷坐台挣钱。那些歌厅、夜总会里的妈咪，实际上都是做皮肉生意的鸡头、鸭头。

单成功就藏在芸姐的家里，芸姐就住在夜总会后面的小院。按照侦查计划的设计，刘川将与单成功通过一场邂逅不期而遇，而这场邂逅又不能露出半点人为的痕迹。于是，这个做妈咪的芸姐和她的美丽屋夜总会就成了寻找邂逅机会的一条必由之路。林处长他们的计划是，让刘川以一个失业青年的身份，到那家“美丽屋”应聘当服务生去。

尽管刘川由公大毕业，也算系出科班，但林处长和景科长还是用了一天半的时间，在他们住宿的北京市公安局招待所里，向刘川交代必须注意的事项，和他一起讨论可能出现的情况，可能横生的枝节，包括刘川为什么暂时不能到万和公司的总裁宝座上就位，也需编造出合情合理的说法，用以搪塞急于扶他“登基执政”的奶奶。

一切研究透彻之后，第三天晚上，刘川在北京市公安局招待所的食堂里，和林处长他们一同吃了晚饭。饭后，他们让他独自走出那栋小楼。按照他们的嘱咐，他没坐出租汽车，而是挤公共汽车又换乘地铁，到达了北京东郊城乡接合部的那家门脸花哨的夜总会门口。城市边缘的生活节奏比市中心总是晚半拍的，此时离夜生活开始的时间还早，美丽屋夜总会的散座和包房里，都还没有上客，但服务员和小姐、少爷们看上去大多已经到齐，正在清理吧台和对镜化妆。几个打扮入时甚至有些怪异的男孩，聚在角落里抽烟闲聊，见刘川穿戴得一本正经地进来，全都侧目相视，不知这帅哥是来消费的客人，还是想参加进来抢生意的。刘川找了一个服务员模样的外地女孩，问她：“经理在吗？”服务员说：“在里边呢，你有事吗？”刘川说：“你们这儿还招人吗？”服务员说：“招啊，你干过吗？”刘川说：“没干过，但服务生好学吧。”服务员说：“你想干服务生呀，那可能不招了，人都满了。”

正说着，一个女人从里边走了出来，大声吆喝着让小姐、少爷们都到后面待着去。在那帮娇艳的男孩女孩纷纷起身乱哄哄地向后面的包房走去的同时，那女人看到了站在吧台旁边的刘川。刘川当然也认出她了，他在公安局反复看过这个女人的相片，虽然都是远景偷拍，但那发式特征还是足以一眼辨识。

那女人向他走了过来。刘川一米八的个子，相貌清秀，身材匀称，让那女人看得目不转睛。刘川用故作生怯的询问，迎住了她直勾勾的目光。

“对不起，我问一下，这儿的经理在吗？”

芸姐上下打量刘川，说：“我就是，你有什么事吗？”

刘川说：“我想问问你们这儿还招人吗？”

芸姐马上说：“招啊，你应聘呀，你在别处干过吗？”

刘川说：“没干过。”

芸姐说：“想干呀，是有人介绍你到这儿来的吗？”

刘川说：“我看你们登广告了，我想问问在这儿干一个月多少钱呀？”

芸姐说：“我们这儿少爷没底薪，客人喜欢你你就多挣，你不招人喜欢一分钱也挣不着。不过你条件不错，你来准能挣到钱的。”

刘川说：“少爷？少爷在这儿都干什么呀？”

芸姐说：“你真不知道还是假不知道，就是陪客人喝酒、聊天、玩骰子。客人玩高兴了就给你小费，客人要喜欢你就带你出去，带出去挣的小费更多。挣的小费你自己拿大头，夜总会抽小头，一个月下来不少挣……”

刘川说：“这个呀，这个我干不了。我想问一下在你们这儿干服务生一个月挣多少钱呀？”

芸姐说：“服务生呀，服务生我们现在不招了。再说服务生干一个月也就四五百，你条件不错，有白挣的钱干吗不挣啊。”

这个开局是刘川没想到的，也是林处长他们没想到的。刘川有点没主意了。他犹豫了一下，对芸姐说：“那我再到别处看看吧，实在不行我再过来。”

见刘川转身要走，芸姐连忙把他叫住：“哎，实在不行，你先干服务生也行吧，每月工资五百，行吗？按规定我们这儿还得先收你三百块押金，你要没钱可以先欠着。”

刘川说：“还要押金呀。”

芸姐说："现在哪儿都要，要不然就把你身份证扣我这儿。其实你要想挣钱随时跟我说一声就行，三百块钱也就是一晚上的事儿。你现在要不习惯就先干服务生，你先看看别人怎么干再说行不行？"

刘川说："那，也行吧。"

刘川当天晚上就留下来上班，这个晚上的客人并不太多，他送了几趟饮料之后便无事可干。看得出芸姐对刘川非常喜欢，一有空闲就过来找他问长问短："你家里都有谁呀？你原来都干过什么呀？谈女朋友了没有……"诸如此类。刘川因为早有准备，所以一一对答如流：家里原有爸爸妈妈，现在爸爸过世，妈妈嫁人，家里就剩他和奶奶。他本来高中毕业想上大学的，因为奶奶生病缺钱才出来打工。芸姐频频点头，赞同道："就是，上大学其实没用，上四年大学出来找不着工作的多了。还不如早点出来挣点钱呢。像你这样的，找个有钱的女朋友应该不难吧。"刘川说："有钱的女朋友哪有那么好找，女人都希望男的有钱养着她呢。"芸姐说："那也不一定，没钱的女人图钱，有钱的女人图人。你要不要我给你介绍一个？"刘川随口应付："好啊。"芸姐眯眼一笑："有钱的女人年纪可都大。"刘川装傻道："大呀，多大？"芸姐说："起码得三四十了吧。"刘川说："三四十？吓死我了，快成我妈了。"芸姐说："大了才知道疼人呢。"刘川笑笑，说："是吗？"

第一天上班就是这样，无惊无险，无波无澜。

下班时已是夜里两点多了，刘川离开美丽屋以后，在路上用手机给景科长打了电话。林处长今天已经回东照去了，让景科长留下来专门负责和刘川联络。刘川向景科长汇报了第一天上班的情况，景科长问得很细，还特别关心地询问了他的心情，以及头一天上班干这种粗活儿是不是很累。

刘川说还行吧。可他这时才发觉他真的很累。也许是因为他从没干过服务生的工作，也许是头一天执行任务心情多少有点紧张。心情紧张，就容易疲劳，是一般生理上的常规。

尽管公安们要求他这一段上下班尽量不要坐出租车，以免美丽屋的人看见疑心他怎么这么有钱。但这天晚上，刘川下班走了半站地见街上无人，还是拦了一辆出租车回到家里。回到家时已是夜里三点，奶奶早就睡了，刘川洗完澡从三点半开始睡觉，一觉睡到奶奶过来砸门。

奶奶在门外叫："刘川，几点了你还不起，几点了你还不赶快上班去！"

奶奶的口气已是极度不满，刘川又困又乏但迫于门外的压力，不得不应声回答："啊，去。"

这时已是中午十一点钟了，刘川歪歪斜斜地起床洗漱，自己开车去公司上班，他家和他家的万和公司离城市最东面的美丽屋相隔甚远，所以不怕被那边的人看见。

刘川来到公司之后，先在万和城三楼的餐厅里大吃了一顿。上了半宿班，不仅体力消耗，而且胃口也好了起来，餐厅经理给他上了一份蟹肉鱼翅，一份红烧鲍鱼，连同一碗米饭，连同一份清炒芥蓝，连同一份甜点和一盘水果，他几乎没有停顿，全部迅速地鲸吞进肚。

下午，他坐在万和公司的总裁办公室里，看看文件，翻翻报表，但除了娄大鹏过来简单和他聊了几句，给他看些难以看懂的财务数据之外，一下午再无其他事情。他百无聊赖地坐了一会儿，推门出去到走廊上转转，看见各个办公室都在忙忙碌碌，不知忙些什么。人们见到他无不恭敬地叫声老板，然后客气地侧身走过。刘川虽然对做生意办公司一向没有兴趣，但看别人都忙自己无事，心里也不大自在。他想找人过来汇报汇报工作，想找个事情尽快介入进去，但看看手表知道自己很快就该吃点东西赶到城东"上班"去了，只好作罢，心想还是等单成功这个案子完了再说。

从富丽堂皇规模宏大的万和城到简陋局促的美丽屋，刘川在路上辗转换车走了足足一个小时，还幸亏这一天恰逢周六，周六的街上不那么拥挤，但美丽屋的生意却好得出奇，生意好的标志就是十几个小姐差不多都坐上台了，七八个少爷也没剩几个。根据景科长的布置，刘川本来想找个借口到后院看看，也许可以看到单成功的藏身之处，但他一到美丽屋就忙着打扫卫生、准备饮料，还要洗涮杯盘、运走垃圾等杂务让他忙得四脚朝天，好容易忙到九点多钟告一段落，但这时夜总会里已开始上客，刘川和另外几个服务生往各台各屋传杯送酒，你来我往穿梭不停。快到十点钟的时候，预订了最大那间包房的客人来了，刘川从盯房的服务生口中听说，这位曹老板是美丽屋的头号客户，每逢周六日必来，每来必是一掷千金。能在美丽屋这种档次不高的夜总会里一次光酒水消费就是一两千块，芸姐自然要当爷爷捧着。

刘川也进这间包房送过两次酒水小吃，进去看见沙发上男男女女不下十来个人，芸姐领着四五个小姐进去陪酒，又领进三个少爷陪女客聊天。刘川也忙着往里送了两趟杯子，芸姐就匆匆忙忙地找他来了。

“刘川，你来一下，你把东西交给小范，让他送去，我有个事要跟你说说。”

刘川满腹狐疑，将手中的冰筒交给另一位服务生小范，然后跟着芸姐走到角落。芸姐说：“刘川，你今天得帮芸姐一个忙，刚才曹老板的妹妹点了你的台，这曹老板可是咱美丽屋的大饭碗，他的客人点的台不给上，他可是说翻脸就翻脸。你就算帮芸姐这一次，无论如何你得进去照个面，陪那个女的坐一会儿，就算芸姐求你了行吗？”

刘川愣着，说：“怎么陪呀，我不会。”

芸姐说：“就是陪着聊聊天，喝喝酒，没别的。她要玩扑克，砸骰子你就陪她玩玩，嘴甜点就行。那女的我知道，人挺不错的，一般不怎么动手动脚。”

刘川说：“不行，我没干过这个，我也不会聊天，别再把客人给你得罪了。”

芸姐已经不由分说，拽着刘川向大包房走去：“不会的，这帮女客我都知道，见着你这种漂亮男孩一般就先晕了，你说什么她们都爱听。”

刘川还想推辞，但也知道如果坚辞不从就只有和芸姐闹翻。六神无主之际已被芸姐拽到包房门口，随着门开门闭的声音，转眼之间他已经坐在了那位曹老板妹妹的身边。

那女的三十岁左右，不难看，当然，也不好看，很文雅地喝着洋酒，纤细的手指上，还夹着一根纤细的烟。她眯着眼睛看刘川，看得刘川如芒在背，眼神躲闪。

“叫什么呀你？”

她问，同时几根涂了紫色指甲的手指很随意地在刘川尖尖的下巴上摸了一下。刘川还没来得及躲开，那只手已经飘然移开，有点沙哑的声音接着又响了一遍：

“你叫什么？”

“我叫刘川。”

“是北京人吗？”

“是。”

“干这个多久了？”

“我昨天才到这儿上班。”

“我说以前没见过你呢，你多大了？”

“二十二。”

“二十二？不像啊。我还以为你不到二十呢。”

刘川无话，两人都静了一会儿，听着屋里客人们和小姐们、少爷们野腔无调的笑闹和一个人断断续续的唱歌。刘川以为这女的不高兴了，便没话找话地说了句：“你喝什么酒，我给你倒。”那女的笑笑，举杯说：“这不有吗，你的杯子呢，你也得喝。”

那个晚上，刘川一直陪着这位曹小姐喝到半夜四点，曹小姐喝得醉了，吐了一地，刘川也吐了一地，还陪她唱歌。她挑的都是情歌，是那种歌词挑逗的情歌。刘川陪她喝，陪她唱，陪她笑，陪她聊。曹小姐即便醉了以后，话题也总围绕着刘川，她总是说刘川长得真帅真好，她总是问："刘川，今天我要带你走，你走还是不走？"刘川一味装醉装傻："走，走，走哪儿去啊？"曹小姐说："到我那儿去啊。"刘川醉眼惺忪："那不行，我还得回家呢。"曹小姐歪着身子想往他身上倒："那我跟你上你家去。"刘川赶紧往另一边倒："上我家？上我家你住哪儿？"曹小姐拽刘川胳膊，要把他拽起来："就住你那屋啊，你住哪儿我住哪儿。"但她拽不动刘川，刘川歪在沙发上做昏昏欲睡状："我，我和我爸爸住一屋，你要去和我妈、我姥姥住一屋好了……"

凌晨四点，曹老板终于带着他那帮狐朋狗友咋咋呼呼地走了。曹小姐让人扶着，也跟着走了，走的时候醉得连小费都忘给刘川了。他们走了以后，刘川又吐了一地，芸姐过来问他："没事吧，给你多少钱呀？"刘川没劲回答，没劲解释，只是昏沉沉地摆手。芸姐皱眉："啊？没给你钱呀，这个妖精，真他妈的不是东西！"

第二天是星期天，曹老板没来，但曹小姐来了，一个人，开了一个包房，又点刘川的台，又唱歌，又喝酒，又砸骰子，又闹到了半夜四点。这回她没有喝醉，走的时候给了刘川八百块钱的小费。

刘川也没喝醉，本能地谢绝："不用了，不用了。"可曹小姐硬塞在他的手里："不是嫌少吧，像你这样光陪着喝喝酒聊聊天的，换上别人，最多给一二百，长得漂亮的就给三百，可我给了你多少，我给了你多少，啊？"和刘川一起送曹小姐出门的芸姐替刘川道谢："这小孩太嫩，不会说话，我知道曹小姐心疼他，一出手就是八百。"芸姐转过脸又对刘川说，"今天你算走运，能让曹小姐高兴，曹小姐要是喜欢谁，三五百那是起码的，不过曹小姐来这么多次了，给你这次是最多的了，这我可以证明。”

刘川想，妈的怪不得这么多男孩过来当少爷陪女的，聊一晚上天就能挣三五百，多了能挣七八百，这是服务员干一个月或一个半月才能挣到的钱，对普通打工仔来说，真是暴利暴收。

但接下来他就知道了，这八百块钱不全是他的，芸姐拿走了二百块台费，又补扣了他没交的三百块押金，最后还剩下三百，才是他的。

这一天虽然没有喝醉，但刘川清晨回到家时，还是困乏得双目难睁，连澡都没洗就和衣上床，一直睡到中午奶奶又来叫门。奶奶叫开门疑心地问他：“这些天都上哪儿去了，怎么总是半夜不归？”他迷迷糊糊地起床，说：“帮几个朋友一起办了个酒吧，这些天晚上得过去张罗生意。”奶奶说：“你自己这么大的公司不好好去管，怎么有精神去管人家的闲事？”刘川说：“我就是为了管好咱们的公司才去跟朋友学着办酒吧呢，干什么都得从最基础的学起。”奶奶听刘川说得无懈可击，观点也符合传统理论，遂咽咽唾沫，不再多问。

中午，刘川去公司之前，接了景科长的一个电话，两人约在刘川从家去公司途经的一个街边茶座接头。刘川汇报了自己在美丽屋的所见所闻，以及芸姐这两天的行为举止，他没等景科长鼓励就抢先表示：“你们这活儿我真的干不了啦，我最多再干一两天，你们赶紧研究研究另想辙吧。”

景科长有些奇怪：“为什么，你不是干得挺好吗？是不是太累了？”

“可不是嘛。”

“这又不是重体力活儿，不会太累吧。”

“要不你去试试。”

景科长笑：“服务生这活儿，我干过。”

刘川红着脸：“我又不是光当服务生去了。”

景科长不解地："那你当什么去了？"

刘川舌头发紧地："我，我他妈差点当鸭了。"

景科长先是一愣，马上猜出了大概，忍住笑说："谁让你当鸭了。"

刘川放高了声音，吵架似的解释："人家客人点我的台，我不去芸姐还不把我炒了。我受了多大委屈你们知道吗？！我干不了你们这活儿了！"

景科长倒是不急不躁，很有耐心地听着刘川发火，平平静静地问道："前一阵我看电视剧《重案六组》，那里边的女警察就扮成妓女，侦查出了一个杀人要犯，她那妓女扮得还挺像呢，只是不真干而已。不过鸭我还真没见过，鸭都干些什么？"

"陪喝酒，陪聊天，什么都陪！"

"陪上床吗？"

"上床？上床不陪。"

"这不就得了，"景科长调笑一句，"卖艺不卖身嘛。"

"卖个什么艺呀，就是喝酒，胡聊！"

"喝酒就是本事，聊天也是本事。"

"我喝坏了身体你们公安局管不管？！"

"管呀，再说你悠着点不就行了，干吗非要喝坏身体。"

刘川烦躁地摆摆手，懒得再说似的："你没干过鸭你又不懂，跟你说不清楚。"

景科长用玩笑的态度，试图消解刘川的郁闷："是啊，我要长你这么帅我真想试试去。人生在世，多一种经历多一份成熟。"可刘川低着头不应他，脸上更加郁闷的样子，景科长只好换了正经严肃的口气，说道，"这样吧，你再坚持几天，最多陪着喝喝酒聊聊天，别的什么都不能干。我们也再研究研究。我们让你承担这项任务，就是相信你有能力，也有办法，能够处理好一切复杂的环境，我们相信你一定能把握住自己。你虽然年轻，但我们希望你在这种声色犬马的场所，能禁得住一切诱惑，既能完成好任务，又不搅进那些诱惑中去，最后给自己找一身麻烦。”

刘川抬了头，并不看景科长，只看街对面，自己叨咕了一声：“诱惑什么呀，那里面的女人，没一个好看的。”

和景科长分了手，刘川赶到万和城，在三楼餐厅里又是狼吞虎咽的一顿午饭，吃下了整整一只黄油焗烤的澳洲龙虾，外加一份鲍汁焖饭和照例要吃的饭后果盘。

饭毕，刘川上楼，开始办公。

办公就是看文件、看报表，他叫来公司财务部的一位经理，让她像上课似的把报表上的那些科目，那些一看就晕的数字，一一讲给他听。讲了四十分钟，刚刚感到有些开窍，脑子便觉又困又乏。他一连两天睡得不好，脸色也显得蜡黄蜡黄。

学了一阵报表之后，居然来了公务。几个万和家具厂的职工因为个人福利问题，找上门来求见公司老板。娄大鹏躲了，推到刘川这边，刘川正好闲着，便开门迎客，被那几个口齿不清但情绪激动的工人纠缠了很久，许了很多愿才终于把他们打发走了。工人们刚走，总裁办的秘书又进来报告，说有一位小姐在外求见。刘川这下学得精了，一通摆手说不见不见，话音没落那位小姐已经不请自进，刘川一看，神经马上松弛下来，说：“季文竹，嗐，是你呀。”

秘书一看刘川的眼神瞬时兴奋起来，继而又腼腆起来，立刻知趣地退出了房间。刘川关好房门，刚一回身，就被季文竹拦腰抱住。

季文竹说：“刘川，我想你！”

刘川没想到情势会急转直下发展到这一步，就是在他当初当着庞建东的面故作无畏地标榜自己喜欢季文竹时，也没想到他和季文竹之间，能这么快就成了真事。也许是因为刘川自己性格不够外露，也许是因为公安大学禁止学生恋爱，也许是奶奶从小事无巨细管得太严……总而言之，刘川至今还没机会让女孩这么抱过。可以说，第一个主动伸手摸他的异性，是到美丽屋花钱找乐的那位曹小姐，第一个真情拥抱他的，就是这位他都没敢动心的季文竹。

可想而知，季文竹的火热一抱，让刘川如何受宠若惊，那份新奇，那种激动，如何难以抑制。刘川也抱了季文竹，这个他第一眼就心生仰慕的明星般的少女，此时此刻，居然把她高贵的身躯，主动投怀送抱，像个委屈的小猫似的，伏在他的胸前，还用微微喘息的声音，倾述对他的爱慕之情……

那天晚上刘川迟到了，他因为请季文竹吃饭吃到七点半，赶到美丽屋时已近晚上九点，好在老板娘芸姐只是埋怨几句，未及责问就把他推进一个包房。刘川既已迟到，不敢多加扭捏，身不由己地进了房间。包房里已经坐了四个女客，八只眼睛虎视眈眈，看得刘川毛骨悚然。直到她们开口才得以分辨，四人中只有一个是花钱的老板，另外三个不过是她的随从和玩伴。

位居中间的那位老板，年纪比曹小姐显然小些，样子也不恐龙，脸上浓淡相宜，衣着稍嫌妖艳。刘川想，这女的大概是某个大款包的二奶吧，八成是趁男人不在，出来寻个消遣。

那女人拍拍自己身边的座位，招呼刘川："坐这边来。"声音并不张扬，口气却是命令。刘川一声不响地过去，屈身坐下。女的问，"你就是刘川呀？"见刘川应了一声，又问，"你知道我是谁吗？"见刘川摇头，她身边的随从说道："这是杨总，是你们这儿的常客。"

那位叫"杨总"的女人一直盯着刘川，说："我好一阵没来了，昨天听说这儿又来了一个新人，所以过来看看。他们都说你像陆毅，我看并不怎么像嘛。陆毅太甜了，你好像比他小一号，不过比他更爷们儿。男孩还是更爷们儿一点好。”

刘川说：“噢，是吗？”

无论那女人说什么，刘川都是这样点头应承，无可无不可的。然后又是老一套，喝酒、唱歌，四个人一起赌牌。那位“杨总”不玩，她让刘川替她玩，刘川赢了钱她收，输了钱她付。她坐在刘川身后，双手围着刘川的腰看他出牌，给他支招。不支招的时候手也不老实，不停地在刘川身上摸来摸去，刘川难受得顾不上打牌，身上腻歪得一层一层地出汗。

于是刘川就总输，能赢的牌也往输里打，把那三个女的全都乐歪了。没多久就输掉了三千多块，直逼得那位叫“杨总”的女人骂他：“你这臭手怎么这么潮啊，今天不玩儿了，咱们还是唱歌吧。”

于是收了摊子，唱歌。

刘川唱歌，嗓子也潮，唱得跟碎玻璃磨地似的，听得那几个女人龇牙咧嘴。

那天“杨总”走前，给了刘川一千块小费。

“杨总”说：“其实你真不值这么多钱，除了你这张脸还算合格，其他的你说你会什么？我们来找少爷都是少爷逗我们高兴，你倒好，得我们逗你高兴。这一晚上我就没见你笑过，老这么端着架子。今天幸亏我高兴，不高兴早把你退台了。”

刘川辩了一句：“没有啊，我端什么架子啦。”

“端淑女架子啦！我今天给你留面子，先不投诉你了，下次来注意点，再这样再说！”

被称为“杨总”的女人在刘川脸上拧了一把，笑笑，走了。刘川猝不及防，只好擦着脸心想：这女的比曹小姐还疯。

没几天的工夫，刘川也没想到，他的生意越来越火，一跃成了美丽屋夜总会的头牌，成了炙手可热的顶尖红人，连那帮小姐全都算上，坐台率和坐台费无人能与刘川比肩。常来美丽屋的客人都听说新来的小伙帅得不行，也傲得不行，只陪酒陪聊，不陪闹，更不出台，甚至，后来牛掰到连摸都不让摸了。不让摸人家花钱点你的台不是白花了吗，可那帮女的还是大把大把地往他身上扔钱，走的时候还往他手里塞电话号码，约了打电话请他吃饭。正应了那个上不了台面的俗理——结婚的感觉不如恋爱的，恋爱的感觉不如偷情的，偷情的感觉不如偷不着的……

能给美丽屋大把挣钱的人，在芸姐这里自然受到极大尊宠。刘川不仅完全不用干活，而且还可以经常迟到，而且还能在美丽屋的各个角落到处乱逛。这使他有条件找各种借口往后院去，芸姐就住在后院。后院，也是单成功藏身的地方。

某日，下雨，客人来得少。刘川陪一位女客喝了会儿酒，烦了，就借口去厕所方便，溜到后院抽烟。后院不大，有几间平房，门都锁着，窗帘严紧。院里，墙下，沿墙的回廊上，到处堆着杂物——拆下来的广告牌，成摞的啤酒箱，散了架的桌椅板凳，垃圾啥的，什么都有。角落的一个拐弯处，还挤着一间小厕所，刘川有时跑到后院探看，借口一般都是如厕。

刘川进了后院，点了根烟抽着，然后四下巡看。月光下到处都是阴影，看不清每个角落的细部，那几间小屋也都黑灯瞎火，不知单成功是否真如林处长和景科长说的那样，肯定藏匿其中。在美丽屋的前门后巷，景科长的人二十四小时轮班蹲守，数日前看见单成功进去以后，就再也没见他出来，刘川很想扒着那几间房的门缝、窗缝朝里看看，又怕万一单成功真在里头，他这样鬼头鬼脑，岂不暴露。站在院里抽了半根香烟，刘川进了院角的厕所。那厕所窄得只有一个蹲坑，几乎像天河监狱的禁闭室那样局促。刘川没尿也硬尿了一点，叼着烟刚刚走出厕所，耳中便听见轻轻点点的一串脚步，眼睛同时看到芸姐细细的影子，从前边的过道里飘了出来。

芸姐也看见他了，手捂胸口小声尖叫一下，认出是刘川之后，气喘吁吁地翻着白眼，嗔道：“吓死我了，你怎么到这儿来了？”刘川也让她吓了一跳，好在镇定得也快：“我上厕所来了。”芸姐说：“前边有厕所你怎么老到后面来上。”刘川说：“前边厕所有人我等不及了。”芸姐笑骂：“小东西，你肾亏呀，怎么连点尿都憋不住，回头姐给你治治。”刘川问：“怎么治啊？”芸姐说：“你呀，肯定是性生活不正常，你们这个岁数的人纵欲当然不好，但也不能一点没有。我看那么多客人喜欢你，你一次也没跟人家出去，你是没兴趣呀还是怎么着呀……”刘川说：“那帮客人太疯，我跟她们走，还不把我抽干了。”芸姐说：“你跟不少女人都睡过了吧，是不是把你整怕了？”刘川没有跟女人上床的经验，只能含糊其词地否认：“胡说。”芸姐追问：“一个没睡过？那有机会芸姐好好教教你，芸姐对你这么好，你不会连芸姐都烦吧？”刘川还是含糊其词地笑笑，说：“不知道。”

刘川眼看着芸姐说着说着眼神不对了，知道她骚劲上来了，便移动脚步从芸姐身边挤过去，说：“我得走了，要不又该让客人罚酒了。”芸姐没拦他，一言不发地笑着，看着他从自己身边走过。刘川穿过黑暗的过道，走到包房的门口，他的手握住冰冷的门把，听见门内的女客正在叽叽歪歪地独自唱歌，这个刹那他突然想到了季文竹，想到季文竹他有点想哭，季文竹那张美丽的面容，面容上那一对若隐若现的酒窝，忽的一下把他的全部身心，轻柔温暖地笼罩起来了。

五

每天夜里，刘川都要在美丽屋夜总会那一个个光线阴暗的包房里打熬钟点；每天白天，他也不再贪睡，无论夜里回家多晚，他都会在太阳爬上窗帘之前，早早起来梳洗打扮，然后在上午十点左右，赶到酒仙桥季文竹的住处。然后，坐在季文竹那只红色的小沙发上，看着她起床，看着她洗脸、化妆，试穿各种衣服。然后他开着车，拉着她上街吃饭。吃完饭，又拉她去某个影视公司或某个剧组，去和那些制片商、导演、副导演之类的一干人等见面。刘川这才知道，当演员也不容易，纵有年轻美丽的容貌，还是免不了四处奔波，为讨一个生计，得端出一副挂历封面式的笑脸，排着队任人相看。

不去剧组的时候，他就陪她逛街，给她买衣服，买手腕上、耳垂上、脖子上挂的戴的各种玩意儿。为了给她买这些东西，他找奶奶要过一次钱，奶奶给是给了，但免不了盘问半天。后来他又找娄大鹏要钱，娄大鹏也给了，只让他在一张用款单上签了名字，用途一句不问。刘川花钱不记账的，可大致也还清楚，不到一个星期，他就在季文竹身上花了三万多元。

娄大鹏那一阵心情也很高兴，因为奶奶为了提高他的积极性，终于答应为他的老关系——那家华丰实业公司的贷款做了抵押担保。那是七千万元的一笔大数，刘川在女孩身上花的钱与这种交易相比，只不过是小巫见大巫！

白天做人，是刘川夜里做鬼的一个心理支撑，季文竹给他的快乐，是他从未有过的。尽管，他和季文竹在一起的时候有点像个仆役，他给她开车，给她埋单，给她收拾屋子，还给她洗过衣服……她在剧组试镜的时候，他就抱着她的外套和背包在门外等着，等她哭丧着脸从里面出来。

他看得出来，季文竹是真喜欢他的，毫无疑问，他们已开始恋爱。这表现在她在他面前什么秘密都说，在他面前无所顾忌地撒娇，无所顾忌地发火，并且还经常主动亲他抱他，甚至，不止一次地暗示他可以在她那里过夜。

但刘川没法在她那里过夜，每晚八点左右，他就要按时离开，往美丽屋赶，借口是奶奶身体有病，规定他每晚九点以前必须回家照看。

让刘川感到特别高兴的是，季文竹终于被一个剧组选中了，在一个二十集的古装电视剧中饰演女二号。据说那是一部男人戏，连女一号的戏份都少得可怜。不过对季文竹这种没什么名气的“北漂”来说，进组总比在家闲着要强。

送季文竹去了剧组之后，奶奶真的病了。病因出自奶奶不久前亲笔签署的那份抵押合同。使用这份抵押的华丰实业有限公司日前因巨额债务被债权人告上法庭，法庭宣布冻结华丰实业的全部资产，包括已具函为其贷款承担抵押的万和公司，资产也被一并冻结。在季文竹进组的当天下午，法院派员核查了万和公司的财务账目，当场宣布了冻结资产的裁定。当初万和娱乐城有四千万建设资金是向银行借来的，万和公司的贷款银行听到法院冻结万和资产的消息后很快派人赶来交涉，依据贷款合同某个条款的授权，要求万和公司立即偿清贷款的全额。而早在法院宣布资产冻结裁定的半小时前，为华丰出具贷款抵押书的始作俑者娄大鹏就已宣布辞职。当银行的人赶到万和公司时，公司上下早已乱成一片。

事发时刘川和奶奶都在家里，刘川刚刚送季文竹去了位于顺义县（今顺义区）的剧组驻地，回家换了衣服正要去美丽屋上班。走前景科长打来电话，告诉他芸姐今天白天上街买了一本列车时刻表，显见单成功近日有动窝的迹象，要他多加留意，注意观察。刘川说："我正要到美丽屋上班去呢，最近那一带歌厅夜总会生意全都赛着红火，营业时间全都提前了。"景科长又嘱咐他注意安全，这事不会拖太久了，让他好赖再坚持几天。

和景科长还没通完电话，奶奶正巧推门进屋，她问刘川美丽屋是什么地方，刘川支吾着说是个酒吧。奶奶说："你现在怎么天天泡在酒吧里胡混？"刘川说："什么呀，我不是早告诉你我跟几个朋友合伙搞酒吧吗？"奶奶这才想起，这才没话，说那你路上小心，早点回来。

刘川出门打车走了，刚走没多久，奶奶就接到了王律师的电话，向她报告了公司的情况。王律师那时也许已经预见到了：如日中天的万和公司只走错了小小的一步，就踏上了这条生死难料的危途。

那时候，奶奶也许还看不到那一步，但她显然从王律师的口气中，强烈地感受到了事态的严重性。她答应王律师马上和刘川一起赶到公司去，然后就急急地拨打刘川的手机。刘川的手机不知为什么关了，她记得刘川还有一个呼机，可号码忘了。她戴着老花镜在家里的电话本上翻了半天，没翻到刘川的呼机，却翻到了刘川单位同事小珂的呼机。小珂奶奶认识，而且印象特好。她就拨打了小珂的呼机。小珂很快回电话了，但她说她也不知道刘川的呼机号码。她听得出刘川奶奶急切的声音，她一边安慰一边答应可以帮忙找他。刘川奶奶说刘川去美丽屋酒吧了，但美丽屋酒吧在哪儿，奶奶则不甚了了。小珂说："您放心，别着急，我会想办法找到他的。"

奶奶放了电话，站在电话机前半天没动，家里的小阿姨发现她的脸色惨白，白得像纸一样。她惊慌地叫了一声：“奶奶！”接下来她看见奶奶移步想走，但只走了一步就重重地摔在了地上。

小珂首先想到的，是114查号台。她心存侥幸地把电话拨了过去，居然，很容易就查到了那家“美丽屋”。那不是个酒吧，而是位于东郊的一家夜总会。

小珂找到美丽屋夜总会时已是晚上十点钟了，这种有鸡有鸭的夜总会她以前从未光顾，初初进去还有些心惊肉跳的呢。迎面而来的每个男人，擦肩而过的每个女人，和平时街上见的，似乎都有些不同。她在门口花三十元钱买了张门票，进去后发现里面生意好得找不到座位。她在人群中挤来挤去，终于远远望见刘川出现在走廊的端口，他正和一个老大不小的女人说着什么，半醉不醉地往里走去，看得小珂眼都呆了，好半天才确定自己没有认错。她拨开人群挤了过去，看到刘川进了一间包房，她透过房门上的玻璃往里探看，几乎不敢相信自己的眼睛：刘川被两个妖艳的女人一左一右地夹着，坐在沙发上给她们倒酒，还左顾右盼地和她们说话，那样子像是彼此很熟。小珂像被针刺了一下似的，全身一个激灵，头皮发麻地后退一步，她不想再看里面到底还能发生什么。她沿着那条窄窄的走廊回到大厅，又从大厅走出大门，她的脖子发硬，步子发飘，心里说不清是失落还是厌恶，抑或仅仅是一种莫名的惊愕。

那天夜里，小珂在中日友好医院见到刘川的奶奶时，奶奶的病情已经得到控制，并且在药物的作用下沉沉睡去。从赶来陪床的一位万和公司的女职员口中，她知道老太太是因精神忽遭打击而引发了中枢神经坏死，这种病今后治好了还能走路，治不好就是半身不遂。虽然那个女职员没说，小珂也没问，但谁都想得到，这种病对于一个年届七旬的老人来说，是个太大的麻烦。

小珂走的时候，没跟那位女职员和与她一同守在病床前的刘家保姆说起刘川的下落。但小珂第二天上班后忍不住对庞建东说了。庞建东毕竟是个男人，男人对一切闻所未闻之事都能见怪不怪，遇惊不惊。但庞建东还是和小珂一样，为刘川的堕落沉默良久，好几天以后小珂在食堂吃饭的时候，才听到庞建东在邻桌跟人说起刘川，说刘川这小子完了。庞建东感慨的是：人的一生最难过的不外两关，一是重大挫折，二是不劳而获。如果说，监狱给刘川的那个辞退处分让刘川沉沦沮丧的话，那么他因子承父业而突然成为亿万财富的主宰，则会让他变得疯狂。不劳而获的钱财最容易任意挥霍，玩女人都要同时玩上一双。一个人要是又受了挫折又得了外财的话，那这个人肯定是彻底没救了。

刘川那时候并不知道他家的公司已经没救了，他那天晚上一肚子酒精回到家倒头便睡，第二天上午醒来时才看到小保姆留在桌子上的字条，才知道奶奶病了。他赶到医院看见奶奶时，奶奶已经不能下床。中午，王律师来了，看望了奶奶之后，把刘川拉到公司，叫来财务部的头头，对着账本商量对策。刘川和他奶奶一样，到这一刻也不相信仅凭那一纸薄薄的抵押合同，竟能把整个万和产业拖入万劫不复之境。万和公司站着房子躺着地，账面上趴着一个亿，怎么可能一夜之间，说垮就垮了呢！

他们不懂，万和公司的总资产虽然确实过亿，但总负债也是一笔大数。总资产减去总负债之后的净资产，不过六千万左右，可他们为华丰公司出具的抵押承诺，就高达七千万之多。无论是在法律概念上还是在金融概念上，抵押就是负债，抵押人就是第一偿债责任人，这样算来，万和的资产一下子变成了负数，除了破产或被华丰的债权人接管，已经别无他路。

虽然，万和公司属下的家具厂、布艺公司、娱乐城等单体项目，这两天还都维持着正常营业，但公司本部群龙无首，事实上已停止了运作。从娄大鹏断然辞职的行为推测，他显然不仅一下看到了万和的末路，甚至让人不能不疑，他从怂恿刘川的奶奶签下这份灭绝万和的抵押书的那一刻起，早就意识到了这份巨大的风险，早就看到了他已大权旁落的这个企业王国，颤巍巍地站到了悬崖的边缘。

在大难临头的时候，公司的董事长偏偏又住进了医院。一个风烛残年之人，一个身患重病之人，没人再来跟她说这些事情。王律师在医院里也没跟奶奶多说一句，公司的一切麻烦，只能找刘川做主。但那几天刘川还有别的麻烦，那个麻烦对奶奶，对王律师，对他周围的一切人，全都难以启齿，无法说清。

刘川的这个麻烦，就是女人。

带来麻烦的这个女人，并不是那些寂寞风骚的女客，刘川在美丽屋干了两个星期，各种女人都已见过。对这些客人，刘川除了陪喝陪聊之外，不越雷池一步。女客们也都知道这小子特别难弄，仗着“天姿国色”有恃无恐，不过慢慢大家也都习惯了，也知道干什么都有游戏规则。

刘川的麻烦出在一个新来的生客身上。

那一天，刘川和王律师及财务部的头头在公司研究了整整一个下午，傍晚刘川在会议室外没人的地方悄悄给景科长打了个电话，向他说了公司出事和奶奶生病的情况，表示他已无力继续承担他们交办的这个任务，希望他们马上安排他从中退出。景科长说了些关心安慰的话，答应马上向领导汇报，最迟明天给他答复，但希望他今晚仍去美丽屋露上一面，下一步该怎么办明天再说。刘川挂了电话先去医院看了看奶奶，等奶奶睡了才赶往城东的美丽屋。一到美丽屋芸姐就一通抱怨，说：“有好几个客人点你呢！你怎么才来？”刘川沉着脸说：“我不舒服，今天不想做了。”芸姐看看他的脸色，迟疑片刻才不得不勉强点头，说：“也好，不过今天来了一个生客，指名非要点你不可，你去照个面吧，坐十分钟我就进去替你解围让你出来，其他客人我全都给你回了，怎么样？”刘川不好再推，低着头跟着芸姐往里面的包房走。芸姐又说，“今天这个生客可年轻呢，绝对漂亮，弄不好我猜你今天能跟她出台，不信咱俩打赌。”刘川没精神地白了芸姐一眼，不搭下茬。

两人一前一后走进包房，房里果然坐着一个年轻美貌的姑娘，刘川抬眼一看，脑门上的大筋砰的一下暴出来了，他怔了刹那转身就走，他没想到指名点他台的这位生客，竟是他爱的女孩季文竹。

季文竹厉声把他叫住：“刘川！”

她从沙发上站起来了，走到刘川面前，一双大眼狠狠地盯他，盯得刘川无地自容。紧接季文竹当着芸姐和一个进来送果盘的服务员的面，一巴掌抽得刘川把脸都歪了过去。抽完之后，季文竹红着泪眼跑出了包房。

刘川歪着头原地没动，没去追她，没去追上她解释清楚。芸姐愣了半天，才想起把和自己同样傻愣在一边的服务员轰走。她拉着刘川坐下，既关心又好奇地问了很久：“这是你女朋友？她怎么知道你在这儿的？哎，想开点吧，这女孩我看除了脸不错也没什么嘛。我最讨厌女孩当着人不给男的面子，这种女孩趁早休了算了……”那天晚上，刘川一言不发，只是闷头喝酒，任凭芸姐在他身边信口胡说。芸姐也是刘川的一个麻烦，特别是在她喝醉的时候，一醉总要借酒撒疯，一醉总是满口骚话，甚至手脚并用没轻没重。她冲刘川叫心肝，当着人也这么叫，后来发展到，不醉的时候也这么叫。她还不断给刘川买东西，从吃的零食到穿的衣服，左一件右一件买了不少。那些衣服都是从秀水街买来的假名牌，BOSS的裤子八十块一条。零食刘川偶尔吃过，衣服刘川一般接过来说声谢谢然后就随手送给服务生了。服务生和其他少爷也不论是否合身，只要白给照单全收。

在季文竹打了刘川的这个晚上，芸姐一直陪着刘川借酒浇愁，酒上头后居然使劲抱着刘川哭得像个泪人。她说："心肝你救救我吧，我爱死你了，我都快疯了。"刘川虽然喝多了但还没醉，粗声粗气地命她放手。但芸姐死活不放，外面的人听到屋里的动静也没人进来，那些少爷、小姐、服务生，都暗笑着躲了。直到芸姐凑过嘴巴，没头没脸地亲了刘川一脸唾沫，刘川才用蛮力将她甩开。那力量用得确实狠了点，芸姐重重地摔在沙发上，又从沙发上弹起来滚到地毯上，头碰到了茶几的边角……刘川也顾不上看她伤没伤着，只听见身后"哎哟"一声，他已拉开包房的房门，从美丽屋夜总会逃之夭夭。

第二天，刘川一早就起床出门，他没去医院，也没去公司，他打电话约了景科长，说有急事需要立即见面。景科长显然听出他的口气不同以往，于是让他马上到公安局招待所来。

那天，在公安局招待所刘川没对景科长提季文竹，他只强调了芸姐的无耻纠缠。他在见到景科长之前就已下定决心，这个差事坚决不再干了。但正如所料，见面后景科长果然老生常谈，又是一通哄劝："我们领导的意见，还是希望你能再坚持几天，我们估计那家伙很快就会有动作了。那老板娘不管怎么缠你，毕竟是个女的，又不能强奸你，你不理她，她有何招法？应付应付也就过去了，按说不难。"

刘川没被说服，他顶嘴说："怎么应付啊，你要觉得不难你怎么不去试试，那女的多讨厌啊！你怎么不去试试！"

景科长冷静地看他，不说话了。刘川也不说话了。

最后，景科长到其他房间又给林处长打电话去了，又请示了半天才回到屋内，他对刘川说："这样吧，你今天再去最后一次，你等那女的到后院去以后，就跟进去找她。你直接推门进她的屋子，听明白了吗，直接进她的屋子，你跟她提出辞职。进去以后，如果你能看到单成功，如果你真的能看到他的话，你就这样……”

从景科长那里出来，刘川开车去了法院。

从见景科长之前，王律师的电话就不停地打进他的手机，这天上午，他和王律师还有公司的另外两位高层经理，在法院的一间会谈室里，和一位法官及两位银行干部谈了整整两个小时，谈得彼此口干舌燥，谈得双方焦头烂额。但整个上午刘川始终形聚神散，虽然他一直听着他们互相交涉争论，虽然他知道这是万和公司，是他父亲留下的这份家族产业生死存亡的关键时刻，但不知为什么，他从一开始坐下来就感到心神不属，心力交瘁。

中午散了会，从会谈室出来，公司的两位干部建议刘川马上回公司去，召集各单位、各部门的负责人开个紧急会议，尽快安定人心。刘川先是点头说好，继而又一通摇头，改口说等明天吧，明天我一早就来，你们今天可以先把会议时间通知下去。

接下来大家就在法院门口，就在路边，商量了明天这会怎么开法，刘川都需要讲些什么，然后各上各车作鸟兽散。刘川奔东，把车开得疯了似的，没用二十分钟就挤进了拥堵不堪的京顺路，在京顺路上蠕行了将近一小时后，刘川的沃尔沃拐进了一条曲折的小路。这条小路他几天以前曾经走过，几天前他沿着这条路送季文竹和她的一只皮箱进驻剧组。

刘川赶到剧组时季文竹正在驻地旁边的一片树林里拍戏，如果仅从她的服装发饰揣摩，刘川也搞不懂他们演的究竟是民国还是晚清，总之是一副窈窕淑女的扮相，正与一个油头粉面的小生激烈争执。这段戏的末尾是季文竹的一席痛斥，言辞铿锵、掷地有声：“我一直以为你是一个正人君子，我现在才明白你是一肚子男盗女娼！”随着话音将落，她在那个小生的脸上狠狠地抽了一巴掌。

那一掌抽得很响，不知是真抽还是另出的音效。那啪的一声仿佛抽在刘川的脸上，让刘川不由自主地悚然一抖。那一掌之后戏终人散，群众演员和工作人员都帮着卸灯收拾机器，乱哄哄地向下一个场景转移。刘川似乎半天才从那一掌当中缓过神来，才猛醒似的上去拉着季文竹解释昨晚的事情。可季文竹似乎对他不分场合当着剧组众人的面说那些烂事，感到有伤面子，她粗暴地让刘川走开，表示不想听他解释。刘川还想解释但时间已不允许，季文竹已在制片主任的催促下随着大队人马上了汽车。那几辆汽车先后发动绝尘而去，把刘川和一帮围观的农民一同留在了这块弃满垃圾的野地。

农民们也散了。

刘川还愣在原地，不知自己该去哪里。

按照景科长的要求，这天晚上刘川无论心情怎样，都必须最后一次，再到美丽屋去！

刘川故意晚去了三个小时，他是快到十一点钟的时候才姗姗而至。到了以后他没有在厅房里找到芸姐，问服务员，才知芸姐昨天被他用力一甩，撞破了额头，今天一直没有出来，大概现在还在后院休息。

刘川二话没说，直奔后院来了。

他穿过包房外的走廊，拉开通往后院的小门，再穿过一条黑黝黝的过道，就到了垃圾场似的后院。后院的小屋里，有一扇窗子亮着灯光，这是刘川第一次在这个死气沉沉的小院里，见到象征人气的灯光。那灯光闪闪烁烁，一点点大小，犹如坟中的鬼火，凄凄惨惨。刘川脚步放慢，心跳加速，胸口紧张得快要喘不出气来。他为了与单成功的一场“邂逅”，已在无聊中煎熬了两周，但不知为什么，刘川竟然希望，当他推门进去的时候，最好只有芸姐一人在屋。然后他就按照预先想好的词句，宣布他的辞职决定，然后要回押金，扬长而去，然后，一切就都结束了，他在这个案件上的任务，也就到此为止。

押金是景科长要求他一定要开口索要的，否则辞职不干了还要去找芸姐，显得不够真实。要按刘川自己的想法，那三百块押金要不要两可。

刘川飘着脚，走近亮灯的小屋。屋里没有动静。他镇定片刻，按景科长教的，短促地敲了一下门，便断然推门进入。但门是反锁着的，刘川推了一下没有推动，只好接着大力敲门，敲了好几下，门里才有人问："谁？"

刘川说："我！"

还是芸姐的声音："刘川？"

"啊！"

门马上开了，屋里的灯光立刻把刘川的脸庞打亮。刘川看到，芸姐头上包了纱布，眼眶也明显肿着，肿着也不妨碍惊喜的流波一闪，然后死鱼一样盯住刘川，那眼神说不上是气愤怨恨，还是又发骚呢。

刘川的话横着出来，说得快而坚决："芸姐，我辞职了，我是来拿我的押金的。"

这两句话说的，机械得像是背书，因为刘川这时的神经，全部聚集于双目，他的视线快速地向屋内扫去。屋子不大，陈设简单，除了床，一套桌椅和一只衣柜外，别无他物。刘川这样快速一扫，已是一览无余，他弄不清自己是满意了还是失望了——单成功果然不在屋里。

"辞职？"芸姐那张怨妇的面孔立即换上了泼妇的表情，"刘川，你在我这儿挣了多少钱，啊？我一手把你捧起来的，你红了连声谢字都没说过。你还是个老爷们呢，连他妈那帮小姐都不如。小姐挣了钱还知道孝敬我，还知道喝水不忘挖井人！你这么大个子你有没有良心，你还讲不讲仁义！你还跟我要押金，啊？这么多天你在我这儿连吃带喝我还没跟你要钱呢。我他妈给你买了那么多东西，你吃了穿了一抹脸不认人啦！你把我摔伤了你知道不知道？你来得正好，我正想上法院告你去哪。你来得正好，还省得法院拿传票传你去哪！我真是认识你了刘川，别看你长得人模狗样，你他妈干的这叫人事儿吗，啊？”

刘川还没说出下句话来，芸姐就这样劈头盖脸一通嚷嚷，弄得刘川不知往下该说什么是好。刘川从小到大，无论是在家还是学校，亲朋好友皆为文雅一路，他从小到大没见过烂人翻脸是什么模样。他的语言积累，与这种人很难匹配，不是对手，因此只能张口结舌一阵，然后落荒而逃。不料他刚一转头，却被芸姐突然一抱，那一抱的力量着实不小，同时他听到这个女人抽抽噎噎地哭了起来。

“刘川，你别走！我不让你走，你跟着我，我保证让你过得比谁都好。你愿意接客你就接，你不愿意接就不接，你不接我养着你！我养你一辈子还不行吗？”

刘川让她抱得冒汗，他使劲挣扎，不能挣脱。正在无措之际，忽然听到黑暗的过道里，响起杂沓的脚步声，紧接着几根粗壮的手电光柱，直戳两人的脸孔，几个粗暴的声音，同时厉声喝问：

“干什么哪！你们是干什么的？啊！”

刘川吓了一跳，停止了挣扎，芸姐抱他的双手，也倏地松下来了。他们在手电光柱的虚影后面，看清来者竟是一帮警察。

芸姐马上镇定下来，大大方方地迎上去说：“哟，你们是派出所的吧，我是这儿的经理。来来来，咱们到前边坐。我跟你们分局的人熟，我们平时跟分局打交道多。”

警察们对芸姐的套辞并不理睬，喝问刘川：“你是干什么的？”

刘川没有说话，芸姐替他答道：“他呀，他是我男朋友。”

警察用手电照刘川的脸：“男朋友？他多大呀是你男朋友？”

另外几个警察不由分说，在这个小院四处搜索起来，东翻西看的，还拉开了芸姐的屋门往里瞧瞧。芸姐倒大方，说：“噢，这间屋子是我住的地方，进屋坐吧，进屋坐吧，今儿是查什么呀？”

一个警察说："今天是市里扫黄打非的统一清查，知道吗！你们这儿可是有三陪现象，你是经理是吧，正好，跟我们到前边去！"警察又指指刘川，"你也去。"

刘川被一个警察推搡了一把，正要移步，忽闻身后有人高声叫道："出来！你是干什么的？"随着这声叫喊，几个警察一齐蜂拥过去，他们从最角落的一间黑着灯的小库房里，拉出一个人来。刘川顺着手电光柱一看，胸口仿佛被什么东西砰地撞了一下，他差点脱口喊出"单成功"三个字来！

没错，那人正是单成功。

时至此刻，刘川还以为，对美丽屋的这次扫黄行动，皆系景科长和北京市局的专门安排，以逼出他和单成功的这场"邂逅"，但很久以后他才知道不是。这次治安检查与他的任务全无关系，纯属巧合。但他当时听来，警察对单成功的每句质询，全都属于明知故问。

"你是干什么的？"

"你躲在这儿干什么呢？"

单成功显然也借着警察的手电，看到了刘川，刘川的脸在手电光柱的照射下，惨白惨白。单成功显然是一下就认出刘川来了，他一下就认出这个青年就是灵堡村放生的那位狱警。但奇怪的是，单成功见到刘川后的表情只有紧张，没有惊讶。刘川看得出来，让单成功恐惧的并不是那一群声色俱厉的治安警察，而是他！他看到单成功面色苍白地盯着他的嘴巴，盯着他的表情，仿佛刘川脸上的表情马上就会砰地炸开，刘川那张嘴巴马上就会喊叫起来。

但刘川做出的表情，是他此时必须做出的表情，那就是惊讶。他故作惊讶地瞪着单成功，听着他机械地回答警察的问话。

"我，我是这儿的工人，我来库房拿东西的。"

"拿东西关着灯呀，关着灯拿什么东西？"

“我，我关了灯刚要出来，看见我们经理和她男朋友在外面……在外面挺，挺亲热的，我怕惊了他们，就没敢出来。”

刘川想，这老家伙，脑子反应还行！

警察不再啰唆，推着他们，说：“走吧，都到前边去！”

大家全都移动脚步，轰隆隆地往过道那边走。连刘川在内，谁也没料到单成功会突然转身，一个箭步向小院的墙边蹿去，只一眨眼的速度，就蹿上墙边的一只带盖的大垃圾桶，双手就势搭上墙头，随即拼命向上一撑。离他最近的警察反应还算敏捷，跟着冲到垃圾桶前，伸手拽住了单成功的脚脖子，就在单成功将要摔下来的刹那，刘川脑子里不知哪根筋扑棱一声动了一下，他突然双脚发力冲上去了，双手扒住那个警察的肩膀使劲一掀，那警察未及防备，脱手向后一仰，重重地摔在了垃圾桶下。刘川借势蹬上垃圾桶奋力一蹿，几乎是和单成功一起，蹿上了墙头，又从墙头翻上了房檐，也顾不得屋瓦会不会被他们踩塌，连蹿带跳地沿着那一片层层叠叠的房顶，亡命狂奔！直到身后警察们气急败坏的喊声和手电筒狂乱的光柱，一同在缀满星斗的夜空中渐渐虚无。

话到此处，我所讲的这个故事似乎进入了一个新的段落，似乎只能向着一个完全不可预知的方向自行发展了。刘川只知道他在完成“邂逅”之后跟着单成功一同亡命，肯定符合林处长和景科长的期望，肯定会令他们拍案叫好，但他这么一跑，他病在医院的奶奶该如何料理，他未及和解的爱情该如何挽救，他深陷危机的公司又该如何脱险，他心里一团乱麻，脑子里一盆糨糊。

从那时候起刘川已经开始怀疑，来美丽屋进行治案清查的这帮公安，与林处、景科以及与他们配合的北京刑警，压根就不是一势，不然为何不把这场假戏真做的清查提前和他通气，不把单成功万一逃跑或者玩命他该如何反应提前指示于他？他那天夜里懵懵懂懂地跟着单成功在那片房顶上连蹦带跳，单成功脚崴了他就搀着他继续奔跑，可同时他的脑子里始终胡思乱想，想今夜到底发生了什么，想到底是谁被蒙在了鼓里。

他们最后从那片屋顶跳进一条小巷时，单成功崴了的那只脚又戳了一下，伤得几乎不能行走。刘川把他扶到街上，叫了一辆出租汽车，按单成功的指令，穿过了整个城市的夜幕，从北京的东北一直开到了西南，在丰台区一条偏僻的小街上，找了一家可以过夜的洗浴中心。他们在这家“洗浴中心”要了一个单间，两个人一起住了进去。

那天晚上，单成功与刘川一夜长谈，从刘川两次帮他脱逃谈起，表面上是感激刘川的救命之恩，实际上是刺探刘川倾力搭救的真实动因。关于搭救的动因刘川做了合理的解释：第一次是为钱。刘川说，在执行对单成功的押解任务之前，监狱的司机老杨给了他五万块钱，因为他家里生活困难，奶奶又得了重病，所以这五万块钱对他非同一般。而这次助单一起逃脱，既是救人，也是自保。因为万一单成功被公安抓住，查出身份，供出向老杨等人行贿之事，那他就不仅仅是受个玩忽职守的辞退处分，回家另谋生路的事了，那就触犯了私放罪犯和受贿两条罪名，那就肯定要和单成功一起，共同打熬漫长的铁窗生涯了。

关于刘川被监狱除名，除名致使生活无着，无着便来到美丽屋应聘，应聘后先做服务生后当“少爷”的这段经历，刘川不说单成功也大致了解。因为他早就在他藏身的小屋里，透过窗户看到过刘川到美丽屋的后院来抽烟撒尿，他早就认出他就是那个拿了好处放跑他的监狱民警，他早就向芸姐仔细打听过这位美丽屋头牌少爷的“来龙去脉”，他早就看出芸姐对自己捧出的这个“鸭王”垂涎三尺。他的观察和刘川自己的述说相当吻合，特别是刘川和他一同从治安警察手中越墙逃走这个他亲身经历的事实，使他对刘川两次搭救的确切动机，终于深信不疑。

在丰台那个偏僻简陋的“洗浴中心”里，他们披着已经洗不出本色的肮脏浴巾长吁短叹。惊心动魄的回顾之后，又开始凄凄切切地展望未来，他们小心翼翼地互相询问了对方下一步的打算，刘川表示：那帮治安警察肯定看出他只是个“卖的”，他跑了不会当回事的，所以等天亮没事了他就回家。美丽屋是不能再去了，以后实在不行就老老实实找个普通工作，挣份辛苦钱能养活自己就行，至于奶奶的病，也只能听天由命了。刘川又问单成功下一步打算去哪儿。单成功看着自己肿胀的脚腕，苦笑说现在这样寸步难行还能去哪儿。他问刘川：“你现在还愿意帮我吗？”刘川说：“当然，可我这点能耐，也帮不了你了。”单成功说：“我看你这孩子挺仗义的，做事也有胆量，你今年多大了，你要愿意的话，我想认你做个干儿子，今后有我单成功一口吃的，我绝对分半口给你。今后我万一被警察抓住，就是枪毙了我，我也不会抖出你来。”刘川做感动状，说：“行，反正我爸也不在了，我就叫你干爹吧。”单成功说：“那咱爷儿俩就算认了。我还有个女儿，岁数比你大一岁，我今天当着你的面发个誓吧，我今后一定让你们，我这一儿一女，一辈子吃穿不愁。刘川，我的话你信吗？”刘川说：“信。”

这一夜，两人促膝长谈，从同谋变成了父子。天亮后刘川上街买了早点，还买了些专治跌打损伤的药丸之类，回到浴室后给单成功吃了。单成功受伤的脚越肿越大、越来越疼，虽然有危险，但他还是让刘川扶他上街找了家医院，拍了片子拿了药。从片子上看，脚踝骨果然裂了，但医生说不需要开刀和打石膏，吃点药再加一些外用药，它自己就会慢慢长好。

陪着单成功在医院看病拿药，刘川心里特别别扭，想着奶奶还在医院里躺着，可自己却在这里为一个罪犯跑上跑下求医问药，孝子贤孙似的伺候着，这份窝火，怎一个忠孝不能两全可以了得。刘川心情闷闷的，扶单成功看完病，又扶他出来找住处。单成功身上没有钱，刘川身上的钱也不多了，他们找了一个胡同里的小旅馆，一间房只需四十元一天便可租下。刘川那时心里只想着如何快点脱身，好早一点把情况向景科长汇报，然后赶紧去医院看他奶奶，也去公司看看事态现在到底怎么样了。

想到公司，刘川突然记起原定今天上午由他召集各单位、各部门的负责人开会的，看看表时间已近中午，想必大家早就到了，而且，早就散了。这个会本来的用意是安定人心，可如果大家等一上午等不到他，如果打他手机发现手机关了，如果打电话到他家里家里没人，那么众人的脸上，该是怎样一种狐疑万状的表情？

公司董事长病重入院，公司总裁下落不明，本来就动荡的局面，必将更加动荡；本来就焦虑的人心，必将更加焦虑。此时刘川自己心里，也焦虑得七上八下，可单成功的脸色在此一时，似乎比刘川还要阴沉，伤情明了之后他当然明白，这回真是动不了窝了。他和刘川一样，肯定不能再回芸姐的小院藏匿，可藏在这种小旅馆里，感觉同样危机四伏。所以，当刘川把单成功安顿在房间后提出要回家看看的时候，单成功马上开口把他叫住。

“刘川，你什么时候回来？你，你还回来吗？”

刘川安抚道：“回来呀，今天再晚我也回来。”

单成功点点头，却又问：“你不怕干爹出事连累你吗？”

刘川接答：“我就是怕你出事才必须回来，你要被公安抓了，下一个就是我了。听说现在有一种催眠药，抓住你给你一吃，你就自觉自愿把所有事都招出来了，所以你想不把我招了都不行。”

单成功低头想了片刻，抬眼说：“刘川，干爹肯定不能这么在北京待着了，我本来想这几天就走的，可现在我这脚，看来是走不了啦。你能再帮干爹一个忙吗？干爹必须尽快离开北京到外地去。”

刘川愣着，说：“行啊。”又说，“你打算去哪儿？”

单成功说：“现在，那帮警察肯定到处通缉我呢，我不能这么大模大样地出门，既不能走公路也不能走铁路。刘川，干爹想求你帮忙去找一个人，这个人肯定能把我弄出北京去！”

刘川问：“去哪儿找这个人，这个人是谁？”

单成功说：“你去一趟秦水市，找一个叫老范的人，他是我多年前的一个结拜兄弟。我出来干那件事之前，把我老婆和我闺女都托给他了。你到秦水去找他，告诉他我现在想到他那儿去。”

刘川愣了半天，才喃喃说道：“秦水……老范？”

六

刘川从小旅馆出来后的第一件事，是给景科长打电话。此前他一直把手机关着，生怕什么熟人把电话打进来，让单成功听见露了自己的底细。

景科长已有二十几个小时联系不上刘川，已经急得如热锅上的蚂蚁。据负责蹲守的便衣报告，昨天夜里美丽屋突遭当地警方的治安临检，带走了芸姐和一大帮“鸡鸭”，但始终没见刘川出来，也没见单成功的踪影动静。景科长连夜与北京警方取得联系，才知道刘川已与单成功越墙脱逃。脱逃后去向何方，那些治安民警当然无从知晓。景科长急得一夜未合眼睛，他给协助他们工作的北京市局某处打电话请求支援，他说如果到中午十二点再拨不通刘川的电话，估计就是出了问题，希望市局刑警能够采取行动，进行全市搜寻。

幸好，刘川几乎是在中午十二点整终于把电话打进来了，这让景科长从里往外松了一大口气，这个电话说明刘川至少还安全地活在人世。而刘川关于昨日午夜狂奔的惊人叙述，更是让景科长他们大喜过望。没想到刘川不仅完成了与单成功的巧妙“邂逅”，而且还极其自然地再次扮演了救星的角色，并由此深得单成功信任，甚至认为螟蛉。从效果上看，治安民警对夜总会的那场临检虽然纯属意外，但这场意外歪打正着，成全了一幕仿佛是精心策划的好戏。

景科长叫刘川马上到市公安局招待所来。

刘川在市公安局招待所一直待到下午三点，详细汇报了昨夜与今天发生的一切。一切过程，每个细节。景科长对单成功那句郑重的诺言极为重视，甚至欣喜若狂——单成功说他一定会让刘川和他的亲生女儿都过上一辈子吃穿不愁的日子，这已经把他肯定知道一千二百万元巨款下落的底细暴露无遗了。同样值得重视的是：这个案子又牵出了一个新的人物，就是秦水市的那个“老范”。

下午三点以后，刘川走出市局招待所那幢小楼，急匆匆地赶往医院。到医院后看到奶奶还睡着未醒，他就在床前坐了一会儿，向公司派来陪伴奶奶的阿姨和小保姆问了问情况，又去找医生了解了下一步的治疗方案。主管的医生是个五十来岁的女人，从她的口气中能听出她对刘川的极度不满：“老太太现在不就你这么一个亲人了吗，她病得这么重你得上点心了。”女大夫说，“我知道你们年轻人现在待不住，可老太太住了好几天医院了你才来照过几面？我们这儿的人都有点看不过去了。连好多病人都问我们，那老太太儿子孙子怎么一个都不来呀？”

刘川低头听着，没有解释，没有出声。

从医生的办公室里出来，刘川还是离开了医院，作为万和公司的现任总裁，作为万和事业继往开来的刘家后代，他此时还得赶往公司，了解这一天一夜之中，公司到底变成什么样了，是一切井然，还是天下大乱；是生机渐显，还是已经坏得难以救药……

进了万和城的大门他发现表面上一切正常，一至四楼的餐厅、酒吧、桑拿、健身等营业场所都在正常运转，但每个迎面而来的职工脸上，神情似乎多了些异样。到了顶楼的公司总部，他发现虽然已到下班时间，但坚持办公的人员并未比平时减少，他的办公桌上，文件堆积如山……见他终于露面，财务经理、人事经理、办公室主任等一干人马，又纷纷拿着一些文件过来请示，都是火烧眉毛急不能等的事情。他处理了几件，头脑便渐渐发麻，便让他们都把东西放下，容他看看再说。经理们快快退下，他马上拨了王律师的电话，王律师在电话里的口气和女大夫几乎一样，也是一通抱怨指责，恨铁不成钢的那种。他说："刘川你这几天都干吗去了，定好开会的时间你不来，法院和对方债权人提了好几个处理方案需要你表态可就是找不到你。听说你跟你女朋友闹意见了你找她去了是吗？刘川你爸爸弄起这么个公司多少年辛苦，万和公司能有今天多么不容易呀！我说一句难听的话你别不乐意听，你爸爸现在尸骨未寒，万和公司要败也别败得这么快吧。你现在是个大人了，是公司的总裁，是两千号人的主心骨，儿女情长、春宵苦短的事你能不能暂时放一放？万和公司现在形势堪忧，你得挺身而出拯救它，让它活过来，活下去，啊！"

刘川一言不发地听着，等王律师的苦口婆心告一段落，他才闷闷地说了一句："我现在就在公司呢。"

王律师说："今天上午你没来，会没开成。我建议你明天上午还是得把这个会开了，让大家的心都定一定，各司其职干好工作。明天上午我也来，法院这边有一些建议，我需要跟你商量，还有一些授权文件也需要由你签署，否则我有些事也实在没法办下去了。"

刘川说："好吧，我明天一定来，一定把会开了。王叔叔你放心，我爸这个公司，我一定会把它办好。"

王律师这才心平气和了一些，两个人约了明天开会的时间，才把电话挂了。挂了王律师的电话，刘川立即叫来总办主任，让他通知各单位、各部门的头头，明天上午再来公司开会。主任诺诺连声地领命走了，刘川看着桌上那几堆没看的文件，翻开上面一份，看了两行忽又想起什么，拿起电话拨了一个号码，他本来是想给在医院的那位阿姨打个电话问问奶奶醒了没有，但拨号前忽然转念，不知怎么一下先拨了季文竹的手机。

他说："文竹。"

电话那边，半天没声。

他又说："文竹，我是刘川。"

季文竹又沉默了几秒，才问："有事吗？"

他说："你还生气呀。"

季文竹说："我生什么气呀，我才不生气呢。"

他说："你就是生气了。能告诉我你是怎么知道我在美丽屋夜总会上班的吗？"

季文竹说："我凭什么告诉你呀？"

刘川也沉默了，好半天才说："因为我爱你。我爱你所以我怕你，我怕你误会我了。我想知道是谁在你面前说我。"

季文竹沉默片刻，反问："你不是挺有钱的吗，干吗还要到那种地方去做那种下贱的工作？要的就是那份刺激，对吗？你这人是不是心理上有什么毛病？"

刘川说："咱们见面谈好吗，见了面我会跟你解释清楚。你现在在哪儿，你现在有空吗？"

季文竹说："我现在没空。"

他说："那你什么时候有空，我去找你。"

季文竹说："我今天一天拍戏，晚上也有戏。"

"那明天呢？"

季文竹那边冷了半晌，终于有了回应："明天，明天什么时候啊？"

“明天下午行吗？明天下午什么时候都行。”

季文竹想了一下，说：“明天下午我要去航天桥拿我原来放在那里的东西，你明天下午三点，三点半吧，到航天桥我原来住的那个胡同口接我吧。然后你拉我去一趟燕莎，我们这个戏的投资商张老板下个月三号过生日，我想给他买个生日礼物。燕莎商场有卖大卫杜夫牌的雪茄专用打火机，大概一千多块钱吧，我想买一个，那个张老板爱抽雪茄。”

刘川马上答应：“行，下午三点半，我来接你，不见不散。”

挂了电话，刘川心里轻松了许多，从季文竹后面两句话的语气中可以听出，她差不多已经原谅他了。他想，要是明天见了面他再把他去美丽屋的来龙去脉跟季文竹一说，她肯定就彻底原谅他了，不仅彻底原谅，而且还会惊讶，还会赞赏，这是肯定的！反正季文竹也不可能和抢劫银行的人有什么瓜葛，这个任务对她不是秘密，向她泄点密应无大碍。只是季文竹是怎么跑到美丽屋找他来的，刘川怎么分析也没理出线索。

其实，这层窗户纸就是：刘川并不知道在季文竹找他之前，小珂已经到美丽屋来过。如果知道，他一定很快就能得出结论，能把这事捅出去的，只有小珂。一旦小珂把这事在天监的同事中当作一段奇闻加以描述，庞建东会不知道吗？这种事一旦被庞建东知道，他会压着不跟季文竹说？

好在季文竹仍然让刘川开车去航天桥接她，说明一切虽已发生，但一切都将过去，无论过程如何，结局还不是太糟。刘川就是怀着这样轻松的心情，又拨通了奶奶身边那个阿姨的电话。那个阿姨告诉他奶奶已经醒了，神志清醒，还问他来没来呢。阿姨还说：“明天医院请了几个专家过来会诊，医生让我问你明天能不能来。”刘川说：“当然来，明天上午我在公司开完会立刻就来，现在几点了，要不我现在就来？”阿姨说：“现在太晚了，医院已经不让进人了。”于是刘川让阿姨把手机交给奶奶，他和奶奶在电话里聊了一阵。奶奶一直以为他这几天都在处理公司的危机，所以对他不常过来非常理解。她告诉刘川：“公司事大，事业要紧，你如果太忙就不必过来，反正我现在感觉很好，大概很快就能出院了。”

和奶奶的通话尚未结束，刘川的手机就不停地有新的电话打进，嘀嘀嘀地响个没完。等挂了奶奶的电话，看看来电显示，发现是景科长的号码。刘川犹豫了几秒钟，还是打了过去，和他预料的一样，景科长找他果然有事。他让刘川马上过去一趟，没说事由。刘川下午和景科长分手时景科长就反复嘱咐他一定要开着手机，以便他们随时都能找到他。何况刘川也早就想到他们今晚还会派他再去一趟丰台，回到单成功藏身的那间小旅馆去，说不定他们今晚就要对单成功采取措施。

事情其实比刘川预料的还要麻烦，这天晚上，景科长和他手下的几个便衣一直在焦急地等待刘川，刘川赶到他们住的市局招待所后，他们每个人的脸上立即露出了如释重负的笑容，立即向刘川布置任务——一切都已向上级请示，方案已经大致成形，这个方案不仅要求刘川今晚必须回到单成功的身边，而且，明天一早，必须依单成功所托，乘火车赶往千里之外的秦水。

在布置任务之前，景科长和手下的便衣先拉着刘川出门上车。因为时间已是晚上九点，刘川中午汇报时说过，他答应过单成功今天再晚也会回去。景科长从刘川一到就一直抱怨，说刘川的手机从晚上七点开始，就始终占线。

他们开车载着他，向丰台的方向开去。利用路上的时间才开始向刘川交代一切，告诉他见到单成功之后具体说些什么，以及明天早上出发的车次安排。并且把去秦水的二二八次列车的一张卧铺车票交给刘川，还给了他一千五百元钱作为任务经费，还给了他一兜苹果和一兜方便面。景科长说：“刘川，我们知道你很有钱，但公是公私是私，这钱你拿好。一千块钱你带着到秦水用，苹果是给你路上吃的，五百块钱你留给单成功。方便面也留给单成功，就说是专门给他买的。”

从景科长一说要去秦水，刘川的脑子就陷入了混乱，从他们的表情和动作上刘川看出，事情紧急，一切既定，毫无商量余地……一路上他们始终叨叨不停地向他交代注意事项，听得刘川懵懵懂懂，在景科长把钱递过来的时候他甚至还傻乎乎地问道："你们到底什么时候抓单成功啊，给他留五百块钱他够花吗？"景科长没有正面回答，只说："就留这么多吧，留多了他会怀疑你这么有钱干吗还去当鸭。"这话刘川听得颇不顺耳，不由抬头朝景科长白了一眼，但景科长一脸事务性的严肃，表情上并无半点调侃。刘川这时突然清醒过来，才想起他明天上午约了公司开会，中午约了奶奶会诊，下午约了和季文竹见面，明天他是无论如何也走不了的。于是他也用一脸严肃的表情，把他奶奶生病的情况，把他家公司快要破产的情况，向景科长做了陈述，委婉而又坚决地表示他明天去秦水确有困难。景科长意外地说："哟，你奶奶住院啦，要紧不要紧？"刘川说："住三天了，当然要紧了。"景科长问："哪个医院啊，我们明天看看去。你们家公司的事我们也可以找找法院，请他们一定依法处理。"刘川也看出来了，现在和他们说什么都没用了，一切都已箭在弦上，不得不发！除非他现在就喊停车然后和这几个警察翻脸。

车子开到丰台，在那家小旅馆附近，他们放他下来，让他自己步行往胡同里走。刘川刚刚移步，没等回头，面包车就开动起来，一眨眼就开得没影没踪了。刘川只好一步一步往胡同里走去，走到一半，他拿出手机，把电话打到了老钟家里。

老钟正巧在家，刘川跟他说了自己的情况，希望老钟代表组织，找景科长他们谈谈，希望他们考虑到他家的情况，别让他再参加这个不知道什么时候能完的案子了。老钟在电话里想了一下，说："你奶奶那里，我们可以组织人去轮流照顾，你放心好了。你们家公司恐怕也不会因为你走了几天就垮了吧。"刘川说："怎么不会，现在是关键时期，我们家公司要真垮了他们东照公安局管不管呀，我们家公司要垮了他们就是把那一千多万追回来全赔给我也救不回来！”

胡同里没人，刘川边说边走，远远望见旅馆门口的那片灯光了，遂压低了激动的声音，并且不得不匆匆结束了尚未发完的牢骚。因为景科长告诉他，他们今天下午已请北京市局刑侦部门派人对单成功布置了监控，发现单成功在刘川中午离开旅馆后，不知何时自己强撑伤腿也走出了旅馆，在胡同口对面的一个角落观察到傍晚才回到房间。市局外线反映的情况，说明单成功虽然让刘川为干儿子，其实仍然心有疑虑，生怕刘川出门一去，转身带了警察回来，把他捂在这里。所以他跛着脚走出门去，混迹街头，观察了几个小时没见动静，才惊魂稍定，回去休息。

旅馆就在前方，刘川按照景科长的一再嘱咐，关掉了电话。他一腔烦闷，走进旅馆，走进单成功住的房间。单成功正靠在床上看电视呢，那样子是在等他。刘川看到，单成功看他的眼神，不知是疑问还是焦急，那一脸刻意堆出的笑容，让刘川心头一阵发紧，脸上也难自然。单成功的语气故作轻松，看着刘川淡淡相问：

“没出事吧，怎么这么晚才回来？”

清晨，六点，刘川和单成功一同起床，在刘川收拾行囊之际，单成功为刘川泡好了一碗方便面，还为他削了一个苹果。刘川问他怎么不吃，他说：“我不饿，你吃吧。”刘川默默地吃了方便面，吃了苹果，吃完后他扛着一只挎肩的背包，站到门口，转身告别的时候，单成功上来拥抱了他。

刘川也拥抱了单成功，他能感受到单成功混乱的心跳和胸腔里隐隐或有的一丝呜咽。

北京西客站钟楼上的时钟刚刚指向七点，站前广场的大小通道就拥挤起来。到车站给刘川送行的除了景科长和他手下的侦查员外，天河监狱遣送科的科长老钟，也出人意料地来了。他们一行人迎着风站在事前约定的钟楼下面，凝神望着刘川钻出出租车，过街而来。他们头上被风吹动的黑发和脸上凝重的庄严，让刘川一瞬间突然感动起来。

他们看着刘川走近，默默与他握手，景科长话不多言，只是简短地告诉他站台的位置，告诉他他会在另一个车厢里，与他同往秦水。真正与刘川做临行嘱托的，倒是刘川的科长老钟，他低声说道："刘川，你家的事，我们尽力帮你处理，国家的事，咱们不能耽误。你过去是公大的学生，现在是监狱的干警，我今天来，也是代表监狱领导，代表组织，要求你务必站好最后一班岗，打好最后这一仗，希望你退役前能交给组织一个圆满的答卷。"

老钟的话虽然一腔说教，老生常谈，但他语调慈祥，态度诚恳，他半哑的声音，仿佛有一种天然的洞穿力，让刘川胸口的热血，缓缓点燃。刘川毕竟年轻，受不住几句慷慨激昂的鼓舞，昨天憋了一肚子的牢骚不满，此时已经无法说出。他握了老钟宽厚温暖的手掌，欲言又止的目光从他们每个人的脸上草草扫过。他不知此时应该重复一下自己的现实困难，还是索性发表几句豪言壮语，想想无论述说困难还是壮言豪迈，场面恐怕都不自然。所以他什么都不再说了，一言未发地离开他们，独自走向车站大楼，走向大楼的入口。他知道他们的目光会一直尾随他的背影，一直目睹他在人流中消失。

早上八点，当火车开出北京，把都市的高楼大厦渐次抛在天际之外，刘川看到了一片辽阔的田野。田野使他的感觉立即脱离了城市，脱离了昨天。昨天恍如隔世。他的头脑渐渐变得清晰起来，再次一件件地想起计划中的今天，今天原本要做的一切。按照计划的安排，他此时应该走进万和公司的大门，公司各部门、下属各单位的经理们已坐在会议室里翘首以待，等待着万和公司新一代掌门人安抚士气，发布命令；会后，他要签署王律师带来的一系列文件，授权王律师立即处理那些已经刻不容缓的法律争端；然后，他将赶往医院，赶到奶奶床前，赶到医生的办公室里，代表亲属听取会诊的意见。他希望能在医院陪伴奶奶至少三个小时，然后在下午三点半之前，赶到航天桥那个胡同口去接季文竹，向她讲清一切，两人重归于好。然后他开车载着她前往燕莎商城，为那个要过生日的制片商买下一个大卫杜夫牌的打火机。刘川原想，等奶奶身体康复，等公司化险为夷，等一切成为过往，他也要当一回制片商，投资帮季文竹拍一部电视剧，让季文竹当主演，请陆毅、陈坤、佟大为之类最红的小生和她搭档，让季文竹也和他们一样，一夜成名，一飞冲天。

火车显然早已驶出了北京的边界，耳中的笛鸣，眼中的旷野，无不告诉刘川，他今天计划中要见的这些人，谁也不会知道，他此时此刻，已独身一人，端坐于西行列车的一个窗前，开始了一场崎岖难料的探险。

列车驶出百里地后他的心情稍定，估计王律师、季文竹他们已经起床，或已经睡醒，他看着窗外一闪而过的风景，开始打电话推掉今天所有的约定。他打了四个电话——公司、王律师、医院、季文竹，向他们说明自己有急事要外出几天，很快就会返回北京。在电话中他无法做出详细解释，因此能听出每一个人对他的不辞而别都感到万分惊讶，对他的一再失约都感到非常无奈、非常不满……

第二天傍晚，六时三十分，二二八次列车准点开进了阴雨绵绵的秦水车站。

刘川走出车站的第一件事，是在车站对面嘈杂的夜市里，买了一把折叠伞。他撑着这把黑色的小伞，在摩肩接踵的人流中，在似有似无的细雨里，在泥泞肮脏的小街上，一路打听着方向，向这个城市的边缘蹒跚。

他在走过两条短巷以后，搭上了一辆载人的三轮摩托，嘟嘟嘟地颠簸了很久，终于找到了单成功给他的那个地址。那是一条半城半乡的偏僻小街，一排低矮的民居错落相衔，街的尽头被一扇巨大的铁门极不协调地突然收束，铁门紧闭的院子悄无声息，门上斑驳的漆锈让人隐隐好奇。

刘川一看到这扇巨大的铁门，即按约定和景科长通了最后一次电话，用暗语表示他已找到了地方。景科长也用暗语做了回答，告诉他有两位便衣就跟在他的身后。刘川回头张望一眼，整条小街人迹寥寥，看不到公安便衣的任何踪影，不知他们此时正躲在哪个墙角门洞。

他按原定的要求，关闭了手机的电源，然后向那扇铁门迈步走去。背负着身后暗黄的路灯，刘川能看到自己模糊不清的身影，歪歪斜斜地张贴在铁门正中。那身影举起一只长长的手臂，铁门旋即发出了粗糙而又残破的响声。

刘川击门良久，院内无人应声。

他离开铁门，走到相邻不远的一家店铺，借问前边那院子的主人是姓范吗？店主闷声不答，只是点头。刘川又问，他家没人吗？店主又连连摇头表示不知。

刘川只好走出店铺，站在雨后冷清的路旁，目光穿透整条寒酸的街巷，除了少数简陋的门窗泄透出零星的灯火，整条小街暗淡无光。

刘川用手机给北京丰台的旅馆打了电话，电话打到了单成功的房间。单成功正守在电话机前，从时间上他可以推算刘川已经到达秦水，此时应有消息过来。刘川在电话里告诉单成功他已找到老范的住处，但老范不在，家中无人。他问单成功老范还有其他住处吗，他会不会这一段时间根本不在秦水？单成功说那你去“大富豪”找找他吧，“大富豪”那边有好多餐厅、酒吧，那一带都是老范的地盘。

那一带都是老范的地盘？

单成功最初对刘川说起老范，只说他是个开煤窑的。秦水是个煤城，这些年国矿日渐衰微，私矿恣行无忌，几人、十几人承包的小煤窑更是遍地开花。但从单成功后来的言谈话语中，刘川渐渐听明白了，老范在秦水，在秦水的城南一带，是个“老大”！那一带的歌厅、酒吧、夜总会，有不少是向老范交保护费的。其中这家名叫“大富豪”的夜总会，就是因为交不起保护费而让老范强买强卖盘过去的。

打听“大富豪”的地址比打听老范的住处要容易多了。和刘川意料的一样，“大富豪”离大铁门不算太远，不过间隔两条街衢。而出乎刘川意料的是，那家名为“大富豪”的夜总会竟会破旧得如此名不副实。它的规模虽然不算太小，除包房外，光散座大厅就放得下三十余张台子，但里里外外的装潢陈设却和这座城市一样，简陋得与“富豪”二字风马牛不相及。

夜总会虽然简陋得像摊牛屎，但牛屎上依然插满朵朵“鲜花”，刘川一进去就能感觉得到，在那些灯光暧昧的角落，闪动着无数贪婪的目光，在这里招蜂引蝶的小姐，穿得比大城市的同类还要暴露，脸上涂抹得还要夸张。也许因为这里肉少狼多，生意并不太好，所以刘川刚一落座，就有四五个小姐一起上来和他亲热，透过厚厚的脂粉可以看出，她们有的几乎尚未成年，有的则已半老徐娘。刘川懒得与她们纠缠，出手大方地为她们每人要了一杯饮料，然后开口打听老范的下落。

老范名叫范本才，对这位范本才的来龙去脉，那几个小姐你问我我问她谁也说不太清，叫来一旁的服务生问问，也同样一脸茫然。刘川不由心中纳闷，范本才既是这一带的老大，这些做皮肉生意的女人怎会一无所知？

小姐们的饮料很快喝完，个个自行其是地喊服务生又添了一杯，服务生除添饮料之外，又自行其是地给他们上了一个果盘。刘川问不到老范，坐着无聊，便喊服务生过来结账。服务生也没拿账单，只拿了一张手记的小票，过来上下嘴唇一碰，居然吓了刘川一跳。

“八千三。”

“八千三？”刘川说，“你搞错了吧？”

“没错，就是八千三。”服务生很平静地给他看那张小票，上面的数字龙飞凤舞，刘川仓促中仅仅看清了果盘的价格，那个没点自送的果盘竟然要价四千元整，这也是小票中最为醒目的一个数字。刘川还未看清其他饮料的价格，身边已经围上了四五条壮汉，其中一个拍拍刘川的肩膀，一脸冰冷横眉喝问：

“哎，这位朋友，想赖账吗？”

刘川说：“我没想赖账，他这账单不对，我想对一对……”

那汉子不容刘川说完便问服务生：“多少钱？八千三？”他接过小票往刘川手上一拍，“价钱都写着哪，很清楚！你看好了赶快交钱，别啰唆！”

这架势让刘川看清楚了，这是一家宰人的黑店。在这种地方，对价格的一切疑义都注定无效，一切争执也就变得毫无必要。他想了几秒后重新坐下，板起脸对服务生说：“叫你们经理过来，你告诉你们经理，我是范本才的朋友，专门到这儿找他来的！范本才，你们认识吗？”

服务生不知所答，转脸去看为首的壮汉。壮汉愣了一下，声气略减，反问刘川：“你是范老板什么人？”

刘川说：“朋友！”

“朋友？”壮汉打量刘川的样子，从外形上看刘川刚刚长大成人，眉宇、神态稚气未消，壮汉显然不信地问道，“你跟范老板怎么认识的？”

“你别管我怎么认识的，”刘川说，“就是范老板让我到这儿来找他的。你们叫范老板来，他叫我付多少钱，我付！”

壮汉抬头，命令一个瘦骨精灵的家伙：“小虫，你去叫小康来，他在后面打牌呢。”

那个叫小虫的瘦子应声走了，壮汉也带人散去，容刘川一个人坐着。小姐们也都躲远了，远远地看他，交头接耳地议论。

没过多久那帮壮汉去而复来，这回他们簇拥着一个高大魁梧的冷面青年，那青年二十七八岁年龄，相貌威猛，一脸煞气，走到刘川面前，眼睛上下一扫，打量得极不客气。

身后的壮汉说了句："就是他。"

青年冷冷看了刘川一眼，只一眼，便移步转身，口中淡淡吐出两个字来："骗子。"这两个字如同一道命令，刘川立即被壮汉们围住，提着衣领从椅子上拉了起来。

壮汉恶声相问："交钱吗？没钱我跟你去取。你是从哪里来的？没钱你还敢找这么多小姐陪你！"

刘川刚刚喊了一声："放手！"脸上便挨了重重一拳，那一拳打得很正，让刘川反仰着趔趄了一下，一屁股坐在了地上，还没容他挣扎爬起，就又被拎住衣领，拖离了地面，前后左右七嘴八舌，说不清多少嗓门在厉声喝问："交钱吗，嗯？"这回刘川没等他们第二次出手，似乎仅仅凭了本能的冲动，没有细想任何后果，就一拳击出，正中对方面门。刘川看上去不壮，但有些干巴劲儿的，而且他在公大练过搏击格斗，他还是公大篮球队的最佳板凳，也是那一拳出其不意，对方被打得身体失衡，竟一下撞到身后的一张桌子上，桌子上的杯子和蜡烛全都跌翻，地上立刻碎声一片。

周围的打手全都涌上来了，拳脚相加。刘川又踢桌子又抡椅子，虽然力量悬殊，但也人仰马翻地打了一阵，终因寡不敌众，被不知多少双手按在了地上。被按倒的那一刻他心里说不清有没有恐惧，也许因为他总觉得景科长他们肯定就在不远的地方，他从没想过自己会在这个陌生的城市死于非命。

但是当他被从地上拉起来以后他发觉自己可能错估了形势，景科长始终没有出现。在他的胸部、腹部甚至头部被连续重拳击打的时候，无人拯救。打他的人先是被他打的那个壮汉，接着换上了那个名叫小康的青年，他的身体并不比壮汉更壮，但下手却更加凶残。刘川的两条胳膊被人架着，挣扎了片刻便力气用尽，他能感觉到自己麻木的脸上开始潮湿，他看到小康随即用桌上的纸巾擦手，从纸巾上看他知道自己已经血流满面，纸巾上的血终于让刘川心头早该到来的恐惧蓦然浮现。

小康一边擦手一边低声骂道："妈的！"随后又扔了一句，"跟他要钱！"便拉着始终在一旁观战的一个女孩向外走去。刘川双眼模糊，但他看见了那个女孩。显然，她不是酒吧的小姐，从衣着扮相上一看便可区别。那女孩与小康相偕向门口走了几步，突然甩脱小康转身回来，对还在挥拳过瘾的壮汉说了一句：

"别打了，放了他吧。"

刘川没想到壮汉马上住了手，用请示的目光去看小康。看来小康很乐意讨那女孩欢心，随即发令："放了吧。"抓住刘川的几只手同时松开，刘川失去支撑，双腿一软就地坐下。

女孩走到刘川跟前，问他："你从哪儿来呀？"

刘川满嘴灌血，声音含混："……北京。"

女孩问："北京？到这儿干吗来了？"

刘川："找我朋友来了。"

"找你女朋友？"

"不是，男朋友。"

旁边的壮汉替他说："他说范老板是他朋友。"

这句话把周围的人都逗笑了。也许，在这些人眼中，以刘川的样子和年龄，和范老板彼此呼朋唤友，确实有点搞笑。

女孩环顾众人："那你们带他去吧，看看是不是真的。"

大家又笑，笑过之后，听出女孩语气认真，于是那个被称作小虫的家伙走了上来，生硬地扶起刘川，说："走，我带你去！"刘川让他扶着走了两步，又回身拿了自己打架时甩在地上的背包，那背包在他挨打时已被人搜过，里面的钱财肯定搜刮一空。

小虫拉着刘川出门，没走两步，顺手一推，说：“快滚吧！以后记着，出门在外，到什么地方先打听码头，省得自找麻烦，听见没有！”

刘川被推了一个跟头，擦着满嘴凝血爬了起来，踉踉跄跄向前走去。他拿起挂在脖子上的手机，手机外盖在打架时不知飞到哪里去了。他心存侥幸地拨了景科长的号码，拨到一半发现手机还没打开。他使劲按动开关，按了半天屏幕还是黑的。他狠狠将手机摔在地上，嘴里同时骂了一句脏话，说不清是骂手机还是骂那帮打手，抑或是骂始终见不着人影的景科长他们。

大前天早上，刘川从家里出来时在背包里塞了三千块钱，刚刚被那帮打手搜去。他摸摸裤兜，心情稍定，昨晚景科长给的钱还在裤兜里原封未动。随着踉跄的脚步，刘川的胸口和两肋都在剧烈疼痛，嘴唇也能觉出肿得老高。走出这条街又拐了一个弯，他看到马路对面有个小小的旅社，进去花五十元钱便可开个单间。旅社的营业员惊愕地看着他脸上的血污，看着他撕破的上衣和脖子上的青肿，没敢多问就把房间开给他了。他在旅社公用的水房里用冷水洗了洗脸，冷水把整个脸孔刺激得疼痛钻心。他想起自己到现在还没吃晚饭，但腹中并无半点饥饿感。他从水房走到旅社柜台，用柜台上的电话拨了景科长的手机，景科长的手机不是本地号码，柜台的电话又接不通长途，问营业员哪里可以打长途电话，营业员说附近没有，最近的邮局要到三公里外，不过现在恐怕早已关门。这时，刘川全身每个骨节都酸胀难耐，他步履蹒跚一步一摇地回到房间，倒在床上就再也不想动了，大概只过了不到一分钟的光景，他就不知不觉沉入到黑暗的梦中。

他醒来时天仍然黑着，但窗户上已经依稀有了些清晨的薄雾，他明知自己醒了但全身仍被梦魇镇压，无论怎样用力也无法活动。恍惚中他看到一个高大的人影，阴阴沉沉立于床头，他断定这不是做梦但又不敢断定，他挣扎良久感觉喉咙开始嚅动，他听到自己艰难地发出细小而又惊恐的呼声：

“……谁？”

黑影的声音也有些朦胧，但刘川的听觉已渐渐清醒，他听到那个朦胧的声音在缓缓应答，平静中甚至带着一丝不动声色的冰冷：

“你找我吗？”

“……你是谁？”

“我姓范！”

七

这是刘川有生以来最为艰苦的一场跋涉，他们一行四人驾驶一辆拉煤的十轮大卡从秦水出发，沿秦太公路一直向东，过太原后又折向北行，昼夜兼程，向北京的方向驶过来了。

车上满载着秦水出产的乌黑的原煤，老范和他的儿子范小康轮流开车。道路平坦无人时，刘川也会替他们开上一会儿，这种加长大货车让刘川开得战战兢兢，所以他大多数时间还是和单成功的女儿单鹃坐在驾驶舱的后座上闲聊，谈论彼此的经历和家庭。

单鹃说她一生中最相信的一个东西就是缘分。她说她在“大富豪”第一次看到刘川被小康的人痛殴时并不知道他曾经救过自己的父亲，但冥冥之中就是觉得这个满脸是血的男孩似乎与自己有缘，这个灵机一动的闪念促使她多管闲事地救下了刘川，并且主动跑去告诉了老范。

坐在这辆拉煤的大货车里，刘川才有机会看清这个女孩的神态面容。单鹃是个美人，衣着朴实，素面朝天，那种美与季文竹是不一样的。季文竹小巧、艳丽、苍白而又纤柔；而单鹃则轮廓鲜明，浓眉大眼，头发和皮肤看上去从不保养，全凭着青春的天资丽质。她平时说话不多，一旦有话便是直来直去，无处不见北方女子的豪爽与沉着。

当他们彼此熟悉以后，单鹃的话题便更多地围绕于父亲。刘川能感觉到她对父亲不仅非常挂念，而且近乎崇拜。她告诉刘川，她从小家里就很穷，母亲不仅身体多病，而且脾气暴躁、乖戾，使她无论在生活上还是在心理上，都更加依赖父亲。父亲在单鹃的眼中，是一个沉稳、机智、胆大、细心的男人，是她从小到大唯一的偶像。但是，从前年年底父亲把她和母亲从老家东照带到秦水，交给了他的结拜兄弟老范之后，就再也没有回来。开始还有电话问候，后来索性音信全无。再后来，她从老范拿给她的一张报纸上看到，父亲参与了一起金库大劫案，成了名噪一时的通天要犯。那张报纸母亲也看了，但她不肯相信，整天大骂公安、法院冤枉无辜，要不是老范不给盘缠，母亲甚至要到北京申冤去呢。

但是，单鹃信。她相信以父亲的胆略和个性，什么惊天动地的大事，他都能做得出来。

在整整三天三夜的路途当中，刘川渐渐对这个女孩产生了好奇，这不仅因为她具有男人般坚定的信念，而且因为，这信念居然全无道德是非。他好奇地问道：“你父亲犯的是一项重罪，他抢劫了银行，还杀死了警卫。他犯了这种罪你也能理解吗，你也能原谅吗，你还像过去那样爱他吗？”

单鹃没有片刻犹豫，坚定不移地答道：“我能理解他，我能原谅他，我还会像过去一样爱他。我知道他做了错事，可他永远都是我的爸爸。我永远都是他的女儿。”

“我们每个人，都会做错事的，”刘川说，“可你不觉得抢银行这种事，玩得太大吗？他们抢了一千二百多万巨款，他们五个人当中，有四个被打死了。你父亲因为没有直接参与现场抢劫杀人，才幸免死罪。你最初听到你爸做了这件事的时候，你是怎么想的，你从来没有恨过他吗，从来没有感到害怕吗？”

单鹃说：“我第一次从报纸上看到这件事，我就想起了我小时候，我爸在一家餐厅里当杂工，他常常从单位里拿好吃的东西给我吃。后来他被餐厅里的人抓住了，他们打他，打得很重，我爸一脸是血回家的时候，我伤心地哭了很久。可我不恨我爸偷公家的东西，我对他只有心疼。”

单鹃说完这句话便沉默下来，刘川也陷入同样的沉默。如果不是与单鹃这场关于父亲的对话，他也许很难体会女人的极端感性——任何雄辩的道理，任何清晰的是非，在使她们陷落其间的情感面前，永远苍白无力，永远不屑一顾。

这是一场漫长的旅途，拉煤的大卡车是开不快的。他们从秦水出发时就已经预料到了，这辆车将至少在路上辗转三天。三天的颠簸对浑身是伤的刘川来说，无疑是一场苦刑。前几天在“大富豪”动手打他的小康和他的父亲老范，对这种长途跋涉显然司空见惯，他们身体结实，精力旺盛，不像刘川那样，从小养尊处优。

他们坐在驾驶舱的前排，一边开车一边聊天。他们也聊到单成功的案子，但言语闪烁，含混不清。刘川因为身负使命，所以一见前座说到这个案子，说到单成功，便侧耳倾听，但他在卡车马达的轰鸣中听到的那些只言片语，一时很难理出多少有意义和有价值的线索。

他仅仅归纳出这样的印象：范家父子更多的是关心那笔钱财，那笔一千二百万元的巨款，很蹊跷地下落不明。

刘川是在这辆煤车从秦水出发的前一天，才和景科长恢复联系的。他趁老范一时不备溜了出去，在范家附近一个小邮局里拨通了景科长的手机。他听出景科长为他的失踪已经急哑了嗓子，那几天刘川从老范家的窗户里，也看到附近街上净是公安的便衣。景科长问他下了火车为什么只通了一次电话，为什么后来再也没有联系。刘川反省自己，在他从老范家的铁门前步行去“大富豪”酒吧时，应当与景科长再通个电话的，公安的外线也正是在那条街上把他跟丢的。刘川自以为景科长或者秦水公安局的便衣会跟到“大富豪”来，自以为他为饮料钱与小康那帮人发生争执不会有事，他的大意让他换来一身青瘀，鼻子也高高地肿了两天，消肿之前他一直怀疑自己是否会因此而永久地破相。

离开秦水的第三天傍晚，这辆煤车终于驶入了北京边界。刘川在他们停车吃饭的时候，用车前的反光镜检查了自己的面孔，除了两块大的青痕尚未退去，五官轮廓已恢复端正。即便如此，他也知道进北京后三五天内肯定不能去见季文竹了，他很清楚季文竹喜欢他就是喜欢他这张脸，所以绝不能让这副嘴脸存入她的印象当中。

这是他们进入城区之前的最后一顿晚饭，相对来讲吃得比较正规。这一路上无论停车吃饭还是打尖休息，小康对单鹃全都极尽关怀。单从小康的举止上能看出他们是一对恋人，而单鹃对小康则不苟言笑，言语以兄长称之，行为也以兄长事之。刘川心想，可能因为单鹃的父亲还困在京城不明生死，所以此时的单鹃自然不会有谈情说爱的心情。

吃完这顿晚饭，刘川和单鹃没再回到车上，按照行前确定的方案，他们就在这里与范氏父子分手，搭乘一辆公共汽车进城。他们分手后老范就留在拉煤的车上，小康则自愿把他们送到半里地外的公共汽车站去，在那里看着单鹃随刘川上了车子，看着那辆公共汽车向着夕阳坠落的方向，慢悠悠地开走。

刘川虽然生在北京、长在北京，但对京郊的汽车线路却并不很熟。他带着单鹃倒了两次车又绕了一段冤枉路，才在城乡接合部的一个路口，坐上了一辆往城里开的出租汽车。他们到达城区时天已经黑了，到达丰台那个小旅馆的门口时，整条巷子早已寂静无人。单鹃随着刘川急匆匆地走进旅馆大门，她甚至没按老范嘱咐的那样，先瞻前顾后观察清楚再小心进入，而是目不斜视直奔里走，径直走到父亲的房间。单成功的房门反锁着，单鹃一边敲门一边叫道：“爸，爸，是我，我是小鹃！”

房内立即有了回应，一阵脚步声后，门被打开。这间小屋不过十来平方米，站在门口足以一览无余，单鹃看到，屋里除了过来开门的那位陌生男子之外，床上还有一个女人和一个年纪尚幼的孩子。

单鹃愣了。

刘川很冷静，他挤上来问：“哎，这屋原来住的人呢？”

陌生男人说：“不知道，我们今天刚住进来。”

单鹃问：“你们住之前，这里住什么人？”

陌生男人说：“不知道，你们去前面问问。”

单成功不在房内，老范他们在离开秦水前就有所预料，因为无论是在秦水还是在秦水至北京的路上，他们往这家小旅馆的房间里打了多次电话，没有一次找得到老单。

他们从房间退至旅馆门口，向柜台打听十二号房那位行走不便的住客哪里去了。营业员哈欠连天地说那人早就走了，人家上哪儿也不会跟我们细说。

他们只好离开旅馆，离开旅馆时刘川与老范的手机通了电话，老范在电话里叫他们先在市里找个住处，等明天天亮再做打算。

单鹃心急如焚，眼中含泪，跟着刘川出了旅馆，出了巷子。他们在巷口停步商量去哪里投宿，商量的结果是再向前走走。他们刚刚走了百十米长短，忽闻远处有人轻呼：“单鹃！单鹃！”声音虽然不大，字音却很清楚，单鹃与刘川一同回头，两人一同看到，单成功正从马路对面的一片暗影当中，蹒跚踱出。

其实刘川在离开秦水前就已从景科长口中知道，单成功在他走后立即退掉了旅馆的房间，换到附近另一家旅馆去住。据北京公安局负责蹲守监控的便衣连日观察，单成功每天大多数时间都要跑到原来那家旅馆的巷口对面，混迹于街头来往的行人之间，等着刘川出现。也许他还是担心刘川回来的时候，领来的不是老范，而是一帮荷枪实弹的武警公安。

刘川终于出现了，就在单成功转移藏身之地的第七个晚上，他终于在巷口看到了刘川，看到他带来了自己的女儿。他看到他们走进那条小巷，又看见他们从巷内走出，在确认肯定没有危险以后，单成功走出阴影，喊了单鹃。

刘川看到单成功和他的女儿在马路边上紧紧拥抱，父女二人同时泣不成声。刘川在一边默默地看着，他没想到单成功在松开女儿之后，会突然伸过双臂，一把拉过他的身子，把他也抱在了自己的怀里。

单成功紧紧拥抱着刘川，他说："儿子，你跟我走吧，干爹跟你保证过，要让你一辈子都过好日子！"

刘川一动不动地让他抱着，抱了一会儿，才在胸膛深处闷闷地发出声音：

"……我想回家。"

半夜，刘川回到家里。

他用钥匙打开家门时家里静悄悄的，他从门口更衣间里摆着的鞋子上，知道景科长没有骗他，奶奶确实已经出院，已经回家。现在，此时，已是午夜两点。奶奶和小保姆早都睡了。

刘川与单成功父女在街头分手后，先和景科长通了电话，然后去了景科长在电话中指定的地点与他接头。这个地点就在与小旅馆相邻不远的一条小巷内，就在那条小巷内停着的一辆面包车上。刘川在这辆面包车里见到了景科长和他的两位干将，还意外地见到了他在天河监狱的顶头上司，天监遣送科的钟科长。

他们黑着车灯在车上谈了很久，景科长要求，刘川需在明日跟随单成功和老范等人，一同潜出北京，回到秦水。单成功已经把刘川当作救命恩人，认作父子，这个机会千载难逢。假使单成功真的知道那笔被劫巨款的下落，很有可能会露给刘川，并与刘川分享。至少，当他认为自己安全以后，会急于拿到这笔巨款，实践报答刘川的诺言。由此分析，此案距人赃俱获的最后胜利，已经为期不远。

刘川这才明白景科长为什么这么晚了还要把钟大也请到这儿来。显然是在接头之前就已设定要他重返秦水，而且没有设定具体归期。刘川已经看出来了，一旦他稍稍表现出厌战和退缩的情绪，他们都要把钟大请出来说服教育。

虽然，钟大这回并未教育刘川如何服从，但他的表情和话语，还是不费吹灰之力地就消解了刘川的逆反和抵触心理。他见到刘川时的寒暄，就像对待远道而归的儿子，除了絮絮叨叨地说了刘川奶奶的病情及刘家公司的情况外，几乎没有一句谈及这个案子。他告诉刘川，这几天他到医院去过两次，小珂比他去的次数还多。昨天刘川的奶奶已经出院，下肢不再麻木，精神也恢复得可以，以后每星期只需到医院做一次针灸，估计一般情况下病势不会回潮。老钟说考虑到她的病情刚刚好转，考虑到这个病主要源自神经紊乱，所以我们只是告诉她你是为监狱办事到外地去了，免得她替你着急上火，不利康复。刘川问："那小珂呢，她也认为我是替监狱办事去了？"老钟沉默片刻，说："小珂并不知情……现在监狱里的人都传着你在外面酒吧干什么坏事让公安局收了，考虑到这个案子的机密性，同时也是为了你的安全，我们没有出面辟谣。"刘川愣了半天，突然问了句："那庞建东知道我被公安局收了吗，他有没有跟他女朋友说？"

这话问得没头没脑，大家全都愣了，老钟也愣了：“庞建东？他女朋友不是早吹了吗？”

刘川低头沉默，知道自己失态脱口。

老钟接着说：“你家公司的情况我也托法院的熟人帮你问了，目前法院还在处理协调当中，他们说你的律师一直和他们有联系，最近一般不会有大的动作。我前两天去万和娱乐城看了一下，生意挺好，挺正常的，我把情况也都告诉景科长了，让他有机会转告你。现在你奶奶也出院了，昨天是我从医院接她回家的。你们公司昨天也去了几个人，到家后那位律师也来了，我都看见了。律师后来到你奶奶屋里去了，说要让她签一些授权文件，公司里的情况我估计他都跟你奶奶说了。昨天我走的时候你奶奶情绪挺好，所以我想公司那边的情况不会太糟。”

老钟没有多劝刘川该怎么配合景科长工作之类的，可刘川是个心软的人，受不了别人几句软话，受不了人家对他有一点好，所以他低头沉默了半晌，最后朝景科长看了一眼，心疲气弱地说了一句：“我想……先回趟家。”

那一夜刘川几乎没有睡觉，他回家后没有叫醒奶奶，自己在卫生间的大浴盆里放了热水，让自己遍体鳞伤的身子在热水中长久地浸泡。他一个多星期没有好好地洗过澡了，皮肤和内衣都有股霉腐的味道。

躺在自家雪白的大浴盆里，仰望头顶云石灯罩发出的柔和灯光，灯光把四周雀眼拼花的墙壁，映衬得熠熠生辉。泡完澡刘川从池子里赤裸起身，用上下两块厚厚的白色浴巾围住身体，毛巾柔软吸水的纤维仔细熨帖着他的皮肤，他的皮肤光洁得犹如处子。他走出卫生间平滑的大理石地面，赤脚踏上卧室又厚又软的羊毛地毯，他躺进床上干燥、温暖的棉布薄被里，那久违的舒适让他顿时全身慵懒。值此夜深人静，他不仅全无睡意，而且仿佛噩梦乍醒。这场噩梦让他把那些因为一向拥有而浑无知觉的幸福生活，一一细品过来，不免感触万千，那感触最终的落点，不可避免地泊入一个女孩纤弱的怀中，那女孩就是文竹。钻心的思念让刘川不管此时已经夜深几许，依然试着拨打了季文竹的手机，那令人期待也令人诅咒的电话依然关着。刘川在去秦水的路上和在秦水的小邮局里，曾多次拨打过这个电话，可这个死相的电话和现在一样，始终“已经关机”。

凌晨五点刘川起床，红着一夜未眠的眼睛去了奶奶的房间。他蹑手蹑脚行至奶奶床前，奶奶睡得很香，居然还有轻微的鼻鼾。刘川第一次发现奶奶也会打呼噜呢，他想笑但同时又有些心酸。他仔细端详着奶奶睡梦中倍显天真的面容，想这样默默告别但又不免依依不舍。

他在奶奶床前站了很久，看奶奶睡觉打呼十分好玩。走前想起该给奶奶留张字条，但想想又不知该说什么。

时间不允许刘川仔细思忖，他踩着清晨地面的湿气走出家门。如约在早上五点四十五分出现在离他家最近的那个街口，街的对面，薄雾正散的路边，东照公安局的那辆面包车响着引擎，早如满弓之箭，引而待发。刘川过街，上了车子，车子旋即开动，向城西方向疾速驶去。

车子如箭似飞，并不妨碍车内的从容交谈。景科长不厌其烦地向刘川交代着此去秦水的联络方式和注意事项，他告诉刘川，他和东照市公安局的侦查小组将尾随他进入秦水，并与他随时联络，彼此策应。秦水市公安局按照省厅和公安部的要求，也会积极配合，保证他的安全。不过，单成功表面虽然慈善，但毕竟是抢劫金库的要犯，也是杀害佟宝莲的嫌犯，其生性多疑残忍，自不待言；他的把兄弟老范，也号称秦水南城老大，手下恶棍颇多，横行一方为霸。在这群人当中如何自处自保，需多费思量，要时时小心。无论我们在外围怎样加强保护，但毕竟鞭长莫及，更重要的还在于你本身的自我保护，遇事千万别慌，一旦遇有生命危险，可立即中止任务，紧急脱身。

景科长不停地说着，刘川默默地听着，景科长看看刘川的表情，终于停下来问：“你都听明白了吗？你看你还有什么需要问的，还有什么问题，有什么要求，赶快想一想，咱们还有时间商量。”

刘川想了一下，缓缓开口，包括景科长在内，车上所有人谁也没有想到，刘川居然提了一个风马牛不相及的要求。他从身上拿出了一千五百块钱，那是他从家里刚刚带出来的，他递给景科长说：“你们去燕莎帮我买一个抽雪茄专用的打火机好吗，我要大卫杜夫牌的，大概一千块钱多一点吧，贵点也不要紧，钱不够你们先垫上，我回来再还给你们。”

景科长愣住：“你抽雪茄？你这次身上还带了多少钱。你这样还能不暴露吗？！抽雪茄是高消费，像你这种为了钱恨不能卖身当鸭的人，怎么能抽雪茄？”

刘川说：“我不抽，我买这打火机是送人的。今天是三号了吧，麻烦你们务必今天帮我买了给一个女孩送去，她叫季文竹，你们记一下她的电话。”

景科长这才接了钱，又记下了季文竹的电话号码。号码和钱都交给了车上一个东照市局的刑警，嘱他务必办好。刘川又向那位刑警嘱咐了一通，嘱咐他见到季文竹如何说如何说之类，弄得景科长和东照刑警都笑起来了，一通承诺一通安抚，说行行行你放心吧！他们也许都觉得奇怪，刘川正事不爱说话，但对替女孩买东西这种鸡毛蒜皮的小事，何以如此婆婆妈妈？

面包车这时已经开到了北京城区的边缘，在一个路边的公用电话亭前停下。景科长陪刘川一起下车，用这部投币电话拨通了单鹏的手机。按照昨晚刘川与单家父女分手时的约定，单成功会让老范的那辆煤车冒险在京郊等到今晨日出，无论刘川去留与否，都必须在今天早上七点之前，用电话告之他的决定。他们最多等到七点半钟，他们不能迟于那个时间逃离北京。

单鹏的电话接通了，两句话之后，单成功接了过去。景科长站在电话亭的一侧，他只听到刘川对着话筒说道：

“干爹，我想好了，我跟你走！”

刘川是在这一天早上七点四十五分乘出租车赶到延庆县界的，在他走下出租车走向那辆焦急等待的煤车时，单鹃和小康刚刚结束了一场争吵。争吵的焦点当然还是刘川，小康见刘川迟迟不到不愿再等，催促老爸赶快上路。这里毕竟不是秦水，他们人地生疏，单成功虽然藏到了驾驶室坐垫下改装的柜子里，可在此处多留一刻，危险就会陡增一成。

但刘川尚未赶到，单鹃不愿出发，她说她父亲已经答应刘川，等他赶来一同上路。两人的争议后来演变为激烈的冲突，连老范都听得出来，冲突的主题已无关危险的大小，而是关乎那个名叫刘川的白面小生。

他听出儿子的暴怒，已完全出自单鹃对刘川所表现出来的那种热衷，那种已经不是就事论事的关切让小康再也没法无动于衷。当两个年轻人在盛怒之下开始恶语相向，互相贬损的时候，当小康气急败坏公然叫骂单鹃与刘川都他妈臭不要脸的时候，老范厉声制止了儿子。

老范说：“小康，你嘴巴干净点，你给我到车上待着去，走不走轮不到你来发号施令。”

小康这才住了嘴，悻悻地摔门上车。小康虽然凶恶，但对他老爸还得俯首低头。也许他爸爸此时并不想跟单家翻脸，所以不容儿子不知控制地激化事态。幸而刘川很快赶过来了，他们出发上路时刘川还能看到小康脑门两侧尚未退去的青筋。

单鹃还好，见到刘川之后火就消了，平平常常地和刘川并肩坐在车厢后座谈笑自如。不知是刘川使她心情愉快，还是为了故意气小康。

刘川还发现，在他们回程的路上，单鹃几乎没跟小康有过任何言语交流。他看得出小康有好多次用行动讨好单鹃，但单鹃总是一副爱答不理的模样。

为了避免矛盾，避免刺激小康，刘川一路上也尽量减少与单鹃的单独交谈，在单鹃面前他尽量沉默。在车子驶入河北，单成功不再藏身座下之后，他更多的是和老单聊天。聊他们的未来，也聊往事。聊起往事刘川情不自禁地说起奶奶，他记得小学一年级时有一次老师留作业，要人家用“我是……”造句，别的同学大都造成：我是一个少先队员、我是一个听话的孩子、我是一个爱劳动的北京人等，最简单的，也写了“我是一个男生”之类。刘川回家问奶奶：“奶奶，我是什么？”奶奶正在看报，不耐烦地回答：“你是什么？你是人！”刘川于是造句：我是人！结果被老师狠狠扣分。刘川的奶奶为这事专门闹到学校，严肃地与老师商榷辩论：“‘我是人’有什么错呢，造句是语法练习，主谓宾齐全即可，不要说‘我是人’不算错，就是写‘我是狗’，在语法结构上都不该算错！”

单成功也回忆了他的少年，他对少年最多的记忆便是打架。和父母、邻居、老师、同学，四面为敌。他说第一个让他产生爱心和怜悯的，是一个女人，那女人后来成了他的老婆。虽然他老婆现在脾气不好，而且游手好闲，除了打牌赌钱别无所长，但单成功永远忘不了二十多年前她有多么漂亮、多么温存。他们曾在海边的一个悬崖下面有过销魂一夜，并在那里怀上了单鹃。给单鹃起这个名字，就是因为他们在那个性爱的清晨，有生以来第一次，看到悬崖上面盛开着惊人美艳的一簇杜鹃。

刘川也问过单鹃，对于“鹃”字的由来，单鹃的回答同样浪漫：“我妈怀上我之前，跟我爸只有过那么一次。那一次我妈最深的印象，是海边悬崖上的杜鹃。一边是海上初升的太阳，一边是像太阳一样火红的杜鹃，我妈在那一刻就决定以身相许，这辈子就跟我爸过了。”

对往事的回顾使旅程大大缩短，汽车有节奏的摇动与那些无关痛痒的风花雪月一样，让人麻痹和慵懒。车子在开过山西大同之后，刘川才突然警觉起来，他发现他们已经离开了来时的原路，改走了一条陌生的路线。这条路线虽然车少卡少，但路面崎岖坎坷，徒增了旅途的劳累艰难。

颠簸一天之后，刘川终于发现，他们这辆满载原煤的车子，正朝着东照市的方向前进，这个发现让他否定了自己原来的判断。看来他们绕行这条线路，并非仅仅为了安全，而是为了投向另一个不为人知的终点。在整个旅程进行到第二天傍晚的时候，他们的汽车甚至偏离了大路，拐向一个连路标都没有的羊肠小道，他们在这条小道上摇晃了十分钟后，看到了一条宽阔的大河。夕阳金色的光芒照红了熔岩般的河水，也照红了原本苍郁的两岸。两岸层林尽染，如同到了秋天。

老范把车子停在一座废桥的前边，天上地下看不到一丝人迹鸟痕，老范和老单一起下了车子，向那座木桥大步走去。“这就是泸沙河！”单成功说，“这地方没人。”

刘川和单鹃也下了车子，跟在他们身后向桥头走去。小康最后一个走下车子，站在车头没动，与他们拉开了一段距离。

刘川看到，两个大人已经走上摇摇欲坠的桥身，扶着糟朽的桥栏向下探瞰。面对桥下滚滚而去的河水，单成功语焉不详，指指点点，朝老范说着什么，老范的声音则显得清晰而且浑厚，以至于刘川可以听得一字不漏。

“你们一共埋了几个包？一千二百万的票子，两个包装得下吗？”

“装得下，”单成功平静地答道，“一个包装美元，一个包装人民币。人民币只有三百多万，美元差不多九十几万，两个包正好装满。”

“埋在那边了？”老范饶有兴趣地指着河水冲刷的一处河岸，问道。

“就埋在那边了。”单成功记忆犹新地指着岸边一棵被水淹掉根部的大树，说道，“当时这一带大路小路都被公安武警设了卡子，见车就拦，见人就搜，连公共汽车都不放过，所以老三他们只能先把钱埋了。他们不知道这条河当时是枯水季节，埋完后突然下了一个星期的大雨，上面发了洪水，一下子就把埋钱的地方淹了。后来老三跟我说了这个地方，我专门来看过一次，我来看的时候水早落下去了，那棵树的树根都被洪水冲得露出来了，这一片河岸都冲垮了，钱当时也不可能深埋，我一看，早冲没了。要不说老三他们几个死得冤呢，干了这么大一单活，命都搭上了，最后落得颗粒无收，只能说是天意了。”

老范似乎听得心不在焉，他眯着眼睛，扶着桥栏，探出身子，仔细巡看着那棵躯干半歪的大树，和大树两侧荒瘠的泥土，他问：“你当时找对地方了吗，这地方是老三说的地方吗？”

单成功淡淡一笑：“一千二百万，我会糊里糊涂找错地方？”

老范直起身子，想想，又问：“老三会不会说错了地方？”

“老三先说的这个桥，然后说桥下面这棵歪脖树，这儿就这么一棵树，他想错都没法错。”

刘川看他们嘀嘀咕咕地交谈，声音忽而模糊、忽而清楚，大体意思他和单鹃都听得明白。刘川注意到，单鹃的神情略显紧张，来回盯着两个大人的脸看。那两张脸表面看全都温而不火，但听得出老范温而不火的声音，几乎是一场毫无信任的审问。

这场暗自较量的对话终于平静地结束，两个大人离开大桥向货车走来。小康似乎也看出父辈们的脸上全都刻意掩饰着某种异样，不由向走在后面的单鹃低声问道：“怎么了，没事吧？”单鹃没有回答。她没有回答也许仅仅因为她也不知如何回答是好。

煤车离开了这条人河，继续前进，重新回到了干线公路。在干线公路上他们又走了困乏的一夜，一路上除了一两句事务性的小声交谈外，同车五人全都默默无言。

夜间的公路，黑，静如时空隧道一般。

刘川搞不清自己是什么时候睡着的，他甚至搞不清他究竟是睡得很香还是半睡半醒。他有时能感觉到车子在走，有人说话，有时又觉得一切全在梦中。清晨时他确定自己真的醒了，虽然双目未睁，但耳中的声音却那么真实，而且近在咫尺。

当他意识到这是范本才和范小康的窃窃私语之后，有意没睁眼睛，他依然躺在后座上面，保持熟睡的样子，呼吸均匀，一动不动。范家父子声音显得有几分诡秘，这让刘川断定此时单氏父女肯定不在车内。

老范的声音："我跟单鹃她爸有二十年交情了，这次又冒了这么大风险过来救他，他要是瞒我那就太不够意思了。我再看些天吧，是狐狸总有尾巴。"

小康的声音："也许他真没得到那笔钱呢，这案子公安、法院至少审了半年，老单要想保命，早该把钱吐出来争取从轻。"

老范的声音："这都难说，法院审他的时候他怎么说的咱们也不知道，他们劫了这笔钱是当场分了还是由一个人拿着谁也说不清，就算是大家平分了，老单手上也应该藏着二三百万。我看姓刘的这小孩说不定能知道一点内情，不然放着北京大城市不待非跟着老单到秦水来胡混，如果不知道老单手里有货，来干什么？现在这帮孩子，一个赛一个猴精！"

刘川眼睛依然闭着，衣服里却蹿出一身冷汗。他听出老范父子说到了自己。他们说到他时声音放得更轻，几乎轻如耳语。

小康的声音："老单才老奸巨猾呢，他兜里有钱连他老婆都能瞒着，怎么会露给这个小子。这小子我知道，他跟老单到秦水压根就不是为钱来的，他为的是他妈单鹃！前几天你一把他接到咱们家我就看出单鹃眼神不对，你还赖我冲单鹃发火，我不发火成吗！"

又是老范的声音："要我说你王八蛋怎么一点都不长进呢，你整天就知道琢磨个女人，我看再下去你快废了……"

他们的声音又逐渐放大，但马上就被车门开启的声音搅混，从声音上听出他们同时从两边下了汽车，随着车门的砰砰关闭，四周突然静无一声。

刘川睁开双眼，看到天已亮了，车子停在路边，前座的老范父子果然已不在车里。他微微欠身，透过车窗玻璃悄悄向外张望，他看见老单和他的女儿正在路边一个早点摊上买饭，老范和他的儿子小康向他们漫不经心地打着招呼，晃着脊背慢悠悠地走了过去。

八

秦水不大，却是百年老城。

秦水不美，并无风景名胜，历史上仅以产煤闻名。

但现在的煤城秦水，除了早已停产倒闭的大秦煤矿之外，几乎没有国营的矿产，取而代之的是城市四周遍地开花的个体煤窑。这些年挖煤的人就像能在地下找到金子似的，从全国各地源源而来，在此安营扎寨，掘土淘“金”。

老范以前也靠“黑金”生意起家，这两年又开了夜总会和装修队，搞起了多种经营。但夜总会一直没什么生意，附近的居民肯定不去，主要靠宰那些误撞上门的外地客人，和十字坡孙二娘的黑店差不多。装修队更是三天打鱼，两天晒网，谁都知道城南的范老大手有多黑，谁家买了房子敢让他去拾掇？所以，老范的财路主要还是靠煤窑，煤窑仍然是他养家糊口再养一帮地痞无赖的支柱产业。

老范开煤窑，自己并不挖煤。他把城外那些有煤的小山包、小坡地圈占下来，往当地有关部门和有关人员那里塞点好处，搞了几份合同协议之类，那些山包、坡地就算是由他承包了。有外地人过来想挖煤挣钱的，得先给老范缴纳租金。这些年干下来，秦水城南那一片小煤窑，都认老范做大东。凡自己直接去找当地有关部门租窑的，老范就去收保护费。保护费也不比租金低多少，所以，明白事理的人都想开了，租老范的窑比找有关部门直接租要划算。再说，谁也惹不起老范养的那帮混混，那帮精壮晚上集中在“大富豪”护场，白天分散到各处收租。

如果按净利算账，老范一年其实也赚不了几两银子，他要养的人太多，他必须依靠人多势众，才能维持地盘和威风。现在，老范又要额外多养几个人了，这几个人就是单成功一家三口，还外带一个刘川，老单刚刚认下的螟蛉。

刘川跟着单成功一家，就住在老范开的富豪装修公司院内。那公司虽然做了登记注册，却无一张正规的资质证书，不过是找一帮小工拼凑出来的草台班子，有活儿也是一锤子买卖，反正打一枪换一个地方。装修公司的这个院子倒是挺大，到处堆着东西，很久没有清理，墙角还支着一个自制的篮球架子，漆皮褪尽，废置已久。院子的正面，有一间大屋，原是装修队的加工车间，两侧各有一间耳房，一间是个工具仓库，另一间是男女共用的厕所。据说装修队已经很久没有开张了，小工们各自散去，各奔东西。老范本来想请老单住他家的，但老单不肯，他看中了这个破烂的独院。他和老婆、女儿住在大屋，中间堆了些木箱纸盒作为隔断，留个进出的口子拉上布帘，夫妇二人与女儿各睡一边。刘川则住进那间十几平方米的工具仓库，把屋里的杂物往一侧腾腾，刚好可以搭进一张小床。

老范派人给刘川抱来一床不知从哪儿搬来的被褥，上面汗迹累累，酸味刺鼻。但他给老单一家还是买了两床新的，还买了些日常生活必需的用品，牙膏牙刷、锅碗瓢盆之类，让他们可以洗漱，可以睡觉，可以起火做饭。刘川到秦水后的第一件事，是由老单主持，认了他的老婆做干妈，认了单鹃做干姐。单成功老婆的行为举止和单成功大不一样，单成功抢银行归抢银行，但在日常的为人处事上，至少表面看相当不错。他老婆就不大般配了，脾气不好不说，而且在家很少干活，刘川和单成功一块生活的那些天里，就没见他老婆洗过衣服、做过饭。她天一亮就出去找人玩麻将，晚上回来还跟老单吵嘴，一般都是老单让着她，不让她的只有她的宝贝女儿。

单鹃的脾气同样火暴，不同的是，这女孩生性沉默，不像她妈那么絮叨。家里的饭一般都是由老单来做，单鹃要是在家，有时也做。逢老单做饭的时候，刘川就搭手帮忙，帮着洗米洗菜，还帮着劈柴烧火。刘川从小到大这么多年，没记得何年何月干过这么多脏活儿、累活儿。

刘川一生，确实没经历过这么艰苦的日子，就是在公安大学参加军训的时候，也比现在过得舒服。至少被子是干净的，至少屋里没有成群的老鼠，床上没有成片的臭虫。对付臭虫单成功教了他好多办法，比如找有太阳的天气让刘川把被褥拿到院子里晒，臭虫怕热、怕干燥，太阳一烤自己就爬出来了，再用木棍一抽，大部分都可清除出去。又比如让刘川把床板和架床板的凳子都拿到院子门口，使劲在地上磕，把躲在木头缝里的臭虫全都震出来。刘川的床板和被褥全是小康的一个手下人搬来的，这一晒一震才知道里面窝藏了多少活物。那些肮脏的小生命黑麻麻地趴了一地，看得刘川头皮阵阵发紧，他甚至怀疑这些臭虫都是小康成心塞进来折腾他的，小康恨不得他受不了这份罪立马掉头回北京去。

当然，最难对付的还是蚊子。

以前听说蚊子能吃人，刘川觉得那也就是一种形容，现在才深刻体会蚊子在杀你之前能先把你烦死。老范的人一共送来两条蚊帐，单鹃和她爸妈一边一条。刘川找老单要钱自己上街买了盒蚊香，点着以后发现并不管用，不知是蚊子太多了还是蚊香是假冒伪劣，抑或是这儿的蚊子品种独特，性情凶猛，无论刘川每天晚上点几盘蚊香，照样有无数蚊子在他耳朵眼儿里轰来轰去，那蚊香的怪味倒把刘川熏得头昏脑涨，连白天都有点神志萎靡。

在蚊子的轰鸣之下，刘川顾不上那条被子的味道有多么难闻，每晚蒙着头全靠它阻挡蚊子的疯狂进攻。白天刘川在院子里冲凉时单鹃看见他身上被蚊虫叮咬得红斑点点，便让刘川把她的蚊帐拿去使用。刘川说："不用不用我也快习惯了，随它们咬吧。"单鹃又说："要不然这蚊帐咱俩共用？"刘川说："那哪行啊，咱们是姐弟俩，那不乱伦吗？"单鹃说："那怕什么，又不是亲的。"刘川说："不是亲的更不行了，让你妈看见还不把我撕了。"单鹃说："我发觉你不怕我爸就怕我妈。"刘川说："可能吧，你妈那人，太凶。"单鹃问："那我凶吗？"刘川说："你一半随你爸，一半随你妈，你那沉稳劲儿像你爸，你要犯起浑来，估计也不在你妈话下。"单鹃说："我什么时候犯浑了，我跟你犯过浑吗？"刘川说："你跟小康犯过，我看见的。"单鹃说："别跟我提小康，小康那种人，你不跟他来浑的不行。"刘川说："我看他倒不跟你来浑的。"单鹃说："我借他胆！"

对刘川来说，单鹃和蚊子一样，也是一个难以对付的麻烦。这麻烦就麻烦在，刘川感觉到了，单鹃在追他，言行举止，话里话外，越来越露骨了。看上去单鹃的父亲并不反对，单鹃母亲大概还觉得刘川高攀了单家呢。在她眼里，刘川父母双亡，身无分文，是在北京混不下去才跟着她老公出来闯的。尽管老单说过，刘川是为了救自己才被扒了官衣，丢了工作的，但他老婆还是把刘川当作寄人篱下的一个马仔，平常总喜欢吆来喝去，指使刘川替她干这干那。单鹃在一边看着，嘴上默不作声，心里也得意着，因为她觉得刘川替她妈干活是对她的一个态度，是为了讨她喜欢，让她感觉很好，也显得亲如一家。

是的，他们看上去亲如一家，刘川帮老单干活儿，也帮老单老婆干活儿。刘川其实一点也不爱干活儿，他在家的时候从来就不干活儿，更不要说跑到这儿来孙子似的给人家干活儿了。他给单家干活儿只是为了生存，为了换取信任，为了尽早完成他莫名其妙偶然卷进来的这个任务，这个任务就像湿手沾了面粉，想甩也甩不掉了。

帮单鹃她妈干活不外是买东西、晒被子之类的生活琐屑，帮老单干活主要是收拾这个肮脏的院子。他们把院子里的垃圾清理出来，抬出去倒掉，把不能倒的东西整齐地堆好。刘川还把那个虽然破烂但高度还算标准的篮球架修了修，把下面的地面腾空清平，因为他在这院子的垃圾中找到了一只磨掉了色的瘪气篮球，拿到街边修自行车的小摊上花一元钱打足了气，居然能用。不干活儿的时候刘川大部分时间就在小院里练习投篮上篮，篮球成了他的主要消遣方式，成了他排遣烦恼、打发寂寞的精神寄托。

那些天，小康常常有事没事，到这院子来找单鹃。有时也跟刘川在院子里玩会儿篮球。小康身高体壮，篮下占优，但刘川技胜一筹，常使小康在单鹃面前丢人现眼。后来刘川发现，只要单鹃从旁观战，小康就有点成心撒野，非赢不可似的，打两下就脸红脖子粗了，挺没劲的。逢到这时刘川就说累了不玩了，小康就粗口相向："你他妈是输不起了吧，瞧你那样就不像个男人！"刘川也不回嘴，惹不起躲得起也就完了，息事宁人。

让刘川的心里偶尔找到平衡的，是单鹃还能看出好坏，还是夸刘川篮准，笑小康球臭。而且，单鹃尽管很少帮父母干活儿，却心甘情愿帮刘川干。刘川盖的被褥刚送来的时候，不但从里到外都泛着酸味，而且棉花芯子也发霉了，别说蒙在头上，刘川站在门口都能闻到那股子霉腐的气味。后来这些被褥连同枕套一起，都由单鹃帮他拆开洗净重新缝好，枕芯也换上了新的荞麦皮子。刘川后来连穿的衣服裤子都是由单鹃洗的，如果不是他坚决不肯，单鹃差点连他的内裤都要拿去。

他把穿脏的内裤塞在自己的裤兜里，红着脸对单鹃说："不行不行，多脏啊。"

单鹃说："没事，我不嫌脏。"

刘川说："我嫌，行了吧，我嫌。"

慢慢地，刘川开始适应了这种生活，睡在又窄又硬的床板上，头上不管轰鸣着多少蚊子，刘川也能睡死过去。每天单成功煮出的那些难以下咽的粗茶淡饭，也能渐渐嚼出香味来了。刘川想，人兽同源，动物的适应性都是一样的，睡西班牙进口的席梦思做的梦和现在一样；塞一肚子鱼翅、鲍鱼的那种甘饱也和现在一样；在玻璃幕墙隔出的淋浴间里享受多向多头喷嘴的全方位冲洗和现在站在院子的水池边上，用一盆冷水兜头倒下的淋漓尽致，几乎完全一样。

在刘川适应这种生活之前到从他刚一抵达秦水的那一天起，他就开始了自己的秘密使命——寻找那笔失踪的巨款。寻找巨款的方向当然不在这个院子，不在单成功的身边，甚至，也不在秦水，而是在单成功的言谈话语和他日常的行为举止之间。

刘川在到达秦水的第三天，才有机会与景科长见了面。他们见面的地方是在离刘川住处不远的一间冷清的街边杂货店里。刘川独自进去买蚊香，还没交钱就看见景科长从里屋走了出来。

杂货店里没有别的顾客，于是景科长就把刘川领入店堂后面的一间密室，两人做了简短交谈。景科长说："你怎么瘦了？"刘川说："废话，你没看我整天吃的什么，能不瘦吗？"景科长说："没生病吧，睡眠好吗？"刘川那几天正被蚊子搞得焦头烂额，说到睡眠只能长出一口气，一言难尽也不想说了。景科长于是言归正传，他告诉刘川，这个小杂货店秦水公安局已经做了工作，今后就作为他们接头的地点，以后身边遇有情况可以直接打公用电话，也可以直接打他手机联系。刘川向景科长汇报了单成功这几日的言行举止，汇报了他们从北京返程的路上，途经泸沙河寻访那座木桥的过程。景科长说，泸沙河确实是他们埋钱的一个地点，那地方后来确实被洪水淹了，在洪水到来之前是否有人抢先将钱挖走，因现场已经不复存在而无法判断。景科长的这番话让刘川感到非常别扭，心里隐隐生出几分失落和无趣，他想自己抛家舍命、亲历亲为的这个案子，他尝尽艰辛苦苦寻找的这笔巨款，也许压根儿就是一片早已逝去的汪洋大水，压根儿就是一个莫须有的主观猜测。

但刘川还是告诉景科长，单成功这几天自己喝酒，喝高了总对刘川吹嘘："儿子，你好好跟着我，我不会亏了你的。你看我现在像狗一样求着范本才，求他赏我这床铺盖，赏我这口杂粮，你信不信总有一天咱们过得比他要好！你信吗？啊！这两年咱们就卧薪尝胆，好好地装他一回孙子。反正这两年我也没法在外面抛头露面，等这阵风过去了，没人再想起我了，我让你跟着我一步登天。不行咱们出国找个地方，下半辈子咱们也享享洋福去！"

如果说，那笔钱在去年那场洪水中确实随波去了，那单成功的这些话又是什么意思？是他的酒后胡言，还是他的酒后真言？

景科长说："这笔钱，我们是宁可信其有，不可信其无，死马也要当作活马医，有枣没枣反正得打它一竿子。"

第一次接头谈得比较仓促，内容简单。分手前刘川借景科长的手机给奶奶打了个电话，他告诉奶奶，他现在在帮监狱办事，顺便和几个朋友在外地跑一笔贷款，要是有了贷款，公司的事也就好办了。奶奶在电话里听上去身体健康，她告诉刘川她现在每天坚持走路，一次最长已经可以走上五六十步了。刘川说："那太好了，你就这样坚持锻炼，我回去以前争取能走一百步。"挂了奶奶的电话，刘川问景科长他再打一个电话可以吗？景科长说："你出来时间不短了，别让单成功怀疑你。"见刘川拿着电话还在看他，便说，"那你快点打。"

刘川就拨了季文竹的手机，可惜，手机还是关着。刘川只能往好处想——她大概正拍戏呢。

刘川快快地还了电话，景科长从他的神情上，大概猜出他是给谁打的，于是说：“哎，你上次托我们买的那个大卫杜夫牌打火机已经买了，是一千二百九十九块钱的，还剩二百零一块，等回去还你。那打火机我们已经托北京市局的人给你那朋友送去了，她叫季文竹对吧？她是你女朋友吗？她爱抽雪茄？”

刘川笑了笑，转身往门口走，在门口又站住，似乎想了想，才回头答道：“对，她是我女朋友，她不爱抽雪茄。”

景科长也笑了，刘川第一次感觉到，景科长也笑得挺随和。

刘川也许并不知道，季文竹在接到那个打火机的时候，就已经彻底原谅他了。女人都是感性的，无论有多大前仇旧怨，只要有一件小事感动她了，心就立刻软啦，一切过节都可风消云散。

季文竹静下来的时候也仔细想过，刘川究竟有多大错呢？到美丽屋那种地方卖笑可能是他寻求刺激的一种方式，一种独特的自虐和发泄。刘川家财万贯，吃穿无忧，他去那地方当鸭只能理解为玩儿的就是心跳。如果这样解释他的动机，他的行为也就变得可以接受。不仅可以接受，而且还有一点新奇，缺少新奇感的男人，一点意思都没有。

于是，刘川在美丽屋当“三陪”的事情，立即变成另一种味道，在季文竹的内心里，好像一下变得比刘川上次无故失约还要无足轻重。后来刘川托人找她也说明他的失约不是毫无缘由，何况又送打火机以示弥补，分明表现出一个男人应有的信用和风度。

一个打火机要一千二百多元，贵是贵了，但这一千二百多块钱将季文竹的怨气一笔勾销，对刘川来讲，花得很值。

季文竹把打火机送给了爱抽雪茄的张老板以后，张老板果然很高兴，没想到季文竹小姑娘能这么有心，买了这样一个恰如其分的生日礼物。张老板当即敲定由季文竹在他下一步投资的一个时装剧中出演女二号，后来的事实证明这个打火机的确成了季文竹艺术生涯中的一个重大转机。

兴奋中的季文竹想起应当感谢一下刘川，何况，刘川的外表也确实能带给她体面和愉快。正巧剧组那一阵子没有她的戏，她得以进城回家住了几天。她先去了刘川家的万和公司，但万和公司的人告诉她刘老板这几天一直没在公司露面。她又打了刘川的手机，手机也是关的。她又找到刘川的家里，没想到给她开门的竟是刘川过去单位的同事，那个年轻的女警小珂。

也许因为小珂知道季文竹原来和庞建东好过，所以季文竹在这地方与小珂邂逅多少有些别扭，好在小珂正忙着照顾刘川的奶奶喝药，和季文竹之间并无交谈或彼此默视的时间。季文竹给刘川奶奶说了些安慰、祝福的话语，离开时才后悔忘了给老太太送些水果和补品之类的礼物。

那天季文竹走出刘家时天已黑了，街上华灯璀璨、车水马龙。她站在街边，想想今晚又要一个人吃饭，心里不免想念父母，也有点想念刘川。一辆出租车在她面前试探着放慢车速，她下意识地扬起手来，可直到她一只脚跨进了车子，也没想好今晚该到哪里去。她脑海里无序地闪过一首半熟不熟的歌曲，忘了是谁唱的："寂寞的我，行走在孤独的旅途……"青春的孤独多么难耐啊！那歌词让季文竹心酸起来，觉得自己离家北漂，个人奋斗，其中的甘苦，有谁清楚？

她当然也不可能清楚，这时候的刘川，正坐在一辆拉煤的大卡车里，昼夜兼程行驶在黑暗的外省公路，开始了一段更为孤独的旅途。

在刘川跟随单成功隐居秦水的一周之后，老范来了。

他和儿子小康一起，带着一些酒菜，来到单成功一家住的小院，七碟八碗地摆了一桌。两家人围坐在一起，举杯互碰，边吃边聊。主要是两个长辈聊他们的那些陈年往事，老单的老婆和几个晚辈只是闷头听着，很少插嘴。

一瓶说不清真假的泸州老窖喝下去，老范的脸最先红了，他问单成功："老单，这次出事，你自己说，我范本才够不够义气？"老单说："当然了，你是大哥，我但凡有个三长两短，就得靠你。要不我当初怎么把老婆和女儿都托付给你了。"老范说："你老婆和女儿在我这里，我绝对一点不亏她们。你给的那两万块钱，早就花没影了，你去问问她们，我啥时少她们一碗热乎饭了！"单成功双手举杯："大哥，我就大恩不言谢了，你容我缓过这口气来，我一定加倍回报。我报不了，我儿子、女儿接着报。"老范说："好啊，那我可就等着啦。"他和老单碰了杯，又碰了刘川和单鹃的杯，然后一饮而尽，喝罢笑笑，"报不报的，不知道哪辈子的事呢，我这人做事凭交情，只为耕耘，不求收获。倒是我现在有点难处，你要是不多心，我就跟你说说。"老单应了声"噢"，且听他往下分解。老范也不绕弯，上来一句："我现在没钱了！冲我要饭吃的人太多，我养不住他们，他们怕是要造反了。这年头不给喂饱了谁能跟你！"老单马上做出深明大义的样子，说："那是那是，这我都懂。你说吧，兄弟能帮你什么忙吗？要不然，我们带着孩子到别处走走，至少给你省几份口粮。等你做大了，不在乎这点小钱了我们再转身投奔过来，你看怎样？"老范摆手："哪儿的话，你现在往哪儿走，到处都在抓你，你可别大意了。老单，你是我兄弟，你老婆是我弟妹，我就是再苦，你俩的这口干粮，我省不下。单鹃呢，跟我儿子感情不错，我儿子愿意养她，我管不着。老单你现在也不可能抛头露面地到处找活干去，你就在家藏着吧，现在出去不得。我看你就别让你这干儿子整天这么闲着了，让他也出去挣点钱吧，年纪轻轻的，别总让别人养着。"

老单看看刘川，刘川没有说话。老单又看看老范，看他像是认真的，便说："好啊，你当大伯的就给他找个事干吧，他年轻，吃点苦没啥。"

老范说："我这儿的事，都在小康手上呢，就让他跟着小康干吧。"

小康并没去看刘川，他抬眼扫了单鹃一眼。单鹃张口刚想说句什么，却让单成功抢先挡了。

“好啊，小康比刘川大几岁，就算是刘川的大哥吧。小康，刘川人生地不熟的，以后你费心多给他撑着点，省得让人欺负他。”

从这顿饭的第二天开始，刘川就跟着小康到城外的小煤窑挨户收租去了。单鹃大概从小康昨天的眼神里察觉出他对刘川的敌意，所以说什么也要跟着一起出城，说是跟他们一路玩玩去。

刘川无所谓，小康当然也不反对，于是三个人就一起往城外奔去。

刘川这下算明白收租是怎么回事了，收租就是到处砸窑、打架，否则租金是收不上来的，所以去的人必须要多。只要小康出马，前呼后拥的这一帮喽啰，总共不会少于十几个人马，而且多数看上去身强力壮，少数瘦小干枯的据说手段更狠，更是敢下手、敢玩命的家伙。

前两个窑的租金收得还算顺利，窑主没多啰唆就把现钱交了。到第三个窑时窑主不在，只有几个挖煤的短工，个个脸上黑得只剩下两个眼睛窟窿。窑主不在收不上钱，小康他们除了撂下两句狠话，也别无他法。

小康他们挨个收钱，刘川就在一边跟着，既不插嘴，也不帮腔。和窑主真正的冲突是在第四个窑口，小康和窑主吵了两句便下令动手，他的手下一哄而上一通暴打，连上来劝阻求饶的几个短工也没放过。除了刘川和单鹃之外每个人都上手了，刘川在旁边观察单鹃，发现她对这种暴力场面已经司空见惯，而且熟视无睹。

第一天他们又转了几个窑口，收了几户租金，打了两个窑主，还有两个窑主没有找到，只能留待以后再说。

回来的路上小康请大伙在小饭馆里吃饭，饭间挑衅地问刘川吃得香吗？刘川不明白他的意思，小心地应了声：“还行吧。”小康用北京腔学着电视广告里的语句：“你是吃嘛嘛香！”刘川这回没答话，单鹃倒接了句：“你请客，人家吃得香还不好吗？”她问其他人，“你们吃得香吗？”大家都应景地说：“香！香！”小康冷冷地说：“人家吃得香是人家干活累的，他今天干什么来了，逛景来了？”

单鹃说：“你们打打杀杀的人家又不会。”

小康说：“吃饭会。”

单鹃说：“吃饭也得慢慢学啊，你一生下来就会吃饭？”

小康说：“我们家狗就没学过，天生就会吃！”

单鹃说：“狗是狗，人是人，我到现在还不会吃饭呢！”

小康说：“你一辈子不会吃饭都没事，我喂你。他不会吃可就得饿死了，谁喂他呀。”

单鹃说：“我喂！”

小康说：“你喂他？连你都是我喂的。”

单鹃说：“不愿意喂你就别喂。”

小康和单鹃你一句我一句地斗嘴，小康的手下悄悄看着他们，也悄悄地瞟瞟刘川，没人劝架，没人插嘴。

刘川低头吃着自己碗里的米饭，死活没有一点声音。

刘川后来跟我说过，他那时不恨小康，他恨的是景科长。

还有那位后来一直没怎么露面的林处长，是他们平白无故把他拖进了这个没完没了的案子。要不是陷入这个任务至今无法脱身，他现在早就白天到万和公司发号施令，晚上听季文竹发号施令，轻轻松松地当老板，幸幸福福地谈朋友了。他犯不着坐到这种肮脏的小饭馆里，和这帮地痞流氓吃一锅糙饭，还得听他们挖苦奚落，还不能跟他们急眼。因为跟这种人急眼就得准备好跟他拼命，至少拼个头破血流，万一瞎一只眼或者破了面相，季文竹哪里还会要他？季文竹早就说过，她说刘川你除了这张让女孩喜欢的脸你还有什么本事呀。其实季文竹喜欢他的脸让他挺高兴的，总比喜欢上他的钱好得多了。

再说，和小康翻脸打架肯定会影响他在秦水的生存，影响生存就势必影响这个任务，他虽然怨恨景科长，但这个任务还得善始善终。再说，按钟大的说法，他现在还是天河监狱的人，天河监狱对他一直不错，钟大对他也一直不错，他不想让景科长他们找监狱领导投诉他去，他不想他们总把钟大搬出来做他的思想工作。他估计这案子也不会拖得太久，再过些天如果还没动静，就是他拖得起，景科长他们也拖不起了，所以最好的办法还是一切都忍，慢慢熬到结束的那天，熬到天河监狱给他公开平反、恢复名誉、让他光荣退役那天为止。原来他还估计天河监狱为这事怎么着也得给他记个功或者至少给个嘉奖什么的，现在想想无所谓了。他以后自己开公司、办企业，要不要那张纸真的无所谓了。

那一阵子，刘川天天随着小康出去收租，看他们欺行霸市、砸窑打人，跟着他们晃着膀子招摇过市……有时，也和他们一起，让欠钱的窑主请客，在饭馆里大吃一顿。无论小康怎么讽刺贬损，刘川的表情总是呆板不变：该吃就吃，该喝就喝，遇有打人、骂人的差事，他只是作壁上观，不发一言。

他的这副样子，单鹃原本无所谓的，但时间长了，不能不受小康的影响，觉得刘川作为一个男人，这样也太窝囊了。后来看到小康那帮虾兵蟹将也开始没大没小地调侃刘川，单鹃的心理就开始向舆论倾斜，虽然明面上依然维护，私下里却忍不住唠叨："刘川我知道你有文化，有文化你也是个男的，你不为自己挣把脸面，你也为为我吧。我替你说了那么多好话，你也做一把给他们看看，小康说你是孬种，你就做回好汉给他看看，你横一回我的面上也好看一点啊。"

刘川看她，问："你让我怎么横啊？"

单鹏说："他们动手的时候，你也上去帮他们一把。"

刘川说："你让我打人？我妈又没教过。"

单鹏说："哟，妈妈的小宝宝，你刚才拉完屎，你妈给你擦干净了吗？刘川你别跟我装正经了！你没胆就说没胆，找那么多理由干什么！"

刘川说："对，我没胆，行了吧。"

单鹏第一次被刘川这么顶撞，显然委屈透了，狠狠地说了句："没胆滚！没胆别在我面前装酷！"

刘川没滚，单鹏自己倒转身跑了。刘川望着她的背影，顾自叨咕了一句："谁他妈装酷啦。"

老范的势力范围和活动范围，通常只在秦水城南，很少染指城南以外。但偶尔，也会因为追讨一两笔数额较大的债款，出击周边。离开秦水的活儿刘川一般是不去的，因为他的任务是监视老单，所以不能走得太远。唯一一次远足是去秦水以西七十公里以外的隆城，隆城有个酒楼让老范的施工队做过装修，因为质量不好至今未付尾款，尾款也有两万多块钱呢，所以范小康决定"御驾亲征"，亲自带一队人马，讨伐隆城。走的时候到小院这边来叫单鹏，说隆城的小商品城又来了好多新款女装，华伦天奴的短衫才二十元一件，当然是假的，假的也值啊。小康说，如果要到钱的话就给单鹏多买几件。如此一说单鹏当然要去，而且，当然还要拉上刘川。

单鹏拉了刘川，上了小康开来的车子，那辆破旧的面包车上，已经坐满了准备打架的喽啰，只有小康身边的座位，还为单鹏虚席以待。可单鹏一上车就让后排的两个喽啰挤到小康的座位上，自己则拉着刘川并排坐在了后面。因此这一趟隆城之行从一开始就让小康心中不爽，但他是个要面子的人，不肯出师未捷就为座位的事与单鹏红脸。

尽管那天要账要得十分顺手，小康那帮人在那家酒楼的厅堂里散开一站，老板就乖乖地掏了银子。但小康脸上依然难见笑容，他大概在想他们以前到秦水以外的地方要账，刘川从没来过，偏偏这次有了单鹃，他就来了，简直就是个不干硬活专吃软饭的家伙。那天要完账，他板着脸带单鹃去了隆城的小商品城，小商品城是这一带有名的假货聚集地，各种国际顶尖品牌无所不有，外表足以乱真，而且便宜得让刘川大开眼界。他在里面走了一圈，真觉得自己过去总去北京的燕莎、国贸和王府地下买衣服，实在有点愣充大头。

小康这次虽说心里郁闷，但并未食言，还是给单鹃买了不少好看的衣服，虽然总共也就六七百块钱的东西，但几个喽啰帮忙拎着大包小包，让单鹃觉得满载而归。逛店时小康故意当着单鹃的面质问刘川："哎，单鹃对你不错你怎么不给她买点东西？"刘川厚着脸皮说："我哪有钱。"

逛完市场就到了晚饭时间，晚饭时单鹃就在餐馆的卫生间里换上了一件新买的衣服，这衣服把她的脖子和肩部暴露得极为性感，这衣服使单鹃还没吃完就命令似的让小康饭后带大家去隆城的OK夜总会去看演出。单鹃很少主动要求小康做这做那的，所以一旦开口小康当然应允。OK夜总会和隆城商品城一样，是这个城市的一大特色，方圆百里都很有名，除了坐台小姐来自全国各地之外，还有大型热力演出夜夜爆棚。这一天小康他们进去时包房都已订满，他们八九个人就在散座观看演出。单鹃看演出只是借乎其名，她真正的兴趣显然只在于和刘川腻在一起聊天、喝酒。

她对刘川说了她从小到大的每一段经历，从小到大，遇到的每一件难忘的事情。比如她以前对刘川说过的她爸爸为了她去偷吃被人痛打的事，这天就着啤酒又说了一遍；还说了她小时候不爱读书，总是逃学被她妈暴打的事情。她说她的大脑就是因为总挨她妈的打骂而开发出来的，那时她为了既逃学又不挨打想了很多办法，她甚至偷偷吞吃过洗衣粉伪装发烧生病。吃洗衣粉原本是想拉肚子，没想到肚子没拉反倒让她一天一夜高烧不退。后来这一招被她屡试不爽，一试再试，她爸妈那一阵子总为她的无名高烧到处求医，弄得家里雪上加霜、穷上加穷。但她不管，她只要不去上学，自己开心就好。而且她总是发烧，吓得她妈再也不敢打她了，可谓一举两得。刘川说："吃洗衣粉很危险吧，你不怕把肠子洗坏了？"单鹃说："管他呢，我这人就这样，只要我痛快了，冒多大危险我都无所谓的。"刘川眨眨眼睛，一时无话可说。

没错，单鹃是个烈性的女孩，刘川以前看过她的手相，上面的纹路简单清晰，几条主线极其深刻。特别是横亘掌心的那条"爱情线"，深得几乎足以断掌。他还问过单鹃的星座，单鹃居然是天蝎座，吓了刘川一跳。刘川在书上看过，天蝎座是公认的最性感、最浪漫的星座，由于同时受冥王星和火星两个星体的主宰，天蝎座易受幻想支配，总是和黑暗、危险、暴力和性欲结合。刘川是射手座，射手座下身为马，上身是人，弯弓引箭，昂首向天，表面温和，内心激烈，暴力倾向也很明显。刘川对单鹃说过，和天蝎座最不相配的就是射手座，所以你最好躲我远点。单鹃对星座学一无所知，但饶有兴味，她问刘川："为什么不配？"刘川说："射手啊，这还不懂，射手专门射天蝎的。"单鹃心甘情愿地说："没事，你射吧，我让你射。"刘川说："射手和天蝎，是一对冤家对头，射手射下了天蝎，天蝎掉在地上，砸死了射手。所以，射手和天蝎，与其同归于尽，不如各不相扰。"单鹃又问："天蝎座还有什么特点？"刘川说："太执着，一根筋。"单鹃说："那就不怪我了，这说明我天生就这么一根筋，你就等着瞧吧！"

小康刚给单鹃买完衣服，单鹃就当着他的面和刘川聊得如此亲热，亲热得如此开心，小康能不气吗？他气得脸色发青！小康报复的办法就是当着单鹃的面，张扬地在邻桌要了个坐台小姐又搂又啃。可他越是这样，心里越是窝火，因为单鹃对他这边的动静几乎不屑一顾。单鹃是故意不屑一顾的，不但不屑一顾，而且用和他同样张扬的姿态和刘川碰杯、喝酒、说笑，她在一张窄窄的包厢座里挤着刘川坐，挤得刘川不得不钻出来说要上厕所。

刘川上了厕所，没屎也在厕所的便器上干坐了二十分钟，他不知道在他离开大厅的这段时间里，单鹃的身边又坐了另外一个男人。这人不是小康，而是一个谁也不认识的胖子。

九

只需三言两语，单鹏就能听出，这个胖子是OK夜总会的一个常客，他显然把单鹏当成了新来的坐台小姐，也许都是那件露肩的新衣惹的祸。

但仅凭三言两语，单鹏没能探出胖子的来头，也没能看出周围那帮只喝酒不泡妞的汉子，都是他带来的打手，于是她在那个半醉的胖子动手动脚的时候给了他一记很响的耳光，等刘川在厕所里耗够时间出来的时候，局面已经坏得不可收拾。他看到小康正被三四个汉子打倒在地，小康带来的喽啰也和胖子的打手用酒瓶和椅子打成一片。单鹏尖叫着冲过去要拉小康，也被不分轻重地拳脚相加。小康是自己爬起来的，嘴巴上沾着血，那鲜血的腥味撩拨了他的杀气，他亮出了刀子。刘川知道小康平时身上总是带着刀子，那是一把半尺长的小刀，刀把很粗，把握有力，这把刀已被小康玩儿得熟稔。刘川看不清小康是不是捅人了，他只看到对方至少有三四个汉子，不知从哪儿抄出几个大片刀来，一时间刀光闪亮，上下翻舞，不知是砍在了人身上还是砍在了桌面上，砰砰乱响。大片刀立即将战斗的双方分出了优劣，连小康在内，范家的人个个四散而逃。刘川是在这个时候冲上去的，他冲上去的最初动机原本只是想拉走单鹃，却被对方误认为是一种拼死的反扑，几个大片刀立刻集中目标，一起向他砍来。刘川手无寸铁，只能推桌子、抡椅子拼命抵挡。刘川看到，地上至少已经有两个人躺在血泊里了，飞溅的血污让每个人都杀红了眼睛。这样的殊死砍杀大约持续了将近一分钟之久，也许只有三四十秒吧，谁知道呢，谁也不会在此刻冷静计时，但在这个说不上漫长还是短暂的混战之后，刘川已经拉着单鹃冲开了一条血路。刘川自己的身上也沾上了血迹，不知是自己的还是别人的。刘川甚至不知道自己是怎么拉着单鹃冲出这家夜总会，冲到大街上的。但单鹃知道，也许她天生就是一个不知恐惧的女孩，天生就有一副好勇斗狠的性格，所以事后她完全能详细地记起并且仔细描述出刘川的样子。她说刘川分析得没错，射手座的人确实表面温和，内心暴烈！她说刘川打起架来真是酷极了，而且好像以前在哪里练过似的，动作灵敏而又凶狠。她还说刘川在拉她之前，用一把断了腿的椅子砸倒了两个大个儿，那一瞬间的画面何其壮观！这场节外生枝的恶战终于使刘川的男性魅力在单鹃面前爆出了火花，高潮突如其来，结局完美无缺。

这件事闹得很大，双方都有重创，幸无一人死亡。被小康用刀捅了的那个人伤得最重，后来听说把肾都摘了。小康也有三个弟兄好几天都没能回到秦水，后来知道他们都被砍得不轻，其中一个叫小虫的差点截了一条胳膊。还有一个肩、背连中三刀，刀刀见骨，最轻的一个头上也缝了二十多针。

当天夜里大家各自逃散，没人敢再回到OK夜总会的停车场去开走那辆面包车。时间已近午夜，刘川带着单鹃在隆城寂静的街头狂奔。他们谁也不知要回秦水该走哪个方向，该到哪里坐车。他们跑得筋疲力尽，确信身后无人追杀，才停下来弯着腰大口喘气。单鹃翻翻自己身上，还有四十多块现金，于是便在街边找了一家旅馆，决定在隆城过夜。旅馆里一个单间二十块房费，刘川要开两间，单鹃要开一间。刘川说你不是还有四十多块吗，开两间够了。单鹃说你装什么傻呀，都花完了咱们明天怎么回家！

刘川没再和她争辩，此时他还在那场生死搏杀的余悸中惊魂未定。如果说半小时前他在那几把砍刀的攻击下还算英勇的话，那么现在，激烈的心跳仿佛才刚刚开始。当危险确实过去之后，他才意识到危险的真实，它来得太突然了，猝不及防，让人没有思想的余地，一切恐惧只能留在事后反刍。

单鹃看上去早已恢复常态，在进房之前她用服务台的电话试着拨了小康的手机，想看看小康是安全无恙还是非死即伤。电话里很快传来的声音让单鹃松了口气，小康活着，而且身体无碍。刘川从夜总会的厕所出来时在小康脸上看到的鲜血，不过是一点即流即止的鼻血罢了。

小康很快赶过来了，还随身带着两个没有走散的喽啰。他让那两个喽啰留下来与刘川挤在这里，自己则要带单鹃找个星级饭店去住。单鹃坚决不去，小康逼问几遍都不改口。不知是因为单鹃这一整天的表现还是晚上的那场死里逃生的厮杀，小康突然恶胆旁生，上去拧了单鹃的胳膊拽着就走。单鹃又喊又叫、又踢又打，一直坐在床上沉默不语的刘川这才上来把小康拉开。

刘川说："你欺负女的干什么，她不愿意跟你去非勉强她干什么？"

小康二话没说，照着刘川脸上就是一拳，刘川一屁股坐在地上，自己的牙咬了自己的嘴，擦一下满手带血。谁都以为他被打老实了，没想到他在小康刚刚转身悻悻要走的刹那，像个小豹子似的蹿了起来，连单鹃都没看清他用了什么动作，一手抄了小康的裤裆，另一手抓了他的一条胳膊，单鹃眼睛还没来得及眨一下，小康壮硕的身体就仰面朝天摔了出去。

单鹃和小康的两个弟兄都看傻了，正如单鹃刚才惊讶的那样，刘川打架的动作、速度，都像是在哪里练过似的，简洁、实用，那种麻利和果断，言辞难以形容。

没错，刘川是练过，在北京、在公安大学、在四年的体能和格斗训练课中练过。

小康被摔蒙了，躺在地上缓了半天，直到两个喽啰醒过梦来上去扶他，他才爬了起来。和刚才在OK夜总会一样，小康从地上起来的第一个动作就是拔刀，刘川看见刀下意识地往后退了一步，迎着刀冲上去的则是面色通红的单鹃。

单鹃对小康喊道："小康！你今天杀红眼了吧！你要杀我！我让你杀！"

小康用刀指着单鹃，咬牙切齿："单鹃，我知道你他妈就喜欢这种没用的小白脸，好，你有本事你就跟他，我看他能给你什么，你有本事就别后悔再来找我！"

单鹃没有回答，她瞪眼看着小康带着他的人悻悻而去。她不管闻声赶来的旅馆服务员如何探头探脑想往屋里窥视，砰的一声在小康身后摔上房门，然后，她转过身子，紧紧地抱住了满嘴是血的刘川。

那是单鹃最最难过的一夜。

她因刘川而与小康决裂，但刘川却并未回报应有的热情。在她主动向他投怀送抱的这个夜晚，他却不愿与她同床共枕。

单鹃哭了。

这时，刘川第一次看到单鹃那双略带凶相的眼睛，流下女孩委屈的泪水。那泪水和季文竹的泪水一样晶莹、一样透明，但，和季文竹的味道又是那样明显不同，不同到难以让刘川为之感动。

他没法告诉单鹃，他已经有了一个相爱的女友，他天天盼着与她重逢；他更不能告诉单鹃，他是一个警察，他来秦水，住进她家，肩负着特殊使命，所以他和她之间即便两情相悦，也必定一事无成。

一切都不能明说，所以单鹃不可理解。从她十五岁起直到现在，都是男人追她。俊的、丑的，年长的年少的、有钱的没钱的，她谁也看不上眼。她人生第一次和男人上床就是和小康，她住在小康家里，寄人篱下，小康又是那样死缠烂打。那个初夜在她的记忆当中几乎像一场强暴，所以在单鹃的下意识里，总是觉得小康欠她。

而这个夜晚与以往如此不同，她把她美好的身材，细缎般的肌肤，从不示人的女孩的柔媚，从未表达过的性爱的激情，全都献给刘川了，而刘川竟然木头似的，左闪右躲，无动于衷。

所以单鹃哭了。所以她问刘川为什么。

她说："我一定要知道为什么，我一定要知道你为什么这么讨厌我。"

刘川低头，沉默，沉默之后他从床边站起，坐到桌边的椅子上。他的目光不再无谓地躲闪，他抬起头来，平静地看着单鹃，看着她泪眼蒙眬。他等着她平静，或者，等着她爆发。

"为什么？！"

单鹃终于爆发了，歇斯底里地哭喊了一声，把刘川的耳膜几乎震破。旅馆的服务员又来了，在外面敲门，刘川和单鹃对那敲门声全都充耳不闻，服务员只好站在门外无奈地警告："你们不要吵好不好，大家都睡了，再吵你们出去吵！"

服务员走了，屋里屋外，瞬间安静下来，静得有点虚幻。刘川听到自己的声音，若远若近，也像是虚幻中的一道靡靡之音。

"单鹃，原谅我，我是一个同性恋，我对女人，一点兴趣都没有。"

屋里的虚幻又持续了漫长的几秒，终于被一声真切的哭声打破。单鹃扑在被子上痛哭起来，刘川听不出那哭声究竟代表震惊还是代表失望，还是仅仅表达出一种无处发泄的愤怒。

"滚！"单鹃终于喊出来了，"别跟我在一个屋里待着，你给我滚出去！"

刘川在旅馆门厅的长椅上坐了一夜，一夜未眠。

在门厅值夜班的一个女服务员始终好奇地看他，知道他是和房间里的那个女孩吵了嘴被女孩轰出来的，因而脸含窃笑，并不多问。

那一夜漫长极了，刘川满脑子都是季文竹和奶奶的谈笑风生，这两个他最最亲密的女人，让他悄悄流泪。刻骨铭心的思念，让他心口发疼。

天刚放亮的时候，他去敲了单鹃的房门，半小时后两人一起走出了这家旅馆。清晨的冷意让刘川感觉到饥饿，在前往长途汽车站的路上，他们看到一家刚刚开张的饭馆。单鹃目不斜视地大步走过，刘川却忍不住站那儿，向单鹃的背影问了一声："哎，你饿吗？"单鹃没有答话，甚至也没有看他一眼，回身径直走进饭馆，掏钱买了一个火烧，往刘川怀里一塞便继续前行。刘川跟在她的身后问道："你不饿吗？你要不要吃啊？"单鹃站住了，冷冷地反问："吃什么？"刘川拿着那个半热的火烧，愣着不知说什么。单鹃又说了句，"待会儿买车票还不知道钱够不够呢。"然后转身又走。刘川追上她，把火烧递过去："那你吃吧，我不饿。"单鹃横眉怒目，吼道："给你买了你就吃，我知道你不是个男人，不是也别跟老娘儿们似的来回唠叨！"吼得刘川张口结舌，他知道如果他再唠叨单鹃能当街骂他"兔子"！

单鹃不幸言中，她兜里的钱真的不够两张返回秦水的车票，她手上还有二十一块，买火烧花了一块，还剩二十块。而一张车票就要十一元整。单鹃看看刘川，她也知道刘川身无分文。

于是他们沿着来时的公路开始长途跋涉，步行回家对两个年轻人来说本来可以快乐无穷，但这快乐却被两颗有隔阂的心压抑了源头，旅途因而变得倍加寂寞。为了保证行走的体力，他们用仅有的二十块钱买了大饼和水，上路时吃了一顿，到中午他们走出将近二十公里后第一次坐在路边休息时，又吃了一顿。在吃这顿午饭时，单鹃打破了一上午的沉默，开口和刘川说起话来。

“刘川，我不管你是真同性恋还是假同性恋，反正我告诉你，我喜欢你！”

刘川正嚼着大饼还未来得及咽下，半张着嘴巴不知如何应答。他想了一下，表情认真地说了句：“我真的是，我骗你干吗。”

单鹃马上顶了回去：“不管你是不是，我都喜欢你，行了吧！”停一下又说，“你要真是还好呢，至少你就不会再对别的女人动心了。你跟男人怎么来往我不管，只要你承认我是你唯一的女朋友，只跟我一个女的好，我就够了。”

刘川有点急，结结巴巴地劝道：“你说你，这么漂亮找什么人找不到，何苦找我，我对女人又没兴趣！”

单鹃说：“你没兴趣我不强迫你，但你以后总要结婚吧，总要有个孩子吧……”

刘川打断她：“我不想结婚，我也不想要孩子。”

单鹃沉默了片刻，说：“我不强迫你，我可以等你，等你年纪大一点，你就想要了。年纪大了要是没孩子，那滋味有多难受，你以后就会知道了。”

刘川也沉默了片刻，他突然在一秒钟的闪念后发觉了一个机会，他还未来得及犹豫、细想便脱口而出，话锋马上转向了单鹃的父亲。

“单鹃，你现在，是不是着急结婚了，是不是特想早点有个孩子？”

单鹃没想到刘川的抵御突然变成了询问，那种有商量的语气马上感染了她的身心，她马上用更加积极直白的语言，朗声做出回应：“不，我只想和你结婚，只想为你，生个孩子。”

刘川接下去问：“可结婚、生孩子是要很多钱的，你们家现在这个样子，怎么有钱给你结婚，你们家有钱吗？”

也许是这个话题让单鹃兴奋得抛去了应有的警惕，也许因为单鹃对那笔巨款一无所知，所以她毫无戒心，傻傻地答道：“我爸说了，将来等我结婚的时候，他会给我一笔钱的，会给我一套拿得出去的嫁妆。他说他保证让我体体面面地嫁人，他说他保证让我一辈子都过得好好的。我爸从来不说大话的，办不到的事他从来不说。”

刘川也兴奋起来，但脸上保持着平静，继续刺探：“你爸有钱？那如果你现在就结婚，你爸爸拿什么给你？”

单鹃答不上来，语塞之际，刘川教唆道：“你回去问问你爸，你就说你现在就要结婚，你问问他有钱吗，钱在哪儿呢？”

单鹃好强地应道：“好，我回去就问他。”停顿一下，她又疑心地看看刘川，反问，“你真的想和我结婚？”又问，“那万一我爸现在没钱呢？”

刘川绕开她的提问，换个概念试图搪塞：“没钱你结什么婚，你发昏吧。”

单鹃追问：“你到底是看上我了，还是看上钱了？”

刘川把最后一口大饼咽下，说：“我什么都没看上，行了吧！”接着又故意自言自语地叨咕了一句，“我看上钱了？你们家有什么钱呀！”

刘川和单鹃是当天晚上快十点钟的时候才回到秦水，回到他们那个小院的。如果不是在傍晚时终于拦到了肯搭载他们的一辆煤车，他们可能还要走上大半夜呢。

这天夜里单鹃向父亲说了她想结婚的事情，话题的终点当然还是落在钱上。而单成功并没有直接回答钱的问题，没有告诉单鹃他究竟有钱没钱，他首先疑问的是：“你看上谁了，你想和谁结婚？”

单成功似乎对女儿选择刘川并不意外，他又问女儿：“你和刘川谈定了吗，他真的愿意娶你吗？”对这个问题单鹃也没有做出正面回答，她再次追问父亲：“爸，你到底有钱没钱，你没钱谁愿意娶我。”父亲还是继续着刚才的疑问：“刘川怎么说的，他说他愿意娶你？”女儿沉默了片刻，这片刻的沉默让单成功疑窦顿生，让他必须盘根问底，“他打听咱家有钱没钱了吗？他打听了吗？”单鹃低声回答：“你别管打听没打听，没钱能结婚吗？”单成功说：“怎么不能啊，我和你妈结婚的时候，我们有什么钱啊。”单鹃的母亲这时候插嘴：“咱们那是哪辈子的事了，现在这个世道，没钱谁认谁呀。”单成功对老婆的插话未加理睬，继续盯住女儿，用心追问：“是你结婚想要钱，还是刘川提出要和你结婚，让你跟我要钱？”单鹃理直气壮地答道：“是我想和刘川结婚，我喜欢他，所以我想和他结婚！我们要结婚，我们要生孩子，没钱行吗？”单成功似乎松了一口气，不那么紧张敏感了，他说：“你们那么年轻，这么早结婚干什么。”单鹃说：“我想早点结婚，早点生个小孩，就能把他拴住了。”这时母亲又一次插话：“结婚、生小孩都拴不住男人，要想拴住男人，还得用钱。”单成功瞪着眼说：“胡说八道，我他妈这么多年守着你们娘儿俩，你们有钱是怎么的！”

单家夫妇与女儿一夜对话，没有任何结果。单成功并没有满足女儿对金钱的需求，他让女儿告诉刘川，单家现在家徒四壁，不，单家现在无处为家，他刘川娶不娶单家的女儿，自己看着办好啦。

单鹃后来当然没对刘川这样传达，但第二天单成功和刘川在院子里一起修墙的时候，自己说了这话。他说：“刘川你要真喜欢单鹃你就别嫌她穷。你喜欢她我和她妈都同意，但你要是为了钱，那你当初跟我到秦水来，可算跟错人了。你可以后悔，你要后悔可以回北京去，咱爷俩好说好散。你以前帮我，我一辈子记着，君子报恩，十年不晚。有朝一日我翻身出了头，我肯定要好好谢你的。”

刘川从单成功的话里，听出单鹃昨天晚上肯定跟她爸要钱来着，也肯定没跟她爸说自己是同性恋的事，要说了她爸妈肯定不能答应单鹃再跟他好。他心里不知是轻松还是沉重，是好笑还是心烦，他只是想，这一趟秦水来的怎么撞上这么多意想不到的事啊。又想这个单鹃，怎么干什么事都跟走火入魔似的！

他对单成功说："老爸，没有，我没想这么早就结婚，你也劝劝单鹃，她又不怕以后嫁不出去。结婚是大事，而且咱们家现在这样，也不是结婚的时候啊。"

结婚的话题就这么拖过去了，单成功的怀疑也就这么遮过去了。刘川没探到钱的下落，在与景科长接头时的汇报，也就变得毫无意味。刘川最见不得景科长那一脸闷闷不乐的表情，好像钱找不到就是他的责任似的。刘川因此在汇报时有些赌气，对景科长的一脸不爽做了相应的报复，他正式向景科长提出他到秦水来已经快满三周了，他家里的情况、他奶奶的情况、他公司的官司，一桩桩事情到底都怎么样了，他什么都不知道。每次接头只是听景科长简单说上一两句，每次内容大同小异。他严肃而又正式地提出希望景科长尽早结束他在这里的工作，让他尽早回家。如果你这一级决定不了的话，希望尽快向林处长请示一下。刘川希望景科长告诉林处长，他为这个案子做了他应该做的工作，该吃的苦他也吃了，该丢的脸他也丢了，他为这个案子和女朋友都差点吹了，还差点做了隆城那群黑帮的刀下之鬼。更重要的是，他在这个案子中的作用已明显不大，单成功是不是真的知道这笔钱的去向本来就很难说，就是知道，他这种小心谨慎、多心多疑的江湖老手，怎么会让他这种毛头小子三探两探就把藏一辈子都藏得住的秘密和盘托出？不可能的。何况单成功现在的主要任务是在秦水避风，他只要在秦水一天，就不可能透露钱的下落，因为就算他不知道公安局在盯着这笔钱，也知道范家父子在盯着这笔钱呢。老范和他虽然是交杯换血的把兄弟，但这种黑道上的人，说好就好，说翻就翻，为了钱亲爹都敢杀的。别看单成功一见着老范总是大哥长大哥短的，可老范是怎样的人他心里最最清楚。

景科长默默听着，没做反驳。他大概第一次见识刘川也能这么振振有词、长篇大论。在刘川看来，景科长不反驳是因为他的雄辩无可反驳。当然，刘川也感觉到了，景科长不反驳还可能是因为他自己对这个案子，也信心不足，也感到疲惫。也许他和刘川一样，恨不得这个案子早点完了，让那一千二百万元的秘密永远石沉大海吧！也许他和刘川一样，都想家了，他也上有老下有小的。他们应该早点握握手，彼此拍拍肩，或者再互相苦笑一下，然后南辕北辙，各奔东西，他回他的东照，他回他的北京，以后有朝一日相见，大家还是朋友。

那次接头的结果，和刘川想得差不多，景科长终于点头表示："好吧，你先回去，下一步怎么办，我们马上请示、马上研究，我们会尽早给你答复。"

景科长最后的这句话，不但没让刘川轻松，反倒让他更加度日如年、归心似箭。这句话显然给了他一个不切实际的错觉，以为自己在秦水的日子屈指可数。他一连三天都去街角那个杂货店门口转上一圈，但一连三天没再见到景科长在那儿露面。见不到景科长，听不到任何消息，刘川越来越心浮气躁。他也不去跟着收账了，也不去"大富豪"看场子了，一天到晚待在小院，实在闷极了就陪着单鹃和她父母打几把牌。第四天傍晚小康派人到小院叫他，拿了些药让他送到城东小虫家去。小虫是小康手下的一个喽啰，在隆城那场厮杀中被刀砍伤，前一天才被他家里人找到，从隆城的医院抬回来了。刘川以前有一次跟着收账时曾经从小虫家的门口经过，所以小康让他跑一趟把药送去。

如果是叫刘川跟去收账，刘川肯定要借故推辞。无奈是送药，无论出于救死扶伤的道义还是出于表面的兄弟仗义，刘川都没有推辞的理由。

于是刘川连晚饭都没顾上吃就拎着那几包中药出门，他兜里没钱坐车，就步行向城东走去。走到小虫家时已是晚上八点，看到小虫躺在床上真是伤得不轻。他老婆和他爹妈都守在身边，除了掉泪只有唉声叹气。刘川放下药包想说几句安慰的话，话未说出口就被小虫父亲一顿臭骂轰了出来。小虫的父亲以为刘川也是一个黑道上的帮派分子，就是他这帮人把小虫教得不务正业、有家不归。刘川不想和他家人费口舌，任凭人家骂得灰头土脸地退出屋子，在周围邻居探头探脑的偷窥之下，狼狈不堪地走出了那条肮脏的巷子。

从小巷出来要穿过一个露天的煤厂，才能回到来时的大路。这个时辰煤厂的每个角落都已人去灯熄，夜风卷着煤灰乘虚而入，猖狂地在一个个煤堆间窜来窜去。刘川怕煤尘把脸刮脏便用衣袖捂着，一路急步，掩面而行。行至一半，忽闻身后风中，隐隐夹杂着一串混乱而又急促的脚步声，刘川回头一看，还没看见人影，便觉眼前阴光一闪，一把大片刀劈风而至。刘川最先听到的声音，确实是刀锋劈开空气的呼啸，短促而又迅捷，让人不寒而栗。他几乎只是凭听觉上的一点预示，下意识地侧身一躲，只快了百分之一秒钟，才未人头落地。他这侧身一躲的力量太猛了，以致身体失去平衡，摔了下去。在仰面朝天的一刹那，他看清了头上至少有两三个黑影，至少有两把砍刀再次朝他的面部杀来。他在地上滚了两滚，听得见片刀砍在地面的声音，他就着身体滚动的惯力爬了起来，跌跌撞撞漫无方向地向前逃去……他看到前方不远，有一排房子拦住去路，他不知道怎么一眼就看到了当中有个半开的窗子。他甚至没有细想该用什么动作、姿势，双手在窗台上用力一撑，身子便飞进了屋里。刘川一跳进屋子就被黑暗中横七竖八、胡乱堆放的铁锹、铁镐连绊了几个跟头，那两个随后跳进来的杀手，显然没想到他们跳进的是一间工具库房，他们刚一跳入就遭到了一把大铁锹凶狠的反击。刘川疯了似的用一把铁锹连抡带砍，他的神经在黑暗中变得超常敏锐，他凭感觉连续数次把铁锹没头没脑地抡在那两个杀手身上，他同样凭感觉知道那两个人都被先后打倒在地。于是他不失时机地又从原窗跳了出去，跳出后他才发觉自己手里还拖着那把救命的铁锹，这件长长大大的冷兵器令窗外的最后一个刺客闻风丧胆，撒开双腿转身就跑。刘川没有去追，他牢牢抓着铁锹的木把，向另一个方向一路狂奔，拼命逃出了这座空空荡荡的黑暗的煤厂。

夜晚的秦水像是一座空城，路灯阴森，店铺关门，行人稀少。冷风带着一些细细的沙粒，沙粒刺痛了刘川的双眼，让他的双颊也变得麻木不仁。

刘川忘了在什么地方扔了那把铁锹，他几乎是奔跑着穿过秦水全城。每一条死气沉沉的街巷，每一个暗夜深藏的门洞，逐一在他的两侧快速退去，剩下的只有重鼓般的心跳和激烈失常的喘息。他最先奔向的目的地不是他住的小院，而是离小院不远的那个卖杂货的小铺。他跑到杂货铺的那条街时出于掩护的需要放慢了脚步，也许他那时真的跑不动了，奔跑和心悸几乎耗尽了他的全部体力。

杂货铺还开着门，一个中年妇女还在盯着铺子。从她惊异的目光中刘川能想象自己此时的样子，面色苍白，胸膛起伏……他走进店铺后步伐踉跄，直奔里屋，进了里边的小屋才转身对跟进来的女人叫道：

“我要打电话！”

女人把自己的手机递给刘川，刘川立即拨了景科长的号码。他上气不接下气地说了刚才发生的事情，景科长听了半天，才从他语无伦次的叙述中大致听懂——刚才，六十分钟之前，刘川刚刚逃过了一场精心策划的谋杀！主谋者不是别人，刘川非常坚决地认定，就是小康！

景科长赶过来了，在杂货铺后面的小屋里，再次听了刘川对事件的叙述，然后对刘川做了必要的安抚。见刘川渐渐镇定下来，便要求他回到小院去，让他把这事去和单成功说，去和单鹃说，且看单家人如何反应。刘川刚才在路上奔跑时还激动地想过，这个任务他不能再干了，他必须立即退出！他要告诉景科长，他不是一个刑警，他只是一个临时帮忙的监狱警察。现在，他连监狱警察也不是了，他只是一个普通的老百姓！他们这帮刑警应当为他想想，他犯不着为这事搭上性命！如果今天他没能逃过那两把砍刀，就算追认了他烈士的称号，又让谁来经营父母留下的万和公司，又有谁来陪伴奶奶度过余生！

但是现在，此刻，当他重新恢复了镇定、恢复了理性，听到了景科长的好言抚慰和严肃命令之后，他还是默默无言地走出了后屋，走出了这间杂货铺，走上了铺子外面无人的马路，向景科长指令的那个方向，蹒跚着走了回去。

在离开杂货铺后屋的时候，景科长像往常一样满足了他的要求——让他用自己的手机拨通了北京他家的电话，在听到奶奶困倦的声音时刘川几乎落下泪来，但他终于忍住没哭。他颤声说道："奶奶，你睡觉了吗？是我，我是刘川。我还在广东呢，我吃完饭了，我挺好的……我在宾馆看电视呢，我待会儿就睡……你也早点睡吧……晚安奶奶。"

挂了奶奶的电话之后他没把手机还给景科长，他又拨了季文竹的电话，和往常一样，季文竹的手机依旧死死地关着。

十

在回到单家小院的时候，刘川已经完全镇定下来。他甚至已经忽略了一个小时之前的极度恐惧，疲惫不堪的心情竟被突如其来的一份落寞笼罩——因为季文竹，因为那个总也打不通的手机。

他脸上的镇定依然没有逃过单成功老辣的眼睛，两道尖锐的目光还是超乎寻常地在他脸上多停了瞬间。他问刘川："怎么才回来，你没事吧？"刘川走到小桌前坐了下来，三秒钟之后才面无表情地开口：

"小康派人杀我，我差点回不来了。"

这句回答给屋里带来了窒息般的沉默，连久经沧海的单成功都被惊得哑然失色。沉默之后单鹏第一个叫出声来："什么！小康要杀你，什么时候？"

"刚才，在小虫家旁边，他们有三个人，看不清面孔。他们用刀砍我……"刘川停顿了一下，那停顿也是他的一个喘息，他用一个深长的喘息来压抑内心忽然复发的惊骇。他说，"我差点回不来了。"

单成功很快恢复了冷静，缓缓地开口："你怎么知道是小康杀你？"

刘川肯定地答道："他让我去东城给小虫送药，我刚从小虫家出来，刚走到那个煤厂，那三个人就堵上我了。"

刘川话音没落，单鹃已经从床上跳下来了，蹬上鞋子就冲到了门口。单成功和单鹃母亲一齐叫喊："单鹃！你到哪儿去？"单鹃没有回答，留在他们耳朵里的，只有门扇几乎摔劈的声音。

单成功踉踉跄跄追出门去，一直追到小院外面。外面空空如也，单鹃已经跑得无影无踪。

单成功急急地走回小院，对一齐跟出来的刘川和单鹃母亲厉声说道："你们回去，待在屋里，待在屋里，我不回来你们哪儿也别去！"

刘川和单鹃母亲闻言止步，看着单成功转身向范本才家的方向跑去。

单成功判断错了，他的女儿没来这里，或者来了又走了。范家大门紧紧关着，击门良久，无人应声。单成功转身又奔"大富豪"跑去，女儿果然在此，正和小康激烈争执，酒瓶、酒杯摔了一地。小康手下的喽啰夹在两人中间，有的拉单鹃，有的劝小康。单成功上去用力拉着女儿的胳膊，连拉带拽想把她弄走，但单鹃拼命挣脱不肯离去，她的叫喊声嘶力竭。

"范小康，你要杀我，你是条汉子你就光明磊落，你他妈躲在暗处打黑枪你算什么本事，你当着这么多兄弟的面算白混了！你混得连脸都不要了……"

范小康也很激动，同样声嘶力竭恶语回骂："你他妈才不要脸呢，你个臭不要脸的东西，你个忘恩负义的东西。你还别激老子，老子要宰你早他妈宰了。你说我打黑枪，你看见我打黑枪了吗？姓刘的说我打他黑枪了吗？他放个屁你也当鸡蛋接着！你跟他乱七八糟的那副德行我不在乎，只要你把我给你买的那么多东西都吐出来就行，咱们俩就算两清了，要不然别怪我浑。你不是说我浑吗，你知道就行，我今天就浑给你看看。你们都滚，谁他妈敢拉着我！"

单成功拼出全力拉开女儿，并且态度明确地站在小康一边。他连声责骂女儿胡说八道，连声哄劝小康不要和她一般见识。他把女儿拉到门口时范本才从酒吧的后屋出来了，他声音沉沉地叫住了单成功。

他说："老单，你别走啊，过来坐坐。我正好有事要找你呢，有个事正想找你谈谈。"

单鹃还是控制不住地冲小康大喊："小康，今天我就让你宰，你当着你老爸的面你宰呀你，你不宰了我你就别再欺负别人！在隆城打架，要不是刘川你还不知道能不能回得来呢……"

单鹃的话音未落，脸上就重重地挨了单成功一巴掌，单成功圆瞪双眼，厉声叱骂："你给我住嘴！人家小康给你台阶你不下，你把我气死你高兴啊！"他使劲推搡着女儿，大声喝令，"回去，你给我回家去！"见单鹃捂着脸、流着泪扭头跑了，他才转身对老范笑笑，放缓了声音，"大哥，你也在这儿？哎，孩子们打嘴仗，过两天就好，当不得真。"

老范也笑笑，拉着单成功坐下，叫人上啤酒、上果盘，上齐了以后，老范说："这事，单鹃还真是冤枉小康了。我也是刚刚得到消息，前两天他们在隆城一个夜总会里不是因为单鹃跟人打了一架吗，你知道那帮人是谁吗？也真是冤家路窄，他们撞上隆城老大了。隆城老大你听说过吗？我过去和他干过仗，所以这些年一直没来往，他也不惹我，我也不惹他，井水不犯河水。这次刘川下手太狠，把隆城老大的干儿子打伤了，人家是瞄上他了，非除了他不可。这事跟小康一点关系没有，小康的话你不信，我的话你信不信？"

老单马上点头："信，当然信了。大哥，刘川虽然不是我亲生的，但他救过我，他要是有了难，我不能不管呀。大哥，这事你得看我面子，无论如何出个头，帮忙摆平算了。我以后叫刘川好好孝敬你，刘川这孩子很仗义的……"

老范一脸为难地打断了单成功："老单，凭咱们两个兄弟情分，你的事就是我的事。可今天这个事，还真不好办了。我和隆城老大本来就有过节儿，这两年他在隆城发了点财，做大了，我也惹不起他。所以这事还真不好办。”

单成功说：“大哥，我跟你这么多年兄弟了，我还不了解你，还有什么事你范老大摆不平的。”

老范一笑：“你说得没错，现在别管在哪儿，没有办不成的事，别管在哪儿，也没有好办的事。”

老单说：“那大哥指条路，你说这事该咋办？”

老范马上接口：“现在要摆平这件事，只有一条路，但这条路你能不能走，那就得看你了。”

单成功顿了一顿，似乎猜到了下文，但他还是问道：“什么路？”

老范也顿了一顿，因为在开口之前，他已注意到单成功心照不宣的目光，但他还是迎着那道目光，平心静气地答道：

“钱路。”

单成功似乎终于看透了什么，神情反而变得平实沉稳：“大哥，你也知道，我现在是丧家之犬，刘川也是跟着小康混饭吃的，我们哪还有钱？”停了一刻，又问，“摆平这事大概得多少钱啊？”

老范说：“总得花个五六万元吧，哎，你要是能想办法找到老三他们丢的那笔钱，那就好了。要有那么大一笔钱，花个五六万元还不就像扔毛儿八分的。”

单成功毫不迟疑地摇头苦笑：“我要能找到那笔钱，先不去买这份太平了，我就先拿出一半来好好谢谢你了！你老范对我这么好，我单成功也是个知冷知热的人，我……”

老范从从容容地截住了单成功的表白：“哎，你先别把话说死，你再好好想想，说不定哪根神经一动，那笔钱一下就想起来了！”

单成功回到小院时夜已很深，刘川和单鹃母女谁也没睡，默默地守着大屋里的那盏孤灯，等他回来。单鹃脸上泪痕隐隐，看上去还在生气。刘川坐在一边低头无语，顾自抽烟。单成功的老婆则阴晦着面孔，在床上摆开了一片算命的纸牌……

单成功走进屋子，屋里的人一齐抬头。他的面部沉在灯影之外，没人能看清那上面的表情、神态，但每个人都清晰无误地听到了他微哑的声音，那声音不大，却一下洞穿了整个黑夜的沉闷。

“单鹃，赶快收拾一下，你跟着刘川走吧，明天就走！”

单鹃兴奋得一下跳起来了：“明天？好！”

她立即跳到母亲的床上，床的那头放着几个大号的纸箱，她从纸箱里拿出出门远行的衣物，笨手笨脚地弄散母亲刚刚摆好的纸牌。

单鹃母亲瞪着疑惑的眼睛，对丈夫发问：“你让他们去哪儿？”

单成功没有回答他的老婆，他把面孔转向刘川：“刘川，单鹃比你大一岁，她是姐姐，你是弟弟。可你是个男人。我把单鹃，还有你们的妈妈，都交给你了，你们远走高飞吧！你带着她们先回北京去，还记得丰台区那个小旅馆吗，你们去了先在那个旅馆住下来，我过几天就往那儿给你们打电话。刘川你就用你的名字开房间，免得我打电话找不到你。”

刘川也愣了，他惶惶然地问了一句：“回北京？可我们哪儿来的钱呀？”

天亮了。

天刚一亮，刘川独自出门。

这一天太阳升起的速度似乎比往常要快，刘川无论怎样奔跑，还是赶不上东方迅速地由红变白。他一路跑着，先到离小院不远的早点铺里买了大饼，然后揣着大饼用最快的速度抄小路跑向那间杂货店。杂货店里的中年妇女还在，刚刚起床，正在梳洗，她带着一脸肥皂沫领刘川匆匆进了铺子的后屋。刘川在后屋给景科长打完电话出来时，太阳已经毫不拖延地蹿上了房檐，他捧着大饼跑到小院那条街道时，远远就看见单成功正焦急地站在门外等他。

“怎么这么长时间？”单成功皱着眉问。

“排队。”刘川喘着气答道。

“我看你半天不回来正想接你去呢，我还以为你又让小康堵上了。”

“没有。”

刘川压着心跳从老单身边走过，他捧着大饼走进院门的一刻，太阳正在越过门口的树梢，把他和单成功一前一后的身影，压迫得越来越小。

刘川跟着单成功父女二人走进秦水焦化厂的厂区以后，才知道这种老厂竟有如此大的规模。浩大无比的厂区有如一座破败的小城，颓楼林立，废陌纵横，车间与料场相隔无序，料场又与职工宿舍彼此交融。刘川和单鹃跟着单成功七拐八拐，直到彻底转向才走进一栋宿舍楼中。这宿舍楼大概是60年代的建筑，墙面斑驳，砖体裸露。窗户经各家自行改装，五花八门。上楼的台阶也年久失修，犬牙参差，缺口错落。

他们在三楼拐角的一户人家敲门而入，这家住着一个肥胖不堪的中年妇女，单成功以大姐呼之，刘川与单鹃则叫阿姨。这位阿姨与老单是何关系，刘川没有多问，他们到这里来的目的单纯，就是从“阿姨”手上拿到一个纸箱。箱子里装的都是些盗版光碟，其中纯色情的就占一半。刘川和单鹃抬着纸箱下楼之后，老单才和那女人在楼上讨价还价地谈了价格。他们把这箱光碟抬到了离焦化厂不远的一个街边集市，集市里的摊贩这时刚刚聚集。

刘川对行商走贩之道全无经验，只是跟着高声叫卖而已。据单成功父女粗略估计，这箱光碟如若全部出手，约可净赚五千元左右。五千元用于刘川带单鹃母女逃亡北京，并在北京维持数周，应当足够。

集市里乱哄哄的，叫卖什么的都有。刘川在光碟箱子前站得两腿发酸，便和单成功招呼一声，去各处闲逛。他发现这个集市以卖旧货的居多，卖服装及日用品的居次，也有几个卖盗版碟的摊子，碟的数量都不太多。再往前方张望，还有卖猫、卖狗、卖花鸟鱼虫的，林林总总，疏疏落落，绵延半公里。

刘川走马观花逛了一圈，有些乏味，慢慢绕回自己的摊子，换了单鹃去逛。单鹃则是下马看景，逛的速度比刘川慢了许多，尤其是对服装摊子，更是情有独钟，拿些花花绿绿的衣服试着长短，和摊主吵架斗嘴似的讨价还价，其实并不为买，只为说到摊主退无可退之境，才带着获胜的满足感扬长而去。获胜也许是单鹃自小到大始终追求的终极快乐。有获胜感即可，且不论具体得失。

连战连胜之后，单鹃其实并未走远，所以，当几个工商稽查和一帮治安警察突然出现在集市当中，并且查到了单成功的摊子时，一切尚未远离单鹃的视线。虽然市场霎时大乱，几乎所有摊贩都在快速地收起货物，仓皇四散，但单鹃还是从拥挤着夺路而逃的人缝中，目睹了他们那箱光碟被收缴的情景，目睹了父亲和刘川双双被扣的场面。

那天中午，单成功和刘川一起，被押到了秦水市南关派出所的院子里。和他们一起关进来的，还有其他几个贩卖黄色光碟的小贩。所以在单成功看来，这次市场稽查的目的并非整顿无照经商，也非清查假冒伪劣，而是一次规模较大的扫黄打非。

但刘川知道，那些“治安警察”其实都是景科长搬来的秦水刑警。这次“扫黄打非”目标明确，就是冲着他和单成功两个人来的。

进去之后先是挨个问话，搜了身上的东西，扣了身份证件，然后他们统统被关进一间有窗的屋子，一个个靠墙坐在冰凉的水泥地上。单成功沉着脸一下午没有说话，到晚上也没吃东西。傍晚他们隐约听到窗外两位民警的无意交谈，说起今天抓的人晚上就会放掉大半，只有少数身份证件比较可疑的，还要留一夜明天再查。民警的对话让单成功更加面色如土，因为连刘川都能替他想到，单成功的身份证虽然是假的，但仍然是他最大的一根软肋。像他这样一个身负巨案被判死缓的在逃罪犯，只要看出证件可疑，稍加核查，就不难查出他的真实身份。单成功自己当然明白，当然后悔，后悔怎么这么大意竟抛头露面到那个街边集市去兜售光碟，这一步不慎很可能带给他终其一生的牢狱之苦，甚至，带给他无可再逃的杀身之祸。

晚饭之后，果然有了动静，同屋的人被一个个提出去了，大多没再回来，估计是被放掉了。个别又押回来的，同屋一问，不免唉声叹气，不外乎身份不能核实，还要押到明天再说。同屋的人有进有出的这么一通折腾，对单成功的神经来说，都是一种莫大的折磨。

屋里的人进进出出，一晚上没有停过。到晚上十点左右，单成功被叫出去了，半小时后，又押了回来。刘川问他情况，他顾自低头不语，显然，警察对他的身份证产生了怀疑。这时他们都听到窗外又响起了警察的脚步，都听到了两个警察事务性的一问一答：

“提谁呀？”

“刘川。”

该轮到刘川了，单成功突然抬起双眼，他应该明白，如果刘川一去不复返，他们即将就此永别，此生再也不会重逢见面了。单成功因此而双目发红，因此而声音颤抖，他叫了一声：“刘川！”这一声叫得几乎沙哑失声。

“刘川，你是我的儿子吗？”

刘川不知为什么全身一震，因为他从未在单成功那张永远不动声色的脸上，见到这种绝望和求助的神情。刘川的声音也不由自主变得沙哑起来，他哑着嗓子做了机械地回答：

“我是。”

“儿子，跟老爸再见吧。”

两个人都坐在地上，单成功却还是倾身拥抱了刘川。他抱着刘川，用哽咽的声音说道：“儿子，我把你妈、你姐，都托给你了。你看在我的面上，对她们……对她们好点。你出去，让你妈带你到海边去，去找我们怀上单鹃的那个地方。就在那个悬崖下面，在我和你妈相好的那个地方……那个地方你妈知道，我把咱家的东西都放在那儿了。儿子，让你妈带上你们……带你们去那儿找吧！”

钥匙开锁的声音响了起来，震撼着每个人的鼓膜和心扉。屋门哐的一声打开，进来一位高大的民警。民警用漫不经心的声音叫道：“刘川！”刘川应声坐正了身子，“出来！”民警站在门口，目视刘川，在这一刻单成功恰巧结束了他最后的遗言。

和刘川的想象相当接近，那是临海而立的一片土崖，陡而不高，峭而不险，一如单成功曾经描述的那样。此时虽然厉风扑面，却未有丝毫冷意，远处涛声击岸，轰鸣不绝于耳。

这里离秦水很远，约需两天的车程，离东照稍近，也要辗转半日。刘川与单鹃母女日夜兼程，千里疾行，当他们终于见到这片浩瀚大海的时候，正值满天星斗，明月当头。四周很静，大海波涛难见，岸边却响着回声。

他们在刘川被释放的当夜就离开了秦水，走得悄无声息。除了身上穿的衣服，肩头一个背包，别无他物。一切家当，一切用品，全都弃于那个再也不会回来的小院里，留在了范本才和他儿子范小康的惊愕中。

此刻，他们终于到达了终点，单鹃的眼角还凝结着干涸的泪珠。如果不是刘川态度坚决，她肯定要守在秦水，等着父亲出来，哪怕只有万分之一的可能。

此刻，他们到达了终点。单鹃的母亲已经疲惫得不能支持，她一瘸一拐地把刘川和单鹃带到记忆中的缠绵之境，那片泥土上杂陈的草叶和嫩枝，与二十多年以前几乎别无二致。

银色的月光把海水的波纹反射在长满植物的崖壁上，半明半灭的星星照不见那上面是否还怒放着火红的杜鹃。单鹃的母亲不知是激动还是疲乏，双腿一软瘫在了地上。刘川没多说话，即用备好的一只铁锹从这里挖了下去。

单鹃站在一边为刘川望风，风声和海声其实遮掩了一切，虽然近在咫尺，可连她都难以听见铁锹挖土的响动，难以听见刘川急促的喘息。仿佛知晓今夜这个秘密的，只有头上的月亮和满天的繁星。

海边的泥土很湿润、很松软，但刘川的全身还是很快就被汗水湿透。他挖的坑宽大得足以栽下一棵参天大树，但挖地三尺也没有挖到任何异物。挖出的泥土掺杂着大量粗沙，还有杂芜的草根碎石，一锹一锹被刘川扬得到处都是，坑的四周狼藉不堪。挖着挖着刘川停下来了，他挖得太猛了，挖得筋疲力尽。他把铁锹扔在坑里，坐下来大口喘气。地上湿漉漉的泥沙带着阴邪的凉意，像被海风吹冷的汗水一样，一下子浸透了他的全身。

单鹃也失望地蹲下身子，两眼向坑内茫然探看。她母亲的目光也凑了过来，在一览无余的坑里徒劳地搜寻，然后又疑问地投向刘川。

“没有？”

刘川喘着气说：“没有。”

单鹃又问母亲：“是这个地方吗？”

母亲说：“是啊，就在这个凹口，这上面当时还开了一大片杜鹃。”

母女一齐举目，向头上的崖顶看去，崖顶被夜色吞没，草木黝黑一片。她们低下头来，彼此相顾无言，只好再次把目光投向刘川。刘川喘息了一会儿，一声不响地从坑内爬出，从里面拽出铁锹，在这个刚刚挖出的大坑旁边，又是一锹挖了下去。

挖了左边，又挖了右边，三个坑很快连成了一体，变成了一个更加巨大的坑。刘川继续挖，坑越挖越大，大到足以放下一张双人床。单鹃也上来帮忙，她和刘川互相替换，足足挖了三个时辰。很快单鹃也没劲了，累得四仰八叉地躺在大坑的旁边。这时，她在刘川那一下下周而复始的挖土声中，突然听到几声哐哐的怪异声，那怪异的声音响了几下之后就消失不见了，但紧接着又再次响起，哐！哐！哐……像是铁锹的端部撞上了一截空心的树根。

那声音让单鹃从地上爬起，她的目光还未触及深深的坑底，便从刘川的表情和动作上，看出陡然而生的希冀。刘川奋力挥锹的样子似乎已经告诉她们，这一声声哐哐的声响肯定不是什么树根或石块。接下来她们很快就能用肉眼看清，从泥沙中露出来的，是一个黑色平滑的硬物。她们看到刘川扔掉铁锹，用手扒开那硬物表面和四周的沙土，当浮沙散尽的时候他们都能确认，刘川双手抚摩着的，是一个大号的皮箱。

刘川的心，在喉头跳动，跳得他指尖不停地发抖。

单鹃也跳进大坑，手脚并用，和刘川一起将皮箱从沙土中拖出。他们发现这个皮箱的下面，还有一个同样的皮箱——同样的黑色、同样的沉重……他们同样将它用力拉出。

皮箱没有上锁，用手拨开扣子，啪的一下，箱盖便应声而开。箱子里，是紧紧缠裹的无色的塑料布，刘川和单鹃手忙脚乱，将厚厚的塑料布一层层撕开。月光在那一刻仿佛忽然亮起来了，他们的双目不约而同，被一片镀了银光的色彩灼痛。灰蓝色的美金，粉红色的人民币，在这个涛声响彻的夜晚，竟是如此斑斓，如此炫目！

两个箱子都打开了，单鹃母女激动得热泪奔流。刘川的眼睛也湿了，全身一下松懈下来，他一屁股坐在地上，仿佛再也不能起身。他知道，这是他人生重要的一刻，他倾力而为的这件事情，终于结束了，终于以意想不到的胜利，以大功告成的终局，结束了。他可以彻底洗脱亲人的误解、朋友的错怪，洗脱他心中压抑和厌倦了许久的那些灰尘，他马上就可以重新回到正常的生活轨道，回到自己的家里，回到奶奶的身边，回到季文竹那魅力无边的微笑中去了。

他要寻找的，几乎用生命作为代价，苦苦寻找的这个东西，就在眼前：两个大号的皮箱里，那个被一层层半透不透的塑料布包藏着的，险些永沉地下的秘密——三百八十万人民币，九十九万美元，总值一千二百余万元的国家财产！一千二百余万元，万能的货币！

他全身湿透，说不清是汗，还是海的潮气，还是凝重的夜露……他敞开沾满沙土的衣襟，呼吸起伏的胸膛像涂了油似的亮光闪闪。他和单鹃一人拖了一个皮箱，扶着单鹃的母亲，从崖壁一侧陡峻的羊肠小径，向崖顶攀缘。他们就是从这条唯一的小路走下海边的，现在依然要从这里踏上归途。

这条路太陡了，黎明前的夜幕将它不甚清晰的边缘和形状彻底模糊。二十多年以前，年轻的单成功与单鹃的母亲，就踏出了这条暧昧的小路，找到了那片激情的海滩，看到了浩渺的欲望之水，记住了那片火红的杜鹃。二十年之后的一个夜晚，也许与今夜同样的潮湿，同样的黑暗，单成功孤身一人，将两个沉重的皮箱拖进这条小路，拖下悬崖，深埋于当年那片火红的杜鹃花下。他埋下的是他一家人今后的梦想和富贵，也埋下了四名同伙、四名武警，一共八条枉死的冤魂。

在此刻向崖顶攀爬的三人中间，只有单鹃显得身体矫健，她并未像刘川那样在刚才的挖掘中耗尽体力，她还能健步率先奋力攀缘。她拖着皮箱，拖着母亲，最先攀上了崖顶。崖顶是一片宽大平坦的空坪，空坪上灌丛疏落，草木斑驳。单鹃和母亲走上空坪时喘息未定，就像钉子一样钉在了地上，定定地不能移动半步。从她们僵硬的表情和动作上，已经可以想象她们看见了什么。

刘川也爬上了崖顶，他的目光越过单鹃母女僵直的背影，投向坪地的前方。在距离他们不到三十米的远处，在目光终止的尽头，数不清有多少灯火熄灭的警车，多少荷枪实弹的武警，合围着一道密不透风的人墙！

刘川肿胀的胳膊再也提不动那个沉重的箱子了，他的双手已经布满铁锹磨破的血泡，皮箱在他的身侧脱手而落，砰的一声落在崖顶坚硬的地上。警车的大灯几乎在皮箱落地的同时一齐燃亮，车顶的警灯也一齐威风凛凛地随之闪动。一群警察大步向他们走过来了，为首的一个正是东照公安局那位久已不见的林处。他绕过已经完全呆掉的单鹃母女，径直走向崖口的刘川，他伸出手来有力地一握，握得刘川流血的右手钻心疼痛。在疼痛之后刘川迟钝的耳中，正式听到了这位金库大劫案的侦办主管，郑重地宣告一切结束！

“谢谢你，刘川同志，你干得很好！你为我们破获这个案件做出了很大贡献，我代表东照市公安局，代表东照市人民政府，对你表示衷心的感谢！”

刘川头脑麻木，他没有说话。他也没有话说。他麻木地看着林处长从他的面前转身离开，走向已被警察缴获的那两个皮箱。皮箱被打开，在众多警察的包围中，在七八只手电筒光柱的照射下，林处长审视了箱内那一捆捆耀眼的现金，脸上露出了胜利的笑容。

刘川全身都酸乏得失去知觉了，不能向前行走半步，不能和他们一样欢笑和欢呼。他呆呆地看着单鹃和她的母亲被警察分别铐住拉走；呆呆地凝视着那一个个红蓝变幻的灿烂的警灯；呆呆地凝视着这个盛大的场面，他对这个场面的欢愉无动于衷。只有当景科长分开众人走上前来，将他拥在怀里用力地一抱，他的脸上才绽开会心的笑容，眼泪随之从心底奔涌出来，如喷泉一般夺眶而出。

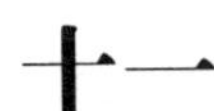

天亮了。武装警察的大队人马班师回朝。

刘川看到了海。

浩浩荡荡的警车车队行驶在环海的山路上，晨雾刚刚散去，太阳尚未出来，海的颜色和形状，在这个时辰显得朦胧不定，像多种极不透彻的颜料在巨幅画布上涂出的一片混沌——湖蓝、青绿，还有云一样的灰白……

刘川没再向景科长借手机给奶奶和季文竹拨打电话，他想他很快就要回到北京去了，他要突然敲响家门，突然出现在剧组的拍摄现场，给奶奶、给季文竹，一个惊喜、一个意外。这是很久以来在他的想象中反复盼望的一个画面，反复期待的一个场景。

沿着这片海岸线驶往东照，大约需要二百公里的车程。那一天阳光万道，省区公路上车流如潮，车队拉着警笛，押解着一千二百万元赃款和两名嫌犯，长驱而过。警察们按捺不住胜利的喜悦，车厢内欢声笑语此起彼伏，人人都在谈功论赏，但没人听到刘川的笑声，刘川歪在面包车的后座上，不知何时睡过去了。

他没有做梦，但睡得不香。从睡相上可以看出，他似乎心事重重。

这个案子最后需要刘川做的，就是配合东照公安局的预审部门，将数月以来他经历过的那些事件，那些侦查过程，做出证明材料，以便将来司法机关对单成功及其他涉案人员，对整个金库大劫案，做出最终的判决。

事实上，单成功正是由于这些材料，被证实为金库大劫案的主犯而不是过去认为的胁从。在数月之后，经过反复侦讯调查，天河监狱司机老杨的那位前任情妇佟宝莲，也被确定死于单成功之手。单成功因此被依法改判犯有抢劫罪、故意杀人罪、脱逃罪，数罪并罚，合并判处死刑，剥夺政治权利终身。

单成功罪恶深重，难逃一死，无可挽救。但刘川最终挽救了他的妻子和女儿。

在他向东照公安局提供的证据材料中，单鹃和她的母亲被证明为不知情者。我不知道刘川出于什么心理，要这样保护单家母女。刘川告诉审案人员，单鹃与她的母亲在金库大劫案的案发前就与单成功分居两地，她们对单成功在外犯下这样的弥天大罪并不知情。她们也不知道单成功私自藏匿犯罪的赃款，直到刘川带着她们在海边挖出那两个箱子，她们才知道里面装有巨额现金。按照刘川提供的证词，公安机关对单家母女原拟追究的窝藏罪、包庇罪，因无证据支持，最终不能成立。

但是，刘川没饶小康。刘川在秦水小虫家附近的那个煤厂险被杀害，小康涉嫌主谋。东照公安局通过秦水公安局对小康依法拘传，可惜在拘传令实施之前，小康已经闻风而逃，不知去向了。

在小康逃走之后，刘川回京之前，单鹃母女被无罪释放，走出了东照公安局拘留所的大门。据说她们走出大门后还站在门前低声商量了一会儿，才朝着谁也记不清的方向，并肩走了。

都走了。一切都成往事。

在刘川的感觉上，他做了一场噩梦，梦醒之后，原来的生活瞬间复原。和以前每天醒来时一样，他还躺在自己宽大的卧室里，躺在那张从西班牙进口的宽大柔软的席梦思床上，无比舒坦地打着哈欠。

常常只是到卫生间洗漱的时候，看到自己手上疤痕未消的血泡，他才确信，他曾经在一条布满荆棘的险路冒死穿越，现已进入另一段崭新的时间。

时间是什么？

时间是风流水转的回环之波，还是一去不复返的离弦之箭？是无论行走多远都将回到起点的一个圆周，还是永远不会重叠的平行之线？

时间到底是什么？

是地球的公转自转，还是人间的冬寒夏暖？是海上的日出日落，还是城内的暮鼓晨钟？时间究竟漫漫无边还是稍纵即逝？是万古永恒还是岁月无痕？时间可以用截然不同的辞藻形容描绘，可谁又能做出一个公认的定义和结论？

刘川几乎忘了他在秦水究竟藏了多长时间，再回来时竟说不清北京到底是亲切还是陌生。看到刘川终于游子归家，奶奶的病一下好了大半，原来每天只能行走五十来步，现在只要有刘川扶着，她就能从家里的这间屋子走到那间屋子，兴致勃勃，不知疲倦。刘川回来的那天晚上她的饭量也涨了一倍，还和刘川一起喝了一点啤酒，然后在沙发上聊天一直聊到深更半夜，小阿姨过来叫了几次，她才恋恋不舍地回房休息。奶奶走后，刘川很久很久没有入睡，他躺在干净、松软的被子里，两脚无论伸到哪里，都是那么平滑干爽，不再阴潮，不再酷热，没有臭虫，没有蚊子，没有难闻的发霉味道，枕头和被子散发着一股淡淡的清香，这种皂液的清香已然久违。他很累很累，但，无法入睡。

那一夜他始终兴奋于回顾与展望，回顾与展望的主角，正是那两个截然不同的女人。那两个女人代表了梦与现实。单鹃是梦，是噩梦中的一丝温馨；季文竹是现实，是北京，是繁华的都市，是一向习惯了的正常生活，是正常生活对他的吸引、诱惑和热情的欢迎。

第二天他早早起床，几个月来第一次如此仔细地梳洗打扮。一套登喜路的休闲服被熨得板正挺括，一双爱马仕的软底鞋也打理得一尘不染。他反复思忖半天，终于没喷同样牌子的香水，因为他不知道季文竹是否喜欢那种带点烟味的味道。

他开了那辆久已不开的沃尔沃E90，他回来之前奶奶每天都让公司里的人把它擦得晶光锃亮。奶奶虽然一直待在北京，待在家里，但其实和刘川一样，对公司将被银行接管拍卖的情况一无所知。她的病况使得谁也不敢冒险将实情相告，所以她一直被蒙在鼓里，所以她还像往常一样，每天打电话召唤公司里的人过来做这做那。

刘川回到北京的第二天，王律师早早地过来找他时他已离开家。他那时正把沃尔沃开上了拥挤的东三环路，半小时后他赶到了酒仙桥季文竹那里。

从昨天傍晚一回到北京他就打了季文竹的手机，那时季文竹正在外面接拍一个广告，两人于是约好了今天上午见面。干演员这一行的不拍戏时都是昼伏夜出，刘川上午敲响季文竹房门的时候，季文竹果然还没起床。刘川敲了半天门又打了电话才把她从床上叫醒，揉着眼睛穿着睡衣过来为刘川开门。

她把刘川让进屋子，然后急着先去刷牙，刷好牙后头发没梳就从卫生间跑出来和刘川亲嘴。他们互相拥抱，彼此长吻，吻得难解难分。然后，就在季文竹那张还没收拾的床上，脱衣做爱。这是刘川第一次和女孩做这种事情，心理的紧张甚至大于生理的快感，但这种紧张对刘川来说，也许本身就构成一种独特的快感，让他事后回味无穷。他的回味大多无关自己的感受，而更多是关于季文竹的，关于她的表情、她的呻吟、她凌乱的发丝、她额上的细汗，一切都很新鲜，一切全都非常的美妙。

我想象那时正有一束耀眼的阳光从窗外进入，投射在铺了白色床单的单人床上。白色床单衬着两具光滑新鲜的肉体，那肉体完美的颜色和质感，令阳光也变得轻盈娇艳。晶莹透彻的汗珠洁如晨露，像天地造物般的自然清新。刘川虽然手忙脚乱，但攀登快感的巅峰似乎轻而易举。当快感不愿拖延地快速抵达时，他应有的羞涩难以遮掩，他压抑着自己的动作和粗重的呼吸，试图装作若无其事，但季文竹还是敏锐地感觉到了，双手用力抱紧他的身躯，并且配合着呻吟伴出快乐的节奏。他不清楚她是怎么感觉到的，事后非要厚颜无耻地追问："你怎么知道我……"季文竹却大大方方地告诉刘川："这有什么不知道，我能感觉出里边突然热了，像电流往里冲似的。"刘川问："那你舒服了吗？"季文竹说："还行吧。"

刘川很郁闷，看季文竹的表情、听她的口吻，并不那么激动似的，这和刘川的感受有了距离。他们此时赤身躺在窄窄的床上，身上只盖了一条薄薄的床单。季文竹细细的手指若即若离，顺着刘川的皮肤慢慢游走。"你皮肤真好，像缎子似的。"季文竹说。可刘川马上回敬道："你的才好呢，你是我见过的最白的女孩。"

"你见过多少女孩？"季文竹用一只胳膊支起脑袋，突然侧身盘问。

"见得可多了，大街上到处都是。"

季文竹笑笑，说："你真的是第一次？"

刘川不笑，说："你不信呀？"

季文竹说："不信。"

刘川说："为什么不信？"

季文竹说："现在你们这帮男孩，从上中学开始就跟馋猫似的，没有一个不偷腥的。你的条件又好，你不偷人，人家还偷你呢。"

刘川说："人家偷我？我倒想。"

季文竹说："呸！"

刘川说："你不了解我奶奶，你不知道我上中学那会儿她管我都管成什么样了，就是女生打电话到我家来，她都能盘问得让人家把电话摔了。"

季文竹笑："盘问人家干什么，她干吗不盘问你？"

刘川说："问啊，怎么不问。"

季文竹说："问你你怎么办？"

刘川说："我摔门。"

季文竹说："那你上大学的时候呢，你上大学不是住校吗，你奶奶管不住了吧？"

刘川说："我们那是公安大学，跟军校一样，有纪律，规定不许谈恋爱的。"

季文竹说："嘁！规定还管得了你们？"

刘川说："当然管得了啦。"

季文竹又笑起来了："老实。"

刘川也笑："那是。"

刘川很喜欢这样，做爱之后，光着身体，和自己相爱的女孩躺在床上，漫无边际地说话，无忧无虑地嬉笑。有时还能互相撒娇，互相哄劝；有时又互相撒野，光着身子在屋里打成一团。不仅在这个小屋，连刘川那间宽大向阳的卧房，那张两米的大床，也成了他们疯狂的爱巢。只要奶奶让小保姆陪着去医院了，刘川就把季文竹接到这里，在他家楼上的大卧室里，胡侃、疯玩、做爱。

可惜春宵苦短，奶奶总是回来得很早，和刘川中学时代一样，一回来便抓住来访的女孩仔细盘问。尽管季文竹肯定不会被问得摔门就跑，但刘川一看奶奶回来，依然不免心惊肉跳。

时间就是这样一个概念，和一位美丽的姑娘彼此缠绵，时间总是那么短暂；被一盆炉火近身灼烤——如在秦水的那些日日夜夜——时间又变得特别漫长。时间都是相对的。刘川上中学时就从一本书上知道，爱因斯坦就是用这个比喻，来解释他的“相对论”的。

看来爱因斯坦也挺“花”的，但他解释得没错，什么都是相对的，更不用说对人的感觉。

相对季文竹来说，奶奶似乎更喜欢小珂。小珂那种类型的女孩，相对更讨老人的欢心。

刘川从秦水回来以后，跟小珂也见过一面。因为天河监狱对刘川协助公安机关追回国家巨款一事，给他记了个人二等功一次，几个月前单成功在河北灵堡村脱逃的事件，至此真相大白，刘川不仅恢复了名誉，而且成了一个英雄。在监狱专门召开的记功大会上，刘川见到了小珂，见到了钟大，见到了监狱的各级领导，也见到了过去的好友庞建东。

庞建东和大家一样，在刘川从监狱长邓铁山手中接过二等功证书和证章时，热烈地鼓了掌，但散会后他很快就悄悄离场，没有和小珂那帮年轻人一起，围在刘川身边亲热叙旧，问长问短。刘川那天被年轻伙伴送出监狱大门时才发觉少了建东，他心里当然知道其中因为什么。

送刘川出来的还有副监狱长强炳林和遣送科的科长老钟，领导们还是劝刘川不要辞职了——领导和同志们这么信任你，你不如留在集体中和大家一起干一番事业。刘川当面难拂领导的好意，红着脸推托说要回去和奶奶商量。

说心里话，刘川也很热爱这个集体，也很喜欢这些伙伴，在他接过立功证书的那一刻，也觉得天河监狱的领导对他确实好极了。但是，他已经耽误了好几个月的时间，他必须回到他家的公司尽快即位。而且，还有一个让他必须从天河监狱离开的理由。这理由不登大雅，上不了台面，说不出口，却是非常现实的一个存在。

那理由就是，因为季文竹，他没脸再见庞建东了。如果和庞建东每天抬头不见低头见的，该有多么别扭。

季文竹拍完那部古装戏之后，已经好久没戏拍了。她那一阵子可以天天陪着刘川，一起出去逛商店、买东西，找各种口味的饭馆吃饭，还去饭店里的游泳池游泳。去饭店的游泳池游泳就不是单纯的游泳了，那是一种享受，他们可以穿着浴衣躺在阳光下的沙滩椅上，喝着鸡尾饮料，消磨掉整个下午。

刘川喜欢这样为季文竹花钱，为季文竹花钱不仅使季文竹享受到快乐，也使刘川自己享受到快乐。刘川从小不缺钱，现在也还未确切地知道万和公司已面临破产，所以那时他为季文竹一掷千金，本能上没有一点肉紧的感觉。恋爱除了给双方带来快乐之外，偶尔也会带来一些痛苦，痛苦更多是在刘川这一边，因为他特别害怕和季文竹吵嘴，但季文竹似乎不怕。所以季文竹便被惯出了一身毛病，常常故意吵嘴生事，常常一两天不理刘川。季文竹不理刘川，足以使刘川惶惶不可终日。

季文竹和刘川争吵通常并不为钱，在钱的方面刘川对她有求必应，因此没有矛盾；也不是因为脾气、性格，刘川对季文竹百依百顺，季文竹任性也是有头的。他们之间的口角，其实大都只为一个主题，那就是——女人!

那女人不是别人，就是刘川总是情不自禁提到的单鹃。

刘川很傻，居然对季文竹提起单鹃。对这样一个与自己年龄相仿的女孩，季文竹的敏感也很正常。

何况刘川在提到这个女孩时，口吻和神态，总是时时流露出极大的同情，逼得季文竹不得不表现出明确的愤怒：“那女的到底是什么人呀，你那么惦记！”

对她的质问刘川又总是一脸无辜：“她是我的一个干姐，对我一直不错。”

“干姐至于这样吗，是干姐吗？”

“是啊，骗你我是小狗。”

“她对你不错？那你就快找她去吧！”

季文竹这样赌气，刘川却无动于衷，继续若有所思地念叨：“……对，我真应该找找她去，我可以出钱让她到北京来，让她找个学校好好学点本事，也算是我对她的一点补偿吧。可惜我找不到她了。”

刘川的自言自语，终于让季文竹抓到了把柄：“你为什么要补偿她呢，你是不是做了什么对不起她的事情？”

刘川懵懵懂懂地应道：“也许吧，也许我是做了对不起她的事情。”

季文竹狠狠一笑：“做了就是做了，还什么也许，做了就应该老老实实地承认。你究竟对她做了什么，啊！说给我听听！”

刘川愣了半天，半天才从季文竹铁青的脸上看懂了什么，但要辩解为时已晚：“没有啊，我对她没做什么，你想到哪儿去了这是！”

“你刚才还承认做了，怎么一转脸又不认了。你不认也晚了，反正我已经知道了。别说了别说了，你说什么我也不听了！”

刘川还是说，还是解释，但又怎么解释得清呢。关于东照金库大劫案的侦破内幕，关于他受命卧底的细节，仍属公安侦查工作的绝对机密，在解密之前不可外传。所以，他没法把单鹃的来龙去脉，把他和她究竟有何关联，向季文竹说得一清二楚。

可离开秦水的时间越久，他越是不由自主地想起那段日子，想起单鹃对他的好意，想起她多次在小康面前，义无反顾地对他施以保护……不知单鹃现在流落到哪里去了，有无住处，有无工作。她学无所长，身无一技，她靠什么养活自己，靠什么养活她那个除了打牌、抽烟整天无所事事的母亲？

那一阵刘川几乎整日陪在季文竹身边，很少操心公司的事务。那个不明不白的抵押官司一直处于胶着状态，法院方面也没有明确的下文。虽然娱乐城和几个小企业还都在独自运转，但公司本部账目被封，财务往来及人事进出全部冻结。公司的财务部、发展部、人力资源部的日常业务，也已全部停止，除少数人每天留在办公室接接电话外，大多数人都减薪放假，回家待命去了。业务部门一放假，总裁办和行政部就更没有上班的必要了，公司楼上楼下，顿时冷冷清清。刘川去了也无事可做，于是索性不去，只和总裁办主任及王律师等人，保持热线联络。法院和银行那边，王律师和财务部的经理还在出面交涉，一切只能等官司明朗之后，再做下步的计议。

后来有一阵季文竹也不在北京了，她到漓江去拍广告，一去就要七八天呢。刘川一下子空闲起来，每天在家陪着奶奶，听奶奶聊些枯燥乏味的事情。在寂寞的时候他突然再次想起单鹃，那个在印象中何其强悍的女孩，此时在他的心里，竟是那么楚楚可怜。

于是他决定，去一趟秦水。说不定他还能在那里找到单鹃，找到她的母亲，或者能够得到关于她们的一点消息。

公司的账号封了，他只能从他爸爸留在家里的存折中取出钱来。他带了两万元的整数，还揣了几千块零钱路上花。他想如果单鹃不肯学点专长，他就帮她在北京找份工作，起码可以到万和公司当个服务员吧。如果，单鹃不肯跟他到北京来的话，那他就把两万块钱留给她们。他必须承认在秦水那段阴暗难熬的日子里，单鹃是一道光明晴朗的暖色，尽管他不能接受她的爱情，但不接受不等于不感动。他想，如果单鹃和她妈妈需要的话，他可以一直接济她们，直到她们能够自力更生。

秦水地方太小，航线不通，他只好坐了火车，朝着数月之前那个险恶的方向，走了两天一夜，在第二天的傍晚到达了秦水。

从火车站出来后他轻车熟路，直接打车去了他住过的那个小院。这条路他曾经无数次往返，感觉一切仍然详熟。详熟中还带了几分亲切，毕竟这里有他的一段人生，令人感慨，值得铭记。

小院大门紧锁，从门缝中探看，里面漆黑无人。此情此景，刘川已有预料，但小院的物是人非，还是让他心中怏怏，有几分失落。他离开小院沿街信步，路过那家杂货店冷清的门口，此时店门洞开，还在营业，门口灯泡刺眼，店内却光线暗淡。杂货店的面目依旧让刘川感到一丝惊奇，其实想想何奇之有，这里本来就是一家普通店铺，只不过曾被公安短期征用。这间杂货店从某种意义上说，对他也有救命之恩。

刘川站在小店的门前，上下打量，然后走了进去，店里那个中年女人已然不在，换上了一个戴眼镜的秃顶老头。他向那老头买了一瓶两元钱的饮料，交了五元钱也没让找，喝着饮料踱出门去，信步走远别无他言。

走出这条小街，饮料尚未喝完，刘川站在街口发了阵愣，然后向他第一次来到秦水那天曾经到过的另一个地方，迈步走去。

刘川走进“大富豪”夜总会的第一感觉和当初一样，对每个虎视眈眈的目光身心倍感不爽，无论他经过哪个角落，暗影里依然若隐若现着那些卖肉的女郎。刘川如同几个月前的初来乍到，还是找了一个显眼的桌子独自落座。一个面目生疏的服务生手执饮料单走了过来，他不用看那副冷淡无神的面孔，也领教此处的宰客之道。为了避免麻烦他摆了摆手，说我不喝饮料了，我就来找人。服务生问：“你找谁呀？”刘川说：“你们这里有没有人认识一个叫单鹃的女孩，她过去跟你们这里很多人都认识的。”服务生走到吧台那边去问别人，很快来了一个年轻男子，矮矮的个子，其貌不扬。走过来先问了一句：“谁找单鹃？”刘川转头和那人打了照面，看出那人吓了一跳，脚步戛然而止，一脸的漫不经心荡然消失，仓促间还堆出一丝尴尬的假笑，冲刘川点头哈腰一通：“哟，是您呀，您什么时候来的，您找单鹃是吗，我去给您问问，我去给您问问……”他一边说一边退了下去，那几步退得有点像是仓皇逃跑。他跑后四周角落里正待饿虎扑食的小姐们不知接了谁的眼色，一个个贴着门边作鸟兽散，眨眼之间散得无影无踪。

那个其貌不扬的矮个儿刘川似曾相识，但一时叫不出姓甚名谁，好像是小康手下的一个喽啰，过去跟小康去城外一起收过账的。还有吧台里站着的那两个男的，刘川看着也是面熟，但同样叫不出名字。刘川远远地看看他们，他们也远远地冲刘川点头干笑。他们都知道刘川，这个以前跟小康混过的小伙子，这个谁也不巴结，不太爱说话，不太敢打架，但真打起架来又不要命的小伙子，原来是个警察。是公安局派来收拾单鹃老爸的一个探子。

刘川的警察身份，通过单成功的被抓，通过范小康的逃跑，显然在秦水，在范本才的势力范围内，在范家的喽啰当中，传得沸沸扬扬。刘川此时在“大富豪”里这么一坐，当然让人心惊肉跳。没人知道刘川是干什么来的，没人知道他来寻找单鹃，对单鹃来说，不知是福是祸，是吉是凶。

刘川坐了一会儿，不见小个子出来，便起身往夜总会的后屋走去。这地方他再熟悉不过，他在秦水的那段日子里，白天去外面收账，晚上通常就在这里护场。客人不多的时候，他们就在后面的小屋里坐着，抽烟发呆，或者看小康和几个亲信赌牌。

刘川推门走进后屋，后屋里有三个男人，正一脸惶然，悄声嘀咕。大概还在嘀咕刘川，嘀咕他为什么走了两个月后又突然现身。见刘川推门进来，三个人全都吓了一跳，呼啦一下站了起来，惊怔着不知说什么好。刘川终于在他们当中认出一个人来，他不由得开口叫出声来：

“嘿，小虫！”

那个叫小虫的，是个三十来岁的干瘦汉子。他本来就瘦，在隆城那儿架打的，几乎废了一只胳膊，现在更是瘦成麻秆了。刘川关切地问道：“你的伤彻底好了吗，你现在还在这儿干啊？”

小虫没想到刘川会这么热情地叫他，一时慌张得不知怎么回答。旁边的两个人看着刘川在小虫对面坐下，对小虫问长问短，便点个头说声“你们聊你们聊”，然后互相踩着后脚跟溜出去了。小虫溜不掉，站也不是坐也不是，手里夹着根烟，看上去很尴尬。刘川并不想和他叙旧，只问他单鹃的事情，当然他也问到了小康。他问小康还在不在秦水，单鹃还跟他在不在一起。小虫支支吾吾，说很久没见着单鹃了，也没见着小康。刘川看实在问不出什么，便在一张纸上写了自己在北京的电话和住址，让小虫如果见到单鹃或者她的母亲，就交给她们，如果她们生活上有什么困难，可以和他联系。

当天晚上刘川从秦水城南回到市中心，住进了一家三星级饭店，这家三星级的饭店大概是秦水最好的宾馆。第二天一早他接到了王律师打来的电话，告诉他法院传出的一个消息，那消息虽然未经证实，但足以让刘川相信，他父亲创建的万和产业大厦将倾。

十二

根据那个未经证实的消息，王律师断定法院的裁决已经做出，据说对万和公司非常不利。裁决可能认定了万和公司出具的那份抵押承诺合法有效，万和公司应予履行其承诺的相关责任。这就意味着万和公司必须向债权方支付七千万元人民币的抵押金额，或以自己的净资产做出抵偿，为华丰实业公司偿还逾期债务。刘川接到王律师的电话后当天乘火车赶回北京，与王律师及公司的财务经理商讨对策。

律师主张，除继续向法院提出申诉外，还有一步棋或可一试，那就是由刘川直接入禀法院，起诉刘川的奶奶，告其违反公司章程，擅自抵押公司财产，侵犯股东利益，要求先予赔偿。因为公司的章程明文规定，公司的重大投资项目、贷款项目，须经股东一致同意，方可进行。抵押财产等同于贷款负债，刘川奶奶在未征得刘川同意的情况下签署这份抵押书，签署董事会决议书，是属于越权和违约，可请求法院先行追究，先行赔偿。如果能将刘川在万和公司的百分之二十五的股份保全下来，也是好的，至少聊胜于无。

这个方案，确实不错，但王律师也言之在先，尽管刘川的奶奶可以委托律师代她出庭面讼，但各项诉讼文件的签署，仍需她的亲笔，所以这场诉讼刘川的奶奶必须知道，必须同意。老太太不会想不开再受刺激吧，她现在身体行吗？王律师不得不问。

刘川愣了半天，摇头说："不行。"

刘川不同意再让奶奶搅进这种事里，这种事差点要了她的老命。

律师不便再说，只好晦着脸看看坐在一边的财务经理，财务经理更是无话，两人只能面面相觑。

其实律师的脸色刘川看得很清楚。那脸色让他知道，也许就在明天一早，他从床上醒来的时候，刘家已经一贫如洗。

所以，当第二天中午他接了从桂林回来刚下飞机的季文竹后，没有另外花钱在路上的饭店吃饭，而是让司机开车穿过半个北京，带他们去了万和城的餐厅。当季文竹提出想吃红烧大鲍翅的时候，他甚至还犹豫了几秒钟。当然，只要没到山穷水尽的地步，他总会让她心满意足。

女孩的心都是敏感的，刘川拿着菜单的刹那犹豫，还是让季文竹看在眼里。她疑心地问："怎么了，你舍不得了吧？"刘川强打精神，掩饰说："没有没有。"但季文竹火眼金睛，并且马上把问题想到极致。

"我不在这些天，你是不是又喜欢上谁了？"

刘川皱眉："谁呀，我又喜欢上谁了？"

季文竹理直气壮："男人心里有没有事，女人不用看，闻都闻得出来。"

刘川心中坦然，于是嘴硬："我再借你一个鼻子，你闻出什么来了？"

季文竹似是有意地盯了他片刻，然后单刀直入："我问你，前两天你是不是去了一趟秦水？"

"谁说的？"刘川吃了一惊。

“刚才你们家司机说的，是他送你去的火车站！”

“啊……是啊，我是办事去了。”

“找你干姐去了吧。见着了吗，怎么没把她带到北京来呀？”

刘川含糊其词，没多解释。这种事解释没用，越描越黑。他本想岔开话题把他家公司可能倒闭的事告诉季文竹，但想想还是没说。公司的官司还在申诉，结果尚不明朗，现在不说也罢，省得季文竹听了一惊一乍。

那几天刘川确实也在慎重考虑，如果万和公司真的垮了，他要不要索性再回天河监狱，重操旧业当警察去。

想回监狱的念头并非出于这个职业的吸引，而是天河监狱这个单位的气氛，让刘川觉得很合自己的脾性。刘川虽然在监狱工作的实足天数不到百日，但上至邓监狱长和强副监狱长，下至他们遣送科的钟大，都对他器重有加。刘川更看重的也许就是这种人际关系的软环境，而不是工资待遇、工作条件之类的硬指标，归属感这东西比较虚悬，并非一个“钱”字可以说清。

为这个想法他特意找了小珂，想了解一下监狱这一段的情况变化，也顺便刺探一下庞建东近来情绪如何。小珂家刘川以前从没去过，但他曾经用车送过小珂回家，街衢巷口都还记得。他在一个星期天的黄昏循着记忆去找，找到的那条小巷比记忆中的更加残破。巷里一群放学的小孩听说这个大哥要找小珂，无不争先恐后地热情引路，足见这地方居民彼此亲密，足见小珂在社区里很有人缘。少年们带着刘川在这条旧衢老巷绕来绕去，直绕到刘川方向错乱才抵达一个小院的门口。刘川探头探脑走进院子，院里万国旗似的晾晒着大人、小孩的被子、衣服。少年们指指一扇小门，齐声喊了一句：“小珂有人找你！”便返身跑得无影无踪。随着喊声有人应声出门，不是小珂而是一位中年妇女，那位妇女刘川虽然从未谋面，但看眉目轮廓，已可断定此人必是小珂的母亲无疑。

刘川自报姓名，自称小珂的同事，然后问道："阿姨，小珂在家吗？"小珂母亲很是客气，说小珂有事出门一会儿就会回来，不如你进屋坐着等等。刘川就走进屋子。屋子很小，里外两间，一共不到二十平方米，而且陈设非常简单。也许仅仅因为每个角落都被打扫得一尘不染，因此才显得比较温馨。小珂母亲把刘川让到屋角唯一的一张沙发上落座，还给他沏了一杯茶水，茶泡开后怕刘川嫌烫又兑了些凉白开，吹了吹才双手端给刘川。小珂的爸爸坐在里屋，一边粘纸袋，一边隔着撩起的门帘指挥小珂母亲给刘川拿烟、拿糖。从他只说不动的姿势上刘川注意到他下面原来坐着一辆自制的轮椅，刘川马上移开视线，生怕看多了会让人家难堪。

小珂的妈妈在丈夫的连声督促下，拿完了烟、糖，又拿来一盒点心，直把刘川伺候得坐立不安，一会儿起身接茶，一会儿起身接烟，直到他在盛情之下不得不点着了一根香烟并且嘬了一口，小珂的母亲才坐下来探问他的来历。

"你是小珂的同事吧，你们是一个科的吗？"

刘川答："不是，小珂是生活卫生科的，我是遣送科的。"

"你也是警校毕业的吧，你们是同学吗？"

"啊，我不是，我是公安大学的。"

"公安大学的，公安大学和监狱也是一个系统啊？"

"……"

这样有来有往地与小珂妈妈闲聊，聊了半个小时也没见小珂回来。从闲聊中刘川知道，小珂的妈妈已经从国有工厂下岗六年多了，现在在一家合资酒店的职工食堂找了份临时工作，每月工资、奖金加在一起大约七百块钱，再加上原来的下岗工资，每月收入不到千元。小珂的父亲因多年前的车祸下身瘫痪，靠在家糊糊纸袋、信封挣点零钱，每月大概只有七八百块的收入，如果没有其他外快，一家人的生活就很困难。小珂家的外快主要来自小珂妈妈过去从单位分的一套房子，那套两室一厅四十平方米的单元出租给别人，一个月能收一千三百元租金。刨去他们自己租住的这两间小平房的费用，一个月能净赚一千元整。小珂每月挣的一千二百元工资也全部交到家里，她妈每月帮她存上八百元，准备等将来小珂结婚买套房子。小珂她妈看中了附近正在筹建的一个经济适用房的楼盘，一套五十平方米的单元大约只需四万元的首付。他们本来已经攒到三万元出头，可上个月他们的房客突然退租，每月一下少了一千三百元外快，小珂一家正为这事愁得不行。

聊完了自己的家长里短，小珂的妈妈又问刘川："你爸妈都做什么工作？"听刘川说到他爸妈都去世了，小珂父母的神情全都悲悯起来，不是为刘川英年早逝的双亲，而是为刘川自己的孤苦伶仃。刘川看得出来，他们真的觉得他特别可怜，一再嘱咐他一个人要是寂寞了或者想爹妈了就到这边坐坐，到这边来阿姨给你做好吃的。

刘川一再道谢，看看时间不早，便说不再等了，从小珂家告辞出来。他出来时天已黑了，沿着那条窄巷辗转寻找出口，走了一阵感觉可能迷路了，于是止步望天琢磨方向，天上的星斗也正迷茫。这时他看到前方拐弯的灯晕后面，走来一个熟悉的身影，他脱口叫了一声："小珂！"小珂走近后惊讶地打量半天，才认出对面站的竟是刘川。她显然没想到能跟刘川在这里意外碰面，不由又惊又喜地笑出声来。

"刘川，你怎么在这儿？"

刘川一脸沮丧："我刚从你家出来，迷路了。"

小珂一脸开心："迷路？笨！"

刘川在小珂眼里，一向就是这个印象，不算聪明，但心地善良。不过心地善良于刘川来说，有时算是缺点。

季文竹和刘川接触的时间越长，就发觉他的缺点越多。

比如，刘川的生活能力确实很差，不会做饭，不会洗衣，不会收拾屋子，到哪儿去办什么事情，也都笨嘴拙舌。不管刘川如何口口声声说他奶奶对他向来严格，从不溺爱，但还是能一眼看出他其实娇生惯养，吃喝拉撒都是让保姆从小伺候着，一直到大！

又比如，刘川不够幽默。有时别人来点幽默他还听不出来。幽默是每个女人都需要的东西，在女人眼里，男人的魅力第一是大度，第二就是幽默。

又比如，刘川的胆魄也不够大，说胆魄不大算是好听，说难听点就是胆小。做什么事总是循规蹈矩，不敢造次，连做爱都缺少花样。刘川老吹牛他过去是唱摇滚的，唱摇滚的那帮爷们儿能是他这样吗？女人可以容忍男人相貌不帅，但很难容忍男人懦弱、呆板，没有一个女人喜欢找那种面瓜式的男伴。

当然，以上这些都不算重要，当然刘川也还算不上一个面瓜，可能只是从小被他奶奶管的，缺乏野性罢了。最让季文竹不能接受的，主要是他的“滥情”。有道是：“英雄难过美人关！”刘川一见漂亮女孩就要大发爱心，先是要帮一个干姐找工作或者出资助学，后又想帮一个经济困难的同事家里买房。当然，那个同事也是一个年轻漂亮的姑娘。

不知道刘川是真傻还是故意气她，他和她在一起的时候，总会提到其他女孩，口气中充满牵挂和惦念，并且真的计划着为她们工作、上学或者购房之事掏钱埋单。不知道刘川是否真的不懂，在一个你爱的女人面前，不能总是念叨其他女人。每个女人都希望自己的男人爱心澎湃，但谁也不愿这种爱如此无私地洒向人间，爱的最大特点就是独占而不是分享。于是，季文竹与刘川老是吵架在所难免。

别看刘川平时野性不足，但在两人吵架的时候，居然又摔杯子又摔大门，而且青筋暴露、双目赤红。女人的眼泪在他盛怒时完全失效，他生起气来会丧失任何怜悯。但刘川的愤怒一般很短，三分钟过后心就软了，连五分钟的热气都坚持不住，并且息怒之后立即本相毕露，会在最短的时间内主动跑来和好认错。刘川和季文竹在一起争争吵吵已经很多次了，无论季文竹是否有理，也无论刘川多么暴躁，最后总是刘川先来服软认输。而且，他们每吵一次，至少在和解之初的那几天里，刘川对季文竹的态度，会比吵前更加驯服。

那天晚上和小珂聊过之后，刘川对是否回监狱上班，依然没有定论，因为他从小珂口中得知，老钟已经从遣送科调到一监区当监区区长去了，新来的遣送科长刚从良乡监狱调来，刘川连名字都没听说过。

这是他和小珂第二次单独长谈，感觉这女孩心眼儿真好。也感觉她那个瘫痪的爸爸和下岗的妈妈，这家善良本分的人家，心眼都好。

刘川就是这样的个性，他如果觉得谁好，就总想为人家做点什么。他想为小珂一家做的，就是想把钱借给他们买房。对刘川来说，拿几万块钱先给他们垫上首付，原本不是什么难事，可现在公司账号冻结，账上有钱也拿不出来，连公司日常营业的每一笔支付，都要经过法院和银行的双重许可。法院和银行当然不会许可他为一个女孩今后结婚成家付钱买房。

于是他只能回家去问奶奶，家里的存折大都被奶奶锁着。他去问奶奶时奶奶正在客厅里和王律师小声交谈，还是在谈公司的那场官司。无论王律师怎样出语谨慎，但奶奶还是可以听出，这场官司的前景相当不妙，她脸上的气色也由此显得格外不好。

王律师是奶奶特地叫过来问问公司情况的，最初奶奶特别关心的，除了官司的进展之外，主要还是刘川的工作表现。她更多的是向王律师打听刘川每天是否真去上班，是否虚心听取各部门经理的意见，是否认真、勤恳地处理公务，是否晚来早走不务正业。奶奶只看到刘川每天一早从家出去，晚上很晚才开车回来，这一天究竟去了哪里，并不十分了解。她最担心的似乎不是官司的成败——成败在天！可如果刘川并不积极勤奋，并不谋事在人，而是整天贪玩，败家败产，那才是让他父母永不瞑目的事情。

王律师为刘川说了些好话，目的是让奶奶宽心。见刘川进来，两人都收住话头。刘川磨蹭了一会儿，支支吾吾，说了想为同事借钱买房的事情。奶奶对刘川养成疾恶如仇、助人为乐的思想品德一向注重，一向支持，但凡刘川有此类举动，定会加以鼓励。但刘家现在的境况，自身尚且不保，哪有余力再让刘川当这种散财童子广施爱心。

王律师见奶奶为难，便出面劝阻刘川："要想帮助别人，首先要把公司保住，哪怕保住其中一小部分，也是一笔可观的大数。"奶奶听出王律师话中有话，遂请教办法，王律师犹豫良久，终于再次说了让刘川起诉奶奶的方案，表示刘川如果胜诉，至少可以保住公司四分之一的财产。

奶奶一听，当即表态："好啊，这么好的主意，何不早说。那就让刘川告我好了，如果我将来进了监狱，刘川就干脆回监狱工作去，这样还能天天见面呢，又怕什么！"王律师笑道："就算刘川告赢你了，也只是把你的股本赔偿给他，哪会坐牢。这种事只是民事诉讼，又不是刑事犯罪，输赢只在钱上见出分晓。"奶奶说："那更好啦，那就让刘川快告。"刘川皱眉说："奶奶，你好好养病，别管这些事了，我要真把你告了，还得你出面应诉，很麻烦的，哪天你病再重了，犯不着的。"奶奶却极力怂恿："怎么犯不着啊，刘川，你要是听奶奶和王律师的话，真告赢了，拿回钱来奶奶就同意你给小珂买房。小珂那孩子我很喜欢，咱们要是有钱，也不用她借，不就是几万块钱吗，送给小珂和她爸爸妈妈，我也愿意的。前一阵你不在北京，小珂和你们的钟科长总来看我，帮我做这做那的，我一直都想感谢人家，还没想好怎么谢呢。"

刘川非常高兴，因为奶奶比他想象的要通达许多，不仅同意刘川告她，而且同意挣回钱来，就让他花。给小珂买房也罢，供单鹃上学也罢，只要是刘川的心愿，只要这心愿正当合理，奶奶就会由他。

刘川稍一得意，就失于忘形，再次记吃不记打的，在季文竹面前说起和奶奶商量好的这个计划。季文竹听出来了，在这个为保住四分之一公司股份而奋斗的计划里，在刘川胜利在望的笑容中，在这场胜利未来的受益者行列内，没有自己的位置。

季文竹当然生气，但这次她没再挑起无用的争吵。她怀着一种恶毒的心情，马上把刘川拉到街上，表示希望买一部笔记本电脑。刘川本想劝她，笔记本电脑又不是生活急需，暂时不买也罢。可他再傻也知道这时候一旦拒绝那就干等着吵架了。于是他带季文竹回家，把上次去秦水找单鹃时取出的那两万块钱全都拿上，然后和季文竹一起，来到了神路街那家数字产品的商场里，站到了笔记本电脑的柜台前。可在刘川刚要从包里掏出钱来的那一刻，季文竹笑了一下把他拉住了。

她说："算了吧，我不要了。"

刘川犯愣："怎么啦，怎么又不要啦？"

"没怎么，就不要了呗。"

季文竹说着，当真离开了柜台，向商场门口走去。刘川追上她，跟在她身后问道："到底为什么呀，怎么又不高兴啦？"

季文竹站住，说："没不高兴啊。"

刘川说："没不高兴干吗又不要了？"

季文竹淡淡地笑笑，挎了刘川的一只胳膊，把他拖出了商场。

"我告诉你刘川，我就是想考验一下你。我就是想看看你对我到底真好还是假好。你以为我真要！我才不像那两个女孩那么贪得无厌呢，连买房这种事都敢开口，真是血盆大口！"

季文竹心满意足地笑了，她以为刘川也会轻松下来，既经受了考验又没破财，应该皆大欢喜，如释重负。可没想到刘川愤愤地把胳膊从她怀里抽出来，冲她没头没脸地吼了一声：“你抽什么疯！”然后扭头向马路对面大步走了。

刘川大步过街，他的汽车停在街对面的路边，他走近汽车时突然气急败坏地发现，他的那辆崭新的沃尔沃E90的车身上，不知让哪个吃饱了撑的浑蛋划了重重的两道伤痕。破坏者显然出于有意，下手极重，车门上漆皮脱落，痕迹深刻，痕沟中金属的肌理都暴露出来了，让刘川震惊之余万分气恼，气恼之余万分心疼！

刘川头皮僵硬，站在车前久久发愣。季文竹也从街对面走过来了，也为车身上触目惊心的划痕怔忡不已。她茫然地问了刘川一句：“怎么搞的？”也知道这同样是刘川自己的惊疑。

“妈的！”

刘川用手狠狠地在车上拍了一掌，自己也不知在骂哪个。

这天晚上，刘川和季文竹在一家重庆菜馆里吃了晚饭。季文竹突然想吃重庆火锅了，她是江苏人，在剧组里学会了吃重庆火锅。那一阵重庆火锅正时髦。

刘川就带她去了，可他自己没吃，他本来就上火，心里烦着呢。

餐馆的门外，停着那辆受伤的沃尔沃轿车。

季文竹对重庆火锅的喜好，多少有点叶公好龙，嘴上说得如何着迷，吃起来的本事捉襟见肘。每吃一筷子都要狠吸凉气，还要用一大杯冰水不断镇口，可她依然歪着头对刘川叫道：“吃啊，吃啊，你也吃啊，可好吃哪！”

刘川闷头喝着啤酒，脸上没有一点回应。

季文竹又说：“哎，下周六我过生日，你打算怎么给我过呀？”

刘川说：“我记着呢，那天咱们一块吃饭。”

季文竹说："光吃饭呀？"

刘川说："那你说还干什么？"

季文竹说："你没有心就算了，怎么还让我说。"

刘川说："怎么没有心啊，我这不正在想送你什么生日礼物呢。你想要什么？"

季文竹欲言又止，止又欲言："哎，那电脑你真不给我买啦？"

刘川抽烟，皱眉："你不是不要了吗？"

季文竹说："我不要是不要，非得我张嘴要你才给我买吗？秦水那女孩也没说要到北京来上学呀，你怎么就那么大劲，还带着钱坐火车找她去？你对我怎么就没这么主动！"

刘川掐灭了烟："好，你说准了，你到底要不要？"

季文竹说："我不说。我告诉你，我以后再也不跟你开口要东西了，跟个要饭似的，没有意思！"

刘川看看表，说："今天晚了，咱们明天就买！"

吃完火锅，刘川开车，送季文竹回家。

他在季文竹家闲坐了一会儿，看了会儿电视，然后，就着电视屏幕闪烁不定的光芒，在铺了泡沫地毡的地板上，和季文竹亲吻、做爱。

刘川离开季文竹家时天色已晚，他开车回到家时并没看表，据他自己后来回忆，应该是夜里十二点左右。他把汽车停在地下车库，然后乘电梯上楼。刘川家住的这幢公寓，当年是北京顶尖的高档楼盘，每层两梯两户，每户都是三百多平方米。刘川老爸买房时图吉利专门要了八楼，并且买下了八楼整个一层，封了一个户门，然后两户打通。

刘川上楼，楼上的电灯随着电梯开门的声音自动亮了。刘川一边走一边掏钥匙，走到门口钥匙也掏出来了。虽然灯光很亮，但刘川还是仅凭感觉就把钥匙往锁眼里捅，捅了半天捅不进去，才低头细看，看准了又捅，结果还是捅不进去。他再次弯腰低头，看了半天看出锁眼好像有些异样，就像小孩子拉了屎没擦净屁股似的，干巴巴地糊着，还有几道胶样的水迹垂挂在下边。

他又捅，还是捅不进去。他用力地按了门铃。

门铃响了很久，小保姆才睡眼惺忪地把门打开。奶奶不知为什么这么晚了还没睡下，竟也扶着墙颤颤巍巍地走到门口来了。

奶奶问："你又这么晚回来，没带钥匙呀？"

刘川没有回答奶奶的问话，他走进屋子，没等奶奶反应过来，又大步走了出来。他的手上，拿着一只手电筒和一把改锥，他蹲在户门的钥匙眼前，用手电筒照，用改锥捅，照了半天、捅了半天才不得不信，他家的锁眼不知何故，被人堵了！

后来，他确切地知道，锁眼是被人灌了稠胶！

奶奶又住院了。

汽车被划，门锁被封，让奶奶又一次受了刺激，她又站不起来了。

刘川是和公司总裁办的人一起把奶奶送到医院的，联系住院手续和联系给奶奶看病的医生之类的事，原来都是他们办的。奶奶上次住院时，住院费也是他们交的，交的当然是公司的支票。可现在，公司的账被封了，取不出一分钱来，所以这次奶奶住院，交费的事要刘川自己来办。刘川就把原来准备带给单鹃后来准备给季文竹买电脑的那两万块钱，悉数交了。

刘川把车子被划、家门锁眼被堵的事跟公司的人也说了。公司总裁办的主任马上打电话叫人去刘川家把锁换了，并找物业公司反映了情况。那天刘川从医院回到家时物业公司也来人了，但并没承认他们防范不严，反而一个劲儿问刘川最近得罪谁了。刘川说："我谁也没得罪呀，是不是谁家的小孩搞恶作剧呀？"物业公司的人摇头说："不像，恶作剧最多塞个火柴棍什么的，像这样往里灌胶的，也太处心积虑了，也太不留余地了，从现象上看，应该是大人干的。"刘川低头思索，心里点头。昨天一天之内，无独有偶，先是汽车被划，后是家门锁眼被堵，显然，绝不是小孩干的。

傍晚，法院的人来了。

法院的人来到刘川家十分钟后，王律师才匆匆赶来，他也是刚刚接了法院的电话赶过来的。刘川开始还以为法院来是为了昨天车子和门锁的事，还惊喜万分呢，其实不是，法院来人是来登记这所房子的。等王律师来了刘川才搞明白，除了万和公司的账户外，法院已决定冻结挂在公司名下的全部资产，包括刘家的几辆车子和几处房产，以备今后择期拍卖。

听王律师一通解释刘川明白了，当初刘川老爸为了摊大公司成本，合理避税，所以买车、买房都记在公司账下。当时他怎会想到他的"百年"之后，公司会出这样的意外，怎会想到意外之后，他的母亲和他的孩子，将因此无家可归。

刘川那时什么话都说不出来，在法院宣布将房屋登记冻结的决定后，他低着头往父亲的卧室走去。父亲走后，奶奶把父亲的卧房一直保留，所有陈设，所有色调，都原样没动。刘川趴在父亲的床上，床上的枕头和床罩，散发着淡淡的洗衣粉味，很香很香。刘川想哭，但知道不是时候。他耳朵里断断续续地听到王律师在客厅里用手机给他在法院的什么熟人打电话，在说这事。打完电话王律师又跟法院来的人据理力争，说他已代表刘川对刘川的奶奶提起了诉讼，认为法院在冻结万和资产之前，应首先处分刘川奶奶侵犯刘川权利的违约行为，以保护刘川的合法权益。但法院的人不为所动，不耐烦地反驳律师："桥归桥，路归路，股东之间谁要告谁可以去告，但不能影响法院依法执行以前做出的裁决……"王律师还在客厅那边不停地交涉争取，刘川趴在父亲的床上已经充耳不闻，他已经感觉到了万和公司很快就将不复存在，他们住的房子，开的汽车，睡的床，他们生活中的一切，都将在一夜之间，荡然无存。他和他的奶奶，也许明天傍晚，也许后天清晨，就将瑟缩街头，除了身上穿的衣服，其他一无所有。

在法院宣布资产封存，准备拍卖之后，万和公司全部停止了运作。家具厂、布艺公司、万和娱乐城在同一天关门停业，公司总部的办公室、文件柜，以及电脑、汽车及一切固定资产，都被贴了封条。刘川再也不用到公司去了。好在他住的这幢公寓，经法院允许，仍可暂住，不必立即搬出。他开的那辆沃尔沃，也允许他继续开着，但房产证和车照等一系列权属文件的正本，均被法院收走。

奶奶房里，还有几张存折，加起来一共六万多元，但这些钱光给奶奶治病都不知能维持多久，医院还要求给奶奶买一辆轮椅，稍好一点的轮椅也得一万多元呢。

公司关了，员工或被遣散，或拿下岗工资回家待命，等待万和城新的主人。原来在医院里陪奶奶的那个阿姨也走了，只能由刘川和小保姆轮流陪护。刘川白天陪，小保姆晚上陪。刘川那几天因而不能再见季文竹了，两人只能通过电话聊天。又过了几天连电话聊天都有些不便了，因为季文竹被一个刚刚开机的剧组看中，顶替了和导演闹翻的女主角。这对季文竹来说是个天上掉馅饼的机会，必须珍视，所以那些天她一直关了手机抢戏，要把被前任女主角耽误的时间都抢回来。表面上，刘川每天依然开着名车，住着豪宅，依然从头到脚穿着名牌，但他知道自己今后很难实现为季文竹投资拍戏的心愿了，既然季文竹自己碰上了一个导演那么器重她，刘川当然为她由衷地高兴。所以，尽管打不通季文竹的手机，刘川心里也是踏实的。那些天他心里只是在想，季文竹快到二十二岁的生日了，他应该送她什么？

刘川这天晚上回到家里，一进家门就直奔书房，书房一侧的书架上面，端放着一个青花笔洗。这只笔洗是乾隆年间的官窑制品，是刘川老爸的一个朋友前些年在嘉德春拍卖会上花六万块钱拍过来的，后来不知为什么又用四万块的价格让给了刘川老爸。刘川老爸并没收藏的爱好，全当是帮朋友救急。

刘川把那个笔洗从书架上取下，拿到灯前仔细端详，那东西像个扁扁的大碗，上面云纹奔腾，暗青生辉。刘川不识古董，看不出这么个旧盆怎么就值那么多银子。

也许值钱的古货总有些年轮经久的神力，刘川刚刚在那熠熠生光的瓷面上看清自己变形的影子，耳朵里就隐隐听到砰的一声，好像是灯泡被这宝物照久了，发怒了似的，眼前顿时蓦然一黑，整间书房刹那什么也看不见了。刘川只能凭着感觉，知道自己还以原来的姿势，坐在写字台的原位，双手还捧着那个价值不菲的清代笔洗。

他隐隐觉得奇怪，因为从他家搬进这幢同样价值不菲的公寓后，还从未发生过一次断电事故。他轻轻放下笔洗，摸着黑一步步走出书房，摸到自己的房间去取手电筒。这时他仿佛听到门外不知什么地方，有人在快速走动，一墙之隔的安全楼梯上，仓皇地响着脚步的回声……他止步静息，侧耳倾听，一切声音又都消失，那些或有或无的脚步，立刻被死一般的沉静吞并。

刘川拧亮手电筒，查看了家里的配电箱。配电箱好好的，每一个保险开关都没有跳闸。刘川打开户门，户外的公共照明也全都黑了，整个八层黑得仿佛与世隔绝。刘川用手电左照右照，没有发现一个人影。他疑惑地行至离户门不远的楼层配电箱前，在手电筒强烈的光柱下他吃惊地看到，配电箱里几根粗大的电线全被齐齐绞断，线头胡乱支棱，断面铜质裸露，电表也被硬物杵了一个窟窿……整个配电箱被手电筒照得阴影凹凸，显得凌乱而又恐怖！

十三

在这个月黑风高的不眠之夜，刘川靠阴影摇曳的半截蜡烛，与不期而至的惊恐彼此对峙，直到黎明才勉强入梦。这一夜惊恐并不在于黑暗，也不在于孤单，而在于，他看不见危险来自何处，看不见对面那个阴冷无言的舞剑者，究竟是谁。

物业公司的保安也很纳闷，还是那句老调常弹的疑问："你最近得罪了哪个邻居？"对，这事在保安看来，只能是邻居干的。这座高档公寓门禁森严，院门和楼门全都设有警卫，除了楼里的住户之外，绝无旁门左道供外人入内。可刘川又能得罪谁呢，别看他在这里住了八年，可他家独居一层，与楼上、楼下鸡犬相闻，不相往来。这幢楼里都住了哪方神圣，他向来一无所知。

保安当天夜里就为他找来了电工，电工检查后表示配电箱损毁严重，需要明天大修。于是，刘川的安全感只能寄托于紧锁的门窗和那半截从奶奶屋里翻出来的蜡烛。

谁也说不清破坏者是为图财还是害命，抑或仅仅是一场过分的胡闹。刘川想想，他家里真正方便换钱的东西，也许只有那个乾隆笔洗，于是他端着蜡烛颤巍巍地把笔洗从书房拿到卧室，放在了自己的床头。其实他也不信这场全无来由的攻击与这个并不起眼的笔洗之间，会有什么联系。

那几天，处理这个乾隆笔洗成了刘川的首要大事。发生断电事件的第二天一早，他就带着笔洗去了琉璃厂大街。他在那条街上一连走了四家古董商店，只有一家肯花八千元收下这个宝贝，其余三家都要求他把东西放下，留待仔细鉴定再说。尽管刘川一再说明笔洗的来历，并且出示了当年拍卖的各种证明，以及后来转给他老爸时经过公证的合约，但没用。现在连护照都能造假，更别说这些普普通通的文件了，这年头的白纸黑字最不靠谱。

刘川不敢把笔洗留下，但又急于出手，在医院陪奶奶的时候，居然病急乱投医地把笔洗拿出来向一个老医生推销。老医生知道刘川家境殷实，肯定有些祖上的家底，竟然认真地问了情况。看上去老医生更看重那些文件，翻来倒去看了半天，他问刘川："你要卖多少钱？"刘川说："原价六万元，我爸收它四万元，我至少把我爸花的钱收回来吧。"医生摇头，说："你这个呀，还得找懂行的卖，不懂的人谁敢出这个价。"刘川见他要往回出溜，连忙说："那您看它值多少钱？"老医生没回答。刘川又说，"我就是想买个笔记本电脑，够买个电脑的钱就行。"老医生说："笔记本电脑一万块钱就能买了。"刘川说："一万元的笔记本电脑太次了，我想买三万元左右的，至少两万多元的那种吧。"老医生说："两万元？"他又捧着笔洗端详了半天，说，"行，回头我琢磨琢磨。"

说了半天还是没要，刘川怏怏地又把笔洗抱回去了。那天晚上他约了王律师，在他从医院出来后一起吃了顿晚饭，求王律师帮他找找路子，把这个宝贝给倒腾出去。王律师是当初刘川老爸收这个笔洗时那份转让合约的制作者，对笔洗的来历和价格全都门清，但他对刘川说："当初拍卖的价格，只能参考，不能算数，单卖就不一定能卖那么高了。"刘川说："我就想买个笔记本电脑，我看中一个两万五千元的，能买就行。"王律师说："你们家现在的情况你也知道，你可不能像过去那么乱花钱了。再说你现在要笔记本电脑干什么？"刘川说："送人。"王律师四十多岁年纪，虽然刘川脸上的羞涩一闪即逝，但没能逃过他的眼睛。他问："送女朋友？"刘川不语，低头喝酒。王律师苦口婆心，"这都是富人耍的派头，人要穷了，就别耍这个了。"刘川说："我想给她过个生日，就这一次，然后我就回天河监狱上班去，以后挣多少花多少。"王律师叹了口气，又喝了口酒，说："两万五千元是吗，那我要了吧。"又说，"你说我要这东西干什么？"

王律师不仅买下了这个笔洗，而且，把这顿晚饭的账也给结了。刘川开车回家，路上又给季文竹打了个电话，季文竹的手机依然关着。也许是因为买电脑的钱终于有了着落，所以刘川虽然又没打通电话，但心态不再像以前那么暴躁了，一路上的情绪心平气和。

刘川回家，把车开到地下车库，然后乘电梯上楼，电梯升到八楼，刘川用脚跺地，但声控的走廊灯并没应声而亮。刘川以为配电箱还没修好，不免对物业公司一肚子抱怨，幸亏他早上出门就料到这个结果，包里还带了一只手电筒，他拿出手电筒去查看户门外的配电箱，看罢更加疑惑，电线果然还是七零八乱，但模样仿佛和昨夜又有不同。他满腹狐疑地用手机给物业打了电话，物业也很惊讶："八楼配电箱？已经修好了呀！"

很快，物业公司的一个经理摸黑上来了，保安和电工也都陆续赶了过来，四五只手电筒晃来晃去，把彼此的面孔照得鬼魅骷髅。看过配电箱后，又看刘家的门口，不知是谁惊叫了一声，随着叫声大家的目光一齐向上——四五只手电筒，四五双眼睛，都清楚地看到那扇奶白色的防盗门上，几道血红血红的朱漆，歪歪扭扭地写着一个大字，笔画粗鲁，"血"流淋漓。

所有人都闭气息声，仿佛连呼吸都已暂停。但每个人心里都战栗地读出了门上的大字，那个大字狰狞得令人不敢久视：

“杀！”

当天夜里，警察来了。

警察查看了现场，与刘川进行了交谈，对公寓的保安进行了询问，还正正规规地做了询问笔录。警察是从附近的派出所赶过来的，没有携带现场侦查的器具，所以他们指示物业公司的人找来相机，对被破坏的配电箱和门上那个触目惊心的“杀”字，进行了拍照。对刘川也做了一些心理安抚：“这个人肯定不是真要杀你，真要杀你他就不会写了，写了岂不反而打草惊蛇，你说是不是这个道理？这个人真正的目的，恐怕主要是吓唬你，骚扰你……你最近得罪什么人了？”刘川犯愣，这个问题人们问了不知多少遍了，他也回答了不知多少遍了，可现在，他突然不敢否认，他突然回答不出！

他心里也禁不住发慌地自问：“我到底得罪什么人了？”

他肯定得罪什么人了！

警察到底是警察，楼上楼下转了两圈，马上得出一个新的判断：刘川“得罪”的这人，不一定就是楼里的住户。警察乘坐电梯从八楼往下走，可以一直下到地下二层的车库，警察在车库里转了一圈，两次看到载着客人的出租车开进开出。如果刘川“得罪”的那个人乘出租车下到地下车库，再从地下车库乘电梯或走安全楼梯直奔八楼，中间无须经过任何警卫的关口。

警察的分析让一直认为是住客内部互相恶斗的物业哑口无言，也让刘川真正成了惊弓之鸟。警察离开时建议刘川最近一段时间先换个地方去住，住址不要告诉太多无关人员。刘川老爸在北京原来倒有不少房产，可那些房子都让法院封了，他现在除了这个房子和那辆沃尔沃轿车，可算上无片瓦，下无立锥之地。

但无论如何，刘川真的不敢在家住了，连白天都不愿在家待着，楼道里稍有声响，都能让他心惊肉跳。他第二天一早就开车出去，先去了医院，对小保姆说物业公司需要检修家里的门窗，不能回去睡觉了。让她再坚持一天留在医院看护奶奶，因为刘川自己白天得出去找房。

刘川没跟奶奶多说什么，关于门窗检修这个借口，也没让小保姆多嘴多舌，免得奶奶着急上火。奶奶这两天病势稍稍好转，双腿知觉正在慢慢恢复，已经能够自己下地，能够扶着病床走上三步到五步。

刘川从医院出来，先给王律师打了个电话，约在一个离两人都近的酒吧。王律师以为刘川急着要钱，所以带上那两万五千元匆匆来了，还带来一份拟好的转让协议让刘川签署。律师办事总是这么合法有据，万无一失。刘川签完字，收好钱，说了他找他来的目的。他不是急着催要这笔钱的，他现在更着急的，是要租套房子，需要王律师给他出出主意。刘川虽然经历过公安大学的军事化生活，组织纪律性和吃苦耐劳精神都有锻炼，但他毕竟没有社会经验，他从小到大的一切，都是由奶奶、由爹妈、由学校、由单位安排好的，他从来不用为生计、为出路、为衣食住行之类的基本生存，劳神费心。可现在，父母死了，奶奶病了，公司垮了，钱全没了，一切都要他自己想办法。他自己想不出办法。

王律师听了刘川这几天的古怪遭遇，也是甚觉不可思议。他思忖一番之后，打电话叫来了万和公司的财务经理。万和公司虽已奄奄一息，但财务经理一听老板有事召唤，还是很快打车赶过来了。如她所料，老板叫她来的目的，就是想找她要钱。公司的银行账号被法院封了，肯定提不出钱来，所以王律师问她记不记得账上还挂着哪些应收款，说白了，就是有哪些单位或个人以前欠了万和公司的钱还没还呢。财务经理想了一下，说了几个欠款户，欠的什么钱，什么时候欠的，大致也能说清。王律师和财务经理甄选了半天，先选出了香山那边的一家湖山酒店，这家酒店更新改造时从万和家具厂订购了一批价值七十多万元的家具，先付了三十五万元首款，合同约定货到后再付余款。可这都两年过去了，余款断断续续付了二十多万元，还差八万元至今未结。

这事王律师也想起来了，他还代表万和家具厂去这家酒店办过交涉呢。刘川表示，如果这八万元要回来了，一分为三，王律师和财务经理谁也不会白跑。王律师和财务经理都客气地说“不用不用”，但他们还是士气高涨地当即动身，带上刘川一起，坐王律师的车去了香山。王律师说酒店这种单位站着房子躺着地，每天又有现金收入，要回部分欠账应该不难。

王律师和财务经理都曾来过这家酒店，酒店不大，只有百十间客房，号称三星级酒店，但他们在酒店大堂没有看到三星的标牌。他们三人正巧把酒店的董事长——一个当地农民，堵在办公室里，王律师是律师，财务经理是财务经理，刘川是司机。刘川的年龄、派头，说司机比较合适。要说万和的老板亲自来要这八万元的小账，似乎有点不太真实。

和酒店老板的交涉进行得相当不易，在山重水复疑无路时王律师使眼色让刘川出来，拉他到厕所里如此这般地小声商量对策。王律师劝刘川不如答应对方，只要今天能够付现，八万元可以改成四万元，付四万元就算清了。这一招果然很灵，刚才还一毛不拔的酒店老板马上扮着万般无奈的嘴脸，在自己肚子上割肉似的“勉强”点头，四万块很快让会计取来，交到了万和公司财务经理手中。王律师当场写了协议，落款日期特意提前两周，两周前冻结万和全部资产的法院决定尚未下达，协议签在此前法律上会少些麻烦。

四万元就这样到手，回来的路上，刘川不管王律师和财务经理怎样客气，硬要将钱一分为三，最后王律师和财务经理各收了一万元，另外两万元让刘川无论如何自己拿去。

当天下午刘川去找了小珂。他把两万元中的一万元交到小珂手里，算是租下了小珂家那套两室一厅的房子。其中九千元是半年的房租。北京租房的规矩，房租起码半年一交。另外一千元刘川麻烦小珂的妈妈帮他雇人打扫一下，添些锅碗瓢盆、油盐酱醋，以及其他一些该添的零碎。

后来小珂妈妈也没雇人，自己把房子收拾得干干净净。

其实小珂家这套房子离刘川家很远，离奶奶住的医院也着实不近，对刘川来说，并不方便。但刘川既然无力再帮小珂一家买房，索性就租了她家的房子，既帮了小珂，也解决了自己的问题，可谓友情互助，一举两得。

交完了房租，刘川甚至没去那套房子看上一眼，甚至没说具体该添哪些东西，一切相信小珂的妈妈，就匆匆开车走了。

那天下午刘川要办的最后一件事，也是最重要的一件事，就是为季文竹去买生日礼物。那个价值两万四千多元的IBM，这些天把他折磨得夜不能寐！

天将黑时刘川赶到了医院，替下了已经坚持了一天一夜的小保姆，让她拿着刚刚买好的电脑回家睡觉。小保姆临走时刘川特别嘱咐她一定注意关好门窗，听到有人敲门也别搭理，有什么问题就打电话给物业的保安。明天一早早点出来，早点来医院换他。小保姆一边听一边点头，点着点着有点奇怪，她从没发觉刘川是从什么时候，突然变得像他奶奶一样，这么婆婆妈妈，一惊一乍。

那天晚上小保姆回家以后，关好门窗倒头便睡，睡得很死。她并不知道物业公司从这天晚上开始，在这幢楼里加派了保安，在地下车库的入口，对外来的车辆也加强了盘查。

一夜无事。

其实，事情还是有的，只不过没有发生在刘川倍受骚扰的家里，而是发生在医院。当小保姆第二天一早赶到医院，当刘川一脸倦意走出住院大楼，走进停车场内，走到那辆沃尔沃轿车跟前的时候，他才发现他的车子被人砸了。

天色还早，停车场没人，刘川不知道医院的这个停车场里，有无夜间值班的保安。他顾不得检查车子损毁的程度，也忘了该不该找车场交涉赔偿，他那一刻完全呆掉了，太阳穴一跳一跳地疼痛鼓胀，他还没有辨清自己的情绪是恐惧还是愤怒，目光就被车头雨刷夹着的一张字条吸引住。车头的玻璃已被钝器击碎，但并未完全脱落崩溃，还托得住一张薄薄的白纸。刘川拽了两下，才把那张纸从裂成蜘蛛网的挡风玻璃上取了下来。

字条很脏，只叠了一折，但刘川的手指像冻僵一样，好半天才费力地将它打开。上面的两行黑字，写得非常丑陋，字体粗野，歪七扭八：

“今晚七点，我在大望钓鱼场等你，有种你来找我，我有话要对你说！”

在这两行字的下面，甩着一个更加狠的大字：“单！”

刘川的心就在嗓子眼儿里跳，刘川的手控制不住地抖，他早该想到了，早该想到了，这个世界上唯一和他有仇的，只有单成功和他的妻子、女儿！

这一系列侵犯、骚扰来得如此猖狂，刘川此前居然没有怀疑单鹃，这或许因为单鹃在他心中的印象，与砸车、毁门的疯狂，实在格格不入，无法重叠；或许他忘了单鹃是一只天蝎，受冥王星与火星两星主宰，总与黑暗、危险、暴力和性欲关联；或许，他对单鹃一直存有感激之情，满怀扶助之心，所以在他的下意识中，就以为单鹃对他也该和过去一样，至少还有些许情分。他从没想过他们之间，能有多大仇恨……也许伤害别人永远不如被人伤害那么刻骨铭心。

沃尔沃伤得很重，除了玻璃破裂之外，车身也被淋了硫酸，烧得漆皮翻卷，惨不忍睹，但，还能开。刘川把车子开出了停车场，开上了清晨空旷的公路。他想回家，又想应该去小珂家，去他新租的那套房子里，好好安静一下。走到半路他又想起该去公安局报案……对，他应当报案！于是他掉转车头，往当初配合景科长他们工作的公安局某处开去。

开到某处那幢小楼跟前，他把车子停下，却犹豫着没有下车。太阳在他发红的眼眸里升起来了，街上涌出了行色匆匆的人流，每道过往的目光都好奇地在此停留片刻，好奇地看他，看他这辆伤痕累累、面目丑陋的汽车。

晚上七点，刘川乘出租车赶到了大望钓鱼场。

他是一个人去的，没带警察。也就是说，这一天的早上，他没有报警。

大望钓鱼场刘川以前从没去过，确切地说，也从没听说过。他是到大望路那一带向出租车司机打听了方向，才得以在晚上七点左右，天色抹黑的时候，看到了大望钓鱼场路口那个简易的路标。

关于那天早上他没有报警的原因，刘川后来一直含糊其词。不过据我分析还是“心太软，一切事情都想自己扛”。不过刘川的“心太软”或许有他自己的道理——单鹃在秦水追过刘川，帮助过刘川，当一个女孩爱上并且追求一个男孩的时候，那将是何等柔肠百结，风情万种……刘川不为所动易，不为所感难。他能带上两万元现金远赴秦水寻找单鹃，就说明他的确想用某种方式，偿还单鹃当初那份情感。

大望钓鱼场其实只不过是一片土堤缀连的肮脏水塘，水塘相间的空地上，草草地搭了几片苇席围墙，几处塑料凉棚。天色渐暗，钓者无踪，钓鱼场内外，空寂稀声。夜间现身的蚊虫，开始在混浊不清的水面上汹汹聚集，而蚊虫的浮动并未使这片水洼泽国有半点生气。

刘川从钓鱼场毫无设防的大门进去，沿一条泥泞的堤埂长驱直入。除了他疾行的脚步之外，四周听不到一点动静。他走到一块三面环水的平地，突然发力喊了一声：“单鹃！”声音带出的气浪，隐隐折出了回响，回响消停之后，空寂退而复来。

刘川原地不动，张望四周，又喊了一声：“单鹃！”依然无人回应。刘川转身向身后的苇席围墙走了过去，想绕过围墙看个究竟，快到围墙的豁口时却蓦然止步，他似乎刚刚发现豁口处其实早就站着一个人影。夕阳余烬在这一刻迅速变冷，但刘川仍能从那人阴冷无光的轮廓上，认出他的宿敌范小康。

他们之间的距离，长短不过数米；他们之间的空气，已被暮色凝结；他们之间的目光，经历了短促交火，很快激起彼此心中压抑的喘息。

“单鹃呢？”

刘川首先开口，声音空洞得似乎远离了躯壳。小康没有回答，但他的表情令刘川下意识地转身，一个女人的影子，不知何时已经立于十米之遥的身后。刘川的嗓子在那个刹那突然哑了，他哑着声音问道：“单鹃，是你吗？”

刘川与单鹃的这次见面，是刘川后来一直不愿提起的一段经历。很久以后我们知道，单鹃从小虫手里一拿到刘川的地址，立即动身来到北京。她和小康一起，一连跟踪刘川数日，从公寓跟到医院，从医院跟到商店，先是毁车，后是毁门，中间还有两次毁了刘家的配电设施。他们在刘川的生活中制造恐怖，制造黑暗，但谁也不知道他们到底想干什么，也许连单鹃自己，也说不清自己的目的，说不清她到底想怎么处置这个让她爱恨交加的男人。

依小康的主见，索性找个暗处，让刘川尝尝苦果，用铁棍或刀子都行，弄不死也要卸他半条胳膊，这也是他和单鹃出发前就已达成的共识。可在进入北京之后，在看到刘川之后，单鹃却发生了动摇，在那一刻她几乎忘记了他们之间的仇恨，已经不共戴天!

她几乎忘了，正是由于刘川的出卖，她的父亲才再度入狱，才罪加一等，才十有八九会加判死刑。她只有手刃刘川以报父仇，方可解得心头之恨。但女人的心如同婴儿的脸，谁也猜不出她往哪边变。当单鹃在刘川家的公寓外面第一次看到刘川开车出来的那个瞬间，刘川那张端正的面孔，那双干净的眼睛，那一晃之间给她的感觉，和数月之前几乎完全一样，和她在大富豪夜总会第一次看到他时，几乎一样完美，她的心就怎么也狠不下来了。

在“大富豪”她第一眼看到的，就是刘川挨打，他被一帮人打得鲜血直流。或许恰是这个男孩疼痛难忍的样子，造就了那种完美，唤起了她的怜悯，唤起了她的情欲和爱心。

刘川开着车走远了，他的面孔只有这样短暂的一晃，这短暂的一晃在单鹃心里唤起的不是仇恨，不是恶毒，不是报复的冲动，而是爱恨交加的无措茫然。

但是，当她在神路街电脑商场的门外看到另一个女人时，她的仇恨重新压倒了一切。刘川和季文竹先是亲亲热热后又争争吵吵地买电脑的样子，让她怒火中烧！让她不顾一切地立即要把这股仇恨发泄出来。她和小康一起，当着过来过往的路人，用刀尖狠狠地划伤了刘川停在路边的汽车。那汽车看上去那么华丽漂亮，如同刘川的外表一样光鲜无瑕，刀尖划过车身发出的声音悦耳动听，就像割破刘川的皮肤一样过瘾。那感觉让单鹃周身血液沸腾，但心里同时也隐隐约约地有一点针扎似的疼痛。

后来，她和小康一起，又有了第二次出手，第三次出手，搞得刘川不得安生，她也从中获得了莫大的快慰，莫大的满足。但满足之后她所品味的，又是莫大的空虚，她到底得到了什么？

尽管小康一再怂恿，但单鹃始终下不了决心，是将刘川除掉，还是卸他一条胳膊？还是给他破相，让他永远不能再带女孩逛街，永远没有女孩再敢爱他？为了让刘川破相他们专门买了硫酸水，然后开始寻找下手的机会。这天晚上他们跟踪刘川到了医院，他们完全有机会跟进去将硫酸泼在他的脸上，然后逃之夭夭，但在最后一刻单鹃再次改变了主意，她宁可卸他一条胳膊也不忍毁掉他的容貌。那张脸曾经让她爱不释手，曾经让她夜不能眠！如果毁掉了这张美丽的面孔，还不如索性取他命来！

于是，她把那瓶硫酸水全都倒在了那辆早已伤痕累累的沃尔沃上，并且无所畏惧地留下了那张字条。

第二天傍晚，暮霭深沉的时刻，她在大望钓鱼场的无人之境，终于面对面地见到了刘川。

刘川是一个人来的。

刘川完全可以，也完全可能，带警察过来捉获他们，对此他们早有准备，所以他们选定这个道路四通八达的鱼塘。这里易于隐蔽，利于脱逃，明处视野开阔，暗处步步为营。他们商定，或者说，是单鹃向小康做出了保证，只要刘川真的把警察带来，那他们就判他死刑。

刘川没带警察，这让小康有点失望，却让单鹃热泪双流。她说不清为什么突然流泪，说不清这眼泪是因为恨还是因为爱，还是仅仅因为，刘川终究没带警察。

刘川一个人来了，他没有责问他们这几天的所作所为，也没有晓之以理，动之以情，甚至也没有对过去的一切做出解释，他来到这里只是想要表达他上次前往秦水的本意——他想帮她找个工作，还想资助她出来上学。他说她应当趁年轻多学些知识，哪怕仅仅是学会一门专长。小康打断刘川的表白，说："既然如此你带钱来了吗，你让单鹃上学打算出多少钱？"刘川说："钱我今天没带，不过如果单鹃肯学我一定把钱备好，我先出两万块钱吧，足够一年的学费。"小康冷笑说："两万元？我看你们家富得满地流油，你住那么气派的房子、开那么气派的车子，两万元你也说得出口！"刘川说："我现在手上没有现钱，两万元我已经很尽力了。"小康说："那好，什么时候交钱你讲个日子。"刘川说："明天吧，明天还在这个地方，还是这个时间，明天我一定把钱带来。"

小康不再作声，仿佛一切谈好。刘川看看单鹃，说了声："明天见。"然后转身要走，不料单鹃突然开口，她用哭腔叫住了刘川。

"刘川！"

刘川站住。

单鹃的声音因为抽泣而变得急促和断续，也变得嘶哑，那种嘶哑道出了她内心痛极的哀鸣：

“刘川，我不要钱，我要我爸爸！”

哀鸣凭空掠过，单鹃转身跑开，她的身影被随即笼罩过来的夜幕迅速收走，连回声都未有片刻停留。

刘川刚刚回落下去的心跳，被这声嘶鸣重新拉到喉头。他不知道自己该不该追上单鹃，再做一番理性的规劝，也不知道该不该就此掉头，朝另一个方向顾自走开。此时镇定自若的似乎唯有小康，他望着单鹃跑远的背影冷冷地笑笑，随后转脸冲刘川平静地说道：

“明天这个时候，你拿钱来吧。先交两万元！什么时候你交满五万元，咱们之间就算两清！”

十四

五万块钱对事实上已经陷入破产的刘川来说，是一个足以令他束手无策的数目。他唯一的办法还是给王律师打电话，向他好言求助。王律师非常帮忙，他建议刘川先回去看看家里还有什么值钱的家当，他可以联系一家拍卖公司拍卖套现。他甚至表示，在拍卖收入到手之前，他可以先借给刘川一部分现金。

和王律师通完电话刘川心情稍定，急急忙忙回家寻找值钱的东西。他爸爸这些年把钱全都投到公司去了，家里除了家具、电器之外，除了那个不得已而收进来的乾隆笔洗之外，再没什么保值、增值的东西。他现在住的这幢房子和开的这辆汽车，也都是落在公司名下的，法院仅仅允许暂住暂用，卖则绝对不行。再说车子既已毁成这副模样，别说卖了，说不定以后法院还让他赔呢。

刘川的老爸真正给家里大把花钱的，是家具和装修，墙纸面料都是进口的，家具、灯具也都从国外专门订购。但装修这东西无论花多少钱，墙纸只要一糊到墙上，大理石只要一贴在地上，马上就丧失了交易的价值。家具也一样，再名贵的床，一旦被睡过，就再也卖不出价钱来了。谁乐意花大把钱买一个别人睡过的床？除非是希特勒、麦当娜或者是康熙皇帝睡过的，那又另当别论。

那天夜里刘川很久没睡，他恨小康，但不恨单鹃，也许因为单鹃的行为，在刘川看来，多少有些合理的缘由。所以他决定即便倾家荡产，也要拿出钱来，帮单鹃上学或者帮她找个安安稳稳的单位，让她踏踏实实地上班。

刘川不知半夜几点才倦极而眠，醒来后太阳已经亮得刺眼，他想到小保姆在医院里又坚持了一天一夜，所以脸都没洗就匆匆出门，乘了一辆出租车往医院紧赶。他赶到医院时早已过了医生查房的时间，但一走出电梯还是感觉走廊里的气氛过于混乱，不知哪个病房传出不同寻常的喧嚷，喧嚷中还掺杂着奔跑的声音和女人的哭叫。刘川边走边向前方张望，但这种置身事外的张望很快以莫名的紧张代之，那是因为他突然在这片喧嚷中听到了小保姆反常的哭声。那哭声让他的心跳和脚步同时加速，在奶奶的病房门口他看到一群医生、护士推着一辆担架车急急地从病房里面走了出来，他家的小保姆抹着眼泪跟着担架一路小跑，他不用看也知道担架上躺的那人就是奶奶。

刘川冲过去呼唤奶奶，但奶奶未来得及答言便被推进一间闲人免进的抢救室内。好在他随着担架车奔跑的数米已经看清奶奶的神志尚属清醒，医生也适时地过来安慰了他们，一再说不要紧不要紧，她就是摔了一下，我们需要做一做检查。刘川转脸问小保姆奶奶怎么摔了，小保姆惊吓得上气不接下气：“刚才，刚才，来了个女的，进来就冲奶奶吼，奶奶正要下床，被她一吓，就摔了……”刘川喝问：“什么女的，她去哪儿了？”小保姆说：“刚跑了，你来以前刚从楼梯那儿跑了。”刘川没等她说完就顺着小保姆手指的方向追了出去，他在楼梯上连级跳跃，追出医院大门时终于看到了单鹃一晃的背影。那背影正钻进一辆出租车，那车子随即起步开动。刘川也抢了一辆出租车拼命追去，转了两条街后他发现单鹃的车还是朝大望路的方向逶迤，于是他远远地尾随在后，跟过四环路又到大望路，一直跟到了大望钓鱼场。前面的车子在一条小巷的巷口停下来了，单鹃下车匆匆走进巷子。刘川扔下车钱快步跟进，他在追上单鹃之前单鹃已经走进一个大院，他追进大院时单鹃正走进一间小屋，刘川不假思索地跟了进去，未料和另一个走出屋门的女人撞了个满怀。他马上认出那个女人就是单成功的老婆，他曾经认她当过“干妈”，撞上“干妈”让刘川下意识地怔住了脚步，那片刻的怔忡让他迟疑是否该礼貌地叫声干妈或者阿姨，他张了口还没想好该叫什么，脸上已经猝不及防地挨了一巴掌。他没料一个半老的女人手上能有偌大力量，那一巴掌打得他几乎坐在了地上；那一巴掌也把刘川打得清醒起来，让他意识到他早已没有什么“干妈”，单鹃也早已不是那个含情脉脉的“干姐”，她们和他早已结下杀父杀夫之仇，他们之间早已势不两立！

刘川不再去想该怎么称呼这位怒气冲冲的妇人，他架起胳膊用力挡住她抡上来的第二巴掌，同时理直气壮地放开声音，扒着门框向屋里高声叫喊：

“单鹃！单鹃！你出来！你出来！”

单鹃没有出来，刘川却被单鹃的母亲连抓带咬地轰离了屋门。刘川站在门口就是不走，还在徒劳地试图把单鹃喊出来理论。

“单鹃！你有种你出来，你有种你就找我，你别欺负我们家里人！”

单鹃仍然没有露面，甚至没有应声，刘川不知道她是理屈词穷还是正在满屋找菜刀准备拼命。按单鹃的个性分析当属后者，可随后冲出来的并不是单鹃和菜刀，而依然是她那个脾气更坏的母亲。那女人手上端着一大盆刚刚刷完鞋子的发黑的皂水，随着一声“去你妈的”的叫骂，没头没脸地朝刘川兜头一泼。刘川没有防备，只听哗的一声，浑身上下顿时全是臭鞋的胶皮味和洗衣粉晶亮的泡沫。

这是一个外来打工者聚居的大杂院，他们的叫喊声惊动了左邻右舍，邻居们有男有女地围拢上来，向单鹃的母亲仗义相问。那些邻居个个模样粗鲁，表情凶狠，目光敌视，恶语相激，听信了单鹃母亲一面之词的叫骂，全都同仇敌忾地怒目刘川。这种地方，这些人群，对刘川来说，隔阂而又生疏，让他顿感势单力薄，他连连后退几步，然后带着满身的皂沫和异臭，在众人的哄笑声中，狼狈地落荒而逃。

刘川没有逃回医院，他直接打车去了公安局某处，去了景科长多次向他交代任务的那个小楼。

配合景科长一起侦办单成功案件的那几位北京刑警，虽然名字已经忘了，但相貌他还记得。幸亏，他们也还记得他，还叫得出他的名字。让刘川感到欣慰的是，他们的态度还算关切，反应也还积极，不仅详细询问了情况，而且，还立即派人随刘川一起去了大望路管片的公安派出所。当然，去之前他们让刘川洗了澡，并且给他换了衣服。

当天中午，派出所的民警依法传唤了单鹃和她的母亲，对她们分别进行了讯问和训诫。但这次传唤对解决刘川面临的问题，意义不大，甚至弊大于利。单鹃和她的母亲在讯问中矢口否认刘川的举报，对毁车、毁门、断电等恶行一律大呼冤枉。单鹃仅仅承认了她早上去医院找过刘川的奶奶，但咬定自己并没动手，刘川的奶奶是自己摔的。派出所民警问了半天，过来向市局某处的同志及刘川通报了情况，认为目前除了这样训诫几句之外，很难做出其他处置。刘川说："他们毁了我的车，车还摆在那儿没修呢，你们可以去看，还毁我们家的配电箱、门锁，物业公司的人都知道，都看见了，都可以做证。"民警说："我们打电话问过了，这些情况你们那边派出所的人也都去现场看过，事情是有，但不能认定到底是谁干的。当初以为是你的熟人搞恶作剧，也没当刑事案件侦查现场，所以没有证据认定就是她们。"刘川说：“那她今天去医院吓我奶奶总有证据吧，我们家保姆和医生、护士都看见了！”民警说：“没错，她很聪明，她知道医院有很多人都看见她了，所以这件事她没有否认。可这件事本身并不构成犯罪，连治安处罚都很勉强。”刘川争辩说：“怎么勉强，她年纪轻轻去欺负一个跟她毫无关系的老太太，造成老太太受伤，这一条就可以拘她几天！”民警说：“她和老太太毫无关系，可跟你却有关系。”刘川几乎是在质问民警：“她跟我有什么关系，啊？她说她跟我有什么关系？”派出所民警沉默了片刻，看一眼市局某处的同志，说：“你是她过去的男朋友吧？”

刘川一下哑了，不知是恼还是羞，他恼羞成怒地说不出话来。

市局某处的同志马上替他解释：“男朋友肯定不是，这我们都知道，我们都了解。”

派出所的民警转向市局的同志，似乎市局的人才是关键要说服的对象：“可她一口咬定是，她说她是刚刚被他甩了，所以追到北京来和他讲理的。她母亲也说是。当然，她母亲的话比较难听……”

单鹃母亲说了什么，具体怎么难听，市局的人没问，刘川也没问，躲不过是说刘川把单鹃玩儿了又想甩她之类。但派出所民警的一番分析也不无道理，至少市局的人显然被他说服。

第一，尽管单鹃有毁坏刘川财产的嫌疑，尽管单鹃去医院向老太太大喊大叫有些过分，但单鹃一口咬定是刘川的女友，这事就变成了男女之间的恋爱纠纷，这种纠纷公安机关很难施以处罚。

第二，即便可以对单鹃施以治安处罚，但处罚的结果只能激化矛盾，反而不利于今后解决问题。把这种人逼急了要想找碴报复，你就是再加防备也是防不胜防，说不定以后就会麻烦不断。

市局的人听罢，无话。刘川也无话。

从派出所出来，在车上，刘川心情郁闷，正想向市局的人发两句牢骚，可万没想到市局的人居然沉吟一下，斟酌着词句率先开口：

“刘川，这事你跟我们必须实话实说，下一步再出什么情况我们才好帮你。你在秦水那段时间，是不是一直跟单成功住在一起？”

刘川说：“对，住在一起。”

“那就是说，跟单鹃也住在一起？”

“对。我跟他们一家住在一个院里。”

“你和单鹃之间，到底有过什么没有？我们也不是外人，你要有过什么一定要告诉我们，今后再有事情我们好知道怎么处理。”

刘川不说话，转头看窗外，他一脸的愤懑无处可诉，他气得一句话都说不出来。

市局的人以为刘川心里有愧，以为自己不幸言中，不由出声地叹了口气，停了少顷，才皱眉问道：“到底到什么程度了你们？”

刘川转过脸，暴发似的吼道：“什么程度都没有！我跟她什么都没有！”

市局的人被他吼愣了，从刘川发抖的声音中不难听出他的激动，市局干部马上点头安抚道：“对，我想也不会有，这我们一直都相信。”

市局干部这么安抚，刘川心里却并没好受。干刑警这行的疑心最重，谁知道他们真信还是假信。

信不信两说，下一步怎么办才是正题。市局干部也是那个主意，建议刘川换个地方去住，最好把他奶奶也换个医院，让单鹃母女找不到他，这似乎也是目前唯一简便的解决办法。

刘川换地方住倒还好办，而且他已经租下了小珂家的那套房子。可奶奶换医院就不是上下嘴唇一碰那么简单了，她两次发病都在这家医院治疗，疗效还好，如果换了医院，万一新的医生对情况不熟治不到位的话，岂不得不偿失。奶奶毕竟七十多岁了，老人的心态，肯定不愿折腾。

市局的人也觉得换不换医院确实两难，于是对刘川表示他们回去也再研究研究，让刘川自己也再考虑考虑。他们也要把这些情况向东照市公安局通报一下，单成功的案子是他们主办的，这些情况怎么处理，他们也应该拿个意见。

市局的人用车子把刘川送到医院，又跟进去看了看刘川的奶奶。刘川的奶奶经过上午检查，发现膝盖处有一块软骨骨折，腿上已经打了石膏。市局的人见老太太已经睡了，便没逗留，下楼去找医生和医院保卫处的干部谈了谈情况，提了提要求，才告辞走了。

刘川回到病房让小保姆回家睡觉，自己留下来守着奶奶。他坐在奶奶床前，心里很乱，想起庞建东曾经有一本香港出版的流年运程的小册子，年初时带到办公室里给大家翻看。翻到属马的属相上，大家都拿刘川取笑，因为书上说属马的人今年命犯桃花，难免因色破财。刘川这年出生的马人更是偏逢艳煞，危及家门，大家都笑着让刘川悠着点，至少今年一年洁身自好，非礼勿想，非礼勿视。

刘川当初没好意思细看那本书，现在想想，真是让这算命的半仙蒙对了。当时要是看看具体怎么写的就好了，也许书上还教了什么避邪的招法，可助本性厚道的马人逢凶化吉。

虽然避邪的招法一时无处可寻，但一连数日也再无邪象发生。公安那边虽然没有进一步的举措，但东照市公安局的景科长和北京市局的人都先后给刘川来过电话，询问这几日医院这边有无动静，同时安慰刘川并给其撑腰打气。唯一有进展的还是王律师这边，带着拍卖公司的人来和刘川见面，又去刘川家清点那些要卖的东西，还和刘川商量拍卖的价格和开槌的时间。清点东西那天刘川专门把小珂叫来，让她帮忙也记一份物品清单。反正这幢房子现在不能住了，以后法院也要收回，所以大件家具、电器之类，只要是万和公司账上没有记载的，一律尽行列入。小件物品凡属生活必需的刘川打包拿走，不需要的东西也一律列入拍卖清单。值钱的论个儿，不值钱的论堆儿、论斤、论类，怎么都行。

小珂对刘川说，她这才知道什么叫作富人的家底，真是败家值万贯！不说那些从国外舶来的大件家具和水晶吊灯，刘川家光是散碎的生活用具和小件摆设，也个个高级得让小珂大开眼界。小珂对刘川啧啧叹道："这么大的一个家就让你给败了，甭说你了，我都心疼。笨！"刘川红着脸辩解："我奶奶人老眼花乱签合同，怎么赖我！"停了一下，又说，"她这么大岁数了，我也没法赖她。"

刘川这回也真正发现，小珂是个做事极为认真的女孩。她做的登记表，比拍卖公司做的还要准确、详细，页面也更加正规。拍卖公司的表上如果写的是高级茶具一套的话，小珂的表上保准是分了牌子、颜色、件数——几个杯子、几个碟子之类的细项。连刘川新买的那台笔记本电脑，也把每一个附件，包括连线什么的，一一记录在案。但刘川把这台电脑从登记表中又划掉了，他对小珂说："这个不卖。"

小珂说："你要暂时不用不如卖了，电脑这东西降价最快，现在这个型号还比较新，还能卖出价钱来，用不了半年一有新品出来，它立马就不值钱了。笨！"

刘川说："这个我有用，我马上要送人的。"

小珂说："哟，这么重的礼，你要送谁呀？"

刘川不吭声了，没说要送谁。小珂看他这副模样，马上心领神会地笑了。

"啊，我知道你要送谁了，那就留着吧。"

刘川愣了一下，看出小珂的笑容里，藏着几分暧昧。他磕巴了一下，忍不住追问："我送谁？"

小珂收了笑，一本正经："你说你送谁？"

刘川脸红了："你说。"

小珂说："你都不想说，我干吗要说。"小珂想想，又咧嘴笑了，笑道，"你要送一个你不想让我说的人。"

刘川不作声了，等于默认。

拍卖会选在了一个公休的周末，进行得还算顺利，因为价格定得很低，刘川家的大部分东西都拍出去了，而且全是收的现金。这次拍卖最终得到的钱款，除去支付拍卖公司及律师的费用外，共计十四万元。刘川先付了两万元给医院。奶奶入院时刘川付的那两万块钱，连吃带住、带治疗、带这次摔伤的手术花得差不多了。

到医院交完了钱，刘川心里终于有了多日不曾有过的一份轻松。他走出医院后先去了小珂家的那套房子，房子已经布置妥当，收拾干净，虽然和他从小住惯的豪宅不可同日而语，但在刘川此时此刻的心态上，却是个既安全又干净的理想的小窝。他告诉小珂的妈妈，今天晚上他家的小保姆就要住过来了，明天一早他从医院回来，也要回这里睡觉。小珂妈妈说："好啊，你们住在这儿，自己不开伙的话，就到阿姨这边吃饭。"

离开小珂家刘川又去了自己家的公寓，去取那台笔记本电脑。明天就是季文竹的生日了，他已经在电话里和季文竹约好了明天的日程。季文竹明天正好没戏拍，但表示明天晚上他们剧组的导演也要给她过生日，所以她明天只有中午有空。刘川本来想说到底我跟你亲还是导演跟你亲，但想想没说，没这样意气用事。为了季文竹的事业，还是让她和导演搞好关系更为重要。于是他说："那中午，就中午吧，中午我到你家找你。"季文竹在电话里撒娇地问："我过生日你送我什么呀？"刘川说："送生日卡呗。"季文竹叫道："噢，光送生日卡呀？"刘川说："你嫌礼太轻吧？礼轻情意重嘛。"季文竹说："啊，无所谓，你送什么我拿什么。"

刘川没有提起那台电脑，那是计划中明天才有的高潮。他精心策划了一个惊喜——买一支新鲜的玫瑰，红透的那种，放在那台笔记本电脑的上面，然后用电脑当托盘，和盘托出这份浪漫的象征。

这个计划暂且按下不表明，刘川挂了季文竹的电话，兴冲冲地乘车回家。沃尔沃不能开了，他也没有打的，为了省钱，他是坐公共汽车回家来的。他从小到大，印象中只有刚去美丽屋上班那些日子，为了伪装的需要，才坐过几天公共汽车。如果他的万和公司最终彻底垮台的话，公共汽车恐怕就将是他今后主要的代步工具了。此时此刻，挤在前胸贴后背的乘客中间，刘川并不沮丧，他的心情已连续多日不像今天这么晴朗。他想，一切都会好的，牛奶会有的，面包也会有的，他还年轻，一切都能慢慢适应。他可以再回监狱上班，可以挣钱养活自己也养活奶奶，他今后会和奶奶一起，和季文竹一起，快乐地生活。

当然，小保姆以后恐怕请不起了。那小女孩人品不错。可奶奶一旦生活能够自理，再不错也只能把她辞了。

随着公共汽车的摇摆颠簸，刘川对未来的展望抑扬顿挫。年轻人的展望总是过于理想，总是远离现实。现实中刘川乘坐的这辆公共汽车向刘川家的方向越走越近的同时，他家那座家具已经大部分搬空的房子，正在经历一场彻底的洗劫。房子大门被人撬开的确切时间我也说不清楚，洗劫也许在刘川还未走出医院的时候就已经开始。破门而入的一男一女尽情释放着积蓄已久的疯狂，范小康能拿的就拿，单鹃能砸的就砸——镶在墙上的镜子，拆不走的浴缸，没卖掉的家具，没卸下的吊灯……还有范小康本想拿走可惜伸手晚了一步的那台笔记本电脑。

小康重在劫财，单鹃只想泄愤，明明可以拿走卖钱的崭新的电脑，被她砸得七零八落。

刘川对明天生日聚会的精彩策划，对未来生活的美好理想，也随着这台被砸烂的电脑，变得七零八落。

这一回公安局真的重视了。

分局刑警队至少来了两辆警车，对洗劫的现场进行了详细侦查，据说采集到几个模糊不清的鞋印，但未能采获一枚指纹，说明作案者在疯狂砸抢的同时，依然理智地戴上了手套。

但毕竟，这件事在公安内部，已经上升为刑事案件的处理程序，并且获得了一些宝贵的痕迹资料。刑警们在现场侦查的同时，迅速对大望路单鹃母女的住处进行了布控，但此后一连数日，单鹃再也没有回来。

季文竹生日这天，刘川沮丧极了。

因为他已拿不出一件生日礼物，能让季文竹心满意足。第二天中午他来到季文竹家后，才想起他在电话里说好的那张生日贺卡，都忘记买了。

他见到季文竹时她还没起床，她给他开了门后就又钻回了自己的被窝。刘川坐在她的床前半天不知该说什么，还是季文竹笑着用一只脚在被窝里踢他。

“哎，你给我买的生日卡呢？”

刘川愣了：“生日卡……”

“拿来我看看，你都给我写了什么？”

刘川愣了半天才喃喃地说：“我……忘买了。”

季文竹淡淡一笑：“我就知道你忘了。”

刘川说：“我们家昨天晚上让人给撬了，东西都给砸了。我本来给你买了一台电脑，就是你要的那种……”

季文竹半惊不惊地看他：“你们家给人撬了？你不是编故事吧。”

刘川说：“你不信咱们现在就过去看看。”

季文竹这才信了："真的呀，都丢什么了？"

"什么也没丢，值钱的东西都给砸了！"

"砸了！谁跟你们家有仇吧？"

"我知道是谁。"

"谁？"

"就是那个女的。"

"哪个女的？"季文竹的语调马上变得非常不好，"刘川你到底认识多少女的，你能不能跟我说个准数？"

刘川的语调也开始不好，他的心情无比烦躁："就是那个单鹃，我都跟你说过！"

听到"单鹃"二字季文竹并没饶他，这个名字一直让她耿耿于怀："你因为什么得罪她的，你跟这个女的到底什么关系？"

"我跟她……我跟她没什么关系，我跟她什么关系也没有！"

"没有人家为什么把你家砸了？！"

"她现在是个疯子！"

"是你把她逼疯的吧？"

两人你来我往，话语刀枪相见，疑问与解释演变为发泄和争吵，刘川的嗓门最先提高。

"是她把我逼疯的！我这几天都快疯了！你别再问我了好不好！"

刘川也没想到自己居然喊起来了，他刚一喊出来就立即后悔不已，因为他看到季文竹脸色发白，一声不响地起床穿衣，穿衣穿得快而潦草，那动作把屋里的气氛弄得不可收拾。刘川想说句缓和的话，或者道歉的话，但季文竹不看他，不给他开口的机会。刘川只好冲她的背脊喃喃自语：

"我今天来……我今天来……"

"你今天来是给我过生日的吗？"季文竹头也不抬地打断了他，"如果你是来吵架的，那还是改日吧。”

刘川闷了声，半天才低声说：“我今天忘了把那台砸坏的电脑给你带来了，我早就买好了，就等今天送给你当生日礼物的。”

季文竹的气也慢慢消了，嘟囔了一句：“砸坏了你还带来干什么。”

刘川也嘟囔了一句：“我怕你不信。”

季文竹说：“没事，我已经有电脑了。”

刘川惊讶地一愣，心里顿时更加失落：“什么，你已经有电脑了？什么电脑？”

季文竹一笑，站到墙边的小桌旁，说：“看，就这个，比上次咱们看的那种还好呢。”

刘川目光傻傻地落到桌上的一台笔记本电脑上，他知道自己此时的脸孔，理应挂出同样的笑容，但他怎么也无法笑出，他心里甚至委屈窝囊得有几分愤怒。

“这是……这是谁给你的？”

“我们导演给我的。我打字慢，他就给我买了个带手写板的。这个型号是刚出的，差不多要三万元呢。”

刘川不再看那台电脑，他抬头去看季文竹，季文竹肯定意识到了这道目光的含义，于是开口先发制人：

“怎么了，我们导演送我的都不行吗？”

季文竹既然主动挑开这个口子，刘川的反感和疑惑立刻决堤：“他为什么送你这么贵的东西，你为什么收他这么贵的东西，他和你到底什么关系？”

季文竹没想到刘川又喊起来了，重要的是，这次的愤怒与刚才完全不同。季文竹完全明白刘川这回发火是为了什么，她凭着本能的好强，本能地要压住刘川的意念，也跟着喊了起来。

“他是我的导演，我是他的演员，我怎么就不能收他的礼物！”

“他给别的演员也送这么贵的东西吗？谁过生日他都送一个三万块钱的电脑？”

“送电脑又怎么啦，你不是也要送我电脑！”

“我送你电脑是因为我爱你！他为什么，他爱你吗，你爱他吗，啊？”

季文竹被刘川的喊声激怒，被刘川问到痛处激怒，她几乎是恼羞成怒，但又张口结舌，一句话也回答不出。

刘川与季文竹以前也有过多次争吵，但只有这次才是真的，至少刘川是真的动了肝火。因为这次争吵的缘由与以往大不一样，以前争吵大多缘于与刘川有关的其他女人，而这次则缘于与季文竹有关的一个男人。这个半路杀出来的“第三者”，才是这场争吵的本质。

季文竹与那个导演的关系，在我看来，至少在她和刘川这次争吵之前，还远远没到刘川怀疑的那个程度。或者说，即便导演早就有意，季文竹当时也属无心；或者说，季文竹当时即便已经有心，大概也只是一种朦胧的意识，并无刻意的计划和实际的行为。反正依我的看法，她如果完全无心，对这么贵重的礼物理应谢绝，她理应谢绝导演的单独宴请，然后把晚上的幸福时光留给自己真正的爱人。

但季文竹没有。

她没有谢绝这份厚礼，没有谢绝那顿晚餐，没有把生日的良辰美景，留给爱她的男孩，所以，她就被刘川问得张口结舌，问得恼羞成怒，问得只能用暴跳如雷来强行收场，来遮掩自己的理屈词穷。

“你出去！你走！今天我不想见到你！你出去！”

刘川就出去了，像过去他和奶奶斗气时一样，狠狠地把门摔了一下。

十五

和奶奶斗气不一样的是，刘川摔完门不到一个小时，就开始后悔了。

他后悔极了，后悔极了，他和自己疲软的自尊心只斗争了三秒钟就败下阵来，就拿出手机给季文竹打电话认输。

电话那边，铃声只是空响，刘川打了几次，每次直响到断线，季文竹也没接听。

半小时后，刘川乘出租车赶回了酒仙桥季文竹的住处，他奔跑着上楼，上楼敲门，门声空响。他又奔跑着下楼，下楼想冲窗户喊她，但张了嘴却没喊出声来。他怕他的喊声惊扰了邻居，会让季文竹更加生气。于是又上楼再敲，门内依然不应，不知道季文竹是躲在屋里暗自冷笑，还是已经走了。

又打季文竹手机，照旧无人接听。

整整一个下午，刘川一直都在给季文竹的手机发短信，开始只是求她接听电话，说他有话要谈。后来，索性态度诚恳地服软道歉，说自己不该大声冲她嚷嚷，不该在她生日这天让她不快。再后来，他开始给季文竹的手机发去各种甜言蜜语……希望她原谅他、接他的电话，让他陪她度过她的二十二岁生日。刘川还去商店买了一张非常红火热闹的生日卡，他反复琢磨构思之后，在上面写下了自己甜蜜的忧虑："我的小亲亲，让我在你的生日亲你吧，我需要你，你也需要我，我们会相爱到永远吗？"

刘川长这么大，从来没有这么缠绵发嗲过。

写完之后，走出商店，站在街上，又打电话，季文竹还是不接。刘川走了半条街，打开生日卡自己看，看了几遍心里突然没底，思量季文竹是搞艺术的，搞艺术的人也许不喜欢把爱情写得这样直白肉麻。不如写些比较含蓄的哲理警句，说不定反而更能配她。于是刘川返身走了半条街又回到那家卖卡的商店，在那里又挑了一张清雅素淡的贺卡，买下之后搜肠刮肚，却找不出一句清雅素淡的情话。他拿着笔趴在柜台一角想来想去，不诗不韵地排比出这样几句拗口的贺词，也知道这绝对不像他说的话，但想来想去也想不出到底能说什么啦：

——没有竹的高大挺拔，却有竹的婀娜多姿，未经竹的风霜雨雪，却有竹的意气风发——送给文竹。

意犹未尽，他还想再接着排比下去，但，实在没词了。

直到晚上刘川也没能联系上季文竹，他带着生日卡灰心丧气地回到医院，路过护士值班台时突然开窍，走过去和值班的护士说了两句好话，便获准用值班台上的电话拨了季文竹的手机。这个陌生的号码季文竹果然接了，刘川没时间辨清自己应该高兴还是生气，他先是结结巴巴地问她为什么不接电话，其实并无责问之意，但一紧张口气便成了责问。季文竹强硬地答道："我不想接，我还想清静一点呢！"刘川又问："你现在在哪儿啊？"其实他也不想追查季文竹现在在哪儿，他知道今天晚上那个不怀好意的导演请她。

季文竹果然说："我吃饭呢，今天我过生日。"刘川知道季文竹是在故意气他，他知道那个导演就坐在她的对面，正笑着看她。刘川心如刀割，但依然低声下气："你在哪儿吃饭？吃完了我去接你，我送你回家。"

让他惊喜过望的是，季文竹居然答应了："也行吧，我在顺峰呢，就是东三环那个老顺峰……"

晚八点，刘川赶到位于东三环的顺峰酒楼，他明明可以进去找季文竹的，但怕季文竹生气没敢进去。季文竹是让他接她来的，不是邀他共进晚餐的，所以他在门口足足等了一个小时。九点钟左右季文竹才和那个半老的导演酒足饭饱地走了出来，刘川迎上去，他对季文竹旁边那张皱纹横生的面孔痛恨万分，但不得不在祝贺季文竹生日快乐之后，又硬着头皮和那家伙握手。季文竹敷衍地为二人做了介绍："啊，这是我们导演。这是刘川，我的一个朋友。"季文竹连男朋友都不敢承认，而是用了"一个朋友"这样一个暧昧的名称，这个不知被降了多少级的称谓让刘川很不开心，非常别扭，但也只能敢怒不敢言地听着。导演没拿刘川当回事，点头笑笑，然后对季文竹说："我送你吧，我的车就在那儿呢。"季文竹说："不用了不用了，我这个朋友也有车，刘川你的车停哪儿了？"刘川尴尬地不知说什么，幸而导演接下来就与季文竹握手言别了："那好，那不用我送啦？那咱们明天见吧，别忘了明天下午有你的戏。"导演和刘川也握了手，然后向他的汽车走去。他的别克轿车从季文竹和刘川身边开过时，刘川还随着季文竹冲他挥手告别呢。

导演走了，季文竹收回视线，看了刘川一眼，两人脸上都不自然。季文竹先问："你车呢？"刘川说车坏了。季文竹疑心地问："又是哪个女孩砸的？"刘川说："咱们走吧，到家我再告诉你。"季文竹说："没车你干吗非要来接我。"刘川说："咱们打车吧。今天不是你生日吗，甭管多晚我也想陪陪你。”季文竹这才笑了一下，问：“你不生气啦？”刘川也笑了，开心至极，阴霾顿消地说：“你不生气就行。”

他们站到路边，打了一辆出租车，从东三环到酒仙桥不过几分钟的车程。季文竹路上没有说话，刘川侧目观察，见她情绪并不太高，不知在想什么心事。停车后刘川向司机付钱的时候，季文竹没有等他，径自下车进了楼。刘川没等司机找零钱就下车追上楼去，上了五楼之后他意外地看到季文竹并没进屋，她像木偶一样站在自己门前，眼睛发直，身体僵硬。刘川行至她的身后，他的视线也随着季文竹的视线，微微仰起……楼道里灯光惨淡，昏暗不清，但刘川还是看得明明白白——季文竹的门口，门楣的上方，竟然悬挂着一只破烂的布鞋，破鞋的下面，又是一个血红血红的大字，横七竖八地涂在门上：

“骚！”

刘川对我说过，他后来已经记不清那天晚上他在那个血红的“骚”字下都对季文竹说了什么，都解释了什么，表白了什么。那天晚上留在他记忆中的唯一印象，只有不可抑制的愤怒！

刘川还记得，季文竹楼上的几个邻居恰恰经过这里，他们愕然地驻足，愕然地看看门上的破鞋，又悄悄看看门前呆立的季文竹。刘川记不得自己是怎么从季文竹住的那栋居民楼里跑出来的，他也不记得他是在哪里拦的出租车。出租车把他带到了大望路的街边，他疯了一样向单鹃的住处跑去。在情绪的极度激动中他居然没有跑错地方，他仅凭印象居然一下就找到了那个五方杂居的院落，院里的那间小屋亮着灯光，他用拳头擂鼓般地敲响了房门，打开房门的又是单鹃的母亲，她显然已经透过窗户看到砸门的是谁，于是开门迎接刘川的竟是一把大号的菜刀，她晃着菜刀用比刘川还要疯狂的声音大声叫喊，她的歇斯底里几乎不需要任何酝酿，便在眨眼之间升至顶点。

“你还敢到这儿来！你还敢到这儿来，你这个骗子，你这个骗子！”

刘川不得不节节后退，因为这个女人已经疯得开始挥刀砍人。单鹃这时从屋里冲出来了，她抱住她的妈妈，让她妈妈回去，让她妈妈把刀放下，把刀放下。刘川退到院子当中，冲单鹃大声喊道：

“单鹃，你有本事冲我来呀，你折腾别人算什么本事！”

单鹃没喊，她冲刘川冷笑：“你不是什么都能忍吗，你也有忍不下去的一天？因为你喜欢她了对吗，你不玩同性恋了对吗，你不是同性恋吗，你怎么现在也喜欢女人啦，啊？”

刘川理直气壮：“对，我喜欢她！我告诉你，你要再敢骚扰她别怪我对你不客气，你别把我逼急了！”

单鹃还是冷笑：“我真想知道，她是怎么把你迷成这样的，我真没想到你还能这么喜欢一个女人！”

刘川挑衅般地回嘴道：“对，我就是喜欢她，因为她对我好！因为她对我好！”

单鹃还想冷笑，但眼泪却一下子涌出来了，她突然哆嗦着泣不成声：“那……那我以前，我以前对你不好吗，我对你不好吗……啊？”

单鹃的眼泪让刘川的气势一下子泄了下来，声音也不由放平了几分：“对，你过去对我是不错，所以我后来又去秦水找过你，我想帮你找工作，想帮你上学。可你这些天都在干什么，你该毁的都毁了，该砸的都砸了，你把事都做绝了，所以我现在一点也不欠你的。我告诉你，你以后别去招惹我奶奶，别去招惹我女朋友，你要是再这么没完没了地闹下去，你就等着吧，早晚有一天让你承担法律责任！”

周围的邻居纷纷被他们的叫喊声拉出家门，瞪着眼睛过来围观。单鹃的母亲仍然叫骂着扑向刘川，单鹃夺了母亲的菜刀，一边推她进屋，一边转头对刘川哭道："刘川，你也等着！你，你害我爸，你害我全家……你害得我家破人亡，我跟你就是没完！"

围观的邻居越来越多，各种口音七嘴八舌，刘川不想再跟她们废什么话了，他挤出人墙，离开了这个外地打工者聚居的院落，向这片棚户区的外面，大步走去。

当天晚上，刘川给东照市公安局的景科长打了电话。景科长的反应比刘川预想的和期望的还要积极。他在第二天的晚上乘飞机赶到了北京，到京后立即与刘川见了一面。针对刘川遭单鹃、小康骚扰的情况，东照市公安局其实此前已和北京市局某处通过多次电话，商量对刘川的保护措施。景科长这次亲自进京，还带来一个搜捕小组，试图找到小康的踪迹。因为东照市局早些时候曾对小康下过拘传书的，所以一旦发现即可扣留，并不需要再找证据。而处理单鹃母女就比较麻烦了，景科长对刘川说："只有一个办法简单易行，而且一劳永逸。"刘川抬眼看他，等他面授机宜。但景科长并不急于说出他的锦囊妙计，而是加重口气又点了一句，"可这办法需要你的配合。"刘川问："我怎么配合？"景科长说："如果你能修改你以前的证词，向我们证明单鹃和她母亲早就知道单成功是抢劫金库的逃犯，早就知道她们从海边挖出的东西，是抢劫金库的赃款，那我们就可以立即将她们逮捕，依法追究她们包庇逃犯和侵吞赃款两项罪名，判个十几年那是起码的。你愿意做证吗？"

刘川低着头，想了半天，抬头看了景科长一眼，随即避开视线。他在喉咙里不甚清晰地咕哝了一句："不，那太狠了。"景科长没再接话，只在自己宽阔的胸膛里，重重地叹了一口长气。

两天之后，经东照市公安局与北京朝阳公安分局协商，由朝阳分局出面，依法拘传了单鹃母女，在暂时没有证据确认单鹃与刘家汽车、公寓被砸有关的情况下，分局以没有合法暂住证明为由，决定将单鹃母女遣送回原籍老家。

景科长在北京逗留了一个星期，在把这件事安排妥当之后，才和刘川告辞。他们没有搜寻到小康的踪迹，也没能从单鹃口中审出他的去向。单鹃母女随后被送出了北京，送回东照去了。一切似乎都重新平静下来。刘川憋在心头的那份紧张，那份气闷，在经过了一个星期的平复之后，也慢慢松弛下来了。

但“破鞋事件”无论如何，还是在他和季文竹的关系上，投下了阴影。刘川那几天除了在医院陪护奶奶之外，一有空就想去找季文竹和她做伴。可季文竹总是拍戏，总是不在，她又不让刘川去拍戏现场，她不愿意向文艺圈的那些朋友公开她和刘川的关系。她甚至跟刘川有言在先地提前说好，将来她拍的这两部戏播出之后，一旦她红了，她和刘川的关系就更不能对外说了——偶像型演员都不能过早找对象的，找了也不能随便公开，影迷要是知道他们的偶像都有男朋友了，肯定会特别伤心的，甚至干脆就不追你了。我不为我自己，也得为了我的影迷啊，他们才是我的上帝。刘川说：“那你以后不会连跟我上街都不行了吧，再说剧组里又没你的Fans，干吗连剧组都不让我去？”季文竹说：“你要是真为我好，就应该支持我的事业，你连这点牺牲都不愿付出，那索性就别跟我好了。再说，你们家的公司要真垮了，你还不赶快找份工作好好上班去。再说你奶奶现在还住在医院里，你现在也不应该把精力都放在我身上呀。你年纪还小，整天卿卿我我的有意思吗？男人应该重事业，弄得儿女情长、英雄气短，有意思吗？我最讨厌一点事业心都没有的男人了。”

季文竹的这番话，道理是不错的，但因为有了那个导演，有了导演送名贵电脑这种事情，所以刘川的下意识中，就总怀疑这都是借口。但这怀疑是不能说的，说了季文竹也不会承认，而且还会冲他发火。刘川能感觉到他和季文竹的关系这一阵已经岌岌可危，但他不想再节外生枝地刺激对方，把事情进一步搞僵。

关于刘川与季文竹的关系，在我这个旁观者的眼里，多少有些愤愤不平。以刘川的外形条件，找季文竹这样的女孩，完全算不上高攀。刘川对季文竹如此痴迷，如此迁就，如此低声下气，只能说明他走火入魔，头脑发昏。也许恋爱本身就是走火入魔，就是头脑发昏。在旁人眼里明明并不合适的对象，当事者却为之神魂颠倒，死去活来。爱情就像一个巨大的磁场，一旦被吸入其间，就会随着它的导向运动，再理智的人也会不由自主，再精明的人也会荒废智商。

也许那时刘川并不明白，他如果决定与一个明星相爱，就等于选择了一种自虐的生活。季文竹不红则已，一旦红了，难保她不会另择高枝。文艺圈是个名利场，外观华丽光鲜，其乐融融，内则争名夺利，不进则退，不争则亡。但我又想，既然恋爱就是走火入魔，那么刘川即便看清了这些游戏规则，也很难理性地选择抽身解脱，看清这些只能让他更加疑神疑鬼，让他更加生嫉生恨。

为了让季文竹高兴，刘川那一阵子确实也在考虑找个工作，为此他还专门去老钟家找了老钟，希望能重新回到天河监狱上班。只要他奶奶的腿能够下床走路，能够生活自理，他就完全可以排班参加去外地的长途遣送任务。老钟当然表示欢迎，但又表示须向监狱领导请示报告。刘川已经正式退役，正式脱离了警察队伍，如要再回天河监狱工作，恐怕还要办理一系列手续，还要报市监狱局审批。即便回来，是不是还回遣送科也不一定了。老钟说：“连我都离开遣送科了，我和冯瑞龙现在都调到一监区去了。不行你回来就到一监区工作吧。”刘川说：“也行。”

回监狱工作的事刘川也只是找老钟探探口气，打打招呼，并不是火烧眉毛的事情。奶奶身边一时还离不开人，就是现在监狱领导批准他回去，他也暂时上不了班呢。

那些天他白天在医院陪奶奶，晚上就回小珂家那个单元住宿。虽然单鹃母女已不在北京，但刘川家的公寓被砸得七零八落，刘川没精力收拾，也就没法再住那边。而且这边小珂妈妈每天晚上都做几样可口的饭菜，让小珂用保温盒盛着送给他吃。他吃的时候小珂就用等碗的工夫帮他洗衣服、熨衣服、收拾屋子，开始刘川把着衣服死活不让小珂洗，争来争去慢慢也就让洗了。开始还说许多感激不尽的话，说来说去慢慢也就不说了。看着小珂每天过来干这干那，刘川渐渐变得心安理得，心想大概小珂这种女孩家教好，和她爸妈一样，本性就是这么勤劳本分。上次庞建东过生日，他们一帮同学都在客厅海阔天空，只有小珂一人在厨房干活。

小珂也极力怂恿刘川早点回天河监狱上班。她告诉刘川，他为东照市公安局当卧底的故事在天河监狱的干警中传得很神，大伙听说他要回来上班都挺高兴，都等着你上班以后听你好好吹吹。刘川说："庞建东也高兴吗？"小珂说："这我没问。不过男子汉大丈夫，不至于这么记仇吧。"刘川说："我告诉你吧，男的比女的心眼儿还小呢。"小珂说："那是你。庞建东可比你线条粗。"刘川说："女的一般喜欢在鸡毛蒜皮的小事上斤斤计较，但在大事上，一般都能原谅人，再大的事，时过境迁也就宽容了，也就没有报复心了。男人就不，男人小事一般不纠缠，但男人和男人要是结了仇，一辈子不说话都不新鲜，男人的心都狠着呢。"小珂说："那单鹃呢，单鹃不是女人吗，怎么也这么记仇呢？报复起人来也够狠。"刘川噎了半天，半天才低声叨咕了一句："那女的就不是个女的了。"

小珂本来还想问，那季文竹是女的吗，她宽容吗，心眼儿大吗，肯原谅人吗？如果你们俩有矛盾，她是斤斤计较呢，还是能容忍则容忍？

但小珂没问。

季文竹那些天一直在找房子，她在酒仙桥那所房子的租期快满了，满了之后，就准备搬出去，换个地方住。

她不能不搬，自从“破鞋事件”之后，她每次回家，总感觉邻居们的目光不同以往。那些迎面而来的暧昧笑意，那些背后传出的窃窃私语，一次一次地，不断把那只破鞋印上她的脑门，让她一见到这幢半红不红的砖楼，就情绪败坏，精神压抑。

她把找房的事跟导演聊过，当然没说缘由。导演很帮忙，专门派手下的一个剧务替她跑了好几家租房中介，最后挑中了和平里一个机关大院里的一所平房。那平房的主人是个白领，家里装修很有品位，因为急着出国定居，所以租金要得比较便宜。季文竹看过房子之后当即决定，不再等到酒仙桥的房子到期，现在就搬到和平里去。

搬家之前她给刘川打了电话，说了自己搬家的具体时间，上次乔迁就是刘川帮忙，否则清理、打包三天也收拾不完。这回刘川提前一天就过来了，帮助季文竹整理东西。和几个月前季文竹搬过来相比，她的东西又多了至少三成，第二天装了整整一车，还剩下不少没装上去。

刘川跟着满载的货车先走了，季文竹留下来收拾残局。半小时后，门声响动，她以为刘川跟着空车回来了，走出卧室刚说了一句“这么快”，随即惊诧地愣住。她看到走进屋子的不是刘川，而是一男一女两个生人，他们冷酷的眼神让季文竹一下猜出了他们的身份，但她还是下意识地颤声发问：

“你……你们找谁？”

她的话音未落，男的已经砰的一声把大门反锁。季文竹刚想叫喊，面部就被那个女的猛击了一巴掌。那一巴掌打得她摔在地上，她的尖叫在摔倒的同时冲口而出。

“啊！”

男的上来掐住她的脖子，让她恐惧得再也不敢出声。女的用一把手动的剃头推子，从她的脑门正中，贴着头皮狠狠地推了下去。季文竹凄惨地哭了起来，她的全部神经都集中在她秀美如丝的头发上，她感觉到他们在她的头上肆无忌惮地又扯又剃，她看到一缕缕、一片片乌黑华丽的青丝散落一地，她嘶哑地发出呓语般的哭号与呻吟，只有她自己才听得明白，那是她从未有过的恐惧与哀鸣。

刘川随空车回到酒仙桥之前，已有热心的邻居帮季文竹打了110报警，刘川随搬家公司的人回到这里的时候，季文竹正被人扶上一辆警车。刘川几乎无法相信这个衣衫破碎，残发飘零，头顶半秃，满脸青肿的怪物，就是清水芙蓉般的季文竹。他从搬家公司的车上跳下来时巡警的车子刚刚开走，刘川惊疑地走上楼去，发现季文竹的屋子大门洞开，几个民警正在勘查现场，一个最先报警的目击者正在接受询问，她提供的情况简单而又片断——逃走的是一个年轻的男人和一个年轻的女人——简单得让现场记录的警察难以满足。不过这简单的只言片语已使刘川洞悉一切，他脸上涌满赤红的热血，额头暴起凸显的青筋，他听到自己剧烈的心跳，除此之外七窍无音。他转身大步跑下楼去，奔向街头，他拦住一辆出租车向大望路的方向直扑过去。他在大望路那个肮脏的大院里没有找到凶手，但房东认出他了，他曾两次来此与她的房客发生争执。房东一见刘川仿佛找到了知音，拉着刘川对单家母女数落一通："上次派出所赶走她们，她们赖上我了，她们走了我这房子当然可以另租别人，可那女孩她妈现在又回来非要让我退她租金不可。她懂不懂啊，房租半年一交，交了不退，全北京都是这个规矩，她懂不懂啊。怪不得你跟她妈也有矛盾呢，上次你来她还动了菜刀，我一看就知道这个女人不是善茬儿。"刘川没有心情与房东共鸣，他从房东口中得到单鹃母女新的住址后转身就走，从他发青的脸上房东大概不难猜到，这回打算先动菜刀的，八成不是那个泼辣的妇女。

单鹃母女新租的房子离这儿不远，就窝藏在这片不城不乡的平房深处，隔了两条细长的街衢和一条污浊的水沟，同样是一个大而无形的院子。刘川深一脚浅一脚地直闯进去，他一进院子就放声大叫："单鹃，你出来！单鹃！你出来！"院子里人不多，住在这里的人白天都出门打工去了，但仍然有不少惊异的目光，从两侧的门窗里投射出来，追随着刘川的背影一路往里……在院子的尽头，他们看到这个年轻人把一个半老徐娘的女人堵在一间小屋的门口，大声质问，声音激动，词句错乱，语焉不详。那个女人也同样激动，同样歇斯底里大叫大喊。他们的声音互相压制，彼此吞并，从屋外吵到屋里，只一瞬，又从屋里吵到屋外。他们看到，那个半老徐娘两手端着一口热气腾腾的铁锅，追着男孩出来，冲男孩的后背泼了一下，能看出泼出来的，是锅里滚烫的稀粥，那半锅粥水带着灼热的烟气，离男孩的脊背只差半寸！那女人端着热锅穷追不舍，未料几步之后，男孩突然转身，先是一把推开上来拉劝的一位邻居，继而冲向那个端锅的女人，双手用力一推，姿势有如太极推手一般，那半锅残余的滚粥立刻飞出锅底，大半蹿上了端锅女人的头、脸，小半溅满了劝架邻居的前襟。

空空的铁锅咣当一声摔落在地，尖锐的惨叫从周围每个听觉健全的耳朵钻出，这闻所未闻的惨叫让每个人都发现了自己内心的脆弱，脆弱得无处可躲。滚烫的粥显然把端锅的女人烫疯了，她全身热气腾腾，脸庞、脖颈，以及裸露的两臂，凡可看见皮肤的地方都露出了鲜肉，红色的鲜肉上星星点点地沾着白色的米粒，让四周的目击者无不头麻肉紧。但不知什么邪劲支撑着她一边尖叫，一边继续扑向男孩，她揪住男孩撕扯了几下后摔倒了，而那位劝架的邻居早就滚在地上凄声呻吟。旁观者这才有人大胆上前，探看他们的伤势。他们同时看到，那个男孩傻了一样，呆了片刻转身向院外跑去，他们本想抓住他但没人敢上。正当他们手足无措想着该给120还是110打电话时，那男孩又跑回来了，他已经打了急救电话，他和另外几个邻居抱着已经昏厥的两个女人跑到路口时，一辆急救车恰恰赶到。跟出来帮忙的邻居们搭手将伤者抬上了车子，然后望着那个男孩随车远去。

事后证实，有七八个目击者目睹了这个事件的某段过程，但由于他们与事件中心所处的距离及角度不尽一致，也由于他们目击的时段前后交错，更由于他们与受害人的关系亲疏有别，所以在警方进行调查的时候，每个人对事件过程的描述也就有所出入。特别是关于那锅粥是怎么从屋里被端到屋外的，又是怎么浇到受害人身上的，说法竟然出现了三个版本。或许是基于同情弱者和远亲不如近邻的思维惯性，一半以上的目击者讲述的情形，明显有利于伤者一方。他们描述的事件过程大多是从单鹃母亲端着一锅热粥走出屋子开始：单鹃母亲走出屋子大概是想到水沟那边倒掉一点多余的米汤——证人是这么估计的——正逢刘川情绪激动地赶来与其争吵，双方争吵过程中刘川先是动手推了一位劝架的邻居，又将那锅滚粥一半扣在了单鹃母亲的脸上，另一半泼在了劝架邻居的前胸。据医生诊断证明两位受害人均被深度烫伤，烫伤面积分别高达百分之四十和百分之十二，特别是单鹃的母亲，送到医院时已陷入昏迷，经过近五个小时的艰苦救治，才得以保住性命。

医生们最初以为，护送伤者过来的刘川，是这个重伤妇女的儿子，所以在伤者推进抢救室后便催促他赶快回家取钱。刘川于是匆匆赶回住处，将家中拍卖家具所剩的十二万元现金全部拿上，然后立即赶回了医院。这一天小珂正巧在家倒班，在巷子里见刘川行色匆匆地出去，便打招呼，问他去哪儿。刘川说去医院，小珂说：“那我陪你去吧，我也想去看看你奶奶呢。”刘川便请小珂到医院替他换小保姆回来休息，他说：“我有事要先去一趟劲松医院，晚一点我再过来换你。”小珂问：“你去劲松医院干吗？”刘川未来得及回答就钻进一辆出租车走了。

刘川赶到劲松医院时伤者还在急救室里，等他把十二万元现金全部交了，医生才特意告知：“你们家里刚刚来过一男一女，那女孩是你的姐姐还是妹妹？”刘川没有回答，他当然知道那一男一女究竟是谁。他转身走出医生的办公室，向急救室的方向走去，刚刚转过一个墙角，不知是意料之外还是意料之中，他迎面撞上快步疾行的小康。

小康只身一人，正往外走，单鹃不在他的身旁。刘川不知所措地迎上去叫了一声“小康”，小康没有应答，而是毫不迟疑地跨前一步，伸出左臂，突然搂住了刘川的肩膀。刘川只觉得肚子上被重重地打了一拳，但声音却异样空洞，没觉得很痛，只是下身有些发凉。他脚下踉跄了一下，本能地伸手想扶住小康，但小康快速地错步闪开，扭身便走。刘川失去支撑，双膝一软，双手扑地，跪在了走廊中央。他用一只手下意识地摸了一下被击打的腹部，摸到的却是一把匕首的短粗木柄，那根木柄支棱在他的衣服外面，衣服已被稠浓的鲜血染红。

刘川爬起来向前走了两步，他想也许单鹃就在前面。他看到了“急诊室”三个红红的大字，那三个大字就像扑面而来的三个狰狞的血点，在他的视网膜中渐渐浸淫，直到充满整个眼眸……

此时此刻，单鹃正大步走进另一所医院，她从安全楼梯跳跃着奔上五楼，走出楼梯毫不减速，朝着病房大步奔走。她看到刘川家的小保姆正提着一壶开水从开水间里出来，便加快步伐追了过去，从背后一把夺过那个灌满开水的暖壶，将小保姆顺势撞倒在地。小保姆惊呆地看着单鹃拔了暖壶的壶塞，快步冲进了前面的病房。当然，那就是刘川奶奶的病房。

刘川的奶奶刚刚服完中药，忽闻走廊上小保姆发出惊悚一呼，她从床上起身想到门边看看究竟，双脚刚刚沾地单鹃就冲了进来。老太太与单鹃曾有一面恶交，一看便知来者不善，也许人老了毕竟见多识广，刘川的奶奶居然临危不乱，而且头脑清楚地看到单鹃扬起了那个开了口的暖壶，看到一股滚烫的开水带着亮闪闪的热气，龙蛇出洞般地迎面飞来，奶奶虽然举步维艰，但生死一瞬的动作却出人意料地敏捷起来，她在开水飞来的刹那，扯过床上的棉被往上一举，提前半秒阻断了水龙的去路。当单鹃随后将暖瓶狠狠砸来的时候，老太太更是力从心起，抓起整床棉被奋力一扑，居然将单鹃连壶带人全部罩在下面。单鹃从被子里挣扎出来为时已晚，小保姆和一个护士冲进来了。小保姆护住奶奶，护士扯住单鹃，单鹃甩开护士夺路就走，恰在门口撞上刚刚赶来的小珂。小珂不愧经历过警校的五年训练，不过两个回合，便将单鹃掀翻在地。在此之前，小珂在警校学的那几套拳脚，还从未受过实战的检验。

连小珂在内，谁都以为，刘川的奶奶经此一吓，病情将会出现逆转，不料当天晚上，奶奶在小珂和保姆的扶持下，却突然出现在劲松医院刘川的病床前。那时刘川已经做完了腹部的缝合手术，腹腔内的匕首已被取出，幸而那匕首不算太长，那一刀从胸腹中央直直插入，与胃脘心脏差之毫厘，未能伤及致命要害，在奶奶一步一挪地走进病房的那个时刻，刘川的神志已完全清醒。

毕竟失血过多，刘川的面孔如白纸一般。奶奶在床前坐下，抓住刘川的右手，她发觉孙子的手只在一夕之间，竟然变得骨瘦如柴。

天河监狱的老钟是第二天来到病房的，他给刘川带来了他老婆熬制的一罐鸡汤，还带来一个令人宽慰的消息：在昨天单鹃被依法拘留之后，今天清晨，小康也在北京至秦水的火车上落网。

三周之后，刘川的伤口完全愈合。

这一天，小保姆过来帮他办理了出院的手续，付清了全部费用。与此同时，北京市朝阳区公安分局的几位刑警也带齐了一应手续，在刘川的病房里，向他宣布了经人民检察院批准的决定。

——刘川涉嫌故意伤害，决定予以逮捕。

星座学流行一个传说：射手弯弓射下了天蝎，天蝎堕落砸死了射手，两个星座冤家路窄，相生相克。

十六

因东照市金库大劫案一千二百万元巨款而反复纠缠的所有恩恩怨怨，在此一刻，终于尘埃落定。

该有的和不该有的，每个人都进入了自己注定的结局。

我最先听到的，是关于单成功的消息。单成功于这一年的夏末，经最高人民法院核准死刑，三日后，在东照被执行了枪决。

其次，是单成功的妻子，在北京的劲松医院里，经过三个月的治疗，终于苟全了性命，被一个从东照农村过来的远房亲戚接走了。那个亲戚一同带走的，还有刘川三个月前为伤者存在医院的治疗费用。两个伤者住院治疗花去将近七万元，伤势较轻的邻居出院时又拿走了一万元，账上还有五万多元的余款。

除了脸上、身上留下多处焦皮烂肉的疤痕之外，这次烫伤给单成功的妻子带来的后遗症，主要表现在精神方面。也许她的心理基础和性格类型已经具备了这种条件，经此刺激当然就更加疯疯癫癫。亲戚接走她时，她的目光呆滞无神，口中胡言乱语，走火入魔一般。

据劲松医院的医生观察，来接她出院的那个人是个很穷的农民，他对能接走这个远亲和这五万元现金似乎感到非常幸运。五万元对于一个穷困地区的农民来说，确实是个机会，否则他可能一辈子都无法攒到这个数目。

关于小康、单鹏和刘川三人各自的案子，也在单鹏母亲出院后不久，连同刘川家住宅、车辆被盗被毁和季文竹被殴打等案，一并审结。

范小康，犯故意杀人罪、故意伤害罪、盗窃罪、毁坏公民财产罪，数罪并罚，合并判处无期徒刑；

单鹏，犯故意伤害罪、盗窃罪、毁坏公民财产罪，数罪并罚，合并执行有期徒刑十二年；

刘川，犯故意伤害罪，判处有期徒刑八年。

范小康、单鹏、刘川三人均不服一审判决，提出上诉，经北京市高级人民法院终审裁定，驳回范小康和单鹏的上诉，维持原判。刘川故意伤害案经二审法院重审，认为刘川犯故意伤害罪证据不足，不能证明其实施伤害行为时具有主观故意，因而罪名不能成立。但刘川年轻力壮，与年长女性受害人发生争执时，应当预料可能出现伤及被害人的后果而没有预料，因此应负过失责任，但刘川失手后能对受害人积极设法救治，减轻恶果，属从轻情节。而且东照市公安局也来人来函，对刘川破案有功的情况向法院做了说明，认为刘川伤害单鹏母亲，与他此前参与破案有一定因果关系。可能考虑到这些因素，二审法院依法改判：刘川犯过失伤害罪，判处有期徒刑五年。

判决生效后，范小康因其他问题待查，暂时留在看守所内关押，单鹏、刘川则先后从朝阳分局移送至北京市监狱局，分别交付北京女子监狱和北京天河监狱，执行所判刑期。

刘川被押到天河监狱时，已经是这一年的深秋。深秋的草木比夏天更加深沉苍郁，深秋的太阳也比夏天更加灿烂金黄。天河监狱的广场中央，那座凤凰涅槃的雕像与金色的太阳和深绿的草坪交相辉映，把获得重生的意义彰显得极为明朗。

刘川终于回来了，他终于回到了他一直想要回来的天河监狱，但此时这里的一切，在他的眼中心头，都已暗淡无光。

他是和关押在朝阳分局看守所的另外五名已判决的罪犯一起押解过来的，在他离开看守所时他还不清楚将在哪座监狱熬过五年的刑期，是囚车行走的路线让他猜到了他们的去向。他的心情在刹那更加败坏起来，那种绝望无异于将他押赴刑场。

在押解途中和他铐在一起的，是个头大颈粗，外表强壮的家伙，这个名叫孙鹏的汉子是个酒楼的厨工，因打架致人重残，判了十年有期徒刑。这家伙和刘川在看守所关在同号牢房，因为看见刘川初进看守所时曾经哭过，所以对刘川始终持以蔑视的眼光，平时与刘川说话，多是讥讽、教训，现在和刘川铐在一起，动作和姿势也总是由他主导，对同铐的刘川从无一点关照。刘川上车前手腕就因他乱动胳膊而被铐子磨破，以致稍稍一动就疼得钻心。

也许这时的刘川对任何疼痛都已浑然不觉，也许他这时的每一根神经都已接近麻木，也许从看守所一踏上这辆囚车，那种熟悉的感觉就让他立刻痛到了顶点——一年前的一个晚上，刘川就是乘坐一辆同样的车子，押解着一个名叫单成功的犯人，朝着同样的方向，开始了一段无妄的旅程。他那时不可能预知，这段旅程犹如哥伦布的航海一样，绕了漫长的一圈之后，还将回到原来出发的地方。

但这又是一个新的起点，从这个起点开始，整个望不到头的人生都已注定。注定没有光亮，无法大口呼吸，胸口上的心跳，永远永远，将与此刻同样，压抑空茫。

刘川窝着身子，坐在囚车的后面，透过车厢内的铁栏向前凝望，前面的位置，本是属于他的；前面两位民警眉宇间的严肃，彼此交谈时嘴角上的轻松，本来都是属于他的。

囚车沿着东四环路向南开去，绕过半个北京的边缘。四环沿线的开阔，反而让刘川的内心缩成一团。和天河监狱遣送大队的专职押解民警不同，分局的押送看上去比较宽松，对犯人往窗外观看景色不大干预，这使他得以把过去每天上班常走的路线，一一重温。沿途景物依旧，车上物是人非，这辆熟悉的囚车窒息了他的痛觉，而窗外熟悉的景物，又让心中那个以为找不到痛点的伤口，发出难忍的呻吟。

痛觉的回归让刘川干涸的两眼再度湿润，让那些早已忘却的人间热望余烬复燃，让他想到了奶奶，只有奶奶还能无条件地爱他；让他想到了季文竹，季文竹还爱他吗？想到季文竹他感觉自己正在一个深谷中坠落，身体急速下沉，却始终无法到底。

刘川被捕之后，在他所有的熟人当中，只有景科长和市局某处的一位民警一起到看守所来看望过他，从他们嘴里刘川知道，景科长已经在北京待了一个星期，为他的事在法院、检察院等有关部门积极奔走，争取从轻处理。景科长他们还给刘川带来一些水果，因为他们也是警察，所以看守所的人就让刘川收了。刘川想托景科长看看他奶奶和季文竹去，景科长也答应了。在他离开北京前最后一次来看刘川时，对刘川说了说他奶奶的情况，但没有季文竹的消息。

在看守所候审的二个月中，刘川和自己的辩护律师见面最多。那时候他天天盼着律师过来看他，不仅是为了自己的案子，更重要的，也是想从律师的口中，听到关于奶奶和季文竹的消息。他没钱请律师，律师是法院依法为他指定的，是北京法律援助中心派来为他义务辩护的。虽是义务，律师却并未选择免费辩护最常见的态度，老生常谈地在法庭上说说刘川年轻气盛，说说单鹏害人在先，然后请法庭量刑时予以从轻，而是出人意料地选择了无罪的立场。他通过对现场情况的仔细分析，认为刘川的行为不是故意伤害，而是正当防卫。但检察官似乎进行了更加详细的实地勘查，认为如果真是受害人首先攻击刘川的话，从现场的地形条件和双方身体条件的对比看，刘川完全可以选择逃避，然后通过法律渠道解决问题。刘川当过司法警察，不会不懂法律。现场的大部分证人也都证明刘川不但没有逃避，反而主动转身攻击了受害人，用热粥将受害人烫成重伤，而且还故意伤及一位无辜的邻居。审判的进程和结果说明，律师的想法固然不错，可惜办法并不实用。他在法庭上的武器，主要是空洞的情节推论和法理分析，但任何雄辩的推理和分析在公诉人抛出的一个又一个现场证据和证人、证言面前，都显得苍白无力。

但对于刘川这三个月在看守所的生活来说，律师仍然是一个最有价值的人物，因为这时已经没有任何人可以帮他，只有律师能够进入那个闭塞的囹圄，为他出谋划策，向他表达安慰，给他带来奶奶的情况，带来季文竹的零星信息。

奶奶已经出院了。出院不是因为康复，而是因为没钱。她出院后就住在小珂家那套单元房里，刘川已为那套房子付了一年的房租。奶奶辞退了小保姆，她的那点退休金已经请不起保姆。听到奶奶住在小珂那边刘川心里踏实多了，他想奶奶万一有个三长两短，小珂或者小珂的妈妈肯定不会见死不救。

尽管刘川坚决反对将他被抓的消息告诉奶奶，但律师还是到奶奶那里去了一次，好在小珂没让他们见面。从刘川一出事公安机关就遵从医生的意见，没有通知刘川的奶奶，奶奶只知道刘川又到外地找工作去了，从小珂嘴里她知道，外地能赚大钱，上次刘川到秦水一去数月，就没提前吱一声。既然已有前车之鉴，再出后辙奶奶也就见怪不怪了，要怪只怪自己以前对孩子管得太死，弄得孩子现在做什么事都不跟她说。

律师受刘川恳托，也设法联系过季文竹。季文竹伤好出院后就又接了一部戏，这一阵一直不在北京。律师和她通过电话，在电话里把刘川的情况告诉她了。季文竹托律师转告刘川，她遭受单鹏、小康的伤害虽然祸起刘川，但她并不怨他，也对他盛怒之下跑去报复单鹏母亲的粗莽行为，并不赞成。她说她和刘川好了半年多了，一直以为他的个性比较内向胆小，算不上一个血性男人，现在才知道他原来这么冲动，冲动之下能干出这种傻事。他怎么不去找公安局依法处理呢，这事不找公安局处理行吗？

律师只好在电话里点头：“对，对，没错。”

不过律师又说，“可能他太在乎你了，一下没控制好自己。他毕竟还太年轻嘛。”

季文竹说：“他也不年轻啦，我比他还小一岁呢，连我都知道做什么事都不能凭感情，都得前后左右算计好了再决定。感情这东西看着好，可真要一头扎进去最害人！”

律师只好在电话里接着点头：“对对，人和人不一样，刘川在这方面还不大成熟。”

不过季文竹表示她还是挺想刘川的：“我们剧组今天下午要去庙里拍戏，我会替他拜拜佛的，希望他能没事，早点出来。”

律师经过自己的一番加工改造，在会见时把季文竹的话向刘川做了转达：“她说很想你，没想到你会这么冲动，她说她会到庙里为你去拜佛，保佑你没事早点出来。”

律师看到，刘川低着头，眼泪噼里啪啦地往下掉。律师心想：季文竹说对了，这小子真不像个血性男人。

囚车一出京开高速就放慢速度，刘川知道，他们即将到达旅途的终点。

或者，也是起点。

这条路一点没变。路边的建筑、树木、行走的人，依然如故。改头换面的，仅他一人。

囚车停在了天河监狱的铁门前面，押车的分局民警跳下车子，与守卫的武警按章交涉。少时，电动铁门徐徐打开，囚车缓缓驶入，在大门和监区的隔离地带稍作停留，接受电子摄像头从四面八方，包括对囚车底盘进行的监视搜索，确信正常后，第二道电动的铁网大门，才隆隆打开。

进入这道铁网大门之后，就进入监区了。从这里开始，刘川看到的每一位身穿制服的干警，都是自己昔日的熟人。他们彼此相见，本应关心问候，热情寒暄，互致别来无恙，谈笑彼此燕瘦环肥……此情此景，疑是昨日，其实早如隔世，已经一去不复返。

囚车开进监区顺行右转，沿着广场边缘的马路平稳绕行，广场中央凤凰涅槃的塑像，在阳光的反衬下只是一个灰暗的剪影。车上的目光都被那只巨大的凤凰吸引过去了，这些初来乍到的犯人与刘川不同，也许没人知道这只大鸟对他们来说，究竟意味着什么。

囚车最后一次停下来了，刘川明白，该是到站下车的时候了。果然，押车的民警很快发出口令，犯人们随即抱着自己的行李走下汽车。民警就在这幢停车的楼前，与天监的干部交验一应文书。那些文书并不复杂，除了起诉书的副本之外，还有判决书、执行通知书、结案登记表等，还要交验每个犯人被暂扣的私人物品。交验完成后，分局民警逐一打开了他们的手铐，交给了负责接收的监狱民警。接收他们的几位监狱民警刘川都熟，为首的一个刘川差点脱口叫出名字，他就是当初和刘川一起执行“睡眠”行动的冯瑞龙。

犯人们被带进楼内，一字排开，各自的行李放在各自的脚下，冯瑞龙站在队前点名。他声音平淡地挨个叫着犯人的名字，叫谁谁喊“到”——段文奇、李玉章、刘晓柱、孙鹏、刘川……叫到刘川时冯瑞龙抬头看了刘川一眼，刘川也看了他一眼。刘川也知道自己的目光与管教如此对视，在这个地方就是成心犯刺儿。但也许曾是熟人的缘故，冯瑞龙没有开口训责。

然后，他们被带往楼内一条笔直的通道，在一个房间门口被命令止步，同时被命令脱掉衣服，只穿一条短裤，发了一支体温表让大家轮流夹在腋下，测量体温。楼里尚未烧起暖器，刘川冻了一身鸡皮疙瘩。他看见身边的孙鹏把脱掉的上衣又披在了肩上，便也学着做了，其他人也全都纷纷披了上衣。冯瑞龙从屋里走出来了，板着脸看他们，没管。

已经试完表的人被逐一叫进屋子，叫到第三个时叫到了刘川。刘川进屋后径直走到一张桌前，入监体检的全套程序他全都清楚，完全不用民警预先指点。先测身高，又测体重，然后坐到一位医生面前。对面的女医生他也挺面熟的，但叫不出名字，他在天河监狱真正上班的时间毕竟太短。

女医生也认识他，但还是按程序逐项发问："姓名？"

"刘川。"

"年龄？"

"二十三岁。"

"身高、体重？"

"一米八二,六十五公斤。"

刘川最重的时候，达到过七十五公斤。但在看守所一关三个月，人一下子瘦下来了。医生快速地给他量了血压，问了体温，然后把这些数字快速记在体检表上，然后，快速地说了一声："行了。"

又一个犯人被带进来了，刘川立即离座走进隔壁房间，在那里接受一位男医生的继续检查。刘川记得那位男医生姓薛，但叫不全名字。他一走进这间房子男医生就让刘川自己把身上仅剩的一条短裤脱掉，然后一丝不挂地挺直站好，两手向前伸直，手心、手背翻来覆去地检查了一下；又让他张开嘴巴，看看口腔及牙齿，然后让他放下手臂，自己抬起生殖器让医生查看有无性病；又让他转身自己扒开臀部让医生检查肛门；又做了两个下蹲起立的动作；又弯下腰来检查双手可否触地；又让他躺在一张小床上用手摸肚子，翻眼皮，口中同时不停地讯问：“得过什么传染病吗，得过肝炎、肾病、结核、性病、麻疹、低血糖吗……”刘川机械地一一回答“没有”；又检查皮肤，又问：“身上有脓疮吗，有疤痕吗？有刺青吗？腹泻吗……”

检查完身体，出门穿上衣服。犯人们重新列队，在通道里抱起自己的行李，走出楼门，穿过广场，向另一座楼房走去。刘川知道，他们要去的那座楼房，是天监的一监区，天监的入监教育分监区，就设在一监区里。

连刘川在内，六个犯人成一路纵队，在一名民警押解下，向一监区那边走去。监狱大院的每一条道路，对刘川来说，都是那么熟悉，虽然他和其他犯人一样，全都低着脑袋，只看自己的脚尖走路，但这里的每个路口，每个岔道，他的心里全都了然有数。在一个拐弯的三岔路口，押解民警在队伍后面喊了一声：“停下，靠边！”大家便一齐止步，停了下来。

六个犯人，全低着头，靠马路的一边站着，刘川知道，一定是有管教干警过来了。北京市监狱管理局颁发的《罪犯改造行为规范》中规定：犯人在与管教人员同方向行进或迎面相遇时，应停步靠边让路，在管教人员行过五米后，再继续行进。在停步的片刻，刘川眼睛的余光不知怎么那么管用，他没有抬头但已经知道，迎面而来的两位管教人员，一位是监狱的狱长助理，另一位就是一监区的民警庞建东。

庞建东显然也看见刘川了，他因此而放慢了脚步。也许是刘川的样子完全变了，脸颊瘦得厉害，头发乱而无型，完全想象不出他就是当初庞建东在慈宁公墓看到的那个被众人簇拥着的刘川，完全想象不出他就是当初邀请庞建东去万和城吃饭、跳舞时那个英俊倜傥的刘川。庞建东从刘川身边慢慢走过，直到完全确认，这个脸色发黄，身体消瘦，抱着铺盖，在路边低头默立的犯人，就是刘川时，庞建东才仓促地回应了押解民警的寒暄：

“吃饭了吗？”

“还没呢。”

庞建东一步三回头地跟在狱长助理身后走了。犯人们这才迈开脚步，继续向前走去。

他们走进了一监区的罪犯出入口，正式的入监程序从这里才刚刚开始。

第一道程序，是净身。

虽然在刚刚进行的身体检查中，犯人们也被命令脱光了衣服，但那是体检。现在脱光衣服，才是真正的净身检查。在监区通道端头的活动区里，六名新到的犯人排成一列，冲墙蹲下，然后被一个个轮番叫起，命令脱掉衣服，打开行李，大至被褥，小至内裤，全被民警一一抖开检查捏摸。对现金、首饰、手机、手表等必须由狱方统一保管的物品，都填写了罪犯物品暂扣清单，经本人签字确认后收走。刘川是在医院被捕的，被捕时身上的衣服口袋里，只有几百块钱。在看守所的几个月中，由于允许给他送生活用品的亲属只有奶奶一人，而奶奶又没法到看守所来，所以他在看守所用的被褥等生活用品，都是用这些钱买的，几百块钱基本花完。在跟随刘川的档案一起送来的那个透明的小塑料袋里，除了刘川的手机和手表外，只有五元四角现金，这五元四角现金也正正规规地给刘川开了一张收据。

净身检查至此结束，刘川在填写了一张被服卡后，得到了一身蓝色囚服和一个塑料脸盆，他在看守所买的那床被褥，都打包由民警一并收走。

换好衣服以后的第二道程序，是剃头。没有轮到的犯人仍然双手抱头蹲在地上。刘川是第一个被叫过去的，也是找个墙角蹲着，不围任何盖布，只是往前探着脖子。给他剃头的是个老犯人，蹲在刘川的对面，用一把很旧的电推子从刘川脑门儿的正面，直直地推了下去。那推子很钝，总卡刘川的头发，与其说剃，不如说拔，痛得刘川龇牙咧嘴，肌肉紧绷，后背上的汗把内衣都浸透了。

推到一半推子终于彻底不响了，老犯人向管教人员做了报告，管教人员拿着推子检查了半天，看来确实不能用了。一个管教人员到其他监区借推子去了，刘川就探着阴阳头一直在墙角蹲着，蹲得两腿酸得真想坐下，但又不敢。半小时后推子借来了，好歹把刘川头上剩下的那一半头发推掉了。这次疼痛难忍的经历几乎让刘川患上了剃头恐惧症，以后很久只要一看到黑色的电推子就紧张得脖子抽筋，后背发麻，起一身鸡皮疙瘩。

接下来的程序，是提讯。

其实，净身、搜查、登记物品、剃头、提讯，这几个程序都是同时进行的。刘川剃头的时候，蹲在墙边等推子的犯人就在轮流接受提讯，刘川被提讯的时候，他们就去剃头。他们比刘川幸运多了，他们用上了新的推子，躲过了那场“推子苦刑”。

提讯的内容很简单，主要是核对档案上记载的内容，姓名、年龄、罪名、刑期、捕前住址、户口所在地、主要家庭成员及联系方法，等等，既是验明正身，又是完备资料。

提讯之后，刘川的入监手续就全部结束了。然后就是分班。入监教育分监区一共有十二个班，他们六个人和那天从其他分局送来的六十三个新到的犯人分成了四个班。刘川和孙鹏很不巧地分在了一个班里。若是以往，和一个不友善的人、一个自己万分讨厌的人分到一起，一定会使刘川非常郁闷，可现在，刘川似乎对什么都无所谓了。既然已经跌入命运的谷底，一切喜怒哀乐全都不复存在。

刘川以故意伤害的罪嫌被抓，以过失伤害的罪名被判，在天河监狱引起过好一阵议论。刘川虽说在天河监狱只上过不到三个月班，但天河监狱很多干警对刘川印象都还不错。天河监狱是全监狱局统一接收犯人和对新犯人（男犯）进行入监教育的监狱，所以，无论刘川今后在哪儿服刑，他肯定都要经过天河监狱。

那一天从朝阳、丰台和房山三个分县局送来的犯人共有六十九个人，从第二天开始一起进入正规的入监教育。第一堂课就在入监教育分监区通道端头的犯人活动区进行，由分监区区长杜剑亲自授课。刘川对杜剑并不熟悉，他在遣送科上班的那几个月里，杜剑一直有病在家休息，等他病好上班的时候，刘川已经辞职走了。

杜剑主讲的第一堂课，主要是对入监教育进行动员，动员的内容刘川全都知道，那些套话早就耳熟能详。他早知道入监教育的任务其实就是杜剑一上来开宗明义的四句话：明身份、习规范、学养成、吐余罪。除此就是介绍罪犯一天的作息安排和监管组织及犯群组织——监狱下设若干监区，监区下设若干分监区，分监区下设若干班，每个班都有责任民警。犯人中每班设班长，还要成立两个至三个互监小组，互相监督改造，发现违规违纪现象，如不举报，小组成员要负连带责任。互监小组的组长对班长负责，班长又对其所在的互监小组组长负责。班长、组长之外，分监区还设杂务，负责值班、打饭、办理分监区干警交办的事务，还设卫生员、生产小组长等职务。入监教育分监区不设生产小组长，班长和杂务也都由其他分监区抽来的老犯人担任，服刑人员不仅要服从管教人员的管教，还要服从这些班长、组长及杂务合理合规的管理。监狱的这些组织和规矩，刘川都已了解，杜剑动员了两个小时，他就坐在犯人当中眼睛发直，顾自胡思乱想，对杜剑的讲话似听未听，充耳不闻。

他在想，他一直在想，他不能控制、不能停止地不断在想，他怎么能熬过这漫长的五年刑期，五年之后，他又该怎么熬过漫长的污点人生？这样的一生，还有什么快乐，还有什么前程？

过去别人都夸他脾气好，能忍耐，他知道那都是假好，他的心其实很高傲、很脆弱，他其实一点委屈都受不了。从进分局看守所的那一天起，他就在反复权衡速死与慢活谁更痛苦，好死与赖活谁更值得，权衡了整整三个月，最后还是一天一天不死不活地过来了。他以为他的自尊心早就彻底瓦解，早就一丝不剩，他以为自己早就成了一具不知冷暖、没有灵魂、心如死灰的行尸走肉，可昨天庞建东在路边轻蔑的一瞥，还是让他痛彻心扉。

五年之后，他的亲人、他的朋友、他爱的女孩，有谁还在？有谁还能尊重他、挂念他、疼爱他？五年之后奶奶还在人世吗，季文竹还在等他吗？也许五年之后他走出这片高墙电网，他在这个世界上已经举目无亲。

新入监的头几天是最难熬的，白天的课程安排得非常满，只有夜间才能获得思想的空间。但监狱的夜晚与看守所大不相同，监舍里一夜不能关灯，睡觉也不允许用被子蒙头。唯一能让他打开思想的办法，只有闭上自己的眼睛。他常常哭，但即便是在深更半夜，也只能流泪，不能出声。为了压抑悲恸，他常常憋得胸胀肋疼，他的绝望无处倾诉，无人倾听。

早上六点三十分，夜间值班的杂务就开始挨个敲打各班的牢门，那敲门声响得非常突然，震动人心，让刘川的心情从早起第一个时刻，就如入深渊。犯人们乱哄哄地起床穿衣，每一张面孔全都睡眼惺忪，丑态毕露。他们的样子让刘川一想到自己将长期与之为伍，将长期是他们的一员，就感到无比的烦闷和厌恶。

起床之后，不能马上出屋，犯人们叠好被子，要在小板凳上列队坐好，等着管教开门、洗脸、放茅。分监区有十三个班，一班一个监号，轮流洗漱、放茅，再快也要一个小时。等到监号铁门的电锁响动，班长拉开铁门，犯人们才能鱼贯而出，急急地走向厕所和水房。刘川懒得和他们挤，他每天洗脸都洗得非常马虎，洗了给谁看呢？梳洗打扮是那些对生活充满兴趣的人才乐此不疲的事情，他没有兴趣，所以不需要洗得那么认真。

洗漱完毕，列队点名，点名完毕，分班打饭。刘川的食欲和在看守所相比，更加萎靡不振。他不像孙鹏那种人，在社会上打打杀杀，进来后吃睡如常。从纯粹的生存意义上说，他也许不如孙鹏幸福，因为他做不到他那种近于牲口的状态，只要肚子不要脸皮。

早上吃的是稀粥和咸菜、馒头，刘川只用自己的饭碗接了一碗粥，没拿咸菜和馒头。他没有任何胃口，也不在乎体虚气弱，更不在乎自己已经瘦得脱形。

早饭过后，每天的课程周而复始。上午上课，下午训练，安排得少有空闲。入监教育的课程有：认罪服法教育、服刑意识教育、遵规守纪教育、罪犯权利与义务教育、时事政治教育，等等，那些大道理让刘川听得厌烦，没有一点兴趣，是每天煎熬的一种。他宁愿分班回号，排队坐在小板凳上，自己默诵《罪犯改造行为规范》。《罪犯改造行为规范》六章五十八条，也是入监教育的主要内容之一，要求熟记牢记，要求倒背如流。刘川在遣送科当民警的时候，已经背过，因而可以利用默诵时间自己发呆。

下午训练比上午上课要好过一些，进行队列训练时还可以出去，还可以看到太阳和蓝天。太阳和蓝天最容易让他想到季文竹，想到她甜蜜的笑容和修长的双眼。队列训练是他在公安大学经历过的课程，公大的训练以步伐为主，而在这里，齐步、跑步、踏步和正步这四种基本步伐之外，更多是训练三种转法和立正、稍息、蹲下、起立、列队报数之类的科目。

还有，学唱队列歌曲《喊起一二一》，这首歌是司法部推广的狱内队列歌曲，必须学的。

喊起一二一，不要把头低，迈开新生第一步，重走人生路。喊起一二一，不要再犹豫，努力改造重新做人走向光明，春去冬来我们脱胎换骨，亲人的期盼牢记心头。喊起一二一，不要再犹豫，一、二、三、四！

这首歌刘川以前多次听犯人唱过，当时不觉得什么，现在自己唱来，别有一番滋味。带队训练的队长还老嫌大伙声音不够洪亮，犯人们投其所好，就喊着唱，唱得声嘶力竭，队长才算满意。以致一起唱歌刘川就无比烦躁，无比反感，他跟着张嘴，但嘴里没声，这样暗暗抵制一下，心里才勉强好受一些。

入监教育的最初阶段，室外的队列训练并不太多，主要进行室内训练。每天练习提放板凳，要求动作迅捷，整齐划一，还有就是物品摆放，也要有规有矩。训练最多的当然还是叠被子，要把被子叠成一个方方正正见棱见角的被包，也要练一阵呢。好在刘川在公大时参加过半年军训，制作这种被包早就驾轻就熟。

队列也好，叠被子也好，背“六章五十八条”也好，刘川在班里的成绩总是最差。连孙鹏这种混混，连刘晓柱这种农村来的文盲，测验的名次都排在他的前面。包括分监区区长杜剑在内，谁都知道是怎么回事，杜剑也找刘川单独谈过，循循善诱地正面做了工作，但效果并不理想。其他队长无论谁找刘川谈话，刘川都是面无表情，少言寡语，问一句答一句，非常冷淡。刘川是觉得，命已至此，说有何用，就算谁有兴趣倾听，他也没兴趣倾诉。刘川也看得出来，队长们，无论过去脸熟的还是脸生的，都开始烦他了，但都忍着，没有发作。

队长们在一块议论刘川的时候，看法比较一致。说白了，就是刘川以为自己特殊，不清楚现在自己是谁，是民警刘川，还是老板刘川，还是犯人刘川！正因为这小子确实当过民警，过去家里确实有钱有势，现在突然变成阶下之囚，对罪犯的身份就难以适应，所以导致至今摆不正位置，放不下架子，脸上、身上，还是牛逼烘烘！大家共同认为，从刘川的这种表现看，入监教育的学习任务对他来说，可能比其他犯人要更艰巨，而强制他认清自己的罪犯身份，在消除他反改造情绪的过程当中，更是首要任务。

十七

一监区区长钟天水从遣送科调到一监区没多久，就被抽到局里参加狱务公开手册的编写工作，刘川入监二十多天后，他才完成任务回到天河监狱。钟天水回来后也听到了大家对刘川的那些看法，他暂时没做表态，但在私下里，有一次和监狱长邓铁山谈别的事时，谈到了刘川，两个人交换了意见。钟天水认为，虽然从罪名的归类上看，刘川属于暴力型罪犯，但从他犯罪的来龙去脉分析，他的主观恶性并不是很大。他现在的反改造情绪，既有罪犯身份意识没有树立的原因，可能也有其他原因，先观察一段再说，弄清了才能对症下药。邓铁山对钟天水的看法，表示了支持。

钟天水和邓铁山谈完的当天晚上，入监教育分监区的犯人刚刚组织收看完中央电视台的新闻联播，刚从活动区排队回到监舍通道，进入了睡前一小时的自由活动时间，分监区值班的杂务走进监舍，叫刘川到干警办公室里去一趟。

刘川去了，走到通道的端口，在干警办公室的门上敲了两下，喊了声报告，得到允许后推门进入。他看到屋子里坐着一个人，那人就是他入监后一直没有见到过的他的过去的领导钟天水。

他站在门口，虽然规矩却了无精神地叫了一声："钟大。"

钟大坐在办公桌前，正看一份材料，闻声抬头看他，声音和过去一样，依然那么平和。不知刘川能否敏锐察觉，那平和中其实透着一丝不曾有过的严肃。

"刘川，进来，坐吧。"

他叫他刘川，他叫他钟大，如果不仔细揣摩彼此的语气，确实和过去差不多——他是天河监狱遣送科的科长，他是他手下的一名警员，他们彼此之间，一向这样称呼。

刘川待在门口，也许是钟大那个熟悉的声音，熟悉的语气，让他在刹那之间，分不清现实与幻觉，哪个是真。

"进来坐吧。"

钟大又说了一句，指了指办公桌侧面的一条方凳，那是管教人员找犯人谈话时，犯人坐的地方。这个特定的位置立即惊醒了刘川，让他的意识迅速拉回到了现实。

他说："是。"

《罪犯改造行为规范》第五十三条规定："接受管教人员指令后，立即答'是'。"

刘川答了"是"，然后走到凳子前，坐下。

钟大上下打量了一下刘川，他的目光和声音同样平平淡淡。不知刘川能否敏锐感知，那种平淡与以前相比，也是不一样的，它毕竟带着居高临下的审视，带着隐而不扬的锋芒，在刘川的脸上、身上，慢慢移动。不知是刘川瘦了还是囚服过于肥大，那件蓝色上衣穿在他的身上，显得有些空空荡荡。上衣的左上角，挂着新犯人统一佩戴的"二级严管"的白色胸牌，那胸牌以及上面的颜色，是每个犯人分级处遇的明确标志。“二级严管”这几个字样，表示着刘川在这里的身份级别，接近最低。

刘川没有正视对面投来的目光，他低落的视线，源自他低落的情绪，他的表情、坐姿、两手的位置，都能看出他的情绪，此时此刻非常萎靡不振。

钟天水当了那么多年管教干部，管过的犯人不计其数，可还没有一个犯人能像刘川这样，让他的心情不可言说。刘川伤害他人，构成犯罪，固然有他不善冷静，过于冲动的主观责任，但这个伤害事件的由来，可算由来已久，这个客观的过程，钟天水全都清楚。当初让刘川临时换下庞建东执行“睡眠”行动，还是他向监狱长邓铁山提出的建议；后来刘川一度想退出卧底任务，东照市公安局也是请他出面做的工作；后来刘川不愿前往秦水，景科长也是拉他出来，说服动员，还拉他一起到西客站给刘川送行。刘川正是因为参加了这个案子的工作，才认识了单家母女，才与她们结仇，才被她们报复，才失手伤了单鹃的母亲，才失手伤了无辜的邻人。这个客观过程把刘川命运的偶然，勾勒得非常清楚，如果这样来看，刘川实在是太倒霉了，确实非常不幸。

可是，他毕竟在冲动之下失了手，致使两人伤残，所以必须付出代价；他毕竟经法院的两审判决，定了罪名，所以必须在这里服刑五年，必须像其他犯人一样，认罪服判。监狱是依法而设的司法机构，任何人，只要犯了罪，无论过程如何，无论罪名轻重，无论刑期长短，无论在外面的身份高低贵贱，无论在狱内的处遇严管宽管，在《罪犯改造行为规范》的六章五十八条面前，必须人人平等，一体遵从。

况且，作为监狱民警，作为管教人员，对待一个新入监的罪犯，首先要做到的，就是打掉犯人的反改造气焰，让他建立罪犯的身份意识，学会如何以罪犯的身份、洗心革面的心态、标准规范的行为习惯，度过漫长的大墙人生，这是监狱民警的法定职责。但钟天水在感情上，在本性上，又觉得刘川就像自己的孩子，一个偶然做了错事、做了傻事的孩子，一棵生了歪枝的新松，本来就应当和那些烂了根的恶竹区别对待，本来就应当对他多些爱护，多些宽容。钟天水回到监区上班的第一天，听完了各分监区区长对这一段工作的汇报之后，主动过问的第一件事，就是刘川——听说原来从咱们天河监狱辞职出去的那个刘川又回来了，表现怎么样？他这样问他们——而随后听到的反映几乎众口一词："不怎么样，架子放不下来，还以为自己是这儿的民警呢。"不对，另一个人说，他还以为自己是他爸公司的少东呢。入监教育分监区区长杜剑也向钟天水做了更详细的汇报，他们分监区已经针对刘川的表现做了研究，制订了下一步的管教方案，在明身份、习规范、学养成、吐余罪这四句入监教育的方针中，重点是要帮助他明身份。只要摆正了自己的罪犯身份，下面的三句话，才会立竿见影。当然，最后一条吐余罪，他可能倒没什么可吐的。

钟天水听了，没多表态，只说："回头我抽空找他谈次话。然后再说吧。"杜剑沉默了片刻，才点了下头，说："噢。"

于是，就有了这次谈话。

这次谈话进行得也并不顺利，效果并不理想。钟天水给刘川讲了些如何正确对待挫折，如何有效抑制焦躁的方法，希望他好好利用这五年时间，磨炼性格、学习知识，变刑期为学期，全面提高自己的人格品质和知识学养——你可以再选学一门大学课程嘛，他建议说："现在监狱里也有'特殊课堂'，服刑期间也可以考大学，也可以考函授，也可以考博士、硕士学位的。前不久四监区有一个判了二十年的犯人，就在咱们监狱里做了硕士学位的论文答辩，经贸大学的好几位教授专家都来了，都反映答辩水平相当不错，绝不亚于正规研究生学院出来的水平。俗话说'逆境升人'，我相信如果这五年真学下来，等出去的时候你的思想品格、知识水平，还有你的身体，都会比现在强得多。"

钟天水苦口婆心，刘川无动于衷，他又不是没在监狱干过，早知道这些话都是老生常谈，无甚新鲜。其实这些话尽管钟天水对其他犯人也都说过，但此时对刘川再说，心情完全不同，那真是一个父亲的肺腑之言，说得他自己的心里，都一阵阵地激动。

但刘川似乎一句都没听进，当钟天水说得口干舌燥之后，他突然从刘川置若罔闻的样子上发现，自己刚才这一大段忠告，大概全白说了。他的这番肺腑之言大概在刘川耳朵里，变成了一个迂腐老头儿自说自话的唠叨。

钟天水有些理解杜剑的看法了，但他依然没有杜剑的火气，依然想把谈话进行下去，虽然他接下来的口气，已经掩饰不住内心隐隐的焦急和不满。

“刘川，我说了这么半天你听进去没有，你脑子里到底在想什么，啊？刘川！”

刘川被这厉声一问，问得抬起头来，他抬起头发傻地看着钟天水，钟天水皱眉又问一句：

“你到底在想什么？”

刘川语迟片刻，突然疲软地答道：“我想……我什么时候才能回家。我想我奶奶了。”

钟天水愣了半天，耐着性子语重心长：“你想回家？这不是废话吗，你当然想回家了！你在看守所都待了三个月了，怎么还是一脑袋糨糊。你奶奶希望你今天晚上就能回家，可你回得去吗？你奶奶身体非常不好，你是她唯一的亲人，你应该早点回去照顾她和她一起生活，这我都知道！所以你更要赶快好好表现，争取减刑早点出去，我让你好好学点知识，就是为了你能早点回家！考下一门课程是可以加分的你知道不知道，要不然你考不考学位关我什么事啊。罪犯计分考核办法你学了没有？考下一门课程能加多少分你给我说说！”

刘川又把脑袋垂下，闷声不答。

钟天水说：“挣多少分可以得一个监狱表扬，挣多少分可以评一个监狱改造积极分子，再加多少分可以得局嘉奖，多少分可以评局改造积极分子？评了这些奖得了这些称号能减多少刑期，你自己可以算嘛。考核办法都写在那儿了，你以前也不是不知道，你能不能早点出去，主动权完全在你自己手里！”

显然，钟天水的这番话，刘川依然没听进去，他此时的思维，似乎只在自己的情绪中盘桓，等他再次抬起头来的时候，他的目光似乎开始主动地寻求交流。

“钟大，再过两个星期，就允许家属探视了，您能让我女朋友来看看我吗，您能让我见见她吗？”

钟天水的脸色阴沉下来，他的心情……说实话，有些不好。他更加理解为什么杜剑和他手下的那些干警都那么烦刘川了。他们说得没错，这小子确实没有摆正身份，有点砸不烂、泡不开的劲头。

但钟天水还是没发作，只不过把态度放得更加严肃：“刘川，在押罪犯会见亲属的规定你也是知道的，只有罪犯的配偶和直系亲属，才可以会见。女朋友是不可以会见的。我希望，凡是不符合规定的要求，你以后就不要再提了。你过去在监狱工作过，应当比其他犯人更加懂规矩守纪律，违反规定的事，我们不能给你开这个绿灯。”

刘川重新垂下头去，不再多说一句。

这场谈话至此不欢而散。

后来，钟天水从杜剑那里听说，刘川给他女朋友写了一封信，经分监区检查后同意发出。刘川在那封信里只是写了些思念的话，希望她来看他。另外就是告诉她监狱的通信地址，希望她给他写信什么的，倒没有明显不利于改造的言论。刘川当然知道信件都是要接受干警检查的，所以过激的言论也不可能明说。

两天之后，一个下午，钟天水路过操场，看到入监教育中队正在操练队列。他在队列里看到了刘川。他看到刘川的那张脸很瘦很瘦，头上的发楂短短地长出来了，脖子细细的，撑着那颗显得略大的头。他站在操场边上看了很久，多少还是有点心疼他。

晚上加班，在食堂吃晚饭的时候，他对杜剑说："我看，可以考虑同意刘川的女朋友来看他一次。让他女朋友做做工作，说不定对他的改造能有帮助。"

杜剑说："他女朋友是个演员，刘川一出这事，那还不跟他吹了，还能来看他吗？"

钟天水说："应该能吧，现在年轻人的观念不同了，男朋友坐了牢她不一定觉得有伤面子。而且我看刘川跟他女朋友感情很深，那女的应该能来。你们分监区先打个报告，报上去让监狱领导审批一下。"

杜剑点头，可又说："如果领导批了，他女朋友怎么找啊？"

钟天水沉吟了一下，说："小珂见过他女朋友，回头让小珂去找。"

星期天，小珂休息，一吃完早饭，就搭公共汽车往和平里这边来了。

这个地址是她托警校的一个老师打听到的，那老师认识朝阳分局的一个刑警，那刑警认识承办单鹃、范小康伤害季文竹案的另一个刑警，这另一个刑警知道季文竹现在住的地方。

季文竹不在家，房门紧锁。问邻居，邻居把她支到房东的朋友那里，房东的朋友说季文竹拍戏去了，你打她手机。小珂说："打了，关机。"房东说："啊，那就没辙了。"

小珂出来之前，让杜剑找刘川要了季文竹的手机号码。可无论怎么打，那手机一直关着。她给那手机发了两遍短信，也未见只字回音。

新犯入监一个月后，就可以会见亲属了。

那几天刘川脸上的神情、气色明显好了起来，逢有队长叫他，他答“到”的声音也都变得洪亮许多，那几天学习测验的成绩，也成直线上升的势头，这都是因为分监区区长杜剑找他谈了一次话，告诉他，经监狱领导批准，同意他女朋友来监狱看他，并且向他要走了季文竹的手机号码。杜剑希望他能够用心体会监狱领导的苦心，彻底改变消极改造的现状，焕发精神，在会见时让自己的女友见到自己良好的精神面貌。

这次找刘川谈话的时候，杜剑终于在刘川孩子气的脸上，看到了一丝过节般的微笑，终于听到了刘川用兴奋难抑的声调，做出了合乎标准的应答：

“是！”

亲人会见的日子终于来了，此前一连三天，刘川夜不能寐。

他和奶奶、季文竹，已经四个月没有见面。如果说，在他那颗即将枯死的心里，还存有什么念想的话，那就是想见到季文竹和他的奶奶。

可他不能让奶奶过来看他，可以想见，如果奶奶在这种地方，看到他这身打扮，看到他这张瘦脸和这颗光头，说不定她就真的再也站不起来了。

他只能盼着季文竹来，他需要她来，他做梦都想着她能来看他一眼。只要她来看他，哪怕再给他加刑他也情愿。只要她还真心爱他，哪怕再加个三五年，他也心甘情愿!

会见的日子，终于来了。

早上，刘川被捕以后第一次用心地洗了脸，在队长通知他监狱领导已经同意季文竹来监狱看他的当天，他就用自己账上还剩的钱买了一块香皂。他在账上一共还存着五元四角钱，入监时他的牙膏用完了，他花一块八毛钱买了一盒牙膏，现在他又花两块钱买了一块香皂。他用香皂认真地洗了脸，还洗了头发。头发刚刚出楂，洗完之后马上显得清爽好看。

早上点完名，就吃早饭。吃完早饭，没上大课，犯人们都在各自的监号里自学《罪犯改造行为规范》，等着队长待会儿喊名。

九点钟左右，喊名开始了。第一批会见亲属的犯人听到自己的名字后，神色或慽慽或惶惶，抱着大包小包准备交给家人带回去的东西，匆匆走出监舍。第一批人走了以后，监舍显得很静，几乎每个人的心跳都能听清，大家的眼睛虽然还都盯着那本《罪犯改造行为规范》，但谁也没有心情真正默读，连平时对什么都满不在乎的孙鹏，这时都埋头不响，魂不守舍地等着第二轮喊名。

半小时后，第二轮喊名开始了。一位队长站在门外的通道里，一个一个地叫着犯人的名字，被叫到的犯人快步走出监舍，站在各自的门前。第二轮名字喊完了，刘川几乎是屏着呼吸，听到门外的队长对叫到通道里的犯人命令道："排好队，跟着走！"紧接着，一片嗒嗒嗒的脚步声从刘川的监号门前响过，在通道的一头猝然消失，监号和通道重新安静下来。刘川这才确信，第二批参加会见的人，仍然没他。

监号里剩的人不多了，比刚才显得更静，静得让人心慌！刘川能感觉到，自己的双肩、双手，都在发抖。他想控制自己，他想告诉自己，季文竹住得远，起得晚，而且她爱睡懒觉，来也会来得较晚。他心里暗自计算，如果她九点起床，洗完脸，梳完妆，吃点东西再出门的话，乘出租车至少要走四十分钟，如果不堵车的话，十点四十分左右就该到了。当然，也有可能到得更晚。

通道里，始终没人再喊，但突然自远而近，又有杂沓的脚步声传了过来。刘川的神经高度紧张，全神贯注地侧耳倾听，直到有人进了监号，他才知道是第一批会见的犯人结束会见，回来了。回来的人放好亲属送来的东西，重新回到小板凳上坐下，拿着《罪犯改造行为规范》各想心事。刘川呆呆地偷看他们的脸色，每个人的脸色各不相同，不同在哪儿难以说清。

第一批人回来之后，通道里又开始喊名了。从时间上算，显然是最后一批了。第一个喊的，就是孙鹏。孙鹏是个急了眼敢弑父弑母的冷血动物，但对自己的媳妇和不到一岁的女儿，却总在嘴边念叨。尤其对他女儿，更是宝贝得不行。他去年一棍子把一个儿科医生打开了脑袋，就是因为那医生给他刚出生的女儿用错药了。

孙鹏听到喊名，动作夸张地跳了起来，抱了准备让他老婆带回家的被褥、衣服，快步走出监号。他今天早上一吃完饭就让队长把他在看守所用的被褥、衣服都从储物间里取出来了。队长还问刘川今天要不要也把他的行李让女朋友带走来着，刘川摇头说不用了，他不可能把自己那床在看守所睡臭了的被褥让季文竹带走。

队长喊名的声音一路走来，从通道的这头响到那头："孙鹏、段文奇、卢焕青、梁好武、李平、李元德、王志荣……"喊声经过刘川监号的门前时，没有半步停留，就像风一样地过去了。

"……华彦斌、刘伟强、吴剑、李玉章，都出来没有，好，把东西双手抱着，双手抱着，跟我走。"

又是嗒嗒嗒的脚步声，从通道这头响到那头。刘川再也不能控制自己，他从小板凳上跳了起来，跑到监号门口，朝外喊了一声：

"报告！"

号里的犯人都愣了，通道外面，无人应声。

刘川带着绝望的嘶哑，又喊了一声："报告。"

最先反应的，是同号的班长，班长起身问他："干吗你刘川，你喊什么？"

刘川回头，他心里慌得几乎口吃起来："没，没，没叫我。"

班长有些好笑，也有些好气："叫你你就去，没叫你你就好好待着，没叫你就是你们家没来人，你傻呀！”

一个值班的队长闻声走到监号门口，问：“什么事？”

班长马上回答道：“报告齐队长，犯人刘川想问刚才为什么没叫他，好像他家里今天应该有人来看他。”

齐队长问刘川：“你家今天有人来是吧，你先继续学习，我去给你问问。”

齐队长走了。刘川只好退回到小板凳上，手里拿着那本《罪犯改造行为规范》，心绪不知该往哪儿放。

第二批会见的犯人也回来了。中午快开饭的时候，孙鹏也回来了。很奇怪的是他把那一包被褥又抱回来了，也没像其他犯人那样，饭前彼此聊聊家里的情况，而是坐在自己的板凳上，脸色阴沉地一言不发。班长小心地看他，那样子是想问问他怎么又把东西抱回来了，但知道这小子太浑，脸上的神态也正拧着，所以犹豫了一下没问。

刘川和孙鹏一样，也坐在小板凳上一动不动，因为齐队长说去给他问问，所以他还在一根筋地等着齐队长过来叫他，所以也没注意到孙鹏的反常。

开饭的时间到了，刘川听到值班的杂务呼喊一班打饭的声音，但他依然在等，他明明知道齐队长不会再来喊他出去会见了，他明明知道季文竹不会来了，可他还是像抽了筋骨换不了姿势似的，僵直地坐在板凳上等着。

外面叫到六班的时候，班长叫大家拿好饭盒起立站队，刘川的胳膊、腿都不听使唤了，也不知道自己是怎么站起来的，是怎么走到门口站队的。外面在叫他们七班了，大家鱼贯走出监号，成一列纵队走向通道端头。今天吃的是鸡蛋汤和肉龙。鸡蛋汤由杂务负责给大家盛，一人一大勺，肉龙自己拿，吃几个拿几个。刘川木然地打完汤，拿了一个肉龙，站在旁边的齐队长像是刚刚想起来似的，叫住他说：“刘川，刚才我给你问了，今天你家没人来。”

刘川一手端着汤，另一手拿着肉龙，愣在盛肉龙的箱子前，有点傻掉的样子。这时，分监区区长杜剑走过来了，说：“刘川，我跟王队长说了，你女朋友我们找过了，没找到。昨天王队长没告诉你吗？”刘川愣着，没答话。齐队长对杜剑说：“王队长的小孩生急病了，昨天请假没来。”杜剑点头说：“啊，小孩生什么病了？”又见刘川还站着不动，便说，“你回去吃饭吧。”

刘川机械地转身，咣的一下，撞上从他身边路过的孙鹏，他手中的一饭盆鸡蛋汤，一大半洒在孙鹏的前襟上。刘川连对不起都忘了说，他的脑子一片空白，步伐迈得虚虚飘飘，恍惚着继续往监号走去，耳朵里似真似幻，听见齐队长在身后叫他：

“刘川，你洒了人家一身怎么连声对不起都不说？”

刘川站住了，看着齐队长，嘴巴张开了，却没能说出声。

杜剑走了过来，站在刘川和孙鹏之间，严肃地说：“刘川，现在你把《罪犯改造行为规范》第四十九条，全文背出！”

打饭的犯人们全都停止了动作，目光迅速地向刘川集中，刘川把头略略低下，这个动作或许表明，他已被杜剑严肃的口吻威慑并且唤醒，尽管依然魂不守舍，但终可张嘴出声：

“第四十九条，有……有求于人时，用‘请’‘您’等敬辞；有愧于人时，用……用‘对不起’‘请原谅’等歉辞；有助于人时，用‘没什么’‘别客气’等谦辞……得到别人帮助时……用‘谢谢您’‘麻烦您了’等谢辞。”

杜剑说：“对照《罪犯改造行为规范》第四十九条，你做得怎么样？”

刘川把头彻底低下，说：“不够。”

“是不够，还是根本没做？”

“……没做。”

“没做怎么办？”

“……下次改正。”

杜剑见刘川每答一句，都慢了半拍，不情愿似的，不由厉声喝问：“那这次怎么办？”

刘川不知说什么。

“让你说声‘对不起’，说声‘请原谅’，就这么难吗？你比孙鹏、比大家，都特殊吗？你觉得你比大家特殊吗？”

刘川这才抬起头，看了孙鹏一眼，说了一句：“对不起。”接着，又说了一句，“请原谅。”

杜剑转头，看孙鹏，孙鹏脸色青虚虚的，除了两颊新起的几个疙瘩，从额头到下巴，没有一点血色。

“孙鹏，你是不是也想把第四十九条背一遍啊？”

孙鹏瞪着刘川，从牙缝中吐出几个字来：

“没什么！别客气！”

这两句谦辞，被他说得咬牙切齿。

杜剑看着二人，又看看周围默立的犯人们，说：“学《罪犯改造行为规范》，是为了用！回号吧。”

刘川说了声：“是。”

孙鹏也说了声：“是。”说完率先向监号走去。

刘川跟在孙鹏后面，走进监号，刚刚在小板凳上坐下，孙鹏走过来了，一脸狞厉，把手里的鸡蛋汤端至刘川眼前，往里啐了口唾沫，然后倒进了刘川的碗里。

“你大公无私，汤都给我了，我向你学习，也都给你。还多给你一口，够不够意思！”

孙鹏倒完，看看盆里还剩了一点残汤，又啐了一口，然后滴滴答答地在刘川头上倒净。

刘川的头发短，汤水和唾沫存不住，很快顺着脸和脖子流了下来。班长看见了，冲孙鹏惊问：“哎，孙鹏，你干吗呀？！”

孙鹏不理班长，冲刘川恶狠狠地说道：“对不起！请原谅！”

班长看刘川，刘川坐着，低头，没动。

大家都没动。

大家都知道，刘川过去是警察，可孙鹏也不是好惹的，惹急了亲爹都敢打。这时候还没人知道，刚才孙鹏的老婆不是看他来了，而是和他谈离婚来了。

预料的情形很快发生，并没留下太多悬念。刘川在孙鹏转身的刹那快速跃起，速度和冲力让孙鹏重重地撞在床上，床架子立即发出了劈裂的声响，孙鹏的头部也结实地磕在床帮，但他的疯狂马上在一秒钟内反超了刘川。他手脚并用，动作变形，口中嘶喊，面色赤红，头上的青筋鼓鼓跳起，脸上的疙瘩也冒出血光。这场双方都玩了命的殴斗让犯人们纷纷闪开，有好几盆鸡蛋汤被踢得盆飞汤溅，靠墙立着的书架经不住两人扭在一起的大力冲撞，轰然倒下，书架上书籍和杂物成放射状般喷了一地。犯人们谁也没能想到，身高体壮、相貌凶残的孙鹏，竟然在这场你死我活的厮打中渐处下风，渐显颓势，渐露败象。他们渐渐看出来了，刘川虽然身单力薄，但这小子肯定练过，一招一式，都很实用，很占便宜，而且，他们也看得出来，这小子下手也够狠的。

至少有两个队长冲进来了，紧接着，分监区区长杜剑也冲进来了，班长这才冲上去抱住刘川，另两个犯人也拉住孙鹏，这场打斗终被遏止。孙鹏和刘川，两人全都眼肿嘴破，从场面看刘川占优势，从伤势看不分伯仲。

更多的民警从备勤区冲进通道，手执钢铐和电棍赶来增援。刘川和孙鹏全被铐了背铐，一前一后弯着腰被众民警押出监号。他们分别被押在两间管教干部办公室里，半小时后，医生来了，给他们检查了脸上、头上的伤势，上了药。又过了十多分钟，他们被押出了一监区的楼门，穿过操场，押到了禁闭中队，分别关进了不过三平方米大小的禁闭监号。

十八

禁闭队也叫反省队，设在监狱西北角。在天监的犯人中，禁闭队就俗称“西北角”。

刘川刚从公大分到天河监狱工作时，曾经来过“西北角”，那是跟着遣送科的新干警一起来参观的。他那时怎会想到，当时令他非常好奇的这种方格似的蜗室，一年之后竟会成为关押自己的囚牢。

刘川真想死啊。

可在这间禁闭监号，想死也死不了。

这里的四面围墙，都用软塑包着，就算找到上吊的绳子，也找不到挂绳子的地方。这间小屋长不过两米，宽不过一米出头，却很高，活像个深渊般的天井。这样局促的空间，还装了一只抽水马桶。在这个天井的上方，还开了一扇天窗，窗外就是二楼的通道，管教干部和值勤武警可以居高临下，随时随地把这间小屋一览无余，看个底掉！

刘川就是一只井底之蛙。

学历史的时候，书上讲过，北宋灭于金，宋徽宗和宋钦宗被投于深井苦熬余生。昔日君临天下，今日坐井观天。刘川想，那也比他强呢，他观的，只是管教干部的裤裆和武警的鞋底，和他们俯身监视的冰冷目光。

刚关进来的时候，死是唯一的念头，他一天到晚发狠地乱想，一旦走出这座“天井”，将选择怎样的死法。想到死他就必然想到了奶奶和季文竹，泪流满面啊！他哭着和她们告别，告别了好多次啊！

他哭着说奶奶你原谅我吧，我没法再陪着您照顾您给您尽孝啦，没法再熬出去为您养老送终啦！下辈子我还是您的小孙子，下辈子我一定好好听您话。

想起季文竹他的眼泪更是泉水一般地奔流，更是泣不成声了：文竹你还爱我吗，你还想我吗？认识你是我一生最美好的事，可惜我的福气太短啦……文竹，我死了你就再找一个好的吧，找一个真心对你好的人，找一个让你一辈子幸福的人，只要你幸福我就放心了……你千万别为了出名让人骗了你，平平淡淡才是真……想起季文竹他突然有点怕死了，那份牵挂真让他放不下！

一连三天他天天和她们告别，可三天之后，他竟然真的不想死了。狂躁的心火冷却之后，他竟然渴望管教干部能找他谈谈，哪怕训斥，责骂一顿，也不愿一人默默无闻。可一连五天没有任何人理睬过他，除了每天有半个小时监号的电动门砰的一声自动打开，他可以拖着坐麻的双腿进入门外同样不到两米见方的放风区去，看一会儿天空阴晦的颜色；除了每天两次有人从门下的小窗把饭食送进监号之外，再也没有一点人间的声响。他以前在遣送科时就听老干警说过，犯了过错的罪犯关进反省队一般三五天不会理他，三五天一过，再暴躁的犯人也会自己蔫下来的，再死硬的犯人也会求饶服软，再沉默的犯人也会渴望有人过来，让他发出声音。

第六天，来了一个队长，也没找他谈话，只是送来了纸笔，让他写认识。他就写。写了一个小时，写满了正反两页，然后就使劲敲门，迫不及待地交了。交完之后又是一整天没人理他，他又敲门，一个队长过来问他要干什么，他问："队长，我的认识行吗？"队长说："你那叫认识吗，你那叫辩解，你打架怎么说也不对，讲那么多理由干什么，把责任都推到人家头上干什么，人家的问题让人家自己去讲，你就讲你的问题不就完了。"刘川说："那我重写。"队长说："你呀，你再好好冷静两天吧。"刘川一看队长要走，连忙隔着门叫："我冷静了，队长，我已经冷静了。"队长没再废话，关了门上的小窗，还是走了。

队长说话算话，真的过了两天，才又给他送来纸笔。刘川还是仅用一个小时，还是正反两页，密密麻麻把白纸写满。只说认识，不谈过程，只说主观恶习，不谈客观原因，把打架的危害性，造成的恶劣影响，从根子上发掘了一番。从他当初用热粥泼了单鹃的妈妈和那位无辜邻居的行径开始挖起，把自己的问题做了归结，从思想上归结为法律观念极其淡薄，从行为上归结为好勇斗狠、心狠手辣，这个毛病如不彻底改造，将来出去对社会仍是祸害云云。

检查交了之后，第二天一大早，监号的门突然开了，一个队长站在门口，让他出来，不是到放风的天井，而是出了环形通道，走到了反省队的院内。那一天太阳很暖，光线刺目，院子虽然只有百米见方，但刘川却感觉开阔犹如天河监狱巨大的中央广场。

他在院子里被戴上了手铐，然后带进一间谈话室里，他一进屋子就喜出望外，因为他看到屋里坐着的并非反省队的某位管教，而是一监区那位慈眉善目的钟监区长。

钟天水的现身至少说明，他的第二份检查已被反省队基本认可，否则一监区的人不会匆忙过来找他谈话，更不用说钟大亲自过来找他。钟大一上来的表情还是那么和蔼可亲，开口一句“又惹事了吧”，让刘川顿时眼圈发红。

在他听来，钟大这样的口吻，就像是跟自己的儿子说话。

钟大让他坐下，说：“你的两份检查我都看了，第一份把过程说清了，第二份谈了思想认识，写得都还可以。我本来想早点找你谈谈，可你这次进反省队，上面批了至少十天，头几天听说你的情绪还很激动，所以我就没来，来了也不会有什么效果。关禁闭的日子确实难过，但对你现在的情绪来说，在这儿冷静一下也有好处。”

钟大说完，用审视的目光，上下打量了一下刘川。刘川禁闭第九天了，九天里没有洗过一次脸，他的脸又黑又糙，整个人似乎都比过去小了一号，真有脱胎换骨的模样了。钟大问：“反省队滋味怎么样，好受不好受？”

刘川低声说：“不好受。”

钟大又问：“你具体跟我说说，到底怎么不好受？”

刘川低着头，闷了半天，说：“想死。”

“死？”钟大说，“没出息，你不管你奶奶啦？”

钟大提到奶奶，刘川哭起来了，他一直想忍来着，但忍住了声音没忍住眼泪，他索性出声地抽泣起来。钟大说：“行了别哭了，自打你刚从公安大学分过来那天我就不止一次地告诉你，人的一生总会犯错误，一个人的本事不在于犯不犯错误，而在于，犯了错误怎么对待。每个人都会遇到或大或小的挫折和低谷，在挫折面前，在低谷当中，如何表现，才反映出一个人有没有水平。一死了之算什么水平！”

刘川的抽泣平息下来，他说：“钟大您让我回去吧，我一定好好改造。”

钟大说：“我来就是看看你想通了没有，想通了就让你回去。”

刘川说：“我想通了，我都写两份检查了，我都深刻认识了，您就让他们放我回去吧。”

钟大点头，说：“这次打架，主要责任在孙鹏，是他先挑衅的，所以他不把这个问题认识清楚，一时半会儿不会让他回去。但你也有责任，开始你把汤洒在人家身上，没有按照《罪犯改造行为规范》使用歉语，起了一点激化矛盾的作用。当然孙鹏那天激动也有些客观原因，那天他老婆来探视，提出和他离婚，才一岁的孩子也扔给他妈了，那天也没带过来让孙鹏看看。其实孙鹏的毛病和你一样，一碰到不开心的事情，就不能冷静处理，就要发作出来，就没有尺度了，就不惜伤及无辜。假如你当初不自己去找单鹃私下解决问题，而是依靠法律，依靠公安机关去解决问题，尽管肯定会慢一些，会在一段时间内拖而不解决，但总会找到解决的办法。你自己忍不住跑去以恶制恶，结果事情反而搞糟。单鹃的母亲是个蛮不讲理的人，但毕竟不能代单鹃和范小康受过。即便按你的说法是她先用粥泼你的，可你年轻力壮又不是跑不动了，你应该先避开嘛。能够避开而不避开的，能通过法律途径解决而不通过法律途径自行解决的，在法律上一般不能认定为正当防卫。这些常识你在公大都应当学过，怎么一轮到自己就忘了，就一定要回过身去泼她，还伤了一个劝架的邻居？不管你有多少客观理由，你的做法毕竟是有过失的，而且，毕竟造成了严重的恶果。单鹃的母亲和那个无辜的邻居，已经终生残疾了你知不知道？单鹃的母亲今后生活不能自理，还能活多久都很难说，你能说你没触犯法律吗？按说新入监的犯人，都应当写一份认罪悔罪书的，但我今天不逼你写，也不劝你写。我的观点，写悔罪书一定要自觉自愿。但我今天必须告诉你，你那个冲动的脾气，必须改了。我刚认识你的时候看你不爱说话，不爱出风头，还以为你是个挺沉稳的年轻人呢，没想到你是一发不可收拾，脾气这么暴躁。你在检查里说你心狠手辣那也说过分了，但你这个暴躁的毛病要是不改，早晚一天你得毁在这上头。”

钟大谈完话，并没带走他。他又被押回了那间一人横躺都躺不直的禁闭室里，又度过了漫长的二十多个小时，二十多个小时之后，十天的禁闭期才算满了。

又过了五天，孙鹏也从“西北角”回来了。两人见了面，虽然都刻意回避着对话和目光，但刘川能感觉到，孙鹏多少有点怵他了，知道对他来硬的不行。

刘川回到监区后，处遇等级从新犯人的二级严管降为一级严管，挂在床头和胸口上的牌子由白色换成了红色。按后来七班的责任民警向杜剑汇报的说法，刘川的表现稍有进步，至少一直没再发生与其他犯人的纠纷和明显抗拒改造的现象，但他的情绪依然不高，平时很少说话，性格和过去相比，似乎更加内向。

杜剑也是这样向钟天水报告的。钟天水这天去找了小珂。

钟天水跟小珂商讨了这样一种可能——能不能让刘川的奶奶来一趟监狱，探望一下自己的孙子。

他们要讨论的问题是，刘川的奶奶如果知道孙子没去外地挣钱，而是犯事坐了监狱，她的精神能否承受得了，她的病情能否不致恶化。

那一阵每个月第二周的周一，小珂都要推着刘川的奶奶到医院去做检查，为此小珂专门和其他同志换了班次，换成了周一、周二休息。钟天水就在刘川奶奶做检查的这个日子，也到医院来了。和他一起来的还有东照市公安局的景科长，景科长是到北京出差来的，到京后给老钟打了个电话，原来只想问问刘川的情况，听到钟天水要去看刘川的奶奶，就跟着一起来了。

刘川的奶奶见到老钟，高兴得喜笑颜开。看她的状态，就知道她的病情这些天已见好转，只是还不能站立行走，还需要坐在轮椅上让人推着。

她和老钟寒暄，又问老钟：“景科长是谁，也是你们监狱的人吗？”景科长自己接话说：“不是，我是东照来的，过去和刘川一起做过生意。”奶奶狐疑地说：“东照，刘川什么时候去过东照？”

陪老太太检查完身体，又聊了一会儿家长里短，话题不可回避地很快说到刘川。奶奶问老钟："刘川跑南方挣钱去了，他这一段跟你们有电话来往吗？我住的地方现在没有电话，刘川可能没法跟我联系。"老钟说："他走以前跟我联系过，走以后没有。"奶奶说："刘川一个人在外面，也不知道谁能照顾他，这孩子生活能力可差呢。他身体又不壮，在外面可别受人欺负。"老钟说："您放心吧，刘川现在练得行了，会两套拳脚，能把比他壮的壮汉都打得鼻青脸肿，他留神别欺负别人就行。"奶奶说："嘿，他哪会欺负别人，这孩子胆小，而且心可善呢。"老钟没再接话。

小珂推着刘川奶奶打针去了，老钟和景科长一起去找医生谈了会儿话。他把情况如实告诉了医生，想让医生根据老人的身体情况，帮他定夺取舍——要是能让老人去看看孙子，对她孙子在狱中的情绪，一定会有好处，但若如此有损老人的健康，那也万万不可勉强。

医生反复想了想，说："现在病人最大的问题，其实还是精神问题，她现在唯一牵挂的，就是她的孙子。每次来看病都没完没了地说她孙子，担心她孙子在外面打架呀、撞车呀、游泳淹了呀出什么事情。这样担忧下去对她神经系统的恢复，也非常不利。我看不如索性把实情说了，可能她反倒踏实了。让他们祖孙见个面谈谈，她可能反倒踏实了。"

老钟高兴地说："好，那我有数了。"

这一天上午，入监教育分监区安排上大课，由狱政科的教官讲授犯人计分考核办法的实施细则。没开课前，一个队长走到已经整齐坐好的犯人前面，叫了一声：

"七班刘川！"

刘川应声："到！"然后站了起来

队长说："出来一下。"

刘川又应了一声：“是！”随即走出队列。

刘川被带到管教办公室里，分监区区长杜剑正坐在里面。杜剑没让刘川坐下，便开口说道：“刘川，今天我们把你奶奶接过来了，让她来看看你。”

刘川有点不信似的，直勾勾地看着杜剑。杜剑没细琢磨刘川的表情，接着往下说道：“待会儿见到你奶奶，精神面貌要振作一点，要让你的亲人看到你这两个月的改造成果，不要让亲人为你担心。不利于改造的话不要说，让家里人听了不放心的话也不要说，听清了没有？”

杜剑还以为刘川一定大喜过望，一定感激涕零，一定会大声而又激动地回答“听清了！”他哪料到刘川竟然哆哆嗦嗦地发出了质疑：“我奶奶不知道我出事了，她怎么会到这儿来？”

杜剑说：“我们告诉她了，你不是想念家里人吗？你奶奶不是你唯一的亲人吗？你不想见见她吗？”

刘川突然气急败坏地喊了起来：“谁让你们告诉她的！她有病受不了刺激，你们干吗非把她弄到这儿来！她要气死了你们负不负责任！”

杜剑愣了，一个队长正好推门进屋，也愣了。杜剑厉声喝道：“刘川，你这人怎么回事，你是疯狗啊，怎么对你好你也咬啊！咱们监区对你这么关心，咱们钟监区长专门去你们家看你奶奶，专门陪她去医院看病是为了什么，啊！我们不为了你好好改造，不为了你争取好成绩早点出去和亲人团聚我们为了什么，啊！我们这么多队长在这儿没黑夜没白天地工作为了什么！为了陪你玩儿是吧！你挺大的人怎么好赖不知啊！你要这样的话你今天还别见了。这是你奶奶，又不是我奶奶，又不是从小把我养大的亲奶奶，你非不愿意见我们也不能强迫你。小齐，你把他带回监号去，他这个态度，今天课也别听了，回头考不及格是他自己的事！”

齐队长把刘川带出去了，把他带回了监号，让他在小板凳上坐下，说了句：“你坐这儿，好好想想。”便出去了。

他出去时看到，刘川眼睛发直，不知在想什么。他走回管教办公室里，看到杜剑还在生气，便倒了杯水想安慰几句：

“这小子也太浑了，不是为他好吗，怎么发那么大火！”

杜剑喝了口水，说：“关键还是身份没有摆正，一般犯人哪敢这么明着顶撞的，何况又是为了他好。”

齐队长问：“他原来在遣送科那会儿，脾气就是这样？”

杜剑说：“遣送科他没干几天，谁知道是不是这样。反正家里有钱的孩子，脾气都好不到哪儿去。”

齐队长说：“那今儿这事怎么处理呀，这么大吵大闹当面顶撞的，按说又该送十天禁闭了。”

杜剑用手拨弄着杯子，想了一会儿，无可奈何地出了口气，说：“算了，他奶奶好不容易接过来了，还是得说服他去见面，你叫他来，再做做工作吧。”

齐队长摇头苦笑，又出去了。

五分钟后，刘川被齐队长押着，走出监号，重新进了管教干部的办公室里。十分钟后，又改由杜剑亲自押着，两人一前一后，走出了一监区的楼门，朝远处空旷无人的操场走去。

这是刘川入狱两个月来，第一次独步横穿整个监狱操场。如果算上看守所羁押的那段时间，他已很久没像今天这样，独自置身于如此广阔的空间，如果忽略了身后杜剑的脚步，整个天地间仿佛只有他孤身一人，在清风与阳光中自由地行走。

刘川的奶奶是钟天水和小珂一起接出来的。这天一早，小珂亲自把她妈做好的早饭送到租给刘川的这套房子，让老太太吃了，然后又亲手给老太太梳洗打扮一番。老钟来的时候老太太的头还没有完全梳好，老钟还在客厅里等了半天。

打扮停当之后，他们把老人连人带轮椅一起抬下楼去，抬进了钟天水开来的一辆汽车。老人今天穿得非常体面，根根白发一丝不乱，脸上挂着郑重而又严肃的神情。若不是这副神情，那些看见老人上车的邻居，准以为今天是子孙们接她出去过节。

车子一直开到天河监狱，奶奶一生见多识广，监狱却是头回造访。小珂跑去办了会见的手续，领了会见证，今天不是亲属会见的日子，会见厅里安静得很。如果在会见厅里会见，犯人和亲属还要隔着一层玻璃隔断，通过受到监控的电话，才能述说家长里短。钟大和小珂推着刘川的奶奶，在会见厅的门前未做停顿，径直走向里面的一间大屋。那间大屋像个机关的会议室似的，居中摆着一张亮漆长桌，两侧的椅子也排列得正正规规，刘川的奶奶被推进屋子的时候，刘川已在桌边坐得端端正正。

奶奶被小珂推着，向刘川缓缓走去。她看到刘川站起来了，听他刚刚叫出一声“奶奶”，脸孔就因强忍哭泣而扭曲变形。

和刘川奶奶一样，这也是小珂第一次见到刘川，刘川比她想象的还要黑瘦，阴郁的脸色暗淡无光。刘川哭的时候没有声音，可以看出他多次试图让自己不哭，他多次想对奶奶做出轻松的笑脸，但笑在此时犹如苦刑。

刘川的奶奶同样没笑，她的面目非常严肃，她那坚强的语气有点像在单位大会上做政治报告，但说出的内容却让小珂为之心酸，为之感动。

奶奶说：“刘川你不许哭！奶奶想看你笑！”

于是刘川就笑了，嘴咧着，把不能抑制的哭泣，用笑的表情完成。

奶奶说：“刘川你是个大人了，跌倒了要有本事爬起来，要有本事笑，有本事开心地笑！要让大家全都看见，看见你在笑！”

这次亲人会见，效果很好。刘川在会见以后情绪明显提高，学习和训练的成绩也都变得正常起来。钟天水从杜剑及其他入监中队的干警口中，听到的多是肯定，少有批评，都说这小子就这么下去就行，否则，连刘川这样底子并不坏的犯人都改造不好，说出去可不是监区的荣耀。

犯人当中对刘川的反应也说得过去，据队长们侧面了解，多数犯人觉得刘川虽然不爱与人交流，但，该犯不惹事，背地里从不发牢骚，不挑是非，俗话是：没那么多事吧，你不惹他，他不惹你，跟一般人都能和平共处。

只有和刘川打过架的孙鹏，还有点耿耿于怀似的，公开在班务会上批评刘川没放下过去的架子，没摆正犯人的身份。具体例子都很小，比如从来不拿正眼看人啊，对同号犯人爱答不理啊，等等，没什么实质内容。

钟天水又找刘川谈了一次话，让他谈谈会见亲人的感受。刘川就一本正经地说了些感激监区领导、感激政府的话，但钟天水摆着手不屑一听："你别说这些，就说说你见了你奶奶是怎么想的。"刘川说："心里很难受。"钟天水问："怎么难受啊？"刘川说："我奶奶从小对我抱了很多期望，管我特别严格，每一步都得按她定的路线去走，可我走到现在这步，我没脸再见她了。我不是她心里最喜欢的刘川了，我很失败，她也很失败。我对不起她，也对不起我的爸爸妈妈，我爸爸妈妈要是知道我现在这个样子，他们在地底下准会抱头大哭，准会抱头大哭……"

刘川的眼窝又涌了些眼泪，他仰起脸，不让它们流下来。钟天水沉默良久，并没有像往常那样，好言相慰。此时此刻，任何好言相慰也许都没效果。一个人的痛苦、一个人的处境，别人永远无法代替。唯一能使之消磨平复的，大概只有时间。

钟天水于是结束了这次谈话，但在结束前还是提了几点要求。他说："刘川，你的心情我都了解，刚刚进入监狱这种地方，几乎每一个人都会感到压抑，感到恐惧，感到紧张，对未来感到幻灭，这都是正常的。刘川，我别的先不多说，我只要求你做三件事情，第一，你得接受现实，适应现实，这个现实你迟早都要接受，都得适应，早比迟好。第二，你得向我、向你们分监区的民警，把心敞开，民警不会害你，只会帮你，你自己封闭自己，你会活得更难。第三,一个人无论到哪儿，都必须处理好人际关系，都要礼貌待人，都要能忍，更不要说在监狱这种地方了。到这儿来的人在社会上都猖狂惯了，内心都非常自我。所以监狱这个地方，就必须要求每个人都讲礼貌、守规矩，养成这个习惯对你没有坏处。我说的这三点你能做到吗？”

三个月的入监教育马上就要结束了，犯人们马上就要各奔东西，分到其他监区或者其他监狱去。刘川的去向，原定是分到清河监狱去，清河监狱关的犯人，大多刑期较短。为这事钟天水找监狱长邓铁山和副监狱长强炳林都谈过，他的意见是，把刘川留在天河监狱，最好是留在一监区，完成为期五年的服刑改造。

邓铁山表示可以考虑，刘川在入监教育阶段虽然进过一次反省队，但后期表现尚可。对刘川这种犯人，应当“教”大于“管”，一监区对他了解比较透彻，有利于今后采取针对性强的教育方法。但副监狱长强炳林对留下刘川有些异议：“因为刘川以前曾在天河监狱工作，和许多干警都熟，按照回避的原则，似乎不适合留在天河监狱服刑。”但钟天水说服道：“根据监狱局一三六号文件第七条的规定，只有亲属、同校的同学、户口所在地由同一派出所管辖街区的邻居，才在规定回避之列。刘川是公大毕业的，和咱们这儿的干警既不是同学，又不住邻里，非亲非故，应当不在明文回避之列。而且在入监教育中队三个月的改造生活中，也未发现有干警偏袒甚至徇私枉法的现象，所以留在一监区改造应该不违反原则。”最后邓铁山拍板：“那就留下吧，只要有利于犯人改造，这不算什么原则问题。”

其实，邓铁山同意刘川留在天河监狱，还有一个不宜明说的理由，那就是：当初让刘川取代庞建东执行放单脱逃的“睡眠”行动，就是由他做出的决定。当然，那次“睡眠”行动与刘川现在的噩梦，并无必然的因果关联，其主观上法律观念不强，个性过于冲动，才导致他后来一失足成千古恨的主要内因。邓铁山同意让刘川留在天河监狱，倒也并非想分担一些心理上的责任，而是希望刘川能在五年的刑期之内，有一个良好的改造环境，有利于这孩子顺利度过人生低谷，将来回到社会上还是一个心理健康的好人。

邓铁山知道，钟天水又何尝不是这个想法，人同此心，心同此理，只是这个“理”，不宜与外人道罢了。

入监教育结束后，刘川被留在了一监区。

尽管，他的入监教育结业考试的各项成绩都在中游，不上不下，有些项目还不及孙鹏。孙鹏的队列训练成绩还评了个八十五分，比只得了七十分的刘川还高了一大截呢。但刘川还是和其他犯人一样，在入监教育结束后，考取了罪犯计分许可证。也就是说，可以按照罪犯考核办法的规定，按照每天的改造表现，积累自己的分数了。罪犯今后在狱中的一切生活待遇、享受何种处遇等级、能否得到减刑假释，都要依据分数高低，公开、公平地排名决定。所以，分数对于一个服刑人员来说，要比考大学的学生还要重要，还要性命攸关！

从反省队回到入监教育中队后，刘川的处遇等级被降到了最低，在入监教育将要结束的时候，又恢复到原来的二级严管。取得计分许可证后，又从二级严管升到普管。牌子也从红色换成了白色，又从白色换成了黄色。从入监教育分监区出去的服刑人员，大部分都换上了黄色的胸牌。

孙鹏也留在了一监区，和刘川一起分到了一监区的第三分监区。孙鹏能留下来的表面原因是他的刑期偏长，实际上是因为他曾在监狱的篮球赛上露过一手。他上中学那会儿是北京少年篮球队的前锋，基本功相当扎实。其实刘川的篮球也打得不错，中学、大学都是校队的投手，监狱搞球赛那一阵他的心情正逢低落，所以没有报名，休息日的时候也从来不去球场。他不像孙鹏那样，自己坐了牢，老婆要离婚，孩子没人管了，可还是照旧玩儿、照旧吃，而且玩嘛嘛成，吃嘛嘛香。

留在天河监狱，留在一监区，刘川并没当作是件好事。天河监狱的干警都是熟脸，一看见他们刘川就特别别扭，就难以忘掉过去，难以忘掉自己过去是干什么的，难以忘掉过去的一切理想和荣耀。

刘川最不愿意的，是分到三中队，因为庞建东就是三中队的。

刘川最不愿见到的人，第一是小珂，第二就是庞建东了。幸好庞建东不是刘川的责任民警。按照钟天水私下的建议，刘川的责任民警由分监区区长冯瑞龙亲自担任。冯瑞龙快四十岁的人了，和刘川过去同事时就不是一辈，这让刘川心里多少好受一些。

刘川分到第三分监区后，冯瑞龙也对他一直不错。后来监狱为犯人办了一个日用品超市，要抽人去超市干活儿。这种活儿犯人们都是抢着去的，几乎人人报名，后来经冯瑞龙提名，分监区研究决定，选中了刘川。也因为刘川那时候的处遇等级又升到了二级宽管，胸口和床头，也换上了蓝色胸牌，分配他去超市这种地方工作，在资格上已不构成争议。

刘川也挺高兴，因为在超市干活，那感觉就像回到了社会，就像是在社会上找到的一份自由的工作，那种感觉让人愉快轻松。可刘川一到超市才知道，超市的主管部门，就是监狱的生活卫生科，具体负责这项工作的，就是生活卫生科的干部郑小珂。

如果说，刘川不愿意见到庞建东，是因为他知道庞建东一直讨厌他，那么他不愿意见到郑小珂，则是因为他知道郑小珂一直喜欢他。

在遣送大队工作时他就看出小珂喜欢他，言谈话语，行为举止，都看得出来的。让女孩喜欢向来被刘川当作一种享受，是他的一份虚荣，所以刘川在小珂面前，一直比较端着，比较注意形象，举手投足，有点装酷。他当然不愿意让小珂整天看见他现在这副倒霉的模样。

超市就设在犯人伙房旁边的一个大房间里，刘川在那房间的玻璃隔断上看到自己的影子，自己都吓了一跳——光光的脑袋，尖尖的下巴，两眼跟灯似的，早已不是能让女孩追逐的那种形象。而且，奶奶现在就住着小珂家的房子，他在里面无论犯了什么违纪的事情，小珂都能回去向奶奶学舌。

到超市干活的头几天里，主要是帮着卸货、拉货，帮着建立账目，再把入完账的货品，分门别类摆到货架上。超市正式开张那天监狱领导都来了，各监区还派了些犯人代表，参加开业典礼并成为超市的第一批顾客。邓监狱长还给大家讲了话，给超市命名为“阳光超市”，在参观超市时见到刘川，还问刘川身体怎么样，适应不适应之类的。刘川以前当民警时一见邓监狱长心里就慌，更别说现在了，他慌得只叫了一声邓监，其他什么都忘了回答。

副监狱长强炳林也和刘川说了话，虽然只是一般事务性的嘱咐，但口吻相当亲切：“你收账啊，收账可要心细，算完账要多复核几遍。”刘川点头答应，紧张中他倒并没忘记叫全了强副监狱长的职务。他当初一分到遣送大队老同志就提醒过他，对老钟可以简称钟大，对中队长冯瑞龙可以简称冯队，连邓监狱长都可以简称邓监，唯独强副监狱长不能简称强监——不太好听！

对，超市开业后刘川就负责收账，收账并不真的收取现金，只是刷卡记账而已。犯人们手里都发了一张卡，把自己账上的钱都存在卡里，买了东西一刷就行。犯人的处遇等级不同，允许花钱的数目也就不同。最低的每月可以花四十元钱，最高的每月可以花二百六十元钱。二百六十元，能买不少用品和零食呢。

阳光超市由社会上一家大型超市统一供货，统一结算，不需监狱方面自己联系货源。但阳光超市刚开的那几天中，小珂和生活卫生科的一位副科长还是不放心地天天盯着，一会儿价签出了错误，一会儿刷卡机又不灵了，运转初期始料不及的问题层出不穷。后来几天比较顺了，小珂也就不用盯在现场，只需一早一晚过来看看，组织每日的盘点，检查售货的账目。她经常表扬刘川，说他记账记得清楚，字也写得不错。关于他奶奶的情况，则一句不提。刘川对小珂的态度也同样中规中矩，小珂有事叫他，他必是规规矩矩地答“到”，小珂交代完事情，哪怕只是一句“你看一下几点了”，他也必先规规矩矩地答“是”，然后再看墙上的挂钟，再向小珂报告几点了。

那一天冯瑞龙带着三中队的犯人过来买东西，自己也在这里买了一块香皂、一条毛巾、一套牙刷牙膏和一包碧浪牌洗衣粉，一共十二块四毛，买完要交现金。小珂恰巧在场，刘川便请示小珂可否允许收现。小珂说你登记下来，把现金交给李队长就好。李队长是那天在超市带犯人的值班队长。刘川于是收了钱，把那套洗漱用具装进一个小塑料袋里，交给了冯瑞龙。冯瑞龙接了那个袋子后，往刘川面前一放，说了句：“给你买的。”

刘川看着那一袋东西，傻愣着。

冯瑞龙说：“你换个好点的牙刷吧，毛巾也该换换了。挺精神的小伙子，平时打扮干净点多好。”

小珂走过来插话：“让他自己买，以后牙不刷干净就扣分呗。”

冯瑞龙说：“刘川是我们分监区经济最困难的犯人，入狱到现在家里没送一分钱来，生活必需品全是用我们分监区结余的那点钱给他买的。”他又问刘川，“你账上还有多少钱呀，不到一块钱了吧。”刘川说：“还有一块二。”冯瑞龙说：“留着吧，你也别花了。”小珂说：“以后刘川就有钱了，在超市工作是有劳动报酬的。”冯瑞龙问：“你们这儿一个月给多少？”小珂说：“监狱定的最高一个月可以发三十元。”冯瑞龙说：“啊，还行。刘川这个星期已经改成一级宽管了，每个月可以发二百六十元了。每个月家属都能来探视了。”小珂说：“是吗？”转脸又对刘川说了句，“刘川，祝贺你啊。”

月底，老钟开车去小珂家的房子那里，把刘川的奶奶又接过来了。这次是赶了一个亲属会见的日子，刘川也是随着参加会见的犯人，整队步入会见大厅，隔了一道玻璃隔墙，用电话和奶奶面对面地交谈。

但出乎所有人的意料，刘川在这次会见之后，情绪竟然异常沉闷，那几天在超市值班的队长向三分监区反映，刘川不但突然变得少言寡语，而且神色恍惚，已经有两次算错账招致购物犯人的投诉。根据这个情况，三分监区决定将刘川从超市调回，换其他表现好的犯人顶替上去。

刘川回来后，三分监区的干警都有些气愤，因为刘川是在个人计分排名很低的情况下，考虑到他罪行较轻，文化程度较高，出于鼓励和信任才把他派到超市工作的，对他本来是一种照顾，是一份荣誉，但没想到这小子如此不争气，不努力，不仅个人受到超市管教干部的批评，对分监区的集体荣誉也是一种损伤。责任民警冯瑞龙找刘川严肃地谈了一次话，要求他好好挖挖思想根源，找找改造情绪时起时落的原因。

监区长钟天水在听到情况以后，对冯瑞龙做了提醒："既然刘川是在亲属会见之后出的问题，那你们赶快去把亲属会见的录音调出来，从头到尾听一听，看看是不是他家里出了事情。"

家属会见大厅里有三十部对讲电话，都有数字设施分别录音。在会见时除了对重点犯人实行现场监听外，一般都是事后再由各监区决定是否再听录音。三分监区根据监区长的意见，把刘川和他奶奶的会见录音调了出来，发现问题果然出在这里。

问题的严重性在于，刘川的家里、刘川的奶奶，都没出什么大事，而是祖孙两个人的对话当中，涉及了不利于刘川改造的话题。

十九

刘川的奶奶在这一次会见中，和刘川谈到了保外就医。

她告诉刘川，在她这次探视之前，托王律师找原来为刘川辩护的那位律师了解了一下情况。王律师经过分析，告诉奶奶，刘川犯过失罪，罪名还是成立的，判的也不算太重，想通过申诉翻案或者减刑，基本没有可能。但刘川原来就在监狱工作，对监狱的“县官”与“现管”都应该很熟，不如托托关系，让他们放刘川保外就医。当然要办成这事，最好给有关人塞点好处。至于塞多少好处，王律师说他也不太清楚，答应可以问问，但奶奶说就算一两万元吧，钱从哪儿来呢。王律师说这就要你们自己想办法了。

奶奶想不出办法，她看病的钱，吃饭的钱，已经入不敷出。虽然前些天东照市公安局的景科长来北京办事又来看过她一次，给她讲了刘川配合公安立功破案的故事，并且带来了东照市公安局特批给她的三千元困难补助金，但原来王律师帮她谈好租出去的公寓，法院后来决定收回，那家最终没能入住的租户，还要和奶奶打官司呢。奶奶为生活和看病的事给她原单位管人事的头头打了电话，可她原来的单位早和其他单位合并了，好在人家还算负责，派人到家里来看了看她，表示可以帮她找个具备一定医疗条件的养老院去住。如果她的退休金不够支付养老院的费用，是她自己想办法还是单位另外补贴，回头再说，反正贴也贴不了多少，到时候再说。奶奶单位来人谈这事的时候小珂也在场，小珂当即表示，如果奶奶搬去疗养院，她可以把刘川已经付过的房租退给奶奶，补贴养老院的费用。不管怎么说，奶奶肯定拿不出钱再来活动刘川保外就医的事了。所以她来监狱会见的时候，让刘川自己想想办法。奶奶说："你们钟科长现在不是正管你吗，他不是一直对你不错吗，你能不能求他帮帮忙？"奶奶事前还问过小珂，小珂说，保外就医法律上都有明文规定，只有长期患病、患传染病或者患病生活不能自理的，而且放出去对社会不会构成危害的犯人，才能被批准保外就医。于是奶奶让刘川去问问老钟，到底病到什么程度，就可以保外就医了。

她大概以为刘川和老钟，还是原先那种上下级的亲密关系，可以无话不说，无事不谈呢。

刘川当然不可能去找老钟打听这事，但这事显然是他情绪低落的原因。

刘川从超市调回到中队的那几天里，每天无论自学、上课，还是出工出操，脸上总是一副若有所思的神情，做事情也总是丢三落四的。有一次他被派去帮狱政科的图书室搬家，抱着齐胸高的一摞书下台阶时，正碰上他们分监区的庞建东上台阶，可能也是书太沉吧，刘川居然没有停步让路，两人擦肩而过之后，庞建东犹豫了一下，还是把刘川叫住了。

这是庞建东第一次正面与刘川单独对话，他不是刘川的责任民警，平时值班时也尽量避免与刘川单独接触，也听入监教育分监区的干警说过刘川个性孤僻，比较难管，所以他一般情况下不和刘川直接冲突。他是不怕他，可能还是因为季文竹的事情，思想上有些顾虑，怕说轻了有损管教人员的威严，说重了刘川弄不好认为他是挟嫌报复。

但这次，台阶上只有他们两人，两人狭路相逢。庞建东忍不住了，擦肩而过后开口叫住了刘川。刘川处于下，庞建东居于上，隔了四五级台阶。他看出刘川张了一下嘴，大概想称呼他，但又没说出来，于是庞建东先称呼了他一声：

“刘川。”

“到。”刘川这才应答出声。

庞建东尽量把声音放得缓和，竭力避免半点报复的嫌疑：“刘川，你搬书哪？”

刘川抱着那摞顶到下巴颏儿的书籍，歪着头吃力地看他：“报告，我们在帮狱政科搬书。”

庞建东说：“《罪犯改造行为规范》……是不是又有点忘了？”

刘川语塞。

庞建东提醒道：“《罪犯改造行为规范》第五十五条说的什么？”

刘川背诵道：“……第五十五条，与管教人员同一方向行进时，不得与管教人员擦肩并行。在较窄的路上相遇时，要自动停步，靠边让路，放下手持的工具，待管教人员走过五米后再起步。”

庞建东说：“刚才做了吗？”

刘川终于抱不动那摞书了，撅着屁股放下来，想放到台阶上时书倒了，顺着台阶稀里哗啦地散落下去。

刘川没去捡那些书，他立正站在台阶上，喘着气说：“报告，我刚开始没看见您。”

“没看见？”庞建东不高兴了，刘川明明看见他了，擦肩而过的一刹那还和他目光相碰。他严肃地，甚至，有几分严厉地注视着刘川，幸而刘川赶紧补了一句：

“后来看见了又忘了做了。”

庞建东这才把脸色略略放松，弯腰帮刘川捡起掉在台阶下面的书本。说："学习规范，关键是要遵守规范；遵守规范，关键是要养成习惯。希望你在'习养成'这三个字上，好好下下功夫。"

刘川说："是。"

庞建东把书帮刘川重新摞好，还帮他扶着，让他重新抱了起来。然后，庞建东拍了拍手，离开刘川向狱政科图书室里走去。他自己感觉，刚才对刘川说的这几句话，说得很好。既是严肃的教育，又是以理服人，而且，又特别避免了盛气凌人的口气。他没多观察刘川的表情，是心悦诚服还是心怀不满，但他能感觉到这回刘川确实是按照《罪犯改造行为规范》第五十五条的规定，在他离开五米之后……甚至，将近十米了吧，才慢慢起步，走下了台阶。

这一天夜里，大约两点多钟吧，三分监区的夜班民警在监控室的电视屏幕上，看到四班的刘川突然起床，在监号的门边按铃求茅。值班民警在监控室打开了四班的电动牢门，通过通道和卫生间的监控屏幕，他看到刘川身体摇摆，走路缓慢，在夜班杂务的监视下进入卫生间小解。小解后刚走出来便靠墙蹲下。杂务弯腰向他问着什么，他摇着头不知答了什么。值班民警赶快走出监控室，打开通道铁门，走进通道。他走近刘川时刘川强撑着站起来了，这时民警发现刘川面色发红，眼大无神，呼吸似也有些急促。民警问："刘川，你怎么了？"刘川声音沙哑，回答说："有点难受。"民警上去摸他额头，额头热得烫手。

民警马上向监区总值班员做了报告，监区总值班员马上派了一名备勤的干警，送刘川去了监狱医院。刘川到监狱医院先测试了体温，体温高达三十九摄氏度，但又并无感冒或腹泻的症状，一时也看不出哪里发了炎症。于是值班医生当即为刘川开了一张病床，以便留待明天详细检查。

第二天上午医生给刘川抽了血，做了心肺检查，吃了退烧的药。到中午时体温退了，医生又让刘川住了一天院进行观察，结果什么也没有发现，无论胸透还是血检还是淋巴检查，都未见异常。发烧时过高的心率也降下来了，于是医生只能挠挠头皮，让一监区先把刘川接回去再说。

刘川回到监区的当天下午，还去车间折页子。折页子就是制作信封或手提纸袋，是个看起来不重但干起来很烦的活儿。刘川下午干活儿时虽然不发烧了，但体力明显不济，没干一会儿就大汗淋漓，在车间带班的冯瑞龙见状让他提前回去休息，并且通知食堂晚上给刘川做病号饭。不料傍晚开饭之前，刘川又烧起来了，四班的班长梁栋叫来了卫生员，卫生员看罢又请来巡逻的队长，巡逻的队长开了求医条，然后把刘川又送到医院去了。

医院又是一通检查，又没查出原因。

第二天，天监医院派车派民警，押刘川去了监狱局所属的滨河医院，在滨河医院做了一上午的全面检查，回到天河监狱后就留在天监医院的病犯监区继续观察。病犯监区观察的一周时间之内，刘川又发了两次无名高热，两次高热各持续了一天，又都自行消退。

刘川最后一次退烧后，从病犯监区又退回三分监区，钟天水和三分监区商量了一下，决定：一、暂不安排刘川出工，尽量安排在监舍区内做些清扫卫生之类的轻工作。二、每天早、中、晚由分监区卫生员给刘川测量体温，观察病情。三、请各班次的值班干警注意监控。

注意监控什么，没说。

大家心照不宣。

一连两天刘川没事，每天在通道内扫扫地，倒倒垃圾，擦擦“四箱”什么的。“四箱”是监狱局统一要求挂在通道内的，有民警约谈箱、心理咨询约谈箱、监区长约谈箱和举报箱。举报箱除了举报犯人违纪现象和揭发余罪外，根据监狱局推行的狱务公开的改革措施，还可以举报民警的违纪行为。

以前监狱一直采取定期发放民警评议表，让犯人和犯人亲属无记名填写的方法，监督民警公平执法的情况，现在又给举报箱加上了这项功能，对民警的监督就由定期变成了随时，变成了每月每天、每时每刻。

据分监区的民警观察，刘川从病犯监区回来后，连续两天没病，吃睡正常，除了干一些轻活儿外，还洗了自己的衣裳。第三天中午，吃饭前，四班的班长向通道值班的杂务报告说刘川又不舒服了，杂务赶紧报告了队长，队长让卫生员去四班测试体温，测试的结果又是三十九摄氏度。

结果又是送到医院。

结果第二天早上医院一试表，体温又恢复正常。在医院观察了一天后，三分监区又派人把他接回来了。

这事，有点蹊跷了。钟天水再次找分监区区长冯瑞龙商量，要求发挥犯人互监小组的作用，既照顾好刘川的身体，又互相监督，防止自残诈病。

钟天水这回把话说得这么明白，冯瑞龙自是不敢掉以轻心，分别找刘川所在的互监小组里的几个犯人谈话，但没能收集到有价值的线索。他只好挑了一个犯人，每天留在监号看护刘川。说白了，也是监视刘川。挑的这个犯人就是刘川的班长，名叫梁栋，因犯贪污罪被判十五年有期徒刑，已入狱八年，八年中获得三次年度监狱表扬，一次监狱嘉奖，一次监狱改造积极分子称号，去年又获得局改造积极分子荣誉，这些荣誉使他八年中三次减刑，共减掉两年零三个月的刑期。冯瑞龙专门找了改造表现最好的梁栋来看护刘川，并且亲自找他谈话布置了任务。梁栋四十多岁，为人稳重，而且犯经济罪的犯人，一般智商都高。

梁栋受命看护刘川之后，把这个任务执行得兢兢业业，从早到晚，始终守着刘川，片刻不离左右。连夜里刘川翻个身，他都坐起来看看，刘川上厕所他都跟着。刘川蹲坑，他就站在旁边，刘川说："你别看着我，你看着我，我拉不出来。"梁栋说："没事，你慢慢拉。"刘川皱眉沉脸，说："你没事，我有事，我拉不出来！”梁栋不急不恼：“那我也得把你看好了，万一你突然发烧摔倒了，我好帮你呀。”刘川轰不走这块胶皮糖似的影子，只好草草拉完屎站了起来。

梁栋“上岗”之后，一连五天，刘川没再发烧。有好几次他自称头晕，又说身体没劲，可一试表，体温正常。无论刘川头晕不晕，有劲没劲，分监区照旧让卫生员一天三次，给刘川试表，结果次次正常。

第六天是星期天，晚上，看完新闻联播，四班的犯人都到水房洗漱去了，卫生员又来给刘川试表。这时候，六班的一位犯人来叫梁栋，他们正在排练迎新生诗歌朗诵会的节目，有一首诗是梁栋写的，那个犯人来请教梁栋诗中的某句感叹该感叹到什么程度。梁栋见有卫生员在，便离开监舍走到门外，与六班的犯人进行艺术探讨。卫生员在等刘川试表的时候，随手翻看桌子上的一份《新生报》，等试完表卫生员一看，刘川的体温又升到了三十八点八摄氏度。

卫生员慌了，赶紧出去叫队长。梁栋也慌了，自知玩忽职守，进屋急得直摸刘川额头。队长来了，那天晚上值班的队长恰巧是庞建东，庞建东刚一走到门口，梁栋就迎出来战战兢兢轻声俯耳：“报告队长，刘川又发烧了，但摸脑袋好像不热。”庞建东走进监号，站在刘川面前，半天没说话。刘川也站起来了，洗漱回来的犯人们看庞建东的脸色板着，都小心翼翼、轻手轻脚地放好脸盆，朝刘川这边张望。庞建东突然伸手，要摸刘川额头，刘川一歪头躲开了，弄得庞建东伸出去的手僵在半空，僵了半天才放了下来。

庞建东没有发火，他转头问卫生员要了体温计，对着灯光看了看，说：“三十八度八。”说完，看了刘川一眼，然后挥动胳膊，用力将这三十八点八的刻度，一下一下甩掉。他把甩到零刻度的体温计递到刘川眼前，说，“再试一遍，我看着你试！”

刘川没接，他敌视地瞪着庞建东。周围的犯人全都鸦雀无声。

庞建东把脸板着，厉声又说了一遍："刘川，你不是发烧吗，我看看你现在烧是高了还是低了。"

庞建东还没说完就把体温计重重地往刘川手里一塞，连庞建东在内，谁也没想到刘川会突然暴怒，会满脸通红，会突然把体温计狠狠地摔在地上，屋里每个人都听到了啪的一声，那声音在每个人的心里都以放大数倍的声音炸开，玻璃和水银一起分崩离析，炸得无影无踪。

庞建东脸色铁青走出门去，五分钟后，包括庞建东在内，三位管教人员一起走进监号，不由分说，将刘川铐上押出通道，押到了管教干部的办公室里。半小时后，刘川被押出监区楼门，再次押往"西北角"，关进了禁闭监号。

在刘川被铐在三分监区的管教办公室之后，尚未押到反省队之前，庞建东对这次发烧事件进行了现场调查，结果证实，刘川是趁梁栋离开监号，而卫生员又偷闲看报的瞬间，将体温计插到热水杯里，蓄意制造了三十八点八度的"高烧"。

由此，基本可以证实，尽管刘川以前每次入院，都是由医生当面试表，甚至亲自以手摸试，体温确实达到了三十九摄氏度以上，但这个症状，肯定同样出自蓄意假造。暂时不能证实的是，他过去究竟用了什么样的手段，才如此天衣无缝地制造出了一次又一次如此"真实"的发烧。

其实，从刘川第一次无名高烧，不久又无由而退的那时起，钟天水就已经有所怀疑了，特别是这种奇怪的现象后来又重复多次，而且都发生在刘川祖孙会见谈到保外就医的问题后，事情的因果缘由，其实已经足够明朗。

对这类为逃避改造而蓄意自残或伪病的案例，钟天水见得多了，几年前有个犯人比刘川玩得还狠，一下子吞了好几根缝衣针进肚，其中有一根从食道穿出，进入纵隔，每时每刻都有刺破心脏致死的可能，后来送到滨河医院做了开胸手术，取出那些针来，才保住了那人的性命。

除了狠下一条心舍命斗勇的家伙外，还有挖空心思刁钻斗智的，五年前钟天水还在狱政科当科长时，三监区就有一个犯人，把一小片香烟盒里的铝箔系上一根细线，将线的一头拴在牙上，把系在另一头的铝箔吞进肚子，然后就嚷胃疼。到医院一做胃透，发现里面有个亮点，做了几次都有，开始以为里边有伤或有瘤，后来比较每次的图像，发现这个“伤口”或“瘤子”总在移动，这才引起怀疑，令其败露。相比之下，刘川设法让自己发几次烧，应该算是小菜一碟了。

刘川蓄意伪病，摔体温计，不服管教，数错并罚，被决定执行禁闭十五天。连续十五天在只有三米见方的监号里一人度过，无人说话，不能洗漱，饭菜简单，生活枯燥，大小便都在屋里，自然极其难熬。十五天！这份罪也是刘川自己找的。

那时候我们都听说，刘川一到“西北角”就开始绝食，无论干警怎么说服教育，就是水米不沾，也许他那时已经下了必死的决心。绝食持续到第三天早上，反省中队决定对刘川强行鼻饲。几个干警把刘川架出禁闭号，架到办公室，把他反铐在椅子上，往鼻子里插上软管，往里灌牛奶和米汤，还灌了些菜汤。据说刘川拼死挣扎喊叫，但被几个民警按住，让他的身子和头部全部动弹不得。就这样一天两次，灌了两天之后，刘川软下来了。他与其这样活受罪，还不如老老实实自己吃饭得了。于是，就吃饭了。禁闭监区的民警没有不训他的：“早知现在，何必当初啊！”

十五天后，刘川脸色苍白，眼大如灯，摇摇晃晃地走出了“西北角”。他看上去病入膏肓，皮肤粗糙，口唇生疮，连生殖器都脱皮生了疥子，奇痒难耐。他没有回到一监区，而是被送到监狱的集训队关押。集训队也叫严管队，专门集中关押抗拒改造的顽危罪犯。进入严管队的罪犯，全按五级处遇予以管理。五级处遇也称作一级严管，是对服刑人员最严厉的管束等级。

刘川禁闭前已经升为一级宽管，这一回连降五级，胸口和床头的绿牌又换上了红色的牌子。几个月前考取的计分许可证，也按规定予以撤销。一级严管除了伙食标准降低之外，还被取消了一切下棋、打球之类的文体活动。自由活动也受到最大限制，除新闻联播之外，不许观看其他电视节目，不准家属探视，增加通信限制，不准打亲情电话。另外，除生活急需品外，不准购物。不过刘川账上反正也没钱了，就是准了也不能像其他人那样买这买那。

从刘川送押禁闭，到解除禁闭送到集训队严管，钟天水和冯瑞龙都没有找刘川谈话，也没有派监区其他民警找刘川谈过话。钟天水对冯瑞龙说，让他自己冷静一段时间吧。别惯着他，他这么大的人了，走什么路首先得自己考虑，别人不能强拉。

还是钟大更加了解刘川，刘川表面温和柔顺，内心实则暴烈冲动，但冲动一般保持不久。就像以前和季文竹吵架一样，吵的时候劝也没用，吵完之后又马上后悔，马上认错，马上服软认输。

按钟天水的分析，刘川思想品质的基础是不错的，只是人格和个性方面有点缺陷，这个缺陷既是导致他犯罪的原因，也是造成他拒不认罪，思想固执，对抗管教的原因。在他情绪极度激动，态度极其对立的状态下，应避其锋芒，待其冷却安静后，再做工作为好。

没找刘川，钟天水却去找了刘川的奶奶。他和冯瑞龙一起去了位于昌平郊区的一所养老院，见到了刚刚搬过来的刘川的奶奶。他们本来想跟刘川的奶奶好好谈谈，关于保外就医的问题，向老人讲讲道理，只要老人思想一通，自然会配合去做刘川的工作。以亲情引路，施以感化，比用大道理和死规定正面和刘川冲突，更有效果。可他们没料到刘川奶奶刚来就患上了重感冒，情绪也非常不好，养老院的护士不让他们多待，站在床前看了一眼，问候几声，护工就让他们出来了，结果什么也没有谈成。

钟天水给刘川的奶奶留下了一千块钱，交给了养老院。冯瑞龙见老钟送了钱，也把身上带着的三百多块钱连整带零地全都拿出来，也留给了养老院。

这所养老院的条件并不太好，六个老人共住一屋。钟天水和冯瑞龙在院子里转了一圈，感觉设施简陋，绿化不多，大概是养老院中收费最低的那种。

刘川在严管队集训了整整三个月，尽管他在这三个月当中表现沉闷，但毕竟没犯新的错误。当秋天就要到来的时候，刘川结束了集训，抱着铺盖回到了三分监区。

刘川重新回到四班，回来后根据分监区的要求，在全分监区服刑人员大会上，做了题为“搬起石头砸自己的脚”的现身说法，以自己制造伪病妄图达到保外就医目的的行径，最终为此付出惨重代价的结局，教育警示其他服刑人员。这篇稿子是刘川在严管队写的，已经在严管队念过一次，这次再念，已念得相当熟练，当然，也相当无味。钟天水旁听了三分监区的这次大会，从刘川背书式的发言中，不难听出他已心如止水，但难以听出任何悔过的诚意。

这篇稿子后来我也看过，全是上纲上线的套话，看不出多少真实思想和悔悟过程，只有他交代的制造伪病的手段，让人听了“耳目一新”。刘川交代，他过去听人说吃洗衣粉可以导致发烧，所以他就利用洗衣服的机会，从储藏室取出他的碧浪牌洗衣粉，然后用一张纸片包了一包藏在身上，果然一吃就烧，烧一退就再吃。他也是豁出去了，一次一次的，也不怕把自己吃死。

后来我知道，吃洗衣粉的招法，还是他在秦水那一阵，从单鹏嘴里取来的邪经。

那天在分监区的大会上，刘川发完言后，冯瑞龙讲了话，最后请监区长钟天水讲话，钟天水没讲。

一周之后，钟天水终于找了刘川，两人单独谈。

谈话的地点，没有安排在管教干部的办公室里，而是选在了分监区的心理咨询室进行。和办公室相比，心理咨询室阳光充足，阳光下还摆着两张单人沙发。沙发中间有一个木制的茶几，茶几上放了一盆朴素的兰草。这是四个多月以来，钟天水第一次找刘川谈话，他本想在刘川装病初期就找他谈的，只怕那时谈也无用。

钟天水让一位民警找了点茶叶，给他和刘川各泡了一杯清茶。他先喝了一口，再对刘川说："喝吧，这茶还行。"

干警找犯人谈话，从没请喝茶的，钟天水的"客气"让刘川有点紧张，不知所措，连说两句："不，我不渴，我不渴。"但钟天水还是忍不住劝饮："喝吧喝吧，你以前喜欢喝茶吗？"

刘川端起杯子，抿了一口，一年多来，他第一次使用这种质地细滑的白瓷水杯，第一次喝到这么清香扑鼻的热茶，第一次和钟天水在沙发上这么平起平坐，第一次感受到阳光这么明媚温和。

钟天水的声音，在这样的氛围下，在刘川的感觉中，也就变得和过去一模一样了。过去，他是遣送大队的队长，他是他手下的一名队员，他们常常在结束了一次长途押解的任务后，疲乏而又轻松地坐在阳光下，一边闲聊一边喝着一杯新泡的热茶。那时，钟大就是这样的声音，这样的口吻，这样的神态，亲切、家常，但有点絮叨。

现在，他就用了这样唠叨的腔调，问他："怎么样啊，这几个月集训，有什么感想？"

刘川低头，说："认识提高了。"

“都认识到什么了？”

“对抗改造，绝没有好下场。”

钟天水把目光靠近刘川，说：“哎，今天，咱俩是做心理咨询的对话，你就把我当成过去的老钟，可以说心里话的老钟。我今天想听听你的心里话。”

刘川没有抬头，没有答话。

钟天水重新问道：“关禁闭那十五天，有什么感想？”

刘川还是闷着声音。钟天水说：“是不是又想死啊？”

刘川喉咙里，终于发出了应答：“啊。”

钟天水点了点头，又问：“怎么没死啊？”

刘川说：“反省队也不让我死啊。”

钟天水问：“那集训队呢，在集训队能找到机会死吗？”

刘川不明白老钟什么意思，没再接话。

钟天水说：“你呀，你是活着没信心，死又没决心，是不是？”

刘川沉默了一会儿，说：“现在不想死了。”

钟天水笑了一下，说：“好死不如赖活，对吗？”

刘川说：“活也没什么意思，我这辈子，就这样了。”

钟天水说：“就哪样了？你那么年轻，是不是现在就打算给今后几十年，定这么个调调？”见刘川不答，老钟淡淡地说，“你定了也没用，谁也不知道未来是什么样子，当初你刚从公安大学分过来的时候，你想到今天落到这步田地了吗，没有吧。所以你也不可能预料未来，说不定你未来的日子，好着呢。说不定你出去以后，到什么地方工作，又像你过去为国家找回那一千二百万元似的，又成了英雄。行行出状元嘛！”

刘川没精打采地说：“在咱们国家，进过监狱的人，永远成不了英雄。”

钟天水说：“英雄有三种，第一种是地位上的英雄，第二种是能力上的英雄，第三种是道德上的英雄。只有道德上的英雄，才最值得崇敬。任何一个健康的社会，都不该过分宣扬地位上的成功，过分推崇能力上的出众，而应该更尊敬道德上的完善。你说是不是啊？”

刘川低声说了句：“完善了又能怎么样呢？”

钟天水笑笑：“是啊，完善了很可能也不能怎么样，也不一定就有钱了，也不一定就有地位了，也不一定就改善自己的处境了。但我还是觉得，一个人，如果让我把他当成英雄，他不一定是个有钱、有地位、有本事的成功者，但他必须是个人格完善的人，一个具有修养的人，一个在荣誉和成功面前，在失败和灾难面前，都保持本色的人，都坦然如常的人，都该怎么着还怎么着的人。这种人，才真叫人！”

刘川低头听着，不说话。

钟天水说：“像你，就不像个人。你有钱的时候，太狂，弄一帮人上你们家的娱乐城又吃又喝又跳舞的，花起钱来眼皮从来不眨一下，别人的女朋友你说抢就抢过来……”

刘川突然抬了下头，放胆打断老钟：“我没有！”

“你听我说完。”钟天水显然并不想纠缠这件事情，他接着说道，“可你一旦倒霉了又怎么样呢，情绪也太失常了吧，你还不如那些没文化的犯人呢，你把你的失败感全都挂在脸上，整天愁眉苦脸地混日子，做出一副彻底垮掉的模样！你奶奶让你笑！让你有本事开心地笑，你有这本事吗？你进来才一年就进了两次反省队，又进了一次集训队，你一年了到现在还没拿到计分许可证，你真是……你真是还不如那些没有文化的犯人……”

刘川再次抬头，再次放胆打断老钟：“就因为他们没文化，他们才无所谓的，该吃吃该睡睡，没心没肺……”

“你有心有肺，有心有肺就是你那德行？”钟天水恨铁不成钢地截住刘川，皱着眉反问，“你有文化，有文化就你那德行？你跟我说说，文化倒是什么？”

刘川闷了声音，不答。

老钟提高了腔调：“文化就是文明，就是教化，就是劳动和智慧，就是精神，就是人和动物的区别！人和动物不一样就是因为人有精神！你有吗？”

刘川哑口无言。

钟天水今天本来一直是用聊天唠嗑的口吻、神态，和刘川彼此交谈，说到后来不知自己怎么激动起来了。也许是刘川的闷声不响让他意识到自己过于厉害了，不由降下心气往回调整。

“刘川，咱们不说这个了，我今天也不想训你，今天咱俩谈点高兴的事吧。你跟我说说，你现在脑子空闲的时候都想什么？”

刘川还是闷了半天，原先那份热茶和阳光所带动出来的轻松，大概真让钟天水刚才那番喝问给堵回去了。他好半天才敷衍地低声说道：“不想什么。”

“那不可能，人总有思想，总有心思，你说不想，那我就认为你是不想跟我谈。你不想谈，对吧？”

刘川只好谈：“想自由。”

钟天水笑笑：“那太远了，人到了这儿，谁不想自由。不算这个，你还想什么，想你奶奶？”

刘川沉默了一刻，突然说：“我想我女朋友了。”

钟天水也沉默了一刻，缓缓问道：“想她什么？”

刘川眼圈突然红了不知自己想她什么，他说：“我想知道……她，她还爱不爱我……”

二十

奉老钟之命，小珂一连三周，每周的休假日都往和平里跑，跑到季文竹住的那座院子，跑到院子里的那座楼房，寻找季文竹的踪影。她每次都是早上八点前去一趟，晚上十一点以后再去一趟，有时中午或下午也去。她以前听刘川说过，搞艺术的人都是夜猫子，上午十点以前很少起床。

老钟对小珂说，刘川现在最需要的，是重新建立对生活的希望，而建立生活的希望，必须要有生活的乐趣，要建立生活的乐趣，就必须对未来产生幻想。而季文竹，是最可能让刘川对未来产生幻想、产生希望的对象。

小珂："噢，是吗？"

如果分析对刘川的帮助，小珂一点也不看好季文竹这人，刘川为她而伤人入狱，可一年多了她都没露过一面。但小珂还是答应了老钟的恳托，花时间去寻找这位能"促进刘川改造的对象"。

季文竹不知是不是又拍戏去了，一连两周都没有回家，问周围邻居，也不知道她去了哪里。她的手机永远是打不通的，短信也发不过去。估计早就换了号码。也不知她有没有QQ，除了这样一趟一趟地傻跑，没有其他搜寻方式。跑到第三周的周六，晚上十一点半左右，小珂又来敲季文竹的房门，房门仍然紧锁，敲了半天无人应声。小珂只好再次怏怏下楼，不料刚刚走出楼门，迎面来了一个女的，虽然楼口没灯，但小珂还是一下察觉，来人的轮廓煞是眼熟。

她在那人擦肩走过之后，冲背影试探着叫了一声：

“季文竹！”

那人果然站住了，回过头来，使劲想要看清小珂是谁：

“谁呀？”

小珂的心扉高兴地张开了一下，她说：“我是天河监狱的，我找你好几次了，找到你可真不容易。你还认识我吗？”

虽然光线很暗，但小珂能听出季文竹满心疑惑：“天河监狱的，找我干什么？”

小珂有意在自己的声音中加进些亲热：“我是小珂，咱们见过面的。”

季文竹却仍然保持着距离：“是吗，你找我有事吗？”

小珂说：“有个事，能上去跟你说说吗，很简单的事，有五分钟就行，上去不方便的话，咱们就在下面说也行。”

季文竹犹豫了一下，勉强点了头：“那上来吧。”

季文竹就住三楼，两分钟后，小珂坐在了季文竹的小客厅里，这小客厅大约只有十几平方米，一大一小两张沙发，加上一个茶几，还有一台冰箱和一台电视，已经摆得很挤。

进了屋，开了灯，开口一说话，小珂才看清季文竹脸上红红的，不知刚才在哪儿喝了酒，虽然不算喝醉，但目光已有几分迷离。

显然，季文竹不在那种可与之恳谈正事的状态，但小珂找她找得如此不易，所以还是开门见山说明来意：

“啊，是这样，我是天河监狱的，我找你是……”

“是庞建东叫你来的吧？”

“庞建东？”小珂愣了一下，马上摇头，“噢，不是，是……是刘川叫我来的。”

“刘川？”

季文竹一脸迷茫的样子，致使小珂不得不问：“对，刘川，你不认得？”

“啊，认得，刘川，原来不是也在你们监狱吗？”

“现在也在。”

“他不是给抓进去了吗，噢，是不是就关在你们那儿啊？”

“对，他现在就在我们那儿服刑改造呢，已经有一年多了。他非常想念你，非常希望你能去看看他。我们监狱的管教部门也觉得如果你能去看他，能说些鼓励他好好改造的话，那对提高他的改造情绪，帮助他克服一些心理问题，还是很有……”

“你们怎么觉得我去就能提高他的情绪？我又没学过心理学，我又能帮他解决什么心理问题？”

季文竹也许是喝了酒的缘故，声音哑哑的，有气无力。而小珂的声音却明快清晰：“因为你是他的女朋友啊。你不是他的女朋友吗？”

季文竹似乎想了一下，答得倒还清楚：“是。”但很快，她又补充了一句，“不过那都是过去的事了。”

小珂张着嘴，她下面要说的话，似乎都在这句“过去的事”面前，变得无法启齿。

“你们吹了？”

面对这个问题，季文竹又想了一下，思索应该怎样回答：“反正……已经断了吧，我们。”

季文竹用“断了”这样一个相对被动的词语，来替换“吹了”这样一个动感的概念。小珂不知为什么，有点替刘川心酸，她知道“断了”这两个字，对刘川将是一场多大的打击。

“他，他知道吗？”小珂问，“你跟他断，跟他说过吗？”

季文竹眼圈红了，她不想让小珂看见她眼里的泪水，她把目光移向别处。她说：“我们在一块……老是吵架，老有矛盾。前一阵他和那个叫单鹃的女孩老是扯不清楚，连我都搅进去跟着倒霉，我让那个女的打得……到现在头还总痛。不过我也不想怪刘川了，这事过去就过去了，我都没说什么。他没进去以前我们就已经快分手了，他那么冲动的个性我跟他在一起也挺害怕的。”

小珂想替刘川解释：“没有，其实刘川这人挺胆小的，挺温和的……”

“他表面是这样。”季文竹打断小珂，“可他的脾气其实大着呢，他跟我吵架，没说两句就急，一急就嚷嚷，一急摔门就走。他跟他奶奶都吵架，都摔门，就别说跟我了。你们其实并不了解他。他是射手座，射手座的人，温和都是假的。他现在在监狱里脾气好吗，是不是在里边就不能这样了？”

小珂含混地说：“啊，他，他不这样了。”

季文竹顿了一下，又问：“他，他在里边好吗，身体没病吧？”

小珂没答，她反问：“你还想他吗？你对他，还有感情吗？你对他，一点感情都没有了吗？”

季文竹低头，说了句：“其实挺想的……”只一句，她的眼泪终于垂落下来，停住话头忍了半天，强迫忍住了那声哽咽，“他，他这人，挺倒霉的……”

小珂说：“我知道，刘川有很多毛病，可我也知道他非常爱你，他想让你去看看他，你能抽时间去一次吗？”

季文竹用手绢擦着眼泪，擦完了又去卫生间洗了洗脸——眼泪把她脸上的妆都弄脏了——少顷她走出卫生间，鼻子还是有点塞，眼睛还是红红的，脸上的表情亦醉亦悲，大概从未有过这样的憔悴。但当她在小珂面前重新坐下，重新开口的时候，能听出她的语调已恢复了镇定。她用哀伤的，但也是明确的声音，婉言拒绝了小珂。

“我不能去，我想我见到他会很难过的，他毕竟对我不错，他的影子总在我脑子里，可我们已经不可能在一起了，所以我必须忘了他。见了他我会控制不住自己，这样对我对他都不好，所以真的很抱歉，我不能去。”

一连三周小珂去找季文竹，庞建东都知道。但他什么都没问，什么都没说。

小珂来一监区向老钟汇报的时候，他在外屋听得十分清楚。当天晚上他私下里对小珂说道：“季文竹那儿，要不要我再去试试。”

庞建东主动请缨，本来是件好事，但小珂半天都没吭声，没说那可太好了也没明确拒绝。庞建东猜到她的疑虑，主动挑明：“季文竹说得没错，她跟刘川已经是过去的事了。那她跟我，就更是过去的事了。我早就明白了，对她们这些当演员的女孩来说，最重要的是能不能红。在他们那个圈子里，不红你什么都不是，可一旦红了，就能万人之上，称帝称后。他们那种职业和咱们不一样。既然他们红与不红有天壤之别，那其他肯定都是次要的了，包括爱情。爱情如果和红不红无关的话，那是刺激不了她的。”

尽管庞建东如此说，但小珂依然有疑惑：“既然爱情已经刺激不了她了，你还去干吗，你去告诉她刘川爱她，还有什么用呢？”

看来，庞建东也不知道他去了还有什么用呢，但他说：“刘川是我们分监区的犯人，我只想为分监区做点工作。如此而已。”

少顷，他又说：“我和季文竹，毕竟交过朋友，她也许会看在朋友一场的分儿上，给我一个面子吧。”

这件事后来的进展，果真出现了庞建东一厢情愿的那个结果，季文竹居然来了。也许演员都是场面上的人物，彼此照顾面子，是场面上的规则。但无论如何，当庞建东把季文竹大变活人地带到钟天水面前的时候，老钟和小珂还是感到了极大的惊奇。

在会见刘川之前，老钟先和季文竹谈好，对她见了刘川之后该说些什么，做了必要的交代。交代的核心就是：无论如何不能说那种“过去的事”之类的话，你是来跟他叙旧的，不是来跟他分手的。老钟恳求季文竹：他现在急需对未来的生活建立信心，建立幻想，你要给他这个幻想。

季文竹听老钟介绍了刘川的情况，介绍了刘川这一年多来的心情，尽管她对和刘川真的继续保持关系未做任何承诺，但还是通情达理地同意配合，同意按照监狱方面的要求，做好刘川的思想工作。小珂后来私下里向庞建东打听他是怎么说服季文竹到监狱来的，庞建东一脸严肃地想了一下，告诉小珂：“我对她说：‘你当初跟我分手我可以承受，可你现在和刘川分手，他无法承受！因为我和刘川过去的个性完全不同，因为我和刘川现在的处境，也完全不同。’”

季文竹来到天河监狱的当天，就被安排和刘川见面。见面没有放在探视室隔着大玻璃进行，也没有安排在刘川第一次见他奶奶的那个房间，而是安排在了团聚楼的一张餐桌上。刘川从严管队结束集训回到三分监区之后，虽然处遇等级升到了“普管”，但由于刘川至今没有恢复考核计分资格，按规定是不能进团聚楼与亲属团聚的。团聚和会见有很大区别，不但不用隔着玻璃用对讲机交谈，而且可以在一起聚餐，一级处遇的犯人，每月还可以在团聚楼里与自己的配偶同居几天。由于季文竹这次来对改变刘川的改造情绪可能会发生较大作用，所以钟天水特别找分管的副监狱长强炳林批了一下，破例把会见安排到了团聚楼里，而且还由一监区出钱，安排了两荤一素、三菜一汤的一顿午饭。

根据后来的评估，这次会见的正面效果非常显著。刘川与季文竹共进的这顿午餐，前后大约用了两个小时，两人的交谈没有安排监听。但据后来往屋里送菜的人出来说，两个人都没怎么吃，一直在说话，先是刘川哭了，后来季文竹也哭了。但两人之间的气氛始终平和，没有任何争吵，也没有其他意外。

两个小时之后，钟天水走进房间，意味着会见已经到了结束的时候。刘川和季文竹都站起来了，刘川拘谨无话，季文竹则大方得体地对钟天水和监狱领导表示了感谢，把场面上的客套表达得恰如其分。

这是季文竹第一次来到监狱这种地方，也许这地方给了她许多新奇的感想，特别是看到了一个完全意想不到的刘川。刘川的样子，刘川的穿着，刘川说话的语气、腔调，全都意想不到，像换了个人似的。周队长叫他："刘川。"他答："到。"问他："吃好了吗？"他答："是。"周队长说："那今天就到这儿吧。"他又答："是。"站姿和口气，都规矩极了。如果不是亲眼所见，季文竹无论怎样都想象不到。

刘川回到监区后，钟天水趁热打铁，找刘川谈话，问他："谈得怎么样啊你们？"问得刘川脸上居然现出几分羞涩。钟天水心中暗喜，这种羞涩是刘川入监狱之后从未有的，羞涩说明他有了一个正常人的喜怒哀乐，有了正常人的荣辱与遐想。

"挺好的。"刘川说。

"别挺好不挺好的。"老钟笑笑，"到底谈些什么，把你们的隐私跟我说说。"

刘川说："她让我好好服从领导，好好改造，争取减刑早点出去。"

钟天水说："没说别的？"

"没说别的。"

“你们卿卿我我说了两个小时，连饭菜都没吃几口就说了这么两句？你撒谎都撒不圆呢。噢，她一上来就这么教育你，教育你，你就听？我才不信呢。那这些话我也说过，你怎么就不听啊？”

刘川说：“我听啊。”

钟天水说：“监狱给你们这个团聚的机会，是让你们好好叙叙旧，谈谈未来，我就不信你们谈情说爱的话一句没有。啊？有没有？”

刘川抿嘴笑：“……有啊。”

“怎么说的？”

“我问她……问她还喜欢我吗。”

“她说什么？”

“她说喜欢。”

“啊，喜欢。还说什么？”

“我问她……我说我以后出去了，还找得着你吗？”

“她说什么？”

“她说找得着。”

“意思是，她还等你，是吧？”

刘川腼腆地笑：“可能吧。”

钟天水也笑，笑得很慈祥。他看着刘川终于红润起来的脸色，说：“好，那就好。”

钟天水想，真的很好。这次会见，如果能让刘川对未来有个期待，就足够了，就达到目的了。一个对未来有期待的人，有目标的人，就肯定不会虚度现在的光阴，更不会死等硬泡，破罐子破摔。

在与季文竹会见之后，刘川的改造情绪有了天翻地覆的变化。他积极出工，积极参加各种学习和组织活动，连着一个月没有发生过任何过错。分监区的队长们对刘川的评价都好了起来，连庞建东都认为刘川从集训队出来以后的改造成果，是非常显著的。在刘川重新取得计分许可证之后的一个月内，还令人惊喜地成为当月三分监区五位保持零扣分纪录的优胜者之一。

再之后的一个月里，刘川又是零扣分。连续两个月零扣分的人，在三分监区并不常见。到第三个月，分监区的卫生员刑期将满，调到出监教育中队学习去了。钟天水私下里建议冯瑞龙，虽然刘川的进步刚刚开始，但若选刘川接替担任卫生员的话，对激励他的改造热情，巩固前一段进步的成果，肯定非常有效。

冯瑞龙把钟天水的建议，在分监区干警内部的工作会议上，用自己的话说了，大家听罢，有人赞成，有人反对。赞成者认为，刘川这人本质不坏，罪行较轻，过去又是大学生，文化高，身体好，目前的改造表现比较突出，连续两个月保持零扣分水平，处遇等级也从普管升到了二级宽管，担任卫生员应可服众；反对者认为，刘川并没有多少医疗保健知识，让他当卫生员还得先送到监狱医院，至少培训两周。而且更重要的是，刘川虽然现在表现不错，但毕竟时间还短，以前无论在入监教育分监区还是在三分监区，都是出名的反改造尖子，入监不到一年多时间就进了两次反省队和一次集训队。如果放着那么多长期以来一直表现很好的犯人不用，而用刘川担任卫生员的话，恐怕其他犯人会不平则鸣。在赞成者与反对者之外，还有“弃权”的，对用不用刘川不予置评，比如庞建东，听着大家的争论，闷着头不发表态度。自从刘川的改造表现大大改观并且比较稳定后，冯瑞龙就不再亲自兼任四班的管号民警了，四班改由庞建东负责。所以，庞建东的意见是必须问的。

“小庞你什么意见呀？”冯瑞龙问。

庞建东仿佛不想多说似的：“听领导的吧，领导怎么定都行。”

冯瑞龙说：“领导意见是领导意见，我是问你的意见。”

庞建东犹豫片刻，说："要是怕犯人不服，那也可以事先听听犯人意见，搞一次民主测评不就完了。"

冯瑞龙听了，没马上表态，但心里想，这倒也行。

新的一周开始后，冯瑞龙决定，将卫生员的人选确定程序进行改革，在各班报名的基础上，先选出几个候选人来，放到犯人当中去搞"民主测验"，然后再行确定。他们专门设计了表格，让各班犯人无记名填写，一共五个候选人，评选的结果，刘川名列第四。

这下冯瑞龙犯难了。让刘川当卫生员是老钟的提议，现在看来，这锅饭没有煮好，有点夹生，当初要是不听庞建东的建议搞什么民主测评，分监区定了也就定了，可现在既然搞了，测评结果也不能无理由地完全漠视。冯瑞龙为这事专门去找了老钟，他说："钟大，你交我办的那事有点麻烦，我得跟你汇报两句。"钟天水说："什么事？"冯瑞龙说："让刘川当卫生员那事，我们本着狱务公开的原则搞了个民主测评，结果五个候选人刘川只得了个第四，还好没有垫底。哪怕他评个第三呢，也算居中，我们也好说话。"卫生员虽然是为大家服务的差事，可一来这是个受信任的标志，二来每天可以加分，三来多少有点权吧，犯人生病，一般都是先找卫生员求医索药，黄连素、止痛片之类的。卫生员要不积极找管药的队长争取，想要的药也不一定合适。病大一点要去医院的，找队长开"求医条"也少不了卫生员帮忙，犯人们都怕找个服务态度不好的，将来自己万一生病了不方便，所以比选班长还重视呢。钟天水说："民主测评是好事，今后逐步推行狱务公开，班组长和杂务这些职务都应当让犯人先评比一下，然后再由分监区决定，再报监区审批，这样多少可以避免牢头狱霸的现象。今年春节犯人回家探亲工作，我看除了按分数排名次之外，也可以再让犯人评比一下。"

冯瑞龙听老钟这么一说，心里立刻安定下来，问了句："那这卫生员我们就按名次定了？"

钟天水点头：“行。”但又问，“哎，刘川排到第四，同意他的和不同意他的，都有什么具体理由啊。”

冯瑞龙来找老钟，就怕老钟细问，所以把犯人们填的评议表都带在手上，现在正好摊给老钟浏览，他说：“同意他的，主要说他进步快，又有文化。还有一个原因犯人们虽然没写，但我们心里有数，我们分监区有不少犯人挺烦孙鹏的，因为孙鹏在犯人中比较蛮横，刘川过去不是打过孙鹏吗，有的犯人觉得解气，挺佩服刘川，为这事就投了刘川一票。”

“反对的呢？”

“反对刘川的，主要是说他架子大，不理人，不关心集体的事，平时好人好事做得不多。虽然没干什么扣分的事，但加分的事干得也不多。”

老钟沉吟了一下，说：“嗯，你别说，犯人们看得还是挺准的。”又说，“刘川没当上卫生员，而且是被评下来的，肯定情绪会受影响，犯人当中风言风语的也少不了，你告诉四班的责任民警，要多注意他的动态。别再有什么反复。”

冯瑞龙说：“行，四班的责任民警就是庞建东。”

没选上卫生员，刘川心里其实没闹别扭，尽管同号的犯人陈佑成把分监区其他犯人幸灾乐祸的讥讽不断传给他听，尽管刘川当时听了也很生气，但也就生十来分钟的气，很快事过境迁，刘川心里一点不多想了。

也许这也是刘川的一贯性格，生气快消气也快，不记仇的，什么事都即来即去。

也因为那时他有了一个更大的心理支撑，因为他突然得到了一个意想不到的精神快乐，在评选结果出来的前一天，他收到了季文竹给他寄来的二百元钱，还有一瓶深海鱼油。鱼油的包装盒里，还塞了一张用电脑打出来的字条，上面写了这样一段文字：

“据美国哈佛大学安德鲁·斯托尔教授主持的试验证实，鱼油中富含的鱼类脂肪酸可以提高神经递质水平，并对脑细胞外膜产生激活作用，有利于提高人的情绪，缓解抑郁。对狂躁型抑郁症状尤为有效。”

这瓶鱼油连同这份说明，是管号民警庞建东交给他的。庞建东甚至还用平静的口气跟他说了一句：“这是你女朋友季文竹给你寄的东西，还有二百块钱，钱已经入账了。”也许只有刘川和庞建东自己，才能心照不宣地听出这份平静中饱含的别扭，听出“你女朋友季文竹”这几个字，说得多么拗口。

刘川当时正在监号里看法律专业的教材，他从小板凳上站了起来，立正说：“谢谢庞队长。”

然后，他双手接了那瓶鱼油，和一张二百元钱的收据。

“以后，别让你女朋友再寄东西了，更不能寄药品和补品。你现在反正也有钱了，缺什么东西，可以在采买日到超市去买，超市没货又确实需要的，可以报分监区批准，替你到外面去买。这瓶鱼油咱们监区还专门请示了监狱的狱政科和生活卫生科，特别批准同意你收的，但只此一回，下不为例。”

刘川说：“是。”

庞建东走远了，刘川才急急地看了那张字条。他一边看一边笑，想不到季文竹还懂这么多。他马上想到前些天冯瑞龙也给他找了几本书让他自学，那是一套心理学方面的丛书，《克服恐慌》《走出抑郁》《战胜焦虑》，还有一本《抚平创伤》，还有一本英国心理学家芬内尔写的《战胜自卑》。管教干部送他这些书让他明白这样一个现状，那就是，他在他们的眼里，心理上有缺陷，精神上不正常。他仔细回想他和季文竹在将近一年的相处中，也没冲她发过几次脾气，现在连她也从精神医学的角度给他寄药，一定是别人告诉她的。他们一定告诉她，他要冲动起来如何火暴，他要抑郁起来如何吓人，她就一定想起他冲她嚷嚷的那件事了。不论是谁告诉她的，刘川并不生气，他甚至对此心存感激，要不季文竹也不会寄这瓶鱼油给他，要不他也无缘得到这份飞来的惊喜，刘川只是心平气和地猜想，究竟是谁告诉她的？是庞建东，还是老钟，还是和奶奶毗邻而居的郑小珂？

这时我必须岔开话题说说小珂，说说她和刘川的关系。

所有人，包括刘川自己，大概谁也不知道，小珂其实是在见到刘川的第一面起，就喜欢上他了。

她喜欢刘川的N个理由包括：一、长相，刘川的长相是第一个吸引小珂的原因，这很正常，不多说了；二、个性，其实小珂到现在为止也总结不出刘川的个性，究竟柔弱还是强悍，内向还是外向，平和还是冲动，反正，她喜欢。无论他沉默寡言还是面红耳赤，都让人心旌摇摇；三、人品，如果说，刘川的个性还有这样那样的毛病，那他的人品，则让小珂真的挑不出什么毛病了。比如，他特爱帮助人，特有同情心，因为单鹃曾经对他不错，所以他一直想着怎么报答于她。本来，他只要和东照市公安局说一声，说单鹃和她妈妈早就知道她们从海边挖出来的箱子里装的是什么，那这母女两人的罪名就算铁证如山了。

但他饶了她们。

他饶了她们，她们没有饶他。

天河监狱一共只有十几个女性干警，年轻未婚的只有八个，在这八个人当中，小珂当然是最靓的一个。无论在警校还是在天河监狱，无论在狱内还是在狱外，小珂的追求者总是不断。光是分到天河监狱的警校同学和大学生中，就有三个人或明或暗或当面或托人向小珂表过态了。在外面也有不少阿姨、叔叔找她爸妈说过媒了。小珂原来还挑三拣四，认识刘川以后，马上“矜持”起来，表面的态度是，不在本单位找，也不让父母管，实际自认为，她是最有条件号上刘川的女人。刘川刚来遣送科工作的时候，言谈举止都很老实，也很低调，在新来的大学生中并不特别起眼，以致很多人都不知道他是大款出身。小珂起初也不知道，所以那时候她很有信心。她只是在慢慢等待机会。后来刘川上班开上了沃尔沃E90，再后来小珂又去慈宁公墓帮刘川安葬他老爸的骨灰，才知道刘家并非等闲之辈。但小珂并没气馁，她仍然在等机会。去庞建东家参加生日派对，去刘川家的万和城跳舞，都是机会，但很不巧，在她尚未主动进展之际竟突然发觉，刘川这棵本来光秃秃的枝上，已经花开一朵，那个当演员的女孩季文竹，竟然捷足先登。

若单论长相，季文竹明显在小珂之上，她的美丽逼小珂退避三舍。尽管季文竹还不是明星，但已有了明星的气质，那气质吸引了刘川，让他全情投入，不惜得罪好友庞建东，后来又不惜为她找单鹃母亲拼命。小珂还没入局就成了一个局外的旁观者。她心神焦虑地看着刘川在季文竹迷人的微笑里越陷越深，看着刘川被这场爱情折磨得筋疲力尽，看着他冲冠一怒为红颜，干出了他本来干不出来的傻事，结果一失足成千古恨。也许是嫉妒的本能在心里作怪，在小珂看来，刘川就是被这张花一样的容颜，毁到今天这个地步。当小珂听到刘川用热粥残忍地泼伤两个女人，听到刘川在入监教育中队和另一个犯人大打出手，听到刘川甘冒伤残甚至丧命的危险多次服食洗衣粉，听到刘川在反省队里绝食闹监，她怎能点头相信？她怎能相信这都是真的！每一个消息都让她惊愕不解，每一个消息都让她不知所措，这不是她印象中的刘川，不是她心目中的刘川，不是他们大家、他们每个人都认识、都熟悉的那个胆小腼腆、永远躲在风头后面的刘川。

是刘川变了，变得谁也不认识了，还是他原本如此，只是隐而未露？

但她还是喜欢刘川。

她去和平里找季文竹找得非常辛苦，她说服季文竹时的那些理由，那些话，都发自真心。她告诉季文竹刘川有多么爱她，有多么想她，她是他心目中的天使，是他生命的支撑，所以，她恳求她去看他，给他生活的希望，给他战胜绝望的信心。她这样恳求季文竹时，几乎忘记了自己。当季文竹拒绝了她的请求，声称她与刘川已不再相爱的时候，小珂的痛心，也同样直击肺腑。她那时已完全忘了自己其实是季文竹一个暗中的情敌，完全忘了她本应对季文竹的退出而感到欢欣鼓舞。

那时她只是确信，季文竹不可能不想念刘川，不可能对他完全无情，只不过季文竹对这类儿女情长之事，看得比较现实，只不过她现在更向往的，是演艺事业的巅峰。小珂不是演员，不在那个圈子中谋生，也许她很难体会那种氛围，很难体会接到一部好戏，演上一个主角，对一个演员来说，该是多么的重要。

何况，在季文竹眼里，刘川已经今非昔比。

但季文竹最终还是来了。她最终还是答应了老钟的要求，不说让刘川绝望的话，不说有可能影响刘川改造情绪的话。而且，当刘川问她还喜欢不喜欢他时，她出于善心，出于配合监狱改造刘川的需要，做了肯定的回答。但关于这样回答的目的，她在结束会见离开监狱的时候，向送她出来的小珂，做了她认为必要的解释和说明。

小珂当然没把这个解释和说明转告刘川，甚至，她也没向老钟转达。不管怎样，请季文竹来监狱的初衷已经达到，季文竹对刘川的“爱情承诺”，已经发生了巨大作用，至少刘川因此而转变了对待改造的态度，这个转变令人鼓舞。小珂能够理解，刘川除了一个病入膏肓的奶奶，一个行动不便的奶奶，已经没有别的亲人，所以爱情的温暖与期待，对他此时的心情，显得尤为重要。刘川一连两个多月保持零扣分纪录，刘川还报名参加了人大法律系的本科函授，刘川没有选上卫生员但毫不气馁，这一切统统说明，对爱情的向往支持他平衡了情绪，保持了信心。他无论遇到什么困难，就都会想到，季文竹还在外面，专心地等他，她还给他寄来了钱，寄来了那瓶可以抵御狂躁免除抑郁的深海鱼油。

这是刘川入狱后第一次收到亲人的邮寄，第一次收到钱和东西，他高兴极了。老钟和冯瑞龙也高兴极了，因为毕竟有一个刘川最牵挂的人在牵挂刘川了。这个人在牵挂他的身体，牵挂他的心情，牵挂他的成绩，牵挂他在什么时候，能够走出这座深牢大狱。拥有了这份牵挂，刘川在剩余的刑期中一定会过得非常顺利，一定会支持自己，战胜外界和内心的一切阴影。

大家放心之余，无人能知，那份署了季文竹名字的汇款单和那瓶深海鱼油，其实全都是小珂寄的。

二十一

从那时开始，刘川每个月都能收到“季文竹”寄来的钱，一百元、二百元不等。“季文竹”还给他寄过内衣内裤和毛衣袜子什么的。这些钱和东西，每月一次，像一颗彗星，像一道阳光，总能在某个固定的时辰，从他饥渴的心头温暖地划过。

三个月以后，刘川的账上，已经累积了五百块钱。但他不像他们班的李京、陈佑成他们，每个月的采买都把限额用尽。他们用的香皂、穿的内衣，都要好的，嘴里的零食也没一天断顿。刘川反正也没有吃零食的习惯，他仍然和过去一样，极其节省，没有特别的需要，账上的钱就一分不花。三个月后的某一天，他在民警约谈箱里投了条子，要求谈话。谈的内容虽然极其简单，却让管号民警庞建东感到万分意外，而且，非常为难。

刘川要求谈话，只为一件事情，就是恳求庞建东允许，让他把自己账上的五百块钱全部取出，替他在外面的花店里买一捧最好的玫瑰。因为下下个月就是季文竹的生日了，他想求他的队长找个快递公司，在季文竹生日这天，把这捧玫瑰花送到季文竹家去。这事他不知庞建东同不同意，能不能定，要不要请示上面，请示上面需要多长时间，所以这个要求，他得提前提出。

庞建东没有同意。

他不同意的原因，绝非出于嫉恨和报复，因为监狱的常规，从来都是犯人亲友给犯人寄钱，从没发生过犯人寄钱给外面亲友的事情。托监狱干警买礼物送给亲友，更是从无先例可循，也违反了监狱干警“九不准”的规定。“九不准”当中的第七条就是：“不准违反规定，私自为罪犯传递信件或者物品。”他对刘川说：“你这份心意，我以后有机会可以代你转告给她，但这钱你还是留着。你不是报了法律函授吗，将来总要买点书吧。多学点知识，考个好成绩，攒够了分争取减刑，早点出去比什么都强。”

是的，加紧攒分，减刑出去，对一个服刑人员来说，可谓悠悠万事，唯此为大。从季文竹来监狱看望刘川的那一天起，他就开始全神贯注地、全力以赴地，为分数而加倍努力。分是“大墙人”的命根儿！以前刘川总是带着不屑的心情，看待“分”这个犯人中最重要的关键词。现在，挣分也成了他每日生活的目标与核心。除了每天积极出工，不出废品外，他每天折页子的数量，总是争取全班第一。在全分监区月底的生产评比上，也要力争位居前三，然后坐二望一。无论进全班第一还是进分监区第一，都是有加分的。分监区区长冯瑞龙有一次在服刑人员大会上，还和仄押韵地总结过刘川的变化，说刘川过去干活出于无奈，现在干活总想比赛。优异的名次大大增加了刘川的自信，让他觉得，只要他专心致志想要干好的事情，就准能干好，无论折页子还是刷胶，还是上机器打包，他出的活都是又快又好。

在挣分方面，除了出工拿名次之外，他还报了法律专业大学本科的函授。法律专业有二十五门课程，要考十二门单科，按照罪犯考核计分办法的规定，每考下一门单科，都可加三百分，一年要是考下两门，就可挣到六百分了。如果没有意外的扣分失分，每年就算弄不到监狱改造积极分子的头衔，至少也能弄个监狱嘉奖，原来想都不敢想的监狱表扬，他现在都不屑于想了。

刘川是秋天入监的，一年半以后，也就是第三年的春天，刘川发觉自己在这个高墙电网的大院里，已经住惯了，对这里的生活环境，对每天周而复始的晨昏起居，都已习以为常。他走出了入狱初期的恐惧和焦躁，那种度日如年的感觉，已经荡然无存。

他唯一不太习惯的，还是那些同号的犯人，一年半的共同生活，他始终不屑与之为伍。如果说他在队长们面前已经摆正了位置，认清了身份，那么在犯人面前，他还保持着原来的孤傲。他认为自己和他们原本就不是一路的，他们四班十几个人，他几乎没有一个能勉强看顺眼的。

包括他的班长梁栋，虽然梁栋是天河监狱这两年的改造名人，多次获得包括局改造积极分子，以及监狱嘉奖和监狱表扬等各类奖项，但刘川不知为什么，始终觉得这人挺阴，名利心太重，嫉妒心太强。要是有人在哪方面比他强了，他表面上又是祝贺又是夸奖，私下里净干拆台捣乱的勾当，这种阴暗的心理，谁也说不清是从啥时落下的毛病。

班长之外，不能不防的还有陈佑成。陈佑成是个特别爱挑拨是非的家伙，光在刘川耳朵里，就不知传过多少闲话，不外是谁谁背后又说刘川坏话了，谁谁又往举报箱里投条子揭发刘川了。刘川当时听了虽然也很生气，但他一直记得奶奶过去反复灌输的教诲：来说是非者，必是是非人，今天既能在你面前说别人坏话，明天就能在别人面前说你坏话。这种人的敌友，是经常变换的，不变的只是那张大嘴，说人坏话只是他的习惯。他说你坏话时，其实并不一定恨你，只是不说难受，习惯罢了，所以才更加可怕。

其实陈佑成毁就毁在他这张嘴上了，他是大大前年被判入狱的，判的是诽谤罪和诬告罪，数罪并罚判了七年，已经服了四年刑期。也因为这张烂嘴，一次刑都没减过。

还有孙鹏，虽然他和刘川没再打架，但刘川还是别提有多烦他。他在刘川心中难以更改的形象，就是个自以为很牛的北京混混，没文化还总硬充老大，死要面子活受罪的。前一阵他违反禁烟规定，在食常帮厨时捡了一个外面送货的人扔在地上的烟头，结果被发现差一点又送到严管队集训去了。其实这口烟本可抽得人神不知，但孙鹏性格张扬，就怕别人不知道他谁都敢叫板。烟头抽就抽了，回班还非要逞强，跟别人吹牛说自己“玩儿得好，不会现”，现了也有办法“铲事儿”，“舒服一会儿是一会儿”。结果让人举报了。除了孙鹏自己，班里人都知道，举报人就是班长梁栋。而在梁栋耳边嚼舌根的，就是平时跟孙鹏吃喝不分的哥们儿陈佑成。

所以不光刘川，好多人都觉得，孙鹏不是很牛，是很傻。

还有犯诈骗罪进来的李京，因为过去在社会上做过几天买卖，所以成天跟班里人比谁家有钱，比谁吃过的饭贵。他说他结婚的时候租了一辆凯迪拉克，还租了一辆奔驰300，用奔驰在前面开道，他和他媳妇坐后面的凯迪拉克，那叫一个威风！那叫一个阔气！四班的犯人大都很穷，可不知为什么总爱围着李京听他白话。这下刘川明白为什么那么多老百姓看电视都爱看皇帝剧、商战剧、偶像剧了，大家生活在市井底层，看看上层的排场，品品富人的奢华，多少能满足些幻想，撩拨点欲望。刘川反正从不围在李京身边，逢他吹牛躲不开了，也总是闭目塞听。唯有一次，李京历数北京哪个地方的饭最贵，在那一连串饭店酒楼的名号中，突然说到了万和城。“万和城”三个字让刘川条件反射似的睁开了眼，心里还扑通了一下子。扑通完竟一时没想起那是个啥地方，就是觉得特耳熟，仿佛是自己童年时的一个偶遇，游戏中的一个幻境。李京说万和城的燕窝最贵了，而且一点不好吃，纯粹是卖它的牌子呢，卖万和城的气派呢。去万和城的人都是要面子的，所以情愿挨它宰。他也是因为有一个大老板请他老婆，他才跟着去了一次。李京总结归纳，在王府饭店地下商场买衣服，在万和城吃海鲜，吃完了再就地洗桑拿，都是钱多了撑的傻子才干的事情。

刘川不和他们扎堆闲聊，犯人们全当他是个性各色。而且，谁都知道，刘川家里最穷，他是个苦孩子，没见过什么世面。入监一年多了家里都不送钱来，刘川这一年多时间几乎从来没花过一分钱采买，也真够惨的。刘川现在花的钱，也是他女朋友寄的。因为刘川长得还行。陈佑成在刘川耳边嘀咕过，他说刘川你知道他们都说你什么，他们都说你过去是吃软饭的，说你原来就是为了一个女的才让人家把“官衣”扒了，说你后来打架进来也是为了一个女的。刘川明明知道陈佑成又嚼舌头，可他听了还是气得一连几天堵得难受。

但是和其他班相比，四班的人在三分监区还都算省油的灯。其他班闹事闹监、顶撞管教人员甚至互骂互殴的现象，时有发生。这半年来，三分监区查出犯人私藏违禁品的事件大小一共五起，没有一起出在四班。前一阵一班有个叫苗申的黑社会团伙犯还带头闹事，在通道打饭的时候非说馒头馊了，带了一班和三班的一帮人坚决不吃，闹得队长把食堂的营养师和生活卫生科的干部都找来检验，证明馒头一点问题没有。结果他们不听，还是堵在饭箱那儿大喊大叫，非要监区长亲自过来处理不可，弄得他们四班和五、六、七、八班都不能正常打饭。苗申这种动不动就想跳油锅滚钉板的犯人大家都烦，幸亏四班还没碰上这种类型的家伙。四班最野的孙鹏也是人不犯我，我不犯人，犯也是单打独斗，至少没有拉帮结伙的毛病。

除了孙鹏，四班其他人就算无事生非，大都也是蔫拱。班长梁栋入狱多年，从不生事，陈佑成只挑事，自己绝不出头生事。李京嘴上吹得厉害，真要遇事也就君子动口不动手了。过去刘川生过事，现在也改邪归正，渐渐踏实下来了，唯一还有可能生事的，也就剩下了孙鹏。

而且，孙鹏那一阵确实有一个生事的由头。那由头还是他的老婆、孩子。除了老婆、孩子，孙鹏在外面就没有一个能让他稍稍在乎的人了。

孙鹏刚入狱的时候老婆就想和他离婚。但不知为什么后来没离。离婚可能只是探视时的一句气话，可能也怕离婚再嫁委屈了孩子。就这样消停了一年之后，他老婆突然来信旧话重提。他以为又是气话，心里堵了一阵，没太当真。直到两周前他老婆写了信来，并且在其后的探视时把这事说得相当认真，他这才真的急了。

他老婆说得也很实际，过去家里的生活来源主要靠孙鹏在外面当厨子挣钱，隔三岔五还能把饭馆里的鸡头鸭架往家里头顺。孙鹏入狱以后，他老婆一个月八百块工资，养活自己还得养个孩子，虽然孙鹏父母每月也能给孩子送个二三百元的，但孩子前阵病了几次弄得入不敷出。这一年当中有不少男人找过孙鹏老婆，表示她只要离婚再嫁即可吃穿不愁。孙鹏老婆自己犹豫再三，和父母商量再四，终于提笔给孙鹏写了那封信，而且在来监狱会见的时候，正式向孙鹏提出离婚。

这回可是真的。

孙鹏老婆说："你在里边政府管吃管住，棉袄棉裤都是政府发的，我们娘儿俩也找政府要吃要喝、要棉袄棉裤，政府管吗？所以现在只能谁管我们，我们跟谁。我们也没别的办法，你要是仨月半年就能出来，我们还能勒紧裤带熬着等你，你这一判十年这才两年不到，等你出来我早都熬成白骨精了。"

在那次亲属会见的第二天，孙鹏在监区长约谈箱里连投了三个字条，先是要见监区区长钟天水，后又要见监狱长邓铁山，第三天他又找到管号民警庞建东，急不可耐地催促狱长接见，结果让庞建东板着脸训了一顿："监狱长又不是管你一个人的，你想啥时见就得啥时见吗，你慢慢等着吧！”第四天上午，监狱办传下话来，要分监区区长冯瑞龙先找孙鹏谈话，摸摸他到底要谈什么内容。中午，冯瑞龙还没来得及谈呢，孙鹏就已按捺不住地闹起来了。

这天三分监区的犯人都在压板车间干活，午饭前冯瑞龙命令集合讲评，在大家纷纷放下手中的工具到车间门口集合的时候，孙鹏突然占据了烯料库房，用桌子顶住房门不肯出来。他手里不知从哪儿弄了个一次性的打火机，威胁要不让他立即见到监狱长就把库房点了。冯瑞龙一边命令干警立即将全体犯人带回监舍，一边赶到库房隔着门展开劝降。监狱长邓铁山和一监区区长钟天水接到报告赶过来时，孙鹏的要求已经进一步提高，监狱长他是不打算见了，改口要见监狱局长。干警们扒着门缝看到孙鹏将一桶桶烯料倾倒在地上，并且把打火机的火苗调得老高。烯料的呛味弥漫得百米之内都能闻到，一旦见火也许能将整个库房引爆。监狱长邓铁山冒着被炸死的危险，与冯瑞龙一起站在库房门外，冯瑞龙听明白了，孙鹏说来说去还是关于他的老婆、孩子，他要求监狱批准他假释回家，他说如果他老婆改嫁他也不想活了，还不如现在就点火自焚图个痛快呢。在邓铁山耐心软化孙鹏态度的同时，副监狱长强炳林和监区长钟天水迅速调集警力，毫不迟疑地准备强攻。强攻的方案经过短暂研讨，确定要以防火防炸为先。他们命令民警拉出车间的全部防火水龙，又调来了一辆救火车悄悄开到烯料库房的窗外，车上的高压水龙也接好了附近的水源。当一切准备就绪的时候，孙鹏的态度已经软了，绝望的哭泣代替了狂喊，然后开始降低要求。他不再奢求获得假释，而是要求政府替他做主，劝劝他的老婆。很快他的要求又进一步降低，那要求几乎变成了一种乞求，乞求政府答应他一旦投降，保证既往不咎，不送集训，不做处罚，就当这事压根儿没发生一样。邓铁山尚未表态，钟天水便匆匆过来，附耳低语了几句，邓铁山随即转身离开库房门口，同时对身后的众民警下令强攻。三位身强体壮的民警一齐用力，撞开库房房门，三支高压水龙一起喷出水柱，大力射向孙鹏，几乎同时库房的后窗也被撞开，又一支高压水龙从身后加入攻击。四条急射的高压水龙将孙鹏冲倒在地，冲得他满地翻滚全无招架之力，手上的打火机也不知飞到哪里去了。在他身上炸开的水浪吞没了他的躯体，民警们手执电棍、钢铐冲进门去，擒住孙鹏比预想的还要轻而易举。

干警们也没想到高压水龙的威力如此之大，四支水龙目标集中，距离又近，竟在刹那将孙鹏射得不省人事。眼睛和鼻子都有出血，经医生检查幸为外伤。只是监狱长邓铁山为这事差点心脏发病，冯瑞龙为这事险被停职，钟天水为这事写了三份检查才被通过，那一阵干警们天天开会反思教训，犯人们天天开会整顿思想，全监上下各个角落，又开展了一次彻查违禁品的清监行动，搜出、交代出、揭发出的香烟、白酒、铁钉、绳子等各种违禁品数量虽然不多，但也足够触目惊心，狱政科专门办了一次收缴违禁品的巡回展览，并且处罚了五个涉禁的犯人。

经查，孙鹏的那只一次性打火机就是上次在食堂捡烟头时，跟外面进来送货的那人要的。点完了烟头他就没还，那人也没好意思再要。

孙鹏当然要送集训队了，好在他并没真的点火，否则还得报法院加刑。在送集训队之前，孙鹏又玩起了花样，他也学了前阵刘川的把戏，在三分监区正要宣布将他送到集训队的时候，他突然生了病。他生病的目的并非仅仅要躲集训，而是和刘川一样，也是企图谋求保外就医。

和刘川装病的手段相比，孙鹏的病法，可就狠得多了。他玩儿的是屎尿失禁！在冯瑞龙把他叫到办公室通知他回去打包行李去集训队报到时，他当场就把一大泡尿撒在了裤子里，然后就势瘫在地上，自称下肢麻痹，怎么扶也扶不起来了。在抬到医院的途中又拉了一裤裆屎，弄得抬他的几个犯人中午都吃不下饭。经过天河监狱医院和监狱局的滨河医院几次检查，都没查出器官上有何毛病，可他就是不分车上、路上、床上、地上，有屎就拉，有尿就撒，弄得没人能跟他在一间病房同住。天监医院的病犯监区不得不专门腾了一间原来放东西的小屋给他单住，并且要求三分监区派人过来，服侍他的清洁和起居。

这正好是卫生员干的活，不料分监区刚刚当选没多久的卫生员因为在一次家属团聚回来后，用雪碧的瓶子往监区里带白酒，在这次彻查违禁品的清监行动中被揭发出来，结果卫生员的职务被抹了不算，又送集训队予以严管。可这回分监区再选卫生员的时候，居然无人主动请缨，因为人人心知肚明，这时候谁要是得了这个职务，十有八九就得派到医院陪护孙鹏，就得一天无数次地给他擦屎擦尿去了。

冯瑞龙开始并没意识到这事和孙鹏有何关联，直接找刘川谈了次话，表达了政府对他的信任，希望他能再次竞选该职。上次选卫生员刘川失利，老冯一直挂在心上，没想到补偿的机会来得如此之快。他奇怪地问刘川这次为何没有报名，是不是因上次的挫折而有些气馁。刘川说不是。冯瑞龙问那为什么？刘川说："队里让谁干谁就干呗，老评来评去容易评出好多是非。"冯瑞龙说："监狱和外面的单位不一样，如果做什么事都能公开透明一点，就能让广大服刑人员感觉公平，你得明白这个道理。"刘川说："是。"

因为无人报名，冯瑞龙就把选卫生员的事直接拿到分监区管教工作会议上让大家议了一下。对于让刘川当卫生员的提议，多数干警附议，少数干警异议，四班的管号民警庞建东仍然默不作声。冯瑞龙问庞建东什么意见，附议还是异议，庞建东这次没再提出交服刑人员民主评选的建议，而是若有所思地反问了一句："现在当这个卫生员，刘川自己愿意吗？"冯瑞龙说："我找他谈过，他愿意。"庞建东又问："他是主动愿意还是被动愿意？"冯瑞龙一时搞不懂庞建东的意思，说："我问他了，他说只要分监区定了，他一定干好。"庞建东说："那就是被动愿意。"

刘川被宣布担任分监区卫生员之后，当天，冯瑞龙就明白庞建东的微言大义了，就明白为什么这回没人报名了，就明白什么叫主动愿意、被动愿意了。刘川当上卫生员的当天，就被派到监狱医院，陪护孙鹏去了。刘川去医院的那天晚上，庞建东也去了一趟医院，表面上是看看孙鹏，实际上主要是想看看刘川的情绪。因为他突然想起很久以前曾经听说，刘川和孙鹏在入监教育分监区曾为一碗鸡蛋汤打过架，双方打得头破血流。

庞建东进了病房监区，麻烦值班的民警打开了铁门，走进病房区内。孙鹏住在最里一间，离了十米就能闻到一股恶臭，庞建东忍着没捂鼻子，朝着臭味的源头推开那间房门。他看见孙鹏坐在床边的地上，光着两条脏腿，看着刘川撅着屁股正给他撤换褥子床单，那褥子、床单上到处糊着颜色恶心的屎尿。

刘川见庞建东进来，两手抱着卷了屎尿的褥子，立正站好，叫了声："庞队长。"庞建东点头应声，待孙鹏也坐在地上向他打了招呼后，他对刘川说："你赶快抱出去吧。"刘川答了句："是。"就抱着褥子出了屋子。

庞建东对孙鹏说："我说你这毛病到底怎么着啊，医生说你什么病都没有，你要是装病可是搬起石头砸自己的脚。你自己受罪你乐意，你这不是害人家刘川吗，天天给你洗褥子、洗床单，这个味儿谁受得了。"

孙鹏说："庞队长，我真有病，我也想憋着，可就是憋不住。可能是让高压水枪把我激着了。要不然你们还是让我保外就医得了，让我老婆伺候我去，也别麻烦刘川了，也别麻烦政府了，我也不想……"

庞建东打断孙鹏，他的语气冷淡，态度坚定，不给孙鹏留有一丝幻想："你这不可能的，要保外就医得医生证明你确实有病，生活不能自理，现在医生证明你没病，你保什么外就什么医呀。你自己好好琢磨琢磨，早琢磨透早点回头，现在回头还来得及，听见没有。"

孙鹏低着头，不作声。庞建东不再多说，转身走了出来。他到水房又去看了看刘川，看到刘川正在冲洗那床褥子，见他进来，刘川关了水立正站好。庞建东突然觉得刘川真是倒霉，好不容易得了一个卫生员的职位，结果竟是这样一份把屎把尿的苦差。

根据我一向以来的认识，庞建东这人有点傲骨，尽管自己没钱，但特别看不起有钱人的张狂；尽管自己瘦小，但特别不服强健者的力量；尽管自己是大专学历，但并不把那些拥有大本学历的同辈放在眼里，他从来不肯屈从人下，服软认输。但对那种可怜倒霉走了背字的弱者，则特别愿意仗义执言，倾力相助。

在刘川刚从公大分到天河监狱那会儿，他和刘川混得不错，因为刘川虽然拿了大本，但一点没有大本的架子。刘川低调、厚道、不抢风头的个性，很合庞建东的胃口。也因为那时他并不知道刘川老爸是个大款，也因为那时刘川尚未从他手里仗势夺爱。在季文竹移情别恋之后，庞建东恨刘川恨得，一下有点势不两立的劲头。

庞建东对刘川的态度让我常常心中感慨，感慨时光如电，感慨人间正道，沧海桑田。时间的强大无人能敌，时间可以淹没仇恨，修复情感……时间让庞建东不再愤怒，不再抱怨。当刘川沦为阶下之囚，当他与刘川分隔天壤，他甚至还告诫自己，对末路之人要持以同情，要出以公心，在对刘川的管教上，应回避时且回避，需耐心时当耐心。在他当了四班的责任民警后，他更加告诫自己，一定要对刘川负起责任。

庞建东的这个心态，聊天时和我谈过。我能够理解，也相信他发自真心。

庞建东走进水房，看到刘川独自洗刷褥子，褥子很大，洗刷吃力。庞建东面色严肃，说了声："我来帮你。"便向刘川走了过去。刘川先是习惯性地说了声："是。"后又连忙拦住庞建东伸过来的手，"不用不用，庞队长，我自己能洗。"庞建东还是坚持把手伸进水里，说："这褥子太大了，两个人洗比较省力，你一个人都拧不干吧。”刘川说：“拧得干，拧得干。”但这时庞建东已经动了手，还招呼在一边愣着不知所措的刘川说：

“来吧，你拽住那头，使劲儿！”

连着一周，孙鹏天天拉在床上，尿在床上。刘川天天帮他擦，擦了床上又擦身上，后来刘川求医院民警给他找了一块塑料布垫在孙鹏身下，每天的清洁工作才算简便少许。他也知道这么长时间屎尿横流八成是伪病，但他并没劝过孙鹏一句。他知道，劝也没用。孙鹏既能忍受这份活罪，肯定是铁了心要达到目的，所以劝也没用。

他不劝孙鹏，还有一个原因，那就是，他恨孙鹏。你装病就装病，非装这种病，你是玩儿得狠了，让老子跟着遭罪！不光刘川，一共二十多个病犯，没有不骂孙鹏缺德的。

一周之后的一个下午，钟天水突然出现在病犯监区，先去看了一眼孙鹏，没说什么，但把刘川叫出来了。他把刘川叫到了干警的办公室里，和他进行了谈话。

钟天水到这儿来，和一周前庞建东来这儿的目的一样，不是看孙鹏来了，而是看刘川来了。

他问刘川：“在这儿陪护孙鹏有一周了吧，烦不烦啊？”

刘川犹豫了一下，说：“烦。”

钟天水说：“孙鹏肯定是伪病，你现在天天和他在一起，应该劝劝他。”

刘川说：“我跟他不说话。”

钟天水怔了一下，想了想，说：“啊，三分监区有不少犯人反映，说你这人架子特大，特不合群，很少跟人交流，为什么？”

刘川说：“不为什么。”停顿了一下，又说，“我虽然和他们一样，也是犯人，可我就是看着他们讨厌。”

钟天水说："有你看着不讨厌的吗？"

刘川沉闷了一会儿，说："也有，少。"

钟天水说："人家也看你讨厌，你知道吗？"

刘川不说话。

钟天水说："刘川啊，我早告诉过你，你应该把这五年的刑期变成学期，你在监狱，其实可以学到很多东西。这都快两年了，你都学到了什么？"

刘川说："我正学法律函授呢。"

钟天水说："我不是说这个。我是说，你的为人处事，你的性格素质，也得学，也得练。你别觉得蹲监狱全是坏事，坏事也能变成好事。坐牢其实也是一次难得的人生经历，能让你看到许多难得一见的人间风景，看到许多难得一见的人情世态，能强迫你在最短的时间内学会知足和珍惜。知足和珍惜也是人的一种必不可少的生存能力，一种必不可少的人生修养。有了这种能力和修养，对环境的适应力就会增强。哪怕是在最坏的环境里，也能焕发出自强求生的欲望。所以我说，苦难也是人生给你的一份厚礼，它让你成熟，让你得到心灵的平静，让你拥有无畏而又平和的个性，让你发现真正的朋友。"

刘川说："我现在，哪还有朋友。"

老钟点头："对呀，你当然没有。朋友都是处出来的，你不融入环境，不与人相处，哪来的朋友。"

刘川说："我原来以为，我脾气特好，现在知道了，我脾气特坏，不懂得怎么和人相处。"

老钟说："和人相处，再简单不过。你敬人一尺，人才敬你一丈，反过来，你不仁，人也不义。咱们中国人处人处事，都是这样，你送我一袋米，我还你一块肉，讲究礼尚往来，互交互换。刘川，你在监狱这所学校里，要想把做人学好，你就记住三句话：待人真诚，做事规矩，态度谦恭。有这三条，就算齐了。”

刘川默默地听着，钟大这些话语，有些深意，也很实在。就像钟大脑门上的那些皱纹一样，深刻的同时，又非人为雕饰。虽然刘川心里还是有点乱，但他点头说：“我知道，我会的。”

钟天水笑笑：“你会个屁！我还不了解你，你这个人，从你的习惯上，就是看别人缺点多，看别人优点少，对别人的毛病特别敏感，对别人的优点无动于衷。除非是你喜欢的人，比如你女朋友，那缺点都能看成优点了。对她怎么好都不嫌过。要是天下所有人都成了你这德行，谁还愿意在这样的世界里过日子！”

刘川不说话，好像被说中了痛处。

钟天水说：“你也不想想，你自己就没缺点吗，你们分监区反映你很少关心集体，很少帮助别人，很少主动打扫公共卫生，是不是？”钟天水笑着把口气活跃，“大概你是信了小乘佛教了，只讲独善其身，可我觉得还是大乘佛教比较好，讲的是普度众生。你呀，你得多为大家做点好事，积点公德，将来到了社会上，就能成为一个受人欢迎的人，受人喜爱的人，你做得到吗？”

刘川说：“做得到啊。”又说，“可有时不知道该怎么做。”

钟天水说：“好做，你就记着我今天告诉你的三句话，这也是与人相处的三大法宝，我刚说的那三句话你还记得吗？”

刘川仰着脸看钟大，一时不知怎么回答。

钟天水说：“真诚，规矩，谦恭。我告诉你，只要做到这三句话，任何环境，都能容你。”

钟天水的一席教诲，表面无新无奇，多为传统道理，但在刘川心里，显然有了积极响应。虽然，他依然没有劝说孙鹏放弃伪病，但他对孙鹏的态度，显然好得多了。他在感情上，仍然讨厌孙鹏，但在理智上、观念上，知道自己现在是卫生员，是陪护孙鹏来的，对这项工作，应当持以真诚，应当中规中矩，应当怀着谦恭待人的态度。

他的态度感动了病犯监区的责任民警，在食堂吃饭时对庞建东大加吹捧，他说庞建东你们一监区真应该评你当“人民满意的好警察”，你管的那个刘川，过去可不是省油的灯，现在让你拾掇的，真是有点人样了。这回在我们这儿表现可好呢，天天干这种脏活居然一句怨言没有，你以后还不在全监大会上介绍介绍，你是怎么把犯人管服的。

刘川的态度也感动了病犯监区的病犯，他们在水房里看见刘川时，总会悄悄说一句：“操，别给丫洗那么干净，给丫沤出褥疮来丫就老实了，什么东西呀！”有时他们还会继而叹上一声，“唉，你要是我们监区的卫生员就好了，你以前在外面是不是伺候过人呀，怎么练得这么耐心。”

刘川心想：我伺候过谁呀。以前要是修炼得像现在这样，然后去伺候奶奶或者伺候季文竹去，该有多好。

刘川的态度，也感动了孙鹏本人，他以前和刘川不大说话，但刘川现在明显看得出来，孙鹏开始有意讨好自己，常常主动冲他微笑，求他做事的腔调，也柔和得前所未有。他甚至从某一天开始，突然只尿床不拉炕了。刘川收拾尿湿的塑料布时他对刘川说道：“兄弟，你也不容易，大哥以后不拉了，光尿点尿还好洗一点。”见刘川没有搭腔，没有谢他，他有点尴尬，继续又说，“兄弟，你对我的这份大恩大德，我记一辈子，有朝一日你用得着哥哥，哥哥为你赴汤蹈火。你要不信下回也病他一次，哥哥也来照顾你，哥哥让你想怎么舒服就怎么舒服。”

刘川说：“你要真想让我舒服，你就连尿也别尿了。”

孙鹏愣了一下，说：“哎，我这不是憋不住吗？”

刘川捧着塑料布出去了，头也不回地说：“我又不是队长，你蒙我干什么？”

孙鹏的声音追着刘川，追着他的背影解释了一句：“你还不信，真的，我不蒙你……”但从声音语调当中，已听出底气不济。

庞建东对刘川的看法，在感情的层面，也进入了一个连他自己都难以揣摩的阶段。

在理性上，庞建东早就清楚，他是他的队长，他是他的犯人。他对刘川应当管理严格，思想关心，执法公平，凡事不以私心待之，不以感情用事，这些原则，庞建东自信都能做到。但在感情上……你说感情这玩意儿在工作中根本就不该存在，也不现实。说老钟这种人凡事都按原则办，我信。老钟这把岁数了，受党教育多年，从性格形成的那个年龄起，就被灌输了各种组织原则，那些原则在老钟的本能上，都已根深蒂固。但庞建东年轻，年轻人容易意气用事，远远达不到老钟的道行。

所以我觉得，像庞建东这种新民警，感情上的好恶，常常左右情绪的波动，甚至影响思想的判断，尽管不一定挂在脸上，但心里难免纠结不清。比如现在他对刘川的态度，就是又爱又恨，说不清谁为主导，说不清正确、错误。

自从他当了四班的管号队长，刘川的表现确实不错。特别是这次当了卫生员去陪护孙鹏，更让庞建东有点感动。但刘川居然让他去给季文竹送生日礼物，而且是送象征爱情的玫瑰花，实在是太不懂眉高眼低、人情世故了。庞建东和季文竹过去是什么关系刘川又不是不懂，虽然已经事过境迁，但彼此心中总有隐痛，刘川居然主动去碰这块伤疤，实在傻得可以。庞建东当场予以拒绝，既没徇私情，也没泄私愤，符合规定，无可指责。

两周之后——庞建东真的气愤了两周——但看到刘川在病犯监区的表现之后，他还是去找了他的上司冯瑞龙，把刘川想送花给女朋友过生日的事说了。冯瑞龙又跟钟天水说了。钟天水的态度是，给刘川办这事并无明文允许，但也无明文禁止，索性给他办了，只此一回，下不为例。为这事钟天水还去问了狱政科和生活卫生科的意见，最后三方面的意见一齐请示了强副监狱长和邓监狱长，其实庞建东早就料到了，这件事只要一往上请示大凡就准了，有利于犯人改造的事，上边十有八九能批。

这事批下来后，具体操办还是落到庞建东头上，他心里别扭，又无处诉说，只怨自己自作自受。因为涉及现金进出，又涉及犯人的女性亲友，所以监狱领导的意见，给刘川的女友送花，最好派两个人去，除庞建东外，最好再找一位女同志，与他一起同行。

正好，庞建东就叫上了小珂，小珂在生活卫生科里，正管犯人的钱款账目。

关于玫瑰花的价格品质，庞建东和小珂并不很懂，他们的家庭条件和生活习惯，还没浪漫到这种程度。这回替刘川买花，才知道玫瑰最多保鲜两天，却要十五元一支。季文竹二十三岁生日，要买二十三支玫瑰，要花三百四十五元整。成捧的玫瑰确实好看，每支长短完全相同，枝叶和花瓣新鲜无损，颜色也个个红得发紫，看上去煞是心动。

小珂事前和季文竹通上了电话，季文竹那一阵正在慕田峪拍戏，她对刘川还记得她的生日，深表惊讶，非常感激。但她同时对小珂表示，慕田峪路途太远，你们就别来了，真的别来了，你们告诉刘川，他的心意我领了，我也祝他一切都好。但小珂说："刘川一定要我们把这份祝福送到你的手里，他这人你也知道，如果我们没有送到，他会非常失望，这对他的改造情绪不太有利。"季文竹这才说："那你们就来吧，我们明天在这边拍完戏，就直接从这儿到北戴河去了，我们拍的是偶像剧，所以得到海边去拍。"小珂说："明天你们几点走？我们明天一早就去。"

第二天早上，小珂和庞建东一起，乘长途汽车去了怀柔。一路上两人没怎么说话，他们轮流捧着那捧玫瑰，沐浴着无数羡慕的目光——那些同车的乘客，显然把他们当成了幸福的一对——没人看出他们眉头紧锁，面色凝重，都在各想各的心事。

庞建东心情郁闷，小珂又何尝不是。那三百四十五块钱都是她和她的爸爸妈妈一点一点辛苦攒下来的，是给刘川用的，谁曾想却落到了季文竹手里。季文竹和刘川相比，和小珂相比，生活肯定富裕多了，但他们还是要把这么贵重的鲜花，长途跋涉送到她的手里。不说这花，光说来回路费，也要几十块钱，还不知回去监狱给不给报呢。

小珂还在上警校时，参加团总支组织的爱国主义教育活动来过慕田峪一次。对慕田峪的印象，并未和今天的蓝天、白云连在一起。他们在离主游览区稍远的一段残毁未修的古长城段落，找到了那个红红绿绿的偶像剧组，并且在一大帮红男绿女的“偶像”当中，找到了满脸娇媚的主角季文竹。

已经拍过不少戏的季文竹在演技上似乎相当老练了，正在镜头前和那群衣着时尚的男孩、女孩谈笑风生。小珂和庞建东向剧组的工作人员说明了身份来意，遂被允许站在服装箱那边耐心等着。在小珂看来，那场戏拍得相当烦琐，连拍几遍导演才喊了一声“过！”季文竹早就看见那捧花了，一散戏便笑着跑了过来，接过鲜花的同时满口感谢，也不知是谢刘川还是谢前来送花的这对男女民警。但小珂看得出来，季文竹面对庞建东时多少有些尴尬，眼神躲闪，笑容不顺。庞建东则很酷地板着面孔，不发一言，默默地听着小珂向季文竹转达刘川的生日祝福。季文竹也托小珂向刘川转达她的问候，祝他身体健康，心情愉快，别老惦记她了。这些祝愿听上去不过是一般的问候，像同时给N个熟人发送的手机短信。唯有最后一句“你跟他说，以后不用老惦记我了”，则听不出究竟是客套，是怕刘川过于分心，还是真的不希望他再这么惦记她了。

季文竹说完了刘川，目光终于，也不得不移向庞建东了。她微笑着说了句："建东，你挺好的吧，也谢谢你了。"

庞建东依然严肃着，什么都扛得住似的，很男人地说了句："不客气。"

剧组里的另几位少女也围过来了，一边开着季文竹的玩笑，一边盛赞这捧玫瑰的质量——季文竹你过生日呀，是今天吗？不过生日人家送你这个干吗？是不是你的影迷送的？你的影迷也有警察？

小珂看着那捧玫瑰被演员们拆散，从这双手里转到那双手里，从这个鼻子嗅到那个鼻子，直到副导演在那边大喊："演员！演员！该拍拥抱那段了……"演员们才放下花朝摄像机那边碎步跑去。季文竹抱歉地对小珂、庞建东说道："我要拍戏了，你们想看拍戏吗，想看的话就站在这儿看吧，看看我们怎么拍戏。"

季文竹也朝摄像机那边跑过去了，庞建东沉着声音对小珂说了句："咱们走吧。"便率先扭头向下山的路口走去。山上的风很大，把庞建东后背的衣服吹得鼓胀起来，使他那一刻倍显魁伟。小珂转身，跟着他走了两步，又不由自主回头看去——万里长城的一个垛口上，一段好戏已经开拍，季文竹激情拥吻着一位风度男子，架在升降车上的摄像机从他们的面前缓缓摇过，徐徐升起……

小珂蓦然回首的目光，并未随着上升的镜头，投向垛口那对"深情"男女，而是向服装箱上那片无人顾及的散落的玫瑰匆匆一瞥。那些玫瑰在太阳的灼烤下好像已经败了，花色枯萎。山风吹过，叶瓣飘零，几点残红碎绿，无声无息地向着残砖断石的斑驳城垣，随风飞去，飞向绵延无尽的山野，渐渐幻化于无……

二十二

孙鹏住进病犯监区一个月后，三分监区决定，派孙鹏的同班犯人李京过来，替换刘川，陪护孙鹏。

孙鹏那时已经有近二十天不满床满裤子拉屎了，而且，下肢麻痹的“症状”也有“好转”，能扶着墙自己走路了。但，尿还是憋不住，还是满床撒，每隔半小时就撒一次，一点存不住的。刘川走了两天之后，孙鹏在监号内大喊大叫，喊来了病犯监区的值班民警，坚决要求换掉李京，理由是李京陪护不好。刘川陪护时总待在病房里，甭管多骚多臭，都在病房里看法律函授的书，这样孙鹏有事可以随时叫他。可李京就不了，李京老是串号，老在通道里和其他病犯闲聊，老聊他在外面的那些美事，吃过什么饭坐过什么车之类的，孙鹏尿在床上喊半天他才进来，而且对孙鹏的态度也特别不好。孙鹏要求再把刘川派回来，除了刘川他谁也不要。病犯监区的民警把他的要求转告给了三分监区，三分监区当然不予理睬。继续让李京在病监陪护了一周。在这一周中，孙鹏和李京争吵了多次，甚至还互相用唾沫啐对方。孙鹏还从床上爬下来，爬到通道里又哭又闹，拒不吃饭，拒不回号，把屎尿都拉在通道里，把通道弄得臭气熏天。看出来他是想把事情闹大，惊动监狱领导，就算达不到保外就医的目的，至少也得把刘川要回来陪他。

按照孙鹏又打又闹的行为，完全可以送禁闭了，但谁都看出来这小子是下了拼命的决心，宁可把自己折腾死，也得把伪病进行到底。为此邓监狱长专门指示一监区，既要尽快攻下这个堡垒，又要绝对避免孙鹏出现意外，所以不宜简单强硬处置，关反省号并不是好的方法。监狱局已经连续六年保持了无脱逃、无暴狱、无安全事故、无非正常死亡的四无纪录，今年年初局里又下了死命令，各单位也都立了军令状，严防死守。哪个单位要是出了事，砸了全监狱局这块荣誉招牌，那就等于把自己钉上耻辱柱了。

一监区连夜为孙鹏这个钉子户专门开会研究，设计了多种方案，软的也有硬的也有，然后一个一个地试下来，结果都不太管用。孙鹏虽然有时态度变好，但一有不顺心的事情，还是吵，还是闹，最重要的是，还是每隔半个小时尿一次。下身都让尿沤出了湿疹，发了炎，生了疮，一尿就蜇得疼，可他还是尿。后来发展到，每二十分钟就尿一次了。只要肚子里有尿，他就立即尿出来，一滴都不存着。李京都快被逼疯了，干了不到两周，就快崩溃了。三分监区只好又换了另一个犯人去，这个犯人去了三天就和孙鹏吵得势不两立，弄得找干部下跪磕头，宁可加刑也不想伺候孙鹏了。孙鹏也用脑袋撞墙，撞得头破血流，非要他走不可。那一阵三分监区的犯人个个谈孙色变，生怕下一个换到自己。刘川因此在全监区都成了名人，谁都过来问他到底念了什么怪咒，让孙鹏死心塌地认上他了。

这一天钟天水带着庞建东，一起到了病犯监区，来见孙鹏。他们没去病房，而是让民警把孙鹏带到了管教办公室里，让孙鹏坐在一张桌前。屋里除了钟天水和庞建东外，还有监狱医院的一位医生，谈话的架势看上去相当正规。

钟天水上来的第一句话，让孙鹏几乎不敢相信自己的耳朵，他说：“孙鹏，根据医生的建议，你们分监区已经把你的保外就医的报告报上来了。监区经过研究，也同意给你报到监狱去。因为要写这份报告，还需要你填一些表格，还有些问题，得向你了解清楚，如果这些情况符合保外的要求，我们才能往上报，否则报上去也批不了。”

孙鹏兴奋得两眼都直了，脸上想绷着但绷不住笑。钟天水从从容容地、不紧不慢地问了他许多问题，这些问题让孙鹏越听越兴奋，越答越有劲。比如他要求保外，谁来保他。孙鹏说：“我老婆就可以保。”钟天水问：“你老婆不是要和你离婚吗，她还愿保？”孙鹏说：“我老婆说了，只要我能出去，她就不离婚。她要是不保，我父母也能保。”钟天水又问：“听说你父母跟你关系不好，他们肯保你吗？”孙鹏说：“我毕竟是他们亲生的儿子，我可以马上给他们写信，我只要恳求他们，他们一定会保。”老钟又问：“你出去以后又要治病又要生活，经济来源怎么保证？”孙鹏说：“我媳妇挣钱，我父母也有点退休金，给我口饭吃绝对没问题，再说我这人又不像我们班李京那么馋嘴，我有口粗饭就行。”

老钟又详细地问了他妻子的情况，他父母的情况，包括他们的身体状况、居住条件和具体经济收入等，还问了他妻子的父母及亲友的情况。他问，孙鹏答，庞建东记。还让孙鹏填了一张保外就医的申请表，一切都做得跟真的似的。最后，钟天水抬腕看了看手表，一本正经地对孙鹏说道：

“孙鹏，咱们今天都谈了一个半小时了，你觉得怎么样啊？”

孙鹏连忙说：“我感谢政府，感谢周监区长，感谢监区对我的关心，让我保外就医。我出去以后，一定遵纪守法，好好治病，争取……”

钟天水打断他：“其实，你没病，你看，这都一个半小时了，你没尿一滴尿，这说明，你没病。你那点屎尿，你其实完全憋得住的。”

孙鹏一下子愣住了，刚要说什么，钟天水又把他打断：“今天，我们有三个人在场，包括一名医生，我们已经把今天测验的真实情况记录在案。有了这个测验，有了这份记录，你以后拉得再凶，尿得再多，也没用了，没有任何一个医生，没有任何一个领导，还敢同意你保外就医。有了这份测试记录，谁同意了谁就是徇私枉法，我们三个人谁都可以告他，一告一个准，谁也逃不过法律和纪律的制裁！孙鹏，你自己想想，哪个干警能以自身生存为代价帮你这个忙？所以，这条路已经让你自己走死了，你不要再有任何幻想。”

孙鹏张口结舌，老钟还没说完他就咧着嘴巴，面孔歪歪地哭起来了，在钟天水做出这番结论并做出最后规劝的时候，在钟天水随后宣布监区决定从即日起对其伪病行为实施禁闭处罚的时候，孙鹏除了排泄出绝望的哭声和泪水外，没有再排屎尿。

钟天水拉上庞建东，那一阵一有空就往孙鹏家跑。

他们去了孙鹏自己的家，也去了他父母的家，把孙鹏在狱中装病的情况，如实相告，算是动之以情吧——孙鹏冒着伤残甚至死亡的危险装病，还不是为了回家养活老婆孩子，还不是怕老婆跟人跑了，孩子没人管了。说得孙鹏老婆哭得像个泪人似的。老钟和小庞第二次去的时候，还带了一监区干警给孙鹏捐的五百多块钱，钱不多，是个意思。意思就是：希望他老婆也能为孙鹏想想，也为孩子想想，熬几年苦日子，等孙鹏刑释出来，一家人幸福团聚多好。老钟他们去找孙鹏父母时，孙鹏的老爹开始还一个劲儿地骂孙鹏：“这小子不是我儿子！不是我儿子！”后来听老钟谈了半天，不吭声了，也陪着老伴掉了眼泪。毕竟是自己的骨肉啊，这么多天屎尿缠身，身上都烂了，得受多大罪呀，还不就是为了孩子吗——孩子也是你们的后代，你们哪能不心疼啊！老钟说：“咱们都是中国人，中国人对血缘的感情，心里是抹不掉的，孙鹏是你们生你们养的，他的孩子也是你们孙家的种，你们能不心疼？”

老钟和小庞还去了孙鹏老婆的单位，孙鹏的老婆在一家邮政公司工作。他老婆很内向，丈夫被抓以后，更觉得在单位里抬不起头了，所以很少与人交流。领导和班组的伙伴都知道她家生活不富裕，但困难到什么程度，并不详知。老钟和小庞去了一说，才知道已经到了过不下去的程度。这公司是国有企业，这些年效益又不错，再加上老钟、小庞说得动情，说得孙鹏老婆单位的领导当即决定，以后定期给孙鹏老婆一些补助，后来孙鹏的父母也终于答应，把孩子接到他们那儿养着，周六、周日再让媳妇接回去住。老钟又说服孙鹏的老婆主动找公婆说了两句软话，把以前的恩怨是非化解了得了，不都是为了孩子吗？一家人有什么说不开的！

这样几面一说，这事基本解决了。孙鹏的老婆明确表了态，不和孙鹏离婚了。老钟又分头动员孙鹏的老婆、父母，甚至动员了孙鹏老婆单位的工会，分别给孙鹏写信，让他安心改造，争取减刑，早点出来，与亲人团聚。

信都发过来了，为了得到这几封信，老钟和庞建东往城里跑了四五趟，腿都跑细了。那时孙鹏已经从禁闭中队转到了严管队，正在接受集训。看了这几封信后，一见老钟就声泪俱下地跪地磕头，称老钟是他的救命恩人、再生父母，说他这辈子只要还有一口气没断，说什么也要报答老钟。老钟说我都这么大岁数了，等你这辈子快断气的时候，我早就烧成灰了。你要报现在就报，怎么报你心里知道。

刘川也想报答老钟。

是老钟让他从心死如灰变得心有不甘，从强硬暴躁走向安静柔软。强硬易折啊！他从老钟的眼神、话语当中，明白自己做人做得非常失败。做人也是有方法的，那方法又是何其讲究啊，需要好好去学。

刘川决定先从具体小事入手，他从病犯监区一回来，就把三分监区的水房和厕所的卫生，差不多全都包了。他让自己养成习惯，只要看见地上有脏东西，必定弯腰捡起来；只要路过暖壶，必定拿起来晃晃，发现空了，马上去打。他们班的李京喜欢用热水烫脚，用水最多，可自己又不打水，每天收了工回到班上，刘川刚把水打回来，大家还没来得及喝，就让他用掉大半。刘川一向挺烦李京的，要在过去，早不伺候他了，可现在刘川不当是伺候李京，全当是修炼自己，马上再打一壶，心里的不高兴也都忍着，不挂在脸上。时间久了，他努力让自己心里也别再不高兴了，既然你是自觉自愿做好事，打开水给大家用，你管人家用多少呢，你管人家是喝了还是洗脚呢。

做这些好事并不挣分，因为没有规定为大家做一件好事能加几分，但刘川还是每天坚持。刘川另有挣分的途径，而且他挣分的途径越来越多。因为听说明年考下一门大学单科的加分要从三百分降到二百分，所以刘川计划今年无论如何也要考下法律专业的三门单科，一门法理基础、一门大学语文、一门外语，一共能挣九百分呢。挣这九百分对刘川来说，很不容易，至少要比在社会上读大学难得多了。在外面正常上大学有老师授课辅导，而在监狱里自学，每门课的重点在哪儿，全得自己琢磨。考试的面又特宽，平时边边角角不注意看的，考试的时候准栽在上头。刘川拉了一个学习资料的清单，在给奶奶打亲情电话时，让奶奶托王律师或者别的熟人帮忙为他到书店或图书馆去找。他知道奶奶这时候已经住进了养老院，但不知道她已经找不到任何帮忙的人，人情冷暖，世态炎凉，奶奶活了七十岁，这回才算透彻体会。曾几何时，她作为万和公司太后级的人物，身边有多少人呼之即来挥之即去。现如今万和大树既倒，猢狲亦散，老太太一个人待在那个简陋的养老院里，无亲无友，无子无孙，刘川父亲的那些旧部，包括王律师在内，没有一个人过来看过她的。

唯一去看她的，就是小珂。

于是奶奶只有托小珂帮忙。刘川要的那些书和那些辅导材料，全都是小珂利用休息时间上书店买，上图书馆借，上老师家要，无论刮风下雨，一点一点弄来的。又一次一次亲自送给三分监区刘川的管号队长庞建东，还得说是刘川的奶奶托人找的，只是让她带来转交给刘川。和刘川一起报考法律专业的那些服刑人员，谁手上的辅导材料也没刘川齐全。庞建东为这事还发自内心地感慨过祖孙情深：老太太腿脚不好能找这么多书来也不容易，刘川更得刻苦学习了，考不下来真是对不起他奶奶的一片舐犊之心。

刘川的学习成绩当然也关乎庞建东的成绩，庞建东主管的犯人挣分越高，他在分监区的工作成绩也就越大。

刘川第一个学年需要的资料，主要是法学基础和大学语文的，至于其他人认为最难的外语，则是刘川的长项，他原来在公安大学就是学外语的，所以外语这三百分胜券在握。那一阵一监区还开了一个外语培训班，分了英语和日语两个班，让刘川当了英语班的老师。当老师也是有加分的。除了做学生和当老师挣分外，那一年的秋天，监狱局发了通知，要在第二年的春天举办迎新春促改造服刑人员运动会，刘川报名参加了天监的篮球队，还报了一个跳绳的单项。天监又把队列比赛项目分配给了一监区，刘川在公大参加过两个月的军训，还曾经作为北京公安方队的一员接受过中央领导的检阅，所以一监区又把队列比赛教练的任务给了刘川。刘川累死了，但干得很开心，这些项目一旦获得前三的成绩，就都有加分了。如果得了冠军，可以得到二百分呢，那是很大的分值啊，几乎和考下一门大学单科差不多了。不仅如此，那种被人重视、受人瞩目的感觉已经久违，那感觉让刘川充实而且快乐。

天监篮球队的成员都是在以前各监区篮球赛上崭露头角的选手。刘川以前从没参加过各监区间的篮球比赛，但在天监篮球队的组队选拔赛上，刘川的个人技术和战术意识都非常抢眼，连庞建东和小珂这些昔日的朋友，都没料到一向不吭不哈缩在后面的刘川，在篮球场上竟能如此叱咤风云。

选拔赛后，天监篮球队为自己定下了坐三争二望一的目标。考虑到两个主力都出在一监区，就定了一监区三分监区的冯瑞龙担任球队的领队兼教练。冯瑞龙年轻时是北京劳改局篮球队的组织后卫，当年也活泛着哪，只是现在廉颇老矣，但还老而弥坚，在组队大会上做动员时，冯瑞龙对实现比赛目标信心十足。当然，也要提醒大家看到难度，他说，要是孙鹏也能参加就好了。孙鹏原来在北京中学生代表队里打过前锋，体力好，防守好，防守有时比进攻还要重要。

孙鹏那时虽然已经从集训队回到三分监区了，但由于结束集训六个月后才能取得计分许可证，而这次运动会按局里的规定，没有计分许可证的犯人无资格代表所在监狱参加比赛。按照运动会组委会的“外卡”规定，孙鹏若想在没有计分许可证的情况下参加比赛，除非他有重大立功表现。可立功这种事情，就算孙鹏有那个决心有那个胆量也有那个能力，可哪有那么巧偏偏就能碰上那个机会!

刘川以前看过孙鹏打球，知道他在大前锋的位置上比较胜任，而天监篮球队的缺口恰恰就是这个位置。刘川在冯瑞龙面前替孙鹏求过情的，但监狱局既有规定在先，冯瑞龙也只能表示无奈。他对刘川说：“你求我还不如去求孙鹏呢，让他咬牙立一功，有立功表现我马上给监区打报告申请让他参赛。我跟你们一样，说是坐三争二望一，其实不想拿冠军那是假的。”

刘川问：“让他立什么功啊，哪儿有机会？”

冯瑞龙也说不出哪儿有机会，机会都是自己找的，机会要都摆在明面上那也没他的份儿了。炸碉堡、堵枪眼、拦惊马、跳冰窟窿这种事，我到哪儿给他找去!

冯瑞龙的这番话，让刘川那一阵除了出工干活回号背书外，净琢磨如何让孙鹏立功了。他对孙鹏的好感，起自于孙鹏从集训队回来那时，十天禁闭加三个月集训，再加上以前他坚持了将近两个月的屎尿缠身，前前后后这半年折腾，差不多耗尽了他的全部狠劲。人人都发现孙鹏蔫多了，也听话多了。再说，钟大、冯队和庞建东为他老婆离婚、双亲反目、孩子没人养的事腿都跑细了，三分监区一共十七名干警除了四个休假的有十三个为他孩子捐了钱，他要再不听话也实在有点不是人了。

那一阵三分监区接的活儿突然多了起来，特别是监狱接了一批铁艺围栏的制作任务，原来是一分监区承担的，人手不够，一分监区就从三分监区抽了四班和八班，每天支援铁艺车间帮忙干活。

到了铁艺车间，刘川看得出来，孙鹏干活是最卖力的。要不怎么说他是大前锋的角色呢。大前锋本来就是苦力，得在篮下、圈顶和三分线周边，凭力气和对手生拼死扛。孙鹏无论打球、打人还是打工，都肯下狠劲，连装病都比别人更狠。四班的犯人当中，班长梁栋和刘川脑子最好，技术学得最快，力气用得最巧，孙鹏技术不行，但不惜力，这三个人每天得分最高。技术又不行干活又偷懒的，是李京和陈佑成，这两个人得分最低。剩下的其他人居中，分数不好不坏。

刘川已经很长时间保持着高得分、低扣分的状态了。逢有几次差点扣分的岔子，也都是有惊无险，化险为夷。到铁艺车间干活的初期也平安无事，但到第三周的周末，因为一只小麻雀，刘川竟惹了一个大麻烦，夺取当月得分冠军的计划，看来只能前功尽弃。

那是偶然飞进铁艺车间的一只麻雀，正好飞进刘川和孙鹏工作的小屋，在地上蹦蹦跳跳好像飞不起来似的，见刘川和孙鹏过来，翅膀扑扑棱棱煞是惊恐。人在大墙关得久了，对这类活物总是格外好奇怜惜，何况这小家伙近在咫尺，不能不引起他们的兴趣。先是刘川扑它，后来孙鹏也上来帮忙，好容易扑到之后，发现它的一只翅膀果然断了。刘川拿在手里爱抚，看那麻雀与他目光相对，好像真的有所交流。它在他的手上瑟瑟发抖，一对圆圆的眼睛可怜地眨着，眨得刘川心酸得不行。见左右无人，刘川对孙鹏说：“它飞不动了，咱们把它养起来吧。”孙鹏犹豫地说：“让养吗？”刘川说：“咱们悄悄养，就养在这儿。”刘川目光巡睃，正好看到旁边的墙角，堆着一堆砂纸盒子，刘川就把麻雀放进一只空着的纸盒里，还在纸盒的前后，各挖了一个通气的小孔，然后把它放在那堆或空或实的纸盒下面，伪装起来。然后，他拍拍手直起身子，看看孙鹏，孙鹏在小屋门口替他望风，两个人同时松了口气，眼神之间，虽然都是七上八下，但也显然达成了一项攻守同盟。

把一个秘密藏在心里，是一件非常刺激的事情。每个早上，每个中午，刘川都要在吃饭的时候，悄悄留下一点馒头渣和米饭粒，有时还有一点菜叶，在出工时带到车间。从监号到车间是不搜身的，所以他的“偷食”行为，一直无人察觉。从车间回监号才会过安全门，偶尔也会抽查式地搜身，但刘川已经喂完了麻雀，两袖清风，不怕查的。他给这只受伤的小鸟起了一个名字，大号“刘翔”，刘是跟了他的姓氏，就像他的兄弟，单字名翔，寓自由翱翔之意，尽管“刘翔”已经断翅难飞。

有了“刘翔”的那几天里，刘川夜里睡觉都牵挂万分。他看不出“刘翔”是男是女，如果它是男的，那它就是自己的化身，如果它是女的，那它就是季文竹的化身。无论白天还是黑夜，刘川都把满心的爱意，投注到这个孤独地藏身在车间角落的小生命上，那几天连法律函授的辅导资料也都看得心不在焉。他甚至有一刻突然怀疑自己是否“玩物丧志”，但更多的时间他相信自己——那个小生命依附于他，因他的照顾和爱怜而活在人世，对他是一件有意义的事情。他希望有一天它能养好翅膀，抖擞精神重返蓝天，带着他的向往，他的寄托，他的问候，去看望他的奶奶，然后，直冲高天，向季文竹所在的地方，振翅飞去。

可惜事与愿违，虽然刘川悉心尽力，水饭均衡，但“刘翔”的伤势不但未见好转，而且精神也日渐萎靡。而且，这个秘密终于在收养“刘翔”的四天之后，东窗事发。

这一天上午，刘川正在干活，一分监区的一个队长和刘川的班长梁栋一起走进小屋，进来之后二话没说，就直奔墙角翻查纸盒。刘川站在一边，知道事情走漏了风声，他的身体有些发抖，但并无半点恐惧，他发抖是因为他的心不可控制地疼痛起来，他为“刘翔”可想而知的命运而痛苦难忍。

“刘翔”很快被翻出来了，一分监区的那位队长打开盒子往里看了一眼，然后砰的一声放在工作台上，严肃地盯着刘川和孙鹏，刘川和孙鹏全都停了手中的活计，垂手站在各自的原位。

队长问：“这是谁藏的，啊？”

无人应声。

孙鹏从一开始就告诉刘川，一旦队长发现，只要你拒不承认，谁也没有证据算在你的头上。但刘川听到一分监区的队长紧接着威胁了一句：“是不是要把你们三分监区的队长请来你们才说呀！”他不知怎么一冲动就站出来了。

“报告队长，是我养的。”

他没用“藏”字，他用了“养”字。他是为了他的“刘翔”，这个他在精神上已经认为兄弟的小小生命，而站出来勇敢地自首，他愿意为它承担一切责任。

队长不多啰唆，指指那个盒子，对刘川说了一句：“拿着这个，跟我走。”

刘川两手端着盒子，走出小屋，穿过整个车间，在众目睽睽之下，跟在队长身后，向设在车间门口的办公室走去。他从盒子半开的缝隙中看到“刘翔”，看到它半躺在盒内，羽毛偶尔竖起，脖子里发出咕咕的呻吟。刘川一路上并没思考自己即将面临何种处罚，他只是在心里与“刘翔”默默告别。

进了车间办公室，队长先指指桌子，示意刘川把盒子放在桌上，又指指墙根，刘川便走到墙根，双手抱头，面壁蹲下，听着队长给他所属的三分监区打电话。十分钟后，庞建东来了。来了以后，让刘川转过身来，问他情况——怎么养的，养多久了，还有谁知道，等等。刘川一一照实回答，唯一没有照实的，是没有供出孙鹏，他把这事一人承担下来。尽管他屈身蹲在地上，但回答审问的神态，并无半点惊慌，平静中甚至潜伏着一腔悲壮。

正说着，监区长钟天水走了进来，庞建东和一分监区的队长都从椅子上站起来，向他汇报了桌上那只纸盒的由来。钟天水扒着盒子朝里看了看，出乎刘川意料地，竟然伸手进去，把“刘翔”从盒里拿出，托至眼前细看。看罢，他问刘川：“好养吗？”刘川发怔：“啊？”又说，“好养。”其实并不好养，但刘川毫不犹豫地说了句：“好养。”

钟天水又把“刘翔”放进盒子，又问刘川：“你怎么想的，怎么想起养这玩意儿来了？”

刘川还蹲在墙边，但双手已经不抱头了，而是扶着自己的脚面，他仰脸面向钟大，说：“它受伤了，飞到车间里，飞不动了，挺可怜的，所以我就养了。白天给它点水，给它点吃的，就是想让它活着。”

钟天水点点头，再次看看盒子里的“刘翔”，自己叨咕了一句：“这还活得了吗？”又看看墙边的刘川，想了想，说，“这事，你怎么不跟队长请示一下呀，这儿毕竟是监狱，你毕竟是服刑人员，什么事不能那么随便。虽然《罪犯改造行为规范》里没有明文禁止养鸟，但也不能张三今天养鸟，李四明天养蛐蛐，那不全乱套了吗？啊？”

刘川低了头，说：“是。”

钟天水又想了一下，转脸对两位队长说：“不管怎么说，这也是个活物，既然已经养上了，就让他养吧。懂得爱护生命、珍惜生命，这是好事，但也要有规有矩才行。我看先让他养吧，不要养在车间里，可以带到监号去，先养在监号吧。下不为例。”转脸又对刘川说，“不过这事你没向队长汇报，不符合规定，该扣分还是得扣分。”

对钟天水的意见，庞建东和一分监区的那位队长显然都有几分意外，刘川能看出来的。但他们这种年轻干警，在钟天水面前只有服从的资格。庞建东说了句：“行。”转脸对刘川说，“你先干活去吧，这盒子先放这儿，收工的时候想着到这儿来拿。”

刘川没想到钟大居然如此宽宏大量，不仅饶了他，也饶了“刘翔”一命。他脸上绽放出感激的笑容，那笑容是从他的心底里发出来的。他蹲在地上，但扬起面庞，冲钟大，也冲庞建东和一分监区的那位队长，满心欢喜地大声答应：

“是！”

也许刘川高兴得有点忘乎所以了，以致这一个月有点祸不单行。“刘翔”的命运刚刚化险为夷，刘川又招上了另一桩是非。

因为鸟飞到车间里来这件事情，一分监区的队长们后来专门过来检查了刘川他们干活的那间小屋，发现窗子果然坏了，已经关不严了，于是，就指示刘川他们自己修好。刘川和孙鹏他们花了好几天时间，在不耽误生产任务的前提下，修好了小窗。其实窗扇本身并不难修，之所以花了好几天时间，主要是因为他们用做铁艺栏杆的废料，做了一扇枝叶连藤的铁艺窗栏，还涂了白漆，替换了原来小窗上黑色的铁条。

他们也许都忽略了，窗上的铁条，与高墙电网一样，是监狱的象征，是服刑人员活动区域的界限，服刑人员自己，绝对不可擅动。所以，当管教干部再来检查验收的时候，看到窗上的铁条被拆，换上了花里胡哨的铁艺窗棂，原来威严庄重的黑色竖框，变成了轻松淡雅的白色小花……从管教干部当时的脸色上，已经不难看出这件事严重的程度。

这件事后来确实被当成了一桩破坏监管设施的重大案件进行调查。一分监区的分监区长和好几个队长闻讯后都迅速赶到现场，将参与拆毁铁条的刘川、孙鹏、李京和陈佑成四名罪犯铐了起来，分别押在几个房间突击审讯。李京和陈佑成当然齐声鸣冤，将责任推得干干净净，说自己只是帮忙安装，具体拆毁铁条和制作铁艺窗棂的行为都是孙鹏和刘川干的，他们还以为是管教干部布置的呢，没想到是孙、刘二犯蓄意破坏。这说法倒也符合事实，李京和陈佑成的确只是帮忙搭了把手，于此事的确无关。

在审问中孙鹏交代，制作铁艺小窗是他和刘川一起干的，当时只是觉得比铁条显得漂亮，也能起到铁栏的作用，所以就把铁条拆了。刘川关于拆换铁条的过程与初衷的供述，和孙鹏的交代差不太多，但他另外交代这次破坏行为，自己为主谋，孙鹏为胁从。

审讯之后，事实大体清楚，虽然没有证据表明刘川和孙鹏拆毁铁条有脱逃和故意破坏的动机，但这个行为本身在天监的历史上，应属绝无仅有。犯人拆毁禁锢设置，这种事无论如何不可简单地就事论事，更不可大事化小，小事化无。

刘川和孙鹏这一天没被允许回到自己的分监区，而是被押到狱政科的狱内侦查队的监号分别关押。当天晚上由狱政科负责狱内案件侦查的民警又再审了一遍。第二天早上，关于此案的审理报告就摆在了副监狱长强炳林的办公桌上。

中午，这事好像有点闹大了，强炳林和监狱长邓铁山一道，突然亲临铁艺车间，来到位于铁艺车间东南角的那间小屋，实地查看了铁条被破坏的现场。在外面干活的犯人透过敞开的房门，看到两位监狱长和一监区的监区长钟天水、一分监区的分监区长马得彦、三分监区的分监区长冯瑞龙，还有最先发现铁条被毁的那位民警，一起指指画画地说着什么。显然，他们并非在简单地听取民警的汇报，而是在进行一场讨论，讨论什么呢，无人听清。

下午，刘川和孙鹏被一起押出了禁闭监号，押到狱政科里，此后的一切情形都变得不可思议。刘川和孙鹏不仅异乎寻常地被同堂审问，而审问他们的不再是狱政科的民警，而是监狱长邓铁山和副监狱长强炳林两位天监的最高当局。

傍晚，刘川和孙鹏被责任民警庞建东接回了三分监区，回到自己的监号后和大家一样吃了晚饭，晚上也正常参加了点名。看了新闻联播后，还看了中国队与阿曼队的足球比赛，然后回号，并且像往常一样进行了睡前的自由活动，洗脸、洗脚，像往常一样，按点睡觉。没人再提起这件事情，仿佛什么都没有发生，第二天清晨，太阳想必照旧升起，和往常一样，把东方照亮。

但在那天晚上，“刘翔”死了。

三个月后，天河监狱的监舍、车间、食堂，一切服刑人员活动的地方，这些地方的每一扇窗子，全部拆下了黑色刻板的铁条，换上了白色的铁艺窗栏。在这些白色的铁艺窗栏上，“枝叶”蜿蜒茂盛，一朵朵绽放的“小花”，生机勃勃，攀缘向上，寻找着窗外的微风和阳光。枯燥森严的监牢，因此而显得活泼起来、亲切起来，显得更像一所学生的宿舍、一座士兵的营房、一处安详的社区……在大墙内被拘禁的每一个人，内心的版图上已经深深印下的那一道道黑冷的铁条，从此被这些自由伸展的“花草”代替，内心的麻木被唤起了一些知觉，内心的阴冷被盎然的春意熨帖，自由仿佛不再遥远，每双眼睛都得到了暗示和诱导，美好的生活距离自己，竟是如此可触可感，如此贴近现实。

刘川在后来对这个事件的总结中全面翻供，一口咬定孙鹏才是此事的真正主谋，根据刘川的“交代”，孙鹏成为后来推广到全监狱局所属监狱的这项人性化监管措施的最初建议者，得到了监狱局的通报嘉奖。

从此以后，犯人们每天清晨醒来，第一个映入他们眼帘的，不再是漆黑森严的铁条，而是镀着金色朝阳的“花草”，每个人的每一天，都因此而拥有了一个心情愉快的开始，对于一个个身陷囹圄的囚犯来说，给他们一个明朗的心情，无疑是一项善举。

刘川的让功，其实别有用心，我们后来都看到了他的“阴谋”最终得逞。孙鹏因功获奖，因奖而获准参加了天河监狱的篮球队，在第一阵容中司职大前锋，与全队一起为即将到来的春天而加紧备战，为即将到来的胜利而欢欣鼓舞。

孙鹏的加盟确实令天监篮球队的攻防实力和篮板高度都得到了加强，全队上下，士气大振。

二十三

春天就要到了，天河监狱确定参加监狱局迎新春促改造运动会的选手，每周的训练时间从两次增加到五次，每次从两个小时增加到四个小时，基本上是半天学习或出工，半天集中训练。刘川除了参加篮球队的训练外，还负责三分监区的队列训练，自己还要抽空练习跳绳，这样繁重的训练，让他的体能大为长进。

在将近四个月的备战过程中，刘川只缺席了两次训练，这两次都是因为有人过来会见。

第一次会见他是被一个管教从球场上叫出来的，汗没擦干就穿了衣服被带到会见楼来。这一天不是亲属探视的日子，刘川没想到来看他的，竟是东照市公安局的那位景科长。

可能因为景科长身为公安，和邓监、钟大他们又都相熟，所以被优待在一个单间和刘川隔桌相谈。虽然两个人的脸上都堆着久别重逢的笑容，但刘川一见到这张熟悉的面孔，眼中还是立即涌满沧桑难言的心酸。

景科长又说到了那个案子，还是那些感激不尽的话语。刘川也对他表达了谢意。在刘川伤害案判决之前东照市局派景科长专门赶到北京，找法院领导反映了刘川对侦破单成功案的重大贡献，希望法院据此从轻处理。一审判决之后，他们又给二审法院去了一份公函，还是说明这个情况，对二审改判可能也起了一定作用。这事虽已事过境迁，但刘川还是表示领情，反过来又说了许多感谢景科长的话语。景科长又说，他这次过来，除了看看他外，还给他带来二百零一块钱，是上次他托他们给他的女朋友买大卫杜夫牌打火机剩下来的，一直说还他，却一直忘了还。景科长还问了他的身体，问了他奶奶的现状，还问了他们家的公司到底怎么样了，刘川一一做了回答——公司倒了，奶奶也站不起来了——说得景科长不得不点头无语，长吁短叹。景科长鼓励刘川说："钟天水监区长已经向我介绍了你的情况，说你在狱中的表现很好。"去年虽然拿到计分许可证较晚，但总分数还是后来居上，年底总分排在了全监区第六十一位。如果仅从获得计分许可证以后统计，则可排到全监区第二。第一被同班的班长梁栋占得。因为梁栋去年一气拿下四门大本单科，还有八篇文章被《新生报》刊用，再加上班长的职务加分，所以总分还是遥遥领先。

景科长和刘川聊了半个多小时，聊了现在又聊了从前，聊了刘川在北京美丽屋夜总会的那段好笑的经历，还聊了他们在秦水那家杂货店的几次接头。聊得刘川几乎唏嘘起来，景科长才就此打住起身告辞。告辞的时候，景科长突然问到了季文竹。

"你那个女朋友呢，还在拍戏吗？"

"对，"刘川说，"还拍戏呢。"

"她……"景科长不知如何相问似的，"还好吧，她跟你还有联系吗？"

"有，"刘川说，"她还专门来看过我呢。"

景科长欣慰地点头："那就好，说明这个女孩还是挺重感情的，那就好。

那你就争取早点出去，和你奶奶，和你女朋友，早点团聚。”

刘川说：“是。”

除了景科长专程看望过刘川之外，在运动会开幕的前夕，在训练最紧张的冲刺阶段，秦水市公安局的两位刑警也专程来到天河监狱，与刘川见了一面。

这两个人刘川都不认识，他们也没有参加过单成功那个案子的配合工作。他们专程来京的目的，不是看望刘川来了，而是拿了秦水公安局的证件和有关手续，到天河监狱提讯刘川。

他们提讯刘川，是为了老范。

从他们的口中刘川猜到，老范已经被秦水市公安局立案侦查。和老范同案受到侦查调查的还有多人，他们共同涉嫌的罪名，大概是黑社会团伙犯罪。刘川早就想到老范在秦水的所作所为，早晚一天要触礁撞雷，拿钱买通几个小官，然后就这么肆无忌惮地欺行霸市，总归长不了的。两位秦水刑警向刘川了解的问题，除了刘川知道的诸如械斗、伤害和勒索行为外，还包括非法垄断煤窑的承包开采、放高利贷、开设赌局、逼良为娼等刘川并不详知的罪行。刘川就自己了解的情况，向两位刑警做了陈述，其中包括他们特别问到的范本才团伙在隆城OK夜总会与隆城老大的人发生械斗的过程。根据秦水两位办案人员掌握的情况，刘川是那场械斗的参加者，也是那场械斗中范本才团伙的绝对主力。

提讯之后的那两天，刘川不得不牺牲休息时间和宝贵的训练时间，为秦水公安局的办案人员赶写证明材料，还要向三分监区及天监狱政科的干警说明他和范本才的关系并极力为自己辩解，幸亏钟天水和邓监狱长后来都为他做了证明，否则这事他差点脱不了干系。虽然那两位刑警对狱政科说的情况没错，他是参加了隆城OK夜总会的那场械斗并且伤了人，但这件事无论如何，怎么也不该算作他“企图隐瞒”的“重大余罪”。

他把材料按时交上去了，其实秦水那两位办案人员并不急于离开北京，他们还要去北京第二监狱提讯押在那里的范小康，还要提讯押在女子监狱的单鹃，进一步收集材料，核实案情。

刘川交完材料的第二天，也是全局服刑人员运动会开幕的时间。

运动会开幕这天，天空晴朗，万里无云。一早，天河监狱代表队提前起床，单独洗漱、放茅，统一换上了印有“天监”两个大字的运动服，集中吃了早饭。早饭是烙大饼夹鸡蛋，每人还给了一大碗加糖的牛奶。监狱生活卫生科经请示领导决定：在运动会期间，运动员每天的伙食标准由三元提高到五元，每天保证每人两个鸡蛋，早上还有豆浆或牛奶，以保证营养的充分。

代表队乘坐两辆大型囚车，前往开幕式举办的地点。刘川在遣送科当民警时，多次乘坐这种每辆可载五十余人的囚车执行押解任务。现在，他又一次坐上了这种囚车，这是他从天监辞职以后，第一次重新乘坐这种车子。

车子开出了监狱大门，和刘川以前参加的押解任务相同的是，囚车的前后，都有武警的警车弹压。和平时的押解不同的是，这次与犯人隔着铁栏坐在囚车前端的，不再是遣送科的干警，而是担任各运动队教练领队的各监区的干警。在警车的后面，还有一串小轿车和依维柯，载着前去参加开幕式的监狱领导和各监区、各科室不当班的干警。这支车队浩浩荡荡，沿京开高速公路匀速前进，向着开幕式的所在地——北京良乡监狱开去。

良乡监狱的操场上，锣鼓阵阵、彩旗飘飘，主席台上方，红色的大幅会标又宽又长。那天，司法部监狱局、北京市司法局、北京市监狱局和北京市体委，都来了许多要员。参加运动会的十支代表队在鼓乐和口号声中依序入场。天监队的旗手选了人高马大的孙鹏，孙鹏那几步路走得不太好看，但劲头却是雄赳赳气昂昂的。刘川就在他的身后，看着他端着双肩高擎大旗，一颠一颠地迈着大步，刘川老是忍不住想笑。

开幕式热烈而又隆重。入场式结束后，监狱局的一位副局长宣布运动会开幕。接下来由组委会致辞，运动员、教练员和裁判员代表相继发言或宣誓，最后是庄严的升国旗仪式。开幕式的第一个节目是女监六十名女犯的杨式太极拳表演。第二个节目是延庆监狱的四十九名老年犯表演的第八套广播体操。第三个节目是未成年犯管教所的一百七十五名少年表演的团体操。刘川不知道这些女人、老人和孩子究竟练了多久，动作竟是惊人的整齐划一，一招一式，都跟专业的一样，看得台上台下，掌声雷动，叹为观止。

少年团体操作为开幕式的压轴节目，曲终人散后就轮到队列比赛的运动员呐喊登场了。队列比赛是整个运动会的第一个竞赛项目，也是每个监狱都志在必得的集体亮相。天监是第三个出场的，由刘川负责喊口令，这期待已久的时刻令刘川的喊声激动，连腔调都不免有些嘶哑走音。但三分监区的这帮人这么多天日晒雨淋，总算没白辛苦，步调齐得无可挑剔，口号喊得气势如虹。从主席台和观众席传来的掌声中他们自信势压前队，结果果然出师告捷，勇夺季军，为天监拿下了第一块宝贵的铜牌。

成绩公布的时候大家还有些垂头丧气，因为毕竟不是金牌，但看到监狱长、监区长和分监区长都过来祝贺鼓励，也就都高兴起来。比赛得了第三名，每个参赛的队员都有一百分的加分，无论对集体还是对个人，都算有了起码的收获。而且他们和获得冠军的清河监狱代表队相比，还是能看出一定的差距。人家挑的参赛队员，高矮胖瘦极其一致，出场后方阵一站，感觉上就先胜一筹；行进过程中又加了队列歌曲《走向光明》，也就是服刑人员人人会唱的那首《喊起一二一》，都在得分上占了很大便宜，当然，他们走得也说得过去。

上午，还进行了田径比赛、趣味比赛和拔河比赛。各个项目的比赛在操场的各个角落，同时进行。趣味比赛包括运球跑、踢毽子、跳绳等，吸引了最多的观赏目光。刘川参加的是跳绳比赛，每人比赛的时间为两分钟，以跳跃的次数和花式的难度取决名次。刘川发挥得不够理想，按冯瑞龙赛后的分析，刘川败就败在了心里紧张。开始阶段还好，跳着跳着就跳乱了，就再也找不着状态和节奏了。连裁判都对冯瑞龙表示，如果刘川第二分钟能像头一分钟那样出色，冠军非他莫属。冯瑞龙自始至终都在现场观战，刘川最终仅仅名列第六，怪不得裁判。

刘川也不怪裁判，冯队长说得没错，他在跳到一半的时候心忽然乱了，因为他在观战的人群当中，忽然看到了单鹃！

单鹃不知是来比赛的还是来观摩的，她站在跳绳比赛场地的一侧，挤在一群女犯中间，定定地看着他。也许是单鹃那说不清是凶狠还是哀怨还是顾恋的目光，让刘川的心理节奏顿时全乱。

两分钟，他跳完了，裁判打分，后面的选手上场，场面有点混乱。冯瑞龙过来在他耳边不停地评价总结外加安慰，但刘川听得心不在焉，他的眼睛禁不住飘来飘去，想在人群中找到单鹃，但，单鹃似乎已经走了，身影淹没在人头攒动的场外。

刘川仔细回想了刚才的印象，单鹃的面孔在他快速地跳跃中，一上一下地有些模糊。他模模糊糊地感觉单鹃变了，变得白了，好像比过去也稍稍胖了一点，剪了很短的头发，更像假小子了，但眉眼还是那么耐看。好多男犯人不看跳绳，净看她了。她和其他女犯挤在一起，一样老实，一样规矩，看上去和她们毫无二致。也许她真的变了，真的变成了一个温和善良的女人。只是她看刘川的那种眷恋的眼神，还能让刘川一下忆起当年！

从良乡监狱返回天监的路上，刘川心里一直很乱，说不清理由。往事不堪回首。他想起在篮球比赛的计划中，他们将在明天前往第二监狱参加小组比赛，范小康就在二监服刑，明天，在二监的篮球场边，会不会和今天一样冤家路窄?

在天河监狱与第二监狱进行的篮球小组赛中，刘川与范小康果然狭路相逢。

范小康不是助威的观众，而是二监篮球队的主力阵容。范小康一上场刘川才想起来，在秦水小院那个残破的篮球架下，他和范小康曾经有过几次不欢而散的较量。

在天监篮球队里，刘川司职后卫。这种业余球队，也不分得分后卫还是组织后卫，反正谁有机会谁就任意发挥。在二监篮球队里，范小康打的是前锋的位置。开始他不防刘川，刘川上半场得了十四分，是全队，也是全场得分最高的一个。下半场，不知是二监队教练布置的还是范小康的自告奋勇，他一上场就专盯刘川，动作凶猛，不惜犯规。

从赛前双方队员还在各自的半场练球的时候，刘川和范小康就互相认出并且四目相对，从那时开始两个人之间的气氛就有点紧张。开场的哨响之前，双方在中圈站位争球，范小康的眼睛就死死地盯着刘川，刘川也看他一眼，但很快将目光移去，回避挑衅。在站位争球时范小康的肘部和胯部明显挤压刘川的位置，刘川也只好让了半步，不与之针锋相对。也许范小康把这种回避躲闪视为刘川怕他，所以在下半场防守刘川时，野蛮得有点肆无忌惮。他的表情和动作在旁观者看来，也许是一种故意激怒对方的战术，可刘川心里明白，范小康眼中的杀气，是他们之间的旧恨前仇，还在耿耿于怀。

这份仇恨在下半场就越来越挂相了，范小康两次因防守动作过大而被裁判警告，刘川为了避其锋芒，更多地把切入篮下改为三分远投。这天刘川顺风顺手，下半场五个远投，居然进了三个，很快就把一直胶着的比分大大拉开。他仿佛在用他的技术和运气戏弄着范小康，所以最后被激怒的不是刘川反而是范小康自己，连在场外为本队助威的二监犯人都看出他们的那个九号急了，裁判台上的一位裁判也不得不起身走到二监的教练身边，向他轻声做出提醒，但为时已晚，在争抢一个篮板时范小康再次恶意犯规，一肘撞在刘川脸上，刘川顿时口鼻流血，仰面朝天，身体飞了出去，落地后还在地上搓出好远。

天监篮球队的队员忽的一下都站起来了，连带队的冯瑞龙都跳了起来，甚至还控制不住地喊了一声："嘿！"当裁判判罚的哨声尖锐地响起，冯瑞龙又赶紧回身压制自己的队员，"都坐下！"队员们个个面含愠怒，很不情愿地坐了下来。而天监场上的队员都围在刘川身边察看伤势，比赛不得不中断下来。裁判和对方的场上队长也都过来探问伤势。刘川的脸肿得厉害，显然无法再打，裁判指示天监队员将他扶出场外。

刘川的下场并没有影响比赛的结果。天监队以七十一比五十一大胜。散场后裁判组召集两队的领队教练开了个三分钟的小会，对二监球员的球风提出了批评。回来的路上冯瑞龙隔着囚车的铁栏表扬了口鼻青肿的刘川，也表扬了全队的克制，但他没有限制队员们在车上的群情激愤。铁栏内外的队长和犯人，全都同仇敌忾地议论二监那个九号球风太差，太不像话！孙鹏甚至还骂了一句"杂种操的"，让坐在铁栏外面的冯瑞龙听见训了一顿，但事后并没给他扣分。

包括队长们在内，没人想到，二监的这个九号，两年前因故意杀人罪被捕，被判无期徒刑，他要刺杀但并未杀死的那个人，就是刘川。

没人想到，这个九号与刘川之间的仇怨由来已久，三言两语，难以说清。

和天监的这场球赛之后，范小康就被二监取消了参赛资格。取消他的参赛资格并非因为他对刘川动粗，而是二监狱政科在与秦水公安局的两位刑警谈过之后，认定范小康尚有余罪未吐，因此把他收到集训队去了，二监篮球队队员的身份，自然予以剥夺。

五天后，监狱局迎新春促改造运动会终于胜利闭幕了。天河监狱获得了五金、五银、六铜的好成绩。奖牌虽然大都取自田径项目和趣味项目，但真正引人注目并最令天监自豪的，当然还是篮球比赛的冠军。刘川除了在篮球和队列项目上，各得一金一铜外，还得了一个最佳体育风尚奖，大概算是对他挨的那记肘击的一份补偿。按照规定，最佳体育风尚奖与单项冠军同等计算总成绩，所以刘川等于拿了两金一铜，一共为自己挣了五百分。加上他年初又考下了法律专业的两门单科，再加上他平时的表现，他的积分一下子超过了班长梁栋，坐上了全监区罪犯计分排名榜的头把交椅。而且，在运动会后他又被抽到监狱的阳光超市工作去了，不仅每日能够多加两分，而且，又可以经常见到小珂了。小珂是犯人们在日常的改造生活中，偶尔有机会见到的唯一养眼的女性。每个远离妻子、女友的男犯，都会把见到小珂当作一种享受和荣幸。

刘川原来还因为面子而怕见小珂，现在也不能免俗了，尽管他心里还深深地爱着季文竹，但小珂在他的感觉上，一直是温暖和友爱的象征。一想到她，他的心里就会晴朗起来，就会产生被关心、被爱护的舒适感。刘川想过，自己除了季文竹外，小珂算是他最好最好的朋友，是他今后一定要好好报答的人。

在监狱的两年生活中，刘川仅仅见过几次小珂，到阳光超市工作后，见的机会突然多了。他突然发现，小珂原来竟是如此漂亮。她穿着深蓝色的警服，戴着女式的警帽，那张俊俏、朴实和干净的脸庞，几乎就是美丽、端庄和爱的化身。阳光超市对刘川的吸引，与其说是每日可以多挣两分，不如说是在小珂管理下工作的那份愉悦的心情，更加令他身心满足。

刘川属马，有一次过本命年的时候，他爸手下的娄总给他算过一命。娄总精通阴阳八字，学过麻衣相术，平时说话做事，总是端着半仙的风骨。刘川当时没太当真，现在想想，他算刘川命犯凶煞的年份，正是刘川出事入狱的这年。按他的掐算，刘川从这一年往后，应当逐年好转，两年之后，凶星退避三舍，吉星去而复来，于是喜讯频仍，遇凶化吉。也许这个转运的时光终于来了，这一阵刘川确实觉得事事顺遂，拆毁铁条的事件他本来已经做好了送严管队集训的思想准备，谁料后来不仅无过，反而有功；运动会上虽然挨了范小康一肘，但因此让他再捞一金，如此锦上添花，很好很好，让范小康自己生气去吧，气死他活该。还有那只小鸟“刘翔”，若是放在凶星当头的年份，定成祸害，但发生在这一年中，不仅躲过了责罚，监区长居然还同意他继续收养。可见一个人的运气要是好起来了，那是拦都拦不住的。

他的运气好到，不光是铁窗事件给每一个服刑人员带来满窗春色，而且，养鸟事件也给大家带来了吉祥福音。“刘翔”虽然死了，但犯人爱惜生命、爱心发现的心理却受到监狱当局的高度重视。在运动会结束之后，天河监狱决定，允许服刑人员每人在监号内养一盆鲜花和一条小鱼。鱼和花的品种，由本人根据个人喜好自选自定，然后由监狱统一采买。为这项人性化管理的推行，各分监区还专门做了动员，并组织了讨论。养花、养鱼虽然对服刑人员的心理调节，生活情调的提高，都是好事，但既然养了，就要养活，以养活、养好为荣，为能。要把这项活动当成培养和检验爱心、珍惜生命的一种表达和展示。

对监狱开展的这项活动，大多数服刑人员都挺高兴，但也有少数不高兴的，嫌太麻烦。好多犯人在社会上原本就没有这种闲情逸致，甚至没什么爱心，现在在监狱服刑，每日出工出操、打扫卫生，还要考试学习，一天到晚还不够忙的呢，自己活得还没精打采呢，哪有心思侍弄这些活物，万一养不好死了，还落个不珍惜生命缺少爱心的名声，所以不感兴趣，态度消极。

刘川不管别人，反正他挺高兴。他在鱼的采买品种单上，挑了一种名叫玻璃的鱼，因为他听陈佑成形容过这种鱼的模样特征，感觉十分合意。陈佑成在外面就一直喜欢养鱼，说起其中的知识，头头是道，如数家珍。他说玻璃是一种几乎完全透明的鱼，连骨刺都能看得一清二楚。也恰恰是这“透明”二字，成为刘川选它的理由。

在花的采买单上，列了十多种花草名目，有兰草、仙人掌，还有迷你龟背等。刘川跟班长梁栋表示，自己想要的花采买单上没有，问能不能在采买单之外另选一种。梁栋当即答复不能。虽说监狱让服刑人员自由选择所养的花和鱼，但任何自由都有限度，具体来说，就是以采买单上列明的品种为限。刘川又直接去找了管号队长庞建东，庞建东也说：“养花其实更多是一种热爱生活、热爱生命的象征，无论什么品种，哪怕闲花野草，能养活就是有意义的。”刘川想了想，还是执拗地表示：“我会精心养好它的，可我很希望能养我爱养的花。”庞建东皱眉，觉得刘川这人，有时还好，有时太倔，既然队长已经把养花、养鱼的教育意义讲得很清楚了，他还坚持自己的不合理要求，就有点二百五了。他想训他两句，但不知怎么一张嘴却改了口，他对刘川问道：

“你到底想养什么花呀？”

刘川说：“我想养文竹。”

庞建东一下就不说话了。

他没再说不同意，当然，也没说同意。他把刘川的分外要求，原原本本，不加解释、不加说明，不置可否地，报到生活卫生科去了。

生活卫生科负责统一采买工作的郑小珂看了三分监区报来的花卉采买单，在印好的品种下面，又多了四个手写的字：文竹——刘川。她的第一个反应也是沉默，沉默之后她对送单子来的庞建东说：“我们这些品种都是和花场联系好的，你干吗不让刘川在这里面选一个，他为什么非要订什么……文竹？”

庞建东脸上没好气，他没好气时的模样通常很酷——严肃着，目光冷冷、话很少，声音也瓮声瓮气，他说：“不知道。”

小珂的目光，在“文竹”两个字上停留很久，这两个字让她同样面色不好。

庞建东说：“你们要是不同意，我回去告诉他不就完了。你们就给他选个别的吧，除了文竹，我看他对别的花，什么品种就都无所谓了。”

庞建东说完就往门外走去，小珂在他身后张了一下嘴，但没有说出声。

天河监狱九个分监区近两千名犯人，近两千盆花草，数量品种陆陆续续统计齐全，列了一张完整的采买单子，送到花场去了。在那张单子上面，没有文竹。

但在大批盆花送到天监之前，天监生活卫生科的办公室里，已经摆上了一盆黄山迎客松似的挺拔的文竹。这是小珂去花卉市场自掏腰包买回来的。虽然文竹在花卉市场上是最便宜、最通俗、最常见、最不起眼的品种，但如果仔细品评，你会发现那些文竹枝丫错落，形态意境各不相同，有的挺拔苍劲，有的纤细飘逸，有的一枝独秀，有的锦簇蓬勃。文竹更像一个盆景，把松柏的大气与沉着，把翠竹的俊朗与清新写意得传神绝顶。

小珂一边挑选，一边想，刘川不会真把这棵“巍巍青松”，想象成娇花嫩叶的季文竹了吧。

监狱生活卫生科专门定做的大鱼缸也到货了，在每个监号都找到了一个安身的角落。在那些鱼缸中，形状不同、颜色各异的观赏鱼游弋在“礁石海草”之间，或精灵古怪，或悠然自得，个个都是惹人怜爱的样子。刘川很喜欢他养的那条玻璃鱼，和陈佑成说的一样，果然晶莹透明，肋骨毕现。更经典的是，玻璃——刘川就这样叫它——从不像其他鱼那样争奇斗艳，那样霸道招摇，它总是一动不动地安于海草之中，冥思默想，一副大隐隐于市的模样，这与刘川向往的境界，是很投合的。他不喜欢陈佑成养的那条“红绿灯”，总是在鱼与鱼之间到处乱窜，唯恐天下不乱的样子，一副小人形象。他也不喜欢李京养的“大神仙”，一身雍容华贵，唯恐自己不被瞩目，总爱占据鱼缸的中央，主角意识极强。班长梁栋养的那只“大乌斑”个性还好，不爱显摆，但颜色太厚太浊，好像涂了很多层保护膜似的，表情暧昧，若不反复凝神细辨，很难看清它的真正嘴脸。

这个鱼缸就像一个袖珍的社会，各色人等，各行其是，彼此争斗，彼此相容。只有一点共同拥有，那就是生命的鲜活与真实。当刘川后来发现，李京、陈佑成和孙鹏他们，也都很喜欢他的“玻璃”，于是他也就喜欢上他们的“红绿灯”和“大神仙”了。鱼们毕竟共饮一水，比肩为邻，和这个监号里的人们，又是何其相像呢。大家相处久了，多少都有点感情。

大家订的花也送过来了，刘川终于如愿，养上了一盆文竹。那条玻璃鱼和那盆文竹，倾注了他的许多心思和情感，它们在他的精心护理下，长得特别茁壮，活得特别安详。

夏天到了。刘川的积分一直排在一监区的头位。不难看出三分监区是很照顾他的，除了一直推荐他担任监区英语补习班的教师外，还让他担任了工间操的领操员。据说分监区还曾经请示过监区，想让他到一班当班长去，但由于规定犯杀人、伤害之类罪行的暴力型罪犯不能担任班长职务，所以监区没批。而且刘川已经有了一个卫生员的职务了，又当了四班第一互监小组的组长，他的职务已经不少了，每个固定的职务，每个临时的任务，都有加分的规定。再加上刘川始终保持着低扣分的水平，只进不出的状态维持了他的榜首位置。这半年来刘川只被扣了四次分，一次是出工干活时不小心把半瓶胶水碰翻在信封页子上了；一次是把四分之一个实在吃不下去的馒头悄悄扔在垃圾桶里了；一次是他和孙鹏用三十块钱的采买额度打赌，赌今年十一国庆节吃饺子限不限量。上年春节吃饺子，三分监区有部分胃口大的犯人私下里表示吃饱了但没吃够，刘川觉得今年“十一”菜谱上既然写了饺子，那肯定会参考八个月前的情况多包一些。而孙鹏认为吃的最终总能战胜包的。他过去在外面的饺子馆里一次就吃过两斤，在这儿一个人让吃两斤吗？他们打赌的时候班长梁栋也在，发表了三点意见：第一，希望刘川赢；第二，估计孙鹏赢；第三，按照《罪犯改造行为规范》中“十不准”的规定，犯人之间不准进行任何形式的赌博行为，你们违反规定打赌，应予批评扣分。后来梁栋当真把这事向庞建东做了汇报，庞建东分别给予刘川和孙鹏各扣十分的处理。

还有一次扣分，也是刘川大意了，那一次他抱着一大箱新到的货从超市门外进来，对一个正要出门的新犯人说了句“闪开，让我过去！”违反了《罪犯一日改造生活用语》中明文禁用的语言，被一个路过的队长听见，当场扣了刘川五分。

不过队长们对刘川的总体印象，从孙鹏伪病前就开始转变，到刘川去病犯监区照顾孙鹏之后，好到了顶点。再到运动会刘川摘金掠铜外加风尚大奖，已经基本巩固定型，所以监区、分监区有什么受信任的事情，都会想到刘川。犯人们之间平时竞争的，主要就是分数。年末年初竞争的，主要就是奖项。分数等于平时的浇水、施肥，奖项就是盛开的枝叶花朵。耕耘的目的，是为了收获，能不能收获减刑假释，能不能享受更高的处遇等级，有没有资格定期进入团聚楼夫妻同居，全靠年终获奖的大小高低。平时大家天天算分，年末人人天天算奖。积多少分得多大奖，得多大奖减多长刑，都有公开透明的规定，人人心里都有一本细账，一算便知。

到十一月月底时，刘川也在暗自回顾展望。他算出他在剩下的一个月里，如果不再出现大的扣分的话，将可以得到一个监狱改造积极分子的称号。但人无远虑，必有近忧，展望明年，形势却不容乐观。明年没有运动会，也不一定再有给孙鹏把屎把尿这种露脸的事了，今年法律专业考下了三门单科，其中一门是不用费劲的外语，明年没有外语这个便宜，最多只能考下两门。分析这些因素，明年的积分理论上肯定少于今年。李京给他出了一个主意，让他今年主动放弃监狱改造积极分子这个奖项，屈取一项监狱嘉奖即可，这样可以把分数结余下来，留到明年再用。按照罪犯计分考核办法的规定，对得奖后剩余分数的处理是仿照了财务会计学的某些方法，可以结转下一年度延续使用。如果刘川今年只要一个监嘉，把结余的分加到明年，明年就绝对可以得到一个全监狱局改造积极分子的大奖。但如果他今年要了监狱改造积极分子这个奖项，明年大概只能得个监嘉，和今年得监嘉明年得改造积极分子相比，总的获奖等级明显不同，至少影响他少减半年的刑期!

李京在社会上做过生意，有着良好的商人头脑，他自己今年也准备如法炮制，躲一个监表，结余一些分数，争取明年挣一个监嘉。李京的算法不错，但刘川还是有点犹豫，一来，害怕到手的监改积极分子不要，明年再出什么意外，最后落个鸡飞蛋打。二来，离年底还有不到一个月的时间，俗话说："是福不是祸，是祸躲不过。"反之同理，如果真的是福不是祸，恐怕一样躲不过。

李京笑笑，附耳道来："好躲，你随便犯两个小错就行，煮熟的鸭子，照飞不误！"

二十四

年关越近，就越有更多的人情不自禁地站在通道墙上挂着的计分榜前发呆，或暗中凝眉掐指，或与同好窃窃私语，算计着自己的未来。虽然队长们大会、小会都在批评躲小奖攒大奖的投机思想，但很多人依然在算自己的小账。按李京的话说，既然规则如此，利用规则为自己争取更好的成绩，是一种智慧，智慧只要不违法犯规，就是正大光明，就是合理利用，如此说来，何错之有?

李京躲奖的方法很简单，今天起床被子叠歪一点，扣三分；明天睡觉鞋没摆齐，扣两分；后天在通道里和人停留说话，又扣三分；大后天集合时拖拉几步，要是队长不理他，就在队列里和左右的人低声耳语，让队长不扣也得扣。实在不行就说几句文明禁语，比如“闭嘴”，比如“你瞎寻摸什么呢”之类。或者背地里叫梁栋“四眼儿”，叫陈佑成“罗锅儿”，再故意让人听见。反正梁栋确实戴眼镜，陈佑成确实有点驼背，叫他们这些也不算骂人。骂人的话李京不说，说了就不光是扣分了，弄不好队长还要找他谈话让写检查，动静太大，那就得不偿失了。

刘川后来还是没按李京教的法儿办。一来，他觉得做人做事如果过于挖空心思，未免活得太累，令人不齿，和自己喜爱的文竹之舒展挺拔，玻璃之透明安静，也大相径庭。二来，他骨子里看不惯李京，一直敬而远之，既不树其为敌，也不近其为友。而且李京太喜欢乱吹，万一刘川哪天被子没叠出角来扣了分，他准能到处跟人吹牛，说刘川什么都听他的。刘川心想，怪不得李京在外面做生意做赔了呢，他这人表面挺能公关，可惜说话做事档次太低。档次低的人越上赶着套辞越招人烦，李京就是。李京在三分监区最能拉关系，谁横爱跟谁交，谁的“事儿大”爱听谁聊，谁刑释给谁留他家的地址电话，那些穷得叮当响的当然除外。其实旁观者清：他的大多数“关系户”都不正经搭理他，但当局者迷：李京自己就没这个眼力见儿！

这一年结束之际，刘川的分数还是达到了监狱改造积极分子的得分线。据说分监区也按这个奖项向监区和监狱行文呈报了。每一个人这一年的成绩与过失，都有了最终的着落。一监区后来一共向监狱报了五个监狱改造积极分子的人选，其中三分监区的四班就占了两个，一个是刘川，另一个当然就是班长梁栋。

春节就要到了，在监狱里，春节的气氛仿佛比社会上来得更加显著，各分监区都在准备新春的板报，策划节日的布置，排练文艺节目。刘川没有参加文艺排练，其实他一直想把从大学毕业就扔掉的摇滚重新捡起来，可惜不光三分监区，就是整个一监区，整个天河监狱，也找不出一两个这方面的同好。而且摇滚对乐队的要求太高，哪怕是那种“不插电”，也要有个像样的鼓和吉他才好，摇滚听的就是气氛，就是发烧，不是随便弄个小乐队或者找个伴奏带那种卡拉OK式的玩儿法。所以，各班组织节目时刘川连名都没报，分监区现在只知道刘川篮球不错，不知道他唱歌其实也有一手。

但刘川也没闲着，他和陈佑成一起，负责三分监区的迎春板报的制作。稿件是由分监区统一组织的，陈佑成懂美术，刘川字写得好。陈佑成负责整体版面设计和绘图，刘川负责文字誊写。分监区要求这块板报一定要搞出水平，搞出新意，力争在全监板报评比中拔得头筹。

春节放假七天，这七天的菜谱也早早公布出来了，除了饺子、包子、馅饼之外，还有炖排骨、红烧鸡块、西红柿炒鸡蛋、炸带鱼等，光看这些菜名，就令人垂涎三尺。春节期间观看电视节目的内容及时间安排、全监文艺会演的节目名单、各监区自办的游艺活动，等等，全都在通道内把告示张贴出来了。而对刘川来说，这些都不是真正吸引他的节目，今年的春节，真正让他心动的，是他已经有资格争取到回家过节的名额。

到了一月中旬，春节探亲的名额终于分配下来了，三分监区分到两个。三分监区有三个犯人达到了获得监改积极分子的分数线，还有几个犯人也因种种条件而拥有竞争的资格。从分监区干警那边不断传出话来，今年究竟哪两个服刑人员可以过年回家，一看分数，二要评选。分数就像F1汽车赛的资格审评，评选就像排位赛，监区和监狱的通权审批，才是决定最后获胜者的正式决赛。

刘川这两年监狱待的，早已淡泊名利，心静如水，要不然他怎么那么喜欢玻璃鱼呢。他从心眼里开始推崇那种动不如静的生活态度，推崇姜太公只愿直中取，不愿曲中求的处世哲学。但是这次，他和其他几个排位靠前的犯人一样，那些天处处小心谨慎，样样工作积极带头，生怕不凑巧碰上个芝麻大小的失误，扣分事小，在评比中授人以柄事大，划不来的。

赶在这个关键的时候，刘川向分监区上交了一份认罪悔罪书。认罪悔罪书刘川入狱后一直没有写过，现在突然写了，在他的竞争对手眼里，不是功利投机，又是什么？

认罪悔罪书是犯人在服刑改造期间，都应当写的。

可刘川一直没写。

钟天水提醒过他，冯瑞龙教育过他，庞建东要求过他，但谁也没有逼着他写。

刘川入狱后，从消极到积极，从绝望到希望，从不适应到适应，其实这也是很多犯人在大墙生涯中都经历过的相同曲线。现在，他已走出了低谷，爬上了平地，攀上了山峰，成了天监的改造名人，但是，每当回顾自己的失足犯罪，心里还是有点委屈，有点自认倒霉。认罪悔罪书能这么写吗？不能！要真这么写了，肯定还得当作拒不认罪服判的靶子，一通批判，那还不如不写。

不过刘川作为一名改造积极分子，竟然从来没有写过认罪悔罪书，这事说出去确实有点像笑话，连邓铁山都为这事私下里问过钟天水："刘川还没写认罪书吗？"钟天水摇头说："没有。"邓铁山脸色有点沉，但也只是点了点头，一句话也没有再说。从邓铁山到钟天水，再到冯瑞龙和庞建东，对这事都采取了睁一只眼闭一只眼的姑息态度，庞建东开始还找刘川谈话提过要求，后来从钟天水口中知道刘川与单家母女这一段孽缘，皆是因为当初顶替了本来应由他完成的一项差事，才如梦方醒。刘川当初为了季文竹和他吵架时说的那句"代人受过"言犹在耳，现在才知所言不虚。自从知道这段内幕之后，关于刘川的认罪悔罪书一事，庞建东就再也没有提过。

但作为刘川服刑所在监区的负责人，钟天水还是一直为认罪书这事心里不踏实。因为从法理上来说，刘川无论有多少客观原因，他毕竟是犯了罪的，法院的判决毕竟是公正和有效的。帮助刘川挖掘犯罪的主观原因，是管教人员应尽的责任。所以钟天水考虑再三，在刘川的分数达到监狱改造积极分子分数线的这一天，还是把他叫到了心理咨询室里，字斟句酌地谈了他对刘川当初犯罪的看法。

他说："刘川别说你了，碰上了单家这对母女谁都难逃一劫，我要是碰上了她们，恐怕也一样倒霉。但我最终肯定不会让自己折到这儿来，这就是咱们两个人的差别，你承认不承认有这差别？"

刘川说："承认。其实我当时也知道应该依法解决，说到底还是法律观念淡薄，法律没有学好，要不我现在选学法律专业呢。"停了一下，刘川又说，"钟大，你不就是让我写认罪悔罪书吗？您放心好了，我写。"

钟天水笑笑，说："能写当然好，可别这么写，别光这么一句法律观念淡薄就算悔罪了。你是公大的学生，你的法律观念，应当并不淡薄。你犯罪的原因，要让我说，是性格上的缺陷造成的，你得从这方面找找根源。"

刘川说："我们分监区通道里面贴着一个标语，我看了两年多了：'播种性格，收获命运'。我知道我性格不好，可我犯罪光赖性格，队长又该说我避重就轻了。"

钟天水说："才不，一个人要敢说自己的性格有缺陷，那可比说自己法律观念淡薄诚恳多了。咱们今天谈也算是一次心理咨询吧，心理学上讲的性格，也叫个性，是指一个人带有一定倾向性的相对稳定的心理特点的总和，还包括对外部环境和对其他人的适应性，友善或者敌视的程度等。当然，说深了，性格又取决于你的人生观和价值观，所以性格好坏对一个人可太重要了。像你，经不住愤怒，受不了刺激，自我控制能力在平时还可以，甚至很强，但在某个特殊时刻，又变得很弱。一受刺激对事物的认识就容易偏，行为也就一下偏了，这都属于性格意志的缺陷。你刚入狱那会儿的精神状态，我一看就知道你这种个性，这种人格，毛病太大。我就看出来你入狱前和入狱后的那些倒霉事，有客观因素没错，但也有很大的主观因素，你自己得分析分析。认罪悔罪的目的，是找到自己犯罪的根源，让自己完善起来。罪是个法律概念，认和悔，都是心理概念。思想概念，你犯不上那么抵触。"

刘川微微地咧嘴笑了，说："我没抵触。"

刘川说他没抵触，听完钟大这一席心理咨询的谈话之后，他真的没抵触了。

于是，他就写了认罪悔罪书，写完，就交给庞建东了。

于是，犯人当中就有人认为，刘川是为了过年回家。

不过说心里话，刘川真的想过年回家。

因为他唯一的亲人，他的奶奶，住进养老院了，她离不开轮椅，离不开护工，她现在没法来监狱看他。尽管他的处遇等级，早就有了和亲人团聚的权利。

季文竹也不能看他，她不是他的亲属，除了上次被特殊批准之外，也没资格总来看他。

可他想她们。他每天都在钻心地想念她们。他做梦都梦见了他从这座高墙电网的监狱中自由地走出，和她们一起欢度春节，一起包饺子，一起看电视，一起逛街，他左手挽着文竹，右手推着奶奶，在天安门广场上，看小孩拽着风筝奔跑如飞。这个梦境，每天每夜、每时每刻，都把他诱惑得坐卧不安。

有一次陈佑成和他聊天，替他分析了他的形势。按陈佑成的分析，刘川在四个最有可能被批准回家探亲的犯人中间，排名最前，而紧随其后的，又非班长梁栋莫属。陈佑成说，本来应该是梁栋占优的，因为梁栋是天监多年的改造名人，去年春节就批了他回家探亲，但因为他的母亲到外地他姐姐那儿看病去了，所以他主动让出了名额，今年怎么也该轮到他了。但由于刘川前些天在狱务公开评议会上给分监区提了两条意见：一条是希望把监号的日光灯瓦数换大，方便大家晚上自学；另一条是希望把储藏室的东西组织犯人定期晾晒，避免发霉变味。这是天监多年以来，第一次由犯人在会上公开给狱政当局提意见，在犯人当中反响很大，多数犯人私下里认为这个做法对刘川春节回家将产生不利影响，少数干警也确实据此认为刘川冒头露刺，口气太正，说到底还是罪犯的身份没有摆对。但钟天水在监区的干警会上纠正了这个说法，认为狱务公开就是要诚意听取犯人和犯人亲属对监管工作的意见，建立监督机制，犯人的意见如果有理，就应采纳。采纳正确意见不但不会降低政府威信，反而还会取信于人，使威信增强。

很快，这两条意见都得到了落实，犯人人心大悦，那几天各班好多犯人都在每天规定要写的日记中，感谢政府的关心爱护，刘川也成了那几天最受欢迎的人物。这事发生在春节探亲评选的前夕，对刘川击败其他对手，特别是击败当了多年班长但很少为犯人说话的梁栋，当然十分有利。因为梁栋和刘川，最后只能一人胜出。三分监区一共两个名额，不可能全让四班一家独占。

尽管陈佑成一向是个大嘴巴，但他的这番分析论证，还是让刘川非常高兴，宁信其实，不信其虚。也许是他高兴得太早了吧，喜形于色之际竟然乐极生悲，这天傍晚他从阳光超市收工回来，刚进监号就被孙鹏告知，他的那条不招灾、不惹祸的玻璃鱼，突然莫名其妙地死了。

这个噩耗让刘川一下蒙了，他看到刚刚收工回来的犯人们都围在鱼缸前，往缸里探看。也有人回过头来，同情地看看刘川。刘川挤上去往鱼缸里看，他那条心爱的“玻璃”，果然大头朝下，歪斜着陈尸鱼缸的一角，刘川只哆嗦着说了一句：“怎么回事啊这是……”就什么也说不出来了。

不知谁把巡筒的队长叫过来了，队长探头往鱼缸里看了一眼，说：“哟，不行了。不行就捞出来吧。不捞出来再把别的鱼也弄死了，这是谁养的？”队长问，见大家都看刘川，队长说，“刘川养的？刘川，你这是怎么养的。你瞧人家那鱼，不都挺活泛的吗？这是活物，养就得用心。”

巡筒队长的话其实是就事论事，随口说的，但这些话让有些犯人抓住了，把这事上挂下联，联系到刘川的改造状态，甚至，联系到今年的春节探亲……

那天晚上，刘川没吃晚饭，他把“玻璃”捞出来了，从日记本上撕了一张白纸，把它小心地包裹起来，放在自己的枕头旁边。那天他一夜没睡，老把纸包打开，看他死去的“玻璃”，他还为“玻璃”掉了几滴眼泪。日后他说起这事的时候，我还笑他来着。他说笑什么，那时候活在他身边的，能让他当作自己的化身和亲人的，只有“玻璃”和那盆文竹。他和它们，感情可深了，要不是“玻璃”再放就该臭了，他怎么也舍不得把它埋了。

第二天他是让庞建东带着，把“玻璃”埋在他们一监区楼下的墙根边上了。从那个地方朝上看去，正对着三楼四班监号的那扇小窗。

那几天祸不单行，那棵文竹不知怎么搞的也开始发黄，一天一天枯萎下去，刘川那几天也像被霜打了似的，守着花盆神魂离窍。在和陈佑成一起做板报时，陈佑成神神秘秘地和刘川咬了阵耳朵，陈佑成肯定地认为，“玻璃”绝非病故，亦非自杀，而是死于他杀，死于蓄意的谋害。在“玻璃”暴亡、文竹枯萎的背后，显然潜伏着一个不可告人的阴谋，而且凶手肯定就在四班内部，这个凶手不是别人，就是四班的班长梁栋。

“梁栋？怎么可能！”

“怎么不可能！”陈佑成言之凿凿。虽然刘川也明知他又在搬弄是非，但“是非”不一定不是“事实”，而且陈佑成的怀疑，刘川在其他人那里也陆续得到了证实。那天中午刘川回监号吃午饭的时候还喂过“玻璃”，“玻璃”那时候还健康完好，还从水草里游出来找他呢。下午，大家都去大教室听形势教育课了，快下课的时候班长梁栋被一个队长叫回分监区往储藏室搬东西去了，因此只有他一个人有时间回监号作案。至于作案的动机，那还用说吗？按陈佑成的分析，现在梁栋想回家过节都快疯了，因为他妈得了癌症，可能活不过今冬。梁栋四十多了还没结婚，人虽阴险，却是个孝子，对他妈好得不行，他妈也对他好得不行。李京也说他看见梁栋找庞建东和冯瑞龙谈争取春节回家的事，谈得痛哭流涕。梁栋肯定知道，三分监区的两个名额当中，四班只能占据一席，而在他回家路上横刀立马的对手，唯有“刘大将军”！

几天之后，文竹也死了。与“玻璃”同样，死因不明。

那几天刘川身边发生的事，一件比一件古怪，一件比一件可疑，一会儿他晾在床头的袜子不知被谁扔在地上，脏得还要重洗；一会儿他明明叠好的被子不知被谁把棱角弄瘪了，让巡筒队长一通教训；一会儿刘川负责打扫的书架上，摆好的书籍突然歪七扭八……这些事总是被班长梁栋第一个发现，第一个批评，而且队长肯定会马上知道，而且免不了扣分。刘川因此对陈佑成、李京、孙鹏的分析，渐渐深信不疑。他越来越相信“玻璃”和文竹死于非命，十有八九是梁栋下的毒手。他也看出梁栋搞了那么多小动作，所追求的目的并非扣掉刘川几分，这些层出不穷的阴谋诡计，都在试图把刘川激怒，让他控制不住自己，让他找人吵架，顶撞队长，引发冲突。

但刘川一直在忍，一直在忍。

在对春节探亲人选进行民主评议的前一天，刘川终于忍不住了，因为这一天的下午，是全监狱统一评选板报的日子。他和陈佑成在反复设计和试验的基础上，利用了四个晚上，按照分监区认可的方案，制作了准备参赛的正式板报。刘川用黑、红、蓝三种色调和三种不同笔体书写文字，三分之二中文，三分之一英文。整整四个晚上，每个字都一笔一画，极其认真。只要有一个字稍有缺陷，就换纸全部重写。他们的心血得到了分监区好多犯人和干警的赞赏，特别是刘川用中英文对照写了三分监区各班创作的改造警句，如：有书在手，邪恶远走；如：小声说话，大气做人；又如：处世心要宽，改造身要严；又如：只为新生找方向，不为邪恶找借口……还有陈佑成画的凤凰涅槃的图案，就像是天监广场上那座雕塑的缩影。

刘川看得出来，分监区的头头对板报的制作水准，超乎寻常地重视，冯瑞龙还专门到其他分监区去探过虚实。据说其他分监区的板报至少在制作的精致程度上，与三分监区的相比，尚无出其右者。刘川和陈佑成都挺高兴的，就等着抱金娃娃拿头奖了，可就在中午吃饭前那么一点工夫，刘川稍一转眼，已经制作完成的板报就不知让谁给划了一道口子。刘川这回真的忍不住了，在通道里就大声叫开了："这是谁弄的，有本事站出来，老在背后捅刀子算什么呀！"值班队长庞建东马上喝止了刘川："刘川你嚷什么！你冲谁嚷啊！"庞建东走到板报面前，看见了那道口子，看见了刘川满脸通红、身子打抖的样子，他没再训斥，但命令刘川，"你先回号！"刘川忍了半天，才说了声："是。"

刘川坐在监号的小板凳上，看着梁栋在监号里进进出出，一脸若无其事的样子。刘川恨得牙根痒痒，真想上去给他一个耳光，先出了气再说，哪怕春节回不去了，哪怕得分的头把交椅不坐了，甚至，哪怕进集训队，哪怕这一年的表现全部前功尽弃，也要先出了这口气再说！陈佑成也气得脸歪歪的，他惹不起梁栋，便来点刘川的火，蹭在刘川身边说："这下白辛苦了，待会儿就评比了，这还抬得出去吗？咱们弃权算了。刘川，我这可是吃你的挂落，我又不跟他争春节探亲，我招谁惹谁了？"

庞建东这时出现在监号门口，让刘川出去。他带刘川走向通道端头，向那个破损的板报走去。刘川看到，一监区的监区长钟天水来了，站在板报面前，不知是在欣赏板报的设计制作，还是在审视那一道划破的硬伤。见刘川过来，他转过头冲刘川笑了一笑。

他说："刘川。"

刘川说："到。"

老钟说："这板报是你搞的？"

刘川说："报头是陈佑成画的，字是我写的。"

老钟说："怎么弄破了，待会儿就评比了，你们就这么抬出去呀？"

老钟的语言是批评的，口气是商量的，表情是调侃的，刘川当时一腔怒火，也分不清钟大究竟是什么意思，就忍不住用全监筒都听得见的高腔大嗓，激动地嚷道："我建议分监区应该好好查一查，到底是谁在捣乱！我认为这是故意破坏，是拿集体的荣誉泄……"

老钟打断刘川："要是查不出来呢，我看这事很可能查不出来，问谁谁不承认，那怎么办？"

刘川的火气卡了壳似的，答不出来。

老钟的声音始终平和着，继续说："能不能再抓紧重做一下？"见刘川板着脸不情愿的样子，他又将他，"要不我怎么说你这个性，就是不好，你受了委屈的时候，受了冒犯的时候，能不能不怒？能不能先想一想，用什么方法先把问题给解决了！"

刘川低着头，仍未回答。

老钟淡淡地笑笑，说："时间也许还来得及，赶快重做一遍，能做成什么样就做成什么样，怎么样？"

老钟把这事说得如此平常，并没把它当作一起严重的事件，也没让人严厉追查。而且，他再次说到了刘川的个性。刘川也只好冷静下来。他冷静后想想这事也确实难查，查出来又能怎么样呢？就算查出是梁栋划破的，他也不会承认自己是故意成心的。不小心划破了一张板报，又有多大的过错？所以钟大只是拿这事来说刘川的个性，而不说别的。刘川想，也许钟大还是要让他明白，人在生活中碰到的很多纠纷，哪怕是很小的纠纷，是非很清楚的纠纷，常常是解决不了的，最后只能自己消化，只能自己忍了。只有忍了，才可能把局面朝好的方向转化。刘川也问自己："你能忍吗，能让胸口上压的这块石头落到地上去吗，能让这件窝火憋气的事情，心一宽就让它过去吗？"

刘川还未得出结论，钟大已经转身走了，走了几步又回过头来，再问刘川："刘川，我以前跟你说过，与人相处有三大法宝，你还记不记得？"

刘川说："记得。"

老钟说："你说给我听听。"

刘川说："是。与人相处的三大法宝是：真诚、规矩、谦恭。"

老钟还是平平静静地说："不错，你还记得。"他笑了一下，"说明你能做到！"

刘川那天没吃午饭，他用比平常写日记还要快的速度，把原来花了四个晚上写出来的那些文字，用了不到半个小时的时间，全部重新写在草草新裱出来的纸板上。陈佑成叨叨咕咕地发着牢骚，手忙脚乱地把他画的那些报头报尾的图案，剪下来粘贴在新的板报上。他们几乎来不及校对一下就把墨迹未干的板报抬到一分监区去了。今年板报的评比用巡回展出的方式进行，第一个巡展的地点，是一分监区的通道。

不算病犯分监区和反省中队集训中队等，全监狱一共九个分监区，每个分监区出一块板报，取前三名为冠、亚、季军，四至六名授优秀奖。三分监区的这块板报，未获名次，也未能获奖。但三分监区后来还是给刘川和陈佑成各加了十分，表彰他们"全力拼搏"的意志和"永不言败"的精神。

板报送出去就不能再改了，这是公平竞争的既定规则。三分监区的板报落得空手而归的下场，主要问题就出在制作不精上，原来的优势变成了劣势，虽然队长们也说了重在参与之类的下台阶的话，刘川心里还是有些气恼。第二天他去阳光超市收款时，差点儿又像以前一样，给好几个犯人都找错了银两，幸亏小珂恰巧在超市对账，及时提醒，才让刘川避免了不该发生的差错。

小珂批评了刘川："你是不是又有什么思想问题了，怎么心神不定的？"

刘川说："没有啊，没有。"

小珂说："没有怎么心不在焉的？"

刘川低头没有说话。

小珂也不逼他，只说："注意点啊。"

刘川说："是。"

那天超市关门时，小珂听押送刘川回分监区的民警说起，才知道这一天对刘川十分重要。这一天是三分监区对春节回家的犯人进行民主评议的日子。今年的评议采取背靠背的方式，所有获得分监区提名的候评人一律回避，除了刘川到阳光超市劳动之外，其他候评人也都被分监区安排到花房参加劳动去了。

小珂故作随意地问那位民警："评的结果怎么样啊，刘川得分高吗？"

三分监区的那位队长答道："我出来的时候，各班刚开完会，情况正汇总呢。"稍顿，那位队长不知为什么突然说了这么一句话，吓了小珂一跳。

"你肯定不希望刘川春节回家吧？"

小珂愣了半天，没琢磨出味道："为什么？"

"刘川在这儿收账都干熟了，春节一走，这儿还得换人，这不麻烦嘛！"

小珂松了口气，从心里往外地笑笑，说："我愿意他回家，他有个奶奶，挺想他的，他春节要是能回去看看，挺好。再说，春节我也回家休息，超市要是出了什么差错，谁值班谁负责，关我屁事，笨！"

二十五

刘川回到分监区时，梁栋和其他三位被提名的犯人已经回来了。开饭前，冯瑞龙把刘川叫到办公室谈话，刘川明白，评议的票数肯定是出来了。

冯瑞龙开门见山，一上来就把评议的结果告诉了刘川。那结果的戏剧性出人意料，在五个被提名的犯人当中，七班的孙志勇居然拔得头筹。孙志勇去年得分虽然只列全分监区第六位，但在《中青报》《法制报》等知名媒体举办的“爱心一日”征文活动中，他的投稿《伟大的工程》获得了二等奖，在全监狱的犯人中引起轰动。任何一个犯人但凡有出类拔萃的成绩被社会公认，都会给全体犯人带来强烈的心理安慰，至少会使他们认为这对改善犯人这一特殊群体的社会形象有些好处。再加上孙志勇平时在犯人中人缘特好，所以这次评议得分最高。六班的钱铭和四班的梁栋得分相等，并列第二，刘川与他们相差三票，屈居第四，最后垫底的是三班的樊超，劣势明显，比刘川还差了六十多票。

说完情况，冯瑞龙又把一张空白的评议表交给刘川，说：“咱们全分监区就差你一个人没投票了，你虽然也是候选人，但参加民主评议的权利与大家一样。这是差额评选，五个候选人当中，你只能选两个人，也可以只选一个人。可以选别人，也可以选自己，也可以谁也不选，不选就是弃权。”

刘川拿了那张只有半页纸大小的评选表，想了三秒钟，先投了一票给孙志勇。又想了一下，把第二票，也是整个三分监区的最后一票，投给了梁栋。

冯瑞龙，还有屋里的另一位队长，拿过他这张评选表，颇费思量地看了一会儿，看不懂似的。“你怎么不投自己一票啊？”冯瑞龙问。刘川那时候心已经凉透了，不明白自己积分全监区第一，为什么得分只列第四。他没精打采地说道：“我差三票呢，投也白投。”冯瑞龙沉吟一下，又问：“你原来不是怀疑你们班梁栋破坏你做的板报吗，怎么又投他了？”刘川愣了一下，遮掩道：“没有啊，谁说我怀疑梁栋了？”冯瑞龙说：“这不是你跟陈佑成说的吗？”刘川气得脸上发红，脱口说：“是陈佑成跟我说的。”冯瑞龙并不纠缠到底是谁跟谁说的，问道：“他说的你信吗？”刘川低了头，冯瑞龙又问了一句，刘川才说：“信。”冯瑞龙问：“你根据什么信？”刘川说：“他不就是想回家吗，他多傻呀，其实他不这么折腾票也比我高。”冯瑞龙问：“那你干吗还投他一票？你是想成全他，还是因为他是你们四班的？”刘川说：“他妈不是得癌症了吗？听说很难治好了，他是孝子，今年要是能回去，可能就是和他妈过的最后一个春节了。我觉得一个人要是有孝心，就不算坏到家了吧。”

刘川的话让冯瑞龙沉默下来，也让屋里的另一个队长沉默下来，他们沉默地收起这最后一张评选表格，然后让刘川回号。刘川走到队长办公室门口，冯瑞龙又把他叫住了。

冯瑞龙说：“刘川，你记着，以后碰到任何事，只要没有充分的证据，就别轻信任何猜疑，懂吗？”

刘川说："是。"

在后来队长们和刘川的多次谈话中，刘川慢慢知道了他在这次评议中，究竟得分得在了哪里，失分失在了何处。

得分的理由还是已知的那些事情，在评议的讨论中，投票给刘川的人认为：该犯在担任卫生员期间，不怕脏不怕累，尽心尽职；在全局运动会上奋勇拼搏，为天河监狱赢得了荣誉；该犯劳动好，折页子糊纸袋创造的日产纪录，至今无人能及；该犯还担任英语教师，担任工间操领操员，都能认真完成任务；该犯还能积极向政府提出合理化建议，响应政府狱务公开的号召；该犯执行罪犯一日生活用语较好，别的犯人让理发员理发，理完抬屁股就走，但该犯每次理完都说谢谢……

失分的理由也没什么新鲜，不投刘川票的犯人认为，该犯入监两年多一直不写认罪悔罪书，偏偏在这次评选前夕突然写了，目的不纯，有投机嫌疑；该犯有好几次在集合时不能做到"快、静、齐"；该犯养的鱼、养的花都死了，说明该犯不能认真负责，缺乏爱心……

一周后，周三，晚上，三分监区的犯人看完电视，分监区区长冯瑞龙走到列队而坐的犯人前，宣布了经监狱领导批准的三分监区春节回家探亲的犯人名单。这两个幸福的犯人，一个是七班的孙志勇，另一个是四班的梁栋。

两个获准过年回家的犯人当然都很激动，分监区长冯瑞龙和两个犯人的责任民警也都分别找他们进行了离监探亲的谈话教育，要求他们在探亲期间，承担起义务宣传员、形象展示员和社会调查员的三员责任。一是要宣传监狱在服刑人员中开展的"新世纪、做新人"活动和"迎奥运促改造"的竞赛热潮；二是要自觉展示经过改造的服刑人员的正面形象——路遇老幼，能够扶携；路遇求助，能伸援手；路遇不平，能挺身而出；三是要把奥运前北京的新变化、新风貌做一番体验调查，把心得感受带回来，让全分监区的服刑人员学习共享。另外，最重要的，是一定要遵纪守法，按时返监。

孙志勇和梁栋虽然都是知识分子，但这会儿全都按捺不住地喜形于色，他们都在大墙内服刑多年，这将是他们这么多年来第一次走出这座深牢大狱，第一次看到墙外的风光，看到自己的亲朋好友。他们一再表示决心，一定不辜负分监区领导的希望和嘱托，一定要把这次探亲之路，变成改造思想、重塑灵魂之旅，变机遇为动力，为今后的改造进一步夯实基础。

谈完话后，冯瑞龙让孙志勇先回监号，让梁栋留下。

冯瑞龙问梁栋："你们班的刘川这次没能离监探亲，有什么情绪没有？"

梁栋想了一下，说："情绪总归有吧，不过这次又不是政府干部单独定的名单，这次是大家评的，大家没评他，他也不能不服。花也养死了鱼也养死了，他也该反思反思了。"

冯瑞龙说："哎，花死了鱼死了跟没批他探亲两码事，他这次得票其实也很高，和你、钱铭也差不太多。这次除樊超票数低点儿，你们几个人都差不了多少。孙志勇比你和钱铭多五票，你和钱铭并列第二，刘川比你们也就少三票……"

梁栋小心翼翼地想更正冯瑞龙的排序："我和钱铭好像也差了一票，不过确实很接近，我这一票，也算是险胜吧。"

"啊，对，"冯瑞龙这才想起来似的，"没错，你原来和钱铭平票，后来刘川投了你一票。"

梁栋没听明白似的，眼珠倏然不动了。或者，他是听明白了，但想不明白。或者，他也想明白了——他有个超常聪明的头脑——但，非常意外。

这是刘川入狱后的第三个春节。大墙内的春节，是另一番滋味。

比往年进步的是，三十晚上的年夜饭，加了四道凉菜和两瓶饮料，主食还是饺子。今年的饺子是三鲜馅儿的，管够。吃得肚歪之后看了电视里的春节联欢晚会，看到零点敲钟之后，才回号休息。一年三百六十五天，只有这一天可以这么晚睡。零点敲钟时，值班队长和全体犯人跟着电视里的喊声一齐倒数："十、九、八、七、六……"刘川大声数的时候，只有他自己才能听出，他的声音有点哽咽，因为他想到了奶奶和季文竹，他想到今天晚上她们也一定在看电视吧。奶奶在养老院，季文竹在江苏她父母的家里，她们一定也都坐在电视机旁，但不知是否和他一样，也在齐声数数，和他想着她们，为她们祝福一样，也在想着他，祝福他。

"五！四！三！二！一！"

电视里的钟声响了，大家欢呼起来。刘川没有跟着一起喊："啊——"他只是坐在小板凳上，在队列里跟着欢呼的犯人们一起鼓掌。他想，季文竹如果真的回江苏老家去了，他这回就是被批准回家过年，也不可能见得到她。

大年初一，分监区允许大家睡到上午九点钟。整个上午都是自由活动，下午组织到操场参加了全监狱的文艺演出大会，晚上是各分监区自己演节目。全监的文艺演出主要是看水平，演员好多在外面就是搞专业的，基本功并没荒废。分监区的晚会主要是图热闹，都是熟悉的面孔，表演身边熟悉的事情，因为强调寓教于乐，好多节目说教意味难免太浓。刘川参加了七班全体的小合唱《喊起一二一》，这首歌是每个犯人几乎每天都唱的队列歌曲，他们把它编排成多部重唱，多节奏重唱的全新形式，结尾还大胆地变了变调，没想到这么耳熟能详的歌曲如此老调翻新，居然赢来了不少掌声。刘川唱得很卖力气，唱得像过去在"呐喊"乐队唱摇滚时那么全情投入。这个节目他们练了很久很久，就像和尚念经念久了会真的变得虔诚一样，那些以前并不走心的歌词唱到后来，一字一句都让他发自肺腑，激动万分。

——喊起一二一，不要把头低，迈开新生第一步，重走人生路。喊起一二一，不要再犹豫，努力改造重新做人走向光明，冬去春来我们脱胎换骨，亲人的期盼牢记心头。喊起一二一，不要再犹豫，一二三四！

大年初二，刘川就开始上班。阳光超市初二照常开门，让各分监区组织犯人来买东西，虽然还是每次只能进入八人，但一拨一拨排得很密。这一天刘川照例负责记账，从早到晚忙得晕头转向，到下午四点钟打烊的时候，小珂意外地来了。超市的值班民警问她怎么没在家里过节，她说怕这几天犯人购物多，所以过来看看货也看看账，万一忙中出错还可以帮忙料理。值班民警说怪不得你们生活卫生科今年报你做先进呢，看来果真名副其实。小珂笑笑，一脸不当真的样子。

在帮助刘川对账的时候，小珂见左右无人，突然对刘川说道："今天我看你奶奶去了。那个养老院的好多老人都让家里人接回家过年，昨天你奶奶那个屋就剩她一个人了，大年三十她就是一个人过的。我一看这情况今天就把她给接出来了，让她在我们家过几天，我爸妈可以陪她聊聊天，推她上街、上公园走走，给她做点可口的东西吃，省得老太太一个人在养老院待着太闷。"

刘川一边听一边点头，眼里有泪，脸上却强作笑颜。他笑着说了感谢小珂的话，他说："谢谢郑管教，我一定好好工作，报答郑管教……"话没说完刘川的笑容还是被哭相扭曲了，他忍不住像孩子似的压着声音哭了起来："……我，我替我奶奶给您磕头了郑管教，您对我奶奶这么好，我这辈子都不知道怎么报答您了……"

小珂本来说得心平气和，很事务性的口气，本来只是想让刘川放心，没想到刘川说着说着会突然抽泣落泪。她的眼圈也跟着红了，不知是因为刘川哭歪的面孔，还是因为刘川叫她时用的那个称谓，那一声声"郑管教"让小珂心里的滋味，说不清是难过还是悲悯。

小珂没有落泪，看看远处的队长和犯人，压着声音说道：“你哭什么，你奶奶和我们在一起你不愿意呀！”

刘川低头用袖子擦了眼泪，说：“愿意。”

“愿意你还哭，”小珂说，“笨！”

当天晚上，刘川经分监区同意，用亲情电话拨了小珂家的电话号码，和奶奶通上了电话。奶奶住进养老院后，通电话很不方便，他和奶奶只通过一次亲情电话，还是钟大去养老院看奶奶时，用自己的手机打过来的。小珂也到养老院去过几次，但她不想让监狱的人知道她去，所以没帮奶奶拨打电话。这方面她当然不如钟大方便，钟大是一监区的领导，拨过来让刘川与他奶奶通话，是改造工作的需要，也是职权范围内的事情，合理合法。她算什么，她是生活卫生科的，怎么论也管不到这段。如果大家都知道她老去看刘川的奶奶，难保不会传出闲话。

初三，小珂没来。初四也没来。不知为什么，刘川坐在阳光超市的收账台上，手上虽然很忙，但心里总有一根细弦，在不停地想她。

初五，依然是打烊的时候，小珂来了，和负责上货的犯人谈上货的事，又过来看刘川的账。看账的时候顺便告诉刘川他的奶奶这几天过得挺好，去了一趟天安门广场看灯，又去了一趟地坛庙会，她推着刘川的奶奶，她妈推着她爸，四个人一起去的。不过庙会那天风大，所以没转太长时间。

刘川听着，和初二那天相比，神情平静多了，脸上始终挂着腼腆的笑意。那种腼腆代表了内心由衷的感激，在小珂看来，超过了一切感激的言语。

小珂说完之后，刘川突然跟了这么一句：“您这两天没来，我心里特空，一直想您还能不能来呢。”

这话在小珂听来，几乎是在表达一种爱意，听得她耳红心跳，激动不已，好在未形于色。她试探地问道："惦记你奶奶了吧，怕在我们家吃得不好？"

刘川还是腼腆着，说："不是。"又说，"我是想，您要来了，我有个事想问您呢。"

小珂说："别您您的，说你就行，什么事问我？"

刘川似乎犹豫了一下，说："你能联系得上季文竹吗，她的电话又换了吗？我想跟她说句春节快乐。"

小珂看着刘川，半天没有吭气。刘川被她的沉默弄得有点狼狈，不敢对视她的眼睛。他像做了亏心事似的，用带着明显侥幸的试探口吻，小心翼翼地继续："你能帮我……给她打个电话吗？她……她每月都寄钱给我，我想谢谢她。我想祝她，祝她全家，春节快乐。"

小珂缓缓开口，声音平静，语气温和，如果仅凭声音和语气，几乎听不出那是一种断然的拒绝。

"我找不到她，她的电话早就换了。就是我找得到她，我也不能替你打这个电话，我不能破坏监狱警察'九不准'的规定，我不能私自为你给任何人带任何口信。昨天你奶奶让我给你带点儿你爱吃的东西，我也是这么跟她说的。我跟她说了，你现在账上早就有钱了，你奶奶让你看看超市里有什么喜欢吃的，就买点吃吧。别在乎钱多钱少，过年就该有过年的样子。"

停了一下，小珂又说："你如果真想找季文竹，想给她带话的话，可以去请示你的责任队长。现在你的队长是庞建东吧，他要同意，会为你向上请示，这事必须得到你们监区的批准才行。"

刘川自知规矩，一时低头无语。

小珂看他情绪瞬间低落下去，便加倍缓和地补了一句："我的意思，你明白了吗？"

这句问话本是安慰的意思，让刘川听成了批评教育，他马上用正规的声音，应声答道：“是！”

这一声字正腔圆的“是”字，让小珂愣了一下，煞是无趣。值班队长带着其他几位在超市工作的犯人走过来了，问小珂：“小珂，你们对完账了吗？”小珂说：“对完了。”又对刘川说了句，“你回去吧。”刘川更加正规地答了一声：“是。”

大年初六，犯人仍然放假，仍然有一拨一拨的犯人过来采买东西。春节期间超市里卖得最多的东西，就是各种各样的零食。

吃，是中国人过节的第一要务。

刘川什么都没买。他想省下钱来，万一明年春节他能回家探亲，就可以把钱全部取出带上，在外面给奶奶和季文竹都买点东西。他一个人在监狱过节，一个人吃些零食，即便甜在嘴里，心里却没有滋味。没滋味还不如不吃。

春节即将过去，他权衡良久终于向庞建东提出，想给季文竹打个问候的电话。按规定亲情电话只能打给直系亲属家庭成员，不能打给男女朋友，但春节期间会不会放宽限制？所以刘川想来想去决定趁管号队长高兴的时候，试探着提出这个请求，也抱了有枣没枣打一竿子的心理。

果然，庞建东没有立即回绝，而是反过来问他：“她过节不回老家吗，你有她家电话？”

刘川心里高兴，鼓起勇气得寸进尺：“队长，您上次不是找过她吗？您要是还能找到她，你帮我打听一下她的手机，我可以打她的手机。”

庞建东半天没吭声，刘川从他的沉默中感觉他有点不高兴了。果然庞建东板了脸：“刘川，你拿我当什么，当你们之间一个跑腿的？我要做了就违反‘九不准’了你知道不！”

庞建东扭头走了，刘川呆立于他的身后，好半天才想起说了声：“是。”

这一天，刘川心里别扭极了，他照常去超市干活，一整天脸也板着，虽然，也知道是自己没理。

这一天，超市像往常一样，四点打烊。但在四点半左右，刘川却并未和其他几个在超市服务的犯人一起，被押回监区，而是被另一位民警押着，到前面的会见楼来了。

大年初六来监狱会见他的，当然不是奶奶，更不是季文竹了，而是秦水公安局的两位刑警。这回不是上次来过的那两位同志，但他们说的事情，还是上次提到的那个案子。

从两位秦水刑警的口中，刘川知道，范本才已经在数月之前被依法逮捕，同案被捕的，还有范本才黑社会团伙中的二十余名主从犯。经过数月审理，基本认定范本才团伙形成于八年前，涉嫌秦水地区多宗绑架、勒索、伤害、非法拘禁、开赌设娼和向政府人员进行贿赂的罪案。秦水警察这次来找刘川的目的，是要他进一步证实一些具体的人物和事件，具体的过程细节，他们谈了好几个小时，弄得刘川那天晚上都没吃上晚饭。

在春节的菜单上，那天晚上吃羊肉馅饼。对刘川来说，羊肉馅饼比三鲜饺子更值得期待。

初七，春节假期的最后一天，虽然上午仍然允许大家自由活动，下棋打牌、吹牛闲聊，但下午队长便要求以班为单位，讨论这几天过节的心得。除了感谢一下政府对服刑人员的关心，谈谈这几天亲属会见和打亲情电话的感想外，讨论的重要目的，其实是收心，把这几天的轻松快乐，转化为改造的动力。中午吃饭前，回家探亲的孙志勇提前归队了。一个小时后，梁栋也提前返监。梁栋毕竟是班长，回到班上时大家都讨好地上前问长问短，亲热寒暄。刘川也客客气气地和他打了招呼，就出门打水去了。他打完水回到监号时，梁栋出乎意料地主动迎上前来，他从他床边的地上，拿起一只纸盒，那个纸盒是他从家里拎过来的，他用目光对刘川投以微笑，语气中透着从未有过的善意与真诚。

“刘川，这是我专门给你带的，希望你能喜欢。”

刘川有点不知所措，脸上也挂出相应的微笑，双手却不知该不该接。两个人都尴尬了片刻，梁栋把盒子放到桌上，把盖子打开，伸进双手，从里面颤巍巍地端出了一只陶盆，盆里挺拔着一棵翠绿的文竹。那棵文竹显然经过精心挑选，姿态苍劲，层次丰富，干挺叶秀，枝丫峥嵘，色泽也饱满得恰到好处，绝对是文竹中的上品，在一般花卉店里肯定难得一见。

刘川满目惊叹，不知该说些什么，语迟之际，梁栋的双手从那只百宝箱似的纸盒里，变魔术般地又捧出一只带盖的塑料水杯来。在那只透明的水杯里，一条同样透明的玻璃鱼，从从容容地悬在半空，那双老成的眼睛，深情地看着刘川，仿佛前生有缘似的，至少那一刻刘川觉得，那只凝目看他的玻璃鱼，就是他的“玻璃”，是那条已经离开多日的“玻璃”，又回来了。

还有那棵文竹，长得茂茂盛盛的，又回来了。

“玻璃”又游回了墙边那只大海般的鱼缸，又游进了那簇飘逸的海草。那是它的领地，它的居所，它回去了，仿佛一切全都恢复如常，仿佛一切从来没有发生。只有那盆文竹，新桃换旧符地摆在那一排小桌上，摆在那一排花盆当中，显得绿意盎然，有几分扎眼。

刘川像过去一样，给“玻璃”喂食，给文竹浇水。他给文竹浇水的时候，常常会忍不住恐慌——他的文竹还是过去的文竹吗？还是那个跑来看他，安慰他，每月给他寄钱让他花的文竹吗？她这样挺拔秀美，这样超凡脱俗，还能像过去那样，属于他，而且依赖他吗？

刘川的账上已经存了一千二百多块钱了，在过去的一年当中，他收到的寄款共有一千五百元整。包括他给季文竹买花的那五百元在内，他一共花了七百块，加上他在车间和超市干活挣的报酬，剩下的一千多元在他的刑期之内，恐怕是花不完的。他想季文竹大概是估计到这个情况，在他的存款超过一千元之后，就没再给他寄钱了。一千二百元存款在三分监区，已算得上名副其实的富翁大款。

大墙之内，不知有多少服刑的囚犯，十年也好，二十年也好，无期也好，心里都会装着一个女人。这个女人，也许是他的爱人，也许是他的母亲，也许是他的女儿……他心里尚存的温情，尚存的良知，他对人间的向往，对内心的安慰，往往都是因为这个女人。就像刘川因为季文竹，因为他的奶奶，就像孙鹏因为他的老婆，因为他的女儿一样。孙鹏，多狠的人，多狠的心肠，可他对他的老婆孩子，真的牵肠挂肚。春节过后孙鹏的处遇等级由二级宽管升为一级宽管，终于得到了与老婆团聚的资格与机会。自从分监区提前两周为他定好了日子，孙鹏就像掉了魂似的，一心只等着老婆过来鹊桥相会。那两周孙鹏对周围所有人全都慈眉善目，客气万分。这是孙鹏入监后第一次获准亲人团聚，第一次能和老婆、孩子在团聚楼里共处三天。三天也不短了，他很知足。那种心情刘川能体会到的，虽然，刘川还从未有过和亲人团聚的经历。

刘川早就是一级宽管了，早就有资格进入团聚楼住上几天，但和谁住呢。和奶奶？奶奶不能来。和季文竹？季文竹和他没有任何法律关系。退一万步说，就是政府允许他和季文竹团聚同居，季文竹一年到头山南海北地在外面拍戏，又到哪儿去找她？

刘川不能和亲人团聚，他就用几乎与孙鹏一样的兴奋与期待，关注着孙鹏即将到来的这份幸福。这幸福的七十二个小时能幻化出多少亲密的想象，尤其在它们将到未到的时候，就显得更加甜美。刘川那几天没事就和孙鹏在一起闲聊，他们共同的话题，话题中最频繁出现的关键词，就是女人、孩子，还有团聚。

孙鹏也安慰刘川："你比我强，明年春节不出意外准能批你回家探亲，在外面一住六七天，那是什么滋味！再说，你的刑期比我也短，再过两年，你就可以彻底出去了。要是今年和明年再减点刑，你用不着两年，就该到刑释教育学习班去了。"

他们说这话的时候，谁也没有想到，在既定的团聚日期来到之前，孙鹏的老婆突然表示来不了啦，而刘川却意想不到地在数日之后的一个清晨，走出了这座深牢大狱。

孙鹏的老婆在亲情电话中告诉孙鹏，她们单位的领导给了她一个学习的机会，让她上深圳技校进修半年，半年回来就会有升职的资历，因此她已经把孩子托给了她和孙鹏双方的父母，让孩子轮流到双方老人家里去住。这机会对她来说千载难逢，下周一就要随队启程。下周一本来是孙鹏老婆来监狱团聚的日子，现在看来只能放弃。

孙鹏当然为老婆高兴，同时也为自己沮丧，他盼望已久的亲人团聚，那一阵几乎成了他的精神支柱，这三个完整的日夜，于他也同样千载难逢。但老婆要去深圳学习，事关今后的前程，前程不可耽误，孙鹏无话可说，他心里的滋味，一时难以说清。

而刘川的突然出监，还是为了秦水老范的案子。秦水人民法院将在两周后首次开庭，公开审理范本才黑社会团伙一案。该案在秦水影响巨大，群众关心，涉及的方面比较复杂，因此成了当地的一件大事，也倍受媒体瞩目。所以，经秦水公安局和检察院与北京有关方面多次联系，要求提押在北京女子监狱服刑的犯人单鹃、在北京天河监狱服刑的犯人刘川，以及在北京第二监狱服刑的犯人范小康，前往秦水，出庭做证。范小康同时作为范本才黑社会组织的骨干成员，将与范本才并案受审。根据秦水方面的要求，北京市监狱管理局决定，由全局唯一的遣送机构，天监遣送科负责押解，将单鹃、刘川和范小康押往秦水，时间也是定在下周周一，从北京启程。

监狱局周五正式下达了执行押解行动的命令，行动的代号为“前进”。周六和周日，天监方面做了两天的准备。因为押犯太少，时间太紧，联系去秦水的火车已不太现实。所以天监决定用汽车押运。恰巧周六天监遣送科几乎全员出动，押解二百六十三名犯人沿京广线分别送往豫、湘、鄂、广四省，大约六天才能返回。所以监狱长邓铁山便指示由一监区为主派人，承担“前进”押解任务。反正一监区钟天水、冯瑞龙等干部过去都是遣送科的老人，对长途押送犯人，那是再内行不过。

一监区经过研究，决定让冯瑞龙和庞建东参加此次任务，冯瑞龙有七年遣送工作的经验，庞建东是刘川的管号队长，而且年轻力壮。因为此次押解的犯人中还有一个女犯，所以又借调了生活卫生科的干部郑小珂。在这两男一女的三名犯人当中，刘川还是监狱改造积极分子，而且仅剩两年余刑，应当比较稳定易管。途中需要稍加留意的，其实就是范小康一人。但三名押运干警、两名武警战士，外加两名司机，七名干警对付一个危险人物，力量当然足够。

周六、周日，冯瑞龙和庞建东都在忙着准备这个任务——研究路线，准备要带的东西，联系中途干警休息的地方和犯人暂押的监狱等。而刘川的周六、周日则在常态下度过，除了去厨房帮了半天厨之外，大部分时间都在背书。离国际法的考试时间已经很近，好多必看的书他还没看。他对周一将要启程的“前进”行动，和单鹏、范小康一样全然不知。

周六那天天气晴朗，无云无风。到了周日上午，意想不到地下了大雨。周日的下午，又发生了另一件意想不到的事情，冯瑞龙不知是午饭吃得不适还是饭前淋了雨，整整一下午上吐下泻，还发了高烧。经医生检查，说是受了风寒引发了急性肠胃炎。秦水押送的准备工作尚未做完，冯瑞龙却不得不躺下来吊上了瓶子。这天钟天水有事进城去了，到晚上才回来，和他同车回来的，还有三分监区犯人孙鹏的妻子和刚刚三岁的女儿。老钟那几天一直在和孙鹏老婆的单位联系，又利用星期天休假的时间亲自去了一趟，直到把这单位的领导感动坏了，终于同意孙鹏老婆可以晚去三五天，先和丈夫团聚完了再说，反正也耽误不了一两日学习，不是什么大不了的事儿。老钟索性就用自己的汽车，冒着大雨把孙鹏的老婆、孩子一车接过来了，直接安置在了团聚楼的一间团聚房里。那时孙鹏正在分监区看《新闻联播》，看到一半被叫出队列，值班队长让他回监号拿上自己的洗漱用具，吓得孙鹏以为自己犯了什么事要进集训队呢，连走路的姿势都有些失常。看电视的犯人们也都猜不到他出了什么事情，要在这狂风暴雨的晚上被单独带走，但他们都注意到了，孙鹏被带走时没戴铐子，队长还帮他找了一把雨伞，应当不会是什么无妄之灾。直到走出一监区的楼门，在前往团聚楼的路上，押送民警才对他说了这个从天而降的喜讯，让孙鹏兴奋得几乎神魂离窍，分不清自己的双脚究竟是在梦里，还是在现实的地面游移。

周一清晨五点，从时间上来看，孙鹏应该还在团聚楼里搂着老婆孩子酣睡未醒，刘川就被值班民警开门叫起。自从半年前监狱局统一命令各监狱撤销犯人中的杂务之后，对包括起床、睡觉这类犯人日常生活细节的管理，都一律改由民警亲力亲为。刘川懵懵懂懂地从床上起来，在夜班队长的监视下独自洗脸放茅，并被命令将自己的被褥捆好，连同洗漱用具及喝水的塑料杯一起，全部打成一个行李，然后跟在庞建东身后，抱着行李走出了通道，走出了监区，向遣送科的方向走去。

大雨下了半宿，清晨时厚厚的云层才向西北缓缓遁去，太阳尚未露出光芒，晨曦已然微现天际。雨后的晨曦华丽无比，但刘川的心里却暗淡无光，双手抱着的行李因此而显得倍加沉重。他在庞建东押解下迈着踉跄的步子，穿过天监空无一人的中心操场，昨夜积下的雨水溅湿了他的鞋子，脚底的凉意令他心跳如鼓。从他手上的行李和直奔遣送科的走向上分析，他似乎意识到他将在太阳出来之前，被押往异地。他几次试图问庞建东他要去哪里，但庞建东面目严肃，一脸无私。刘川终于未敢开口，因为擅自打听去向绝对不合罪犯的身份规矩。

庞建东把他押到了遣送科的大通道内，他在这里看到了一监区的监区长钟天水和生活卫生科的民警郑小珂。一见到钟大和小珂他空悬在喉的心一下子落回到胸口，他们的在场让他立即镇定下来，毫无缘由。

遣送科的大通道足可容下二百名犯人同时整装待发，此时灯光瓦亮，却空空荡荡。刘川镇定之后，目光延伸，他在大通道东西两侧的墙角，看到各蹲着一个犯人，两个犯人的身边，也各放着一包打好的行李。刘川也被命令冲墙蹲下，在他抱着行李往墙边走的时候，眼睛下意识地左右一瞟，看清左边那个犯人竟是二监押来的范小康；右边的虽未看清眉目，但从身形、体态上已可断定，那是一个女犯，毫无疑问，那个女犯应当就是单鹃。

与单鹃和范小康的不期而遇足以让刘川大致认定，他们即将踏上一个共同的旅程，这个旅程最后的终点，只能是千里之外的煤城秦水。

二监和女监来的队长都还没走，和钟天水低声交谈着什么，又交接了一些物品。女监的民警和小珂一起，叫起单鹃，押着她进入旁边的一个房间后，留在通道的男警察开始对刘川和范小康分别进行了出监前例行的搜查。先是命他们把行李打开，把被褥床单全部抖散，警察们一寸一寸地用手摸捏一遍，然后让他们重新捆好。搜完行李轮到搜身，刘川和范小康一左一右，并排站着，相隔两米，把衣服一件一件脱下来，直到一丝不挂。范小康这两年监狱蹲的，肚子已开始发福，而刘川的身材却依然如故，四肢还算健壮，双肩还算宽阔，只是身板略显单薄。自入狱以来，虽然经历过多次净身搜查，但刘川依然有些害臊地用一只手挡住阴部，不像范小康那样无遮无拦、无羞无耻。每件衣服在检查后又扔给他们，他们又一件一件地穿上。刘川一边穿衣一边听庞建东在旁边与范小康核对钱款账目和暂存物品——手机、戒指什么的。由此不难看出，范小康此去，怕是一去不复返了。而刘川除了一床被褥和洗漱用品外，其他什么都没有带走，这说明他不久还要回来。

这时候，刘川已经把这趟远行的目的猜到十之八九，一定还是老范那个案子，不是让他们去配合公安调查，就是让他们出庭做证。他看不见旁边屋里的单鹃，不知她是否也带走了全部钱物，再也不回来了。

搜完身，随即开饭，有民警送来了馒头和咸菜，每人还给了一碗凉开水。刘川的心情，被这个突如其来的清晨，被这个事前没有半点征兆的出发，弄得十分低沉。他没要馒头，也没要咸菜，只要了那碗凉开水。发饭的庞建东问他："怎么啦？中午吃饭可早着呢。"刘川说："不饿。"

钟天水站在一边，叫过庞建东耳语几句，让庞建东把刘川带到了遣送科的一间办公室里，老钟随后跟了进去。

屋里没有别人，只有老钟和刘川。老钟把馒头再次递给刘川，说："还是吃点吧，省得路上饿。"

刘川接了馒头，没滋没味地吃着。老钟说："这次我跟你一起走，咱们去秦水，还是范小康他们那个黑社会的案子，需要你们去法庭做证。路上你也帮我们留心盯着一点范小康，这小子大概也知道，他这一去就回不来了。这次秦水法院恐怕要连他一块判呢，弄不好判个死缓比现在还重。反正他自己心里有数。路上这小子要犯什么刺，你要配合我们把他压住。"

刘川停下咀嚼，说："是。"

老钟说："你吃你的。"又说，"我们给你报的去年监狱改造积极分子已经批了。这个奖一般可以减刑八个月，减刑的报告我们也已经往法院报了，估计等你从秦水回来，也该批下来了。你这次去秦水，可能寄押在公安局看守所里，我们已经向人家介绍了，说你是我们这儿的改造积极分子，所以你在人家那儿一定要好好表现，别让人家觉得你名不副实。"

刘川说："是。"

老钟一边说，刘川一边吃，很快就把那个馒头吃下去了。每次，只要是老钟跟他说点什么，他的心就会舒畅许多，透亮许多。有很久了，他特别留意到，老钟在他面前对自己的称谓，总是用"我"或"我们"，很少使用"政府"这个其他管教最常用的词语。他明白，这无疑是老钟对他心理上的一种特殊照顾。

吃完了早饭，再次放茅，单鹃、范小康、刘川，一个一个在民警监视下替换着走进厕所。他们离开遣送科通道的最后一道程序是戴铐。单鹃没戴，刘川和范小康合戴一副手铐，刘川左手范小康右手，铐子使两个人不得不近在咫尺，但两个人谁也不看谁，左手和右手，谁也不碰谁。根据十五年有期徒刑以上的犯人须戴脚镣押解的规定，民警又给范小康戴上了脚镣。镣铐全部戴好之后，三个犯人被一齐带到钟天水面前，庞建东喝令他们并排蹲下，天监、二监和女监的十来位民警，围在四周。钟天水用渗透着威严的平静语调，宣布了启程上路的命令。

"根据北京市监狱局命令，今天将你们押往秦水，我宣布，从现在起，进入非常时期……"

二十六

上午十一点钟，他们乘坐的囚车在河北境内一条崎岖的山路上，赶上了昨夜那场瓢泼大雨。

囚车并未减速，继续风雨兼程，连中午饭都是在车上吃的。坐在车前的民警、武警吃的是带出来的面包和肉肠，还有煮熟的鸡蛋，给坐在车后的犯人也发了面包和鸡蛋，喝的水与民警一样，都是瓶装的纯净水。

连饭后的放茅也在车上进行。在车子的行进中，庞建东和小珂一同进入铁栏隔断，由小珂举着一块布单，遮住坐在车尾的单鹃的视线，由庞建东提着一只带盖的小桶，端到男犯面前，先让刘川尿在桶内，然后再把尿桶端至范小康裆下。因为坐车时间过长，庞建东发现范小康戴镣的双腿有些浮肿，于是请示钟大同意后，为他摘下了脚镣。男犯放完茅，再放女犯的茅，改由庞建东举着那块布单，由小珂在车尾帮助单鹃放茅。女的在布单后面怎么放茅，刘川无法看见也无法想象，他放完茅就坐在自己的座位上，被命令低头，目光只能看到自己的脚尖和裤裆。

雨越下越大，公路上几乎看不到过往车辆，偶有几辆黑黝黝的货车在公路一侧艰难蜗行，一一被这辆疾行的囚车快速超过。刘川除了偶尔抬头看看窗外灰暗的雨雾之外，一直规规矩矩地低着脑袋，耳朵里听着车前铁栏外民警们的聊天。他们在聊秦水。他们都知道秦水是座煤城，都知道秦水那地方很穷，都知道秦水旁边还有一个隆城，隆城有个小商品市场，小商品市场专卖“世界名牌”，各种牌子应有尽有，而且一律贱得让人咂舌，隆城因此而比秦水更加声名远播。

司机和武警战士也参加了关于秦水和隆城的漫谈，老钟不由从旁笑问：“你们说得这么热闹，我且问问，在座的有谁去过秦水，有谁去过隆城？”没人回答，都笑笑摇头。庞建东接茬说：“那地方太偏，又不是山清水秀能旅游的地方，别说咱们天监没人去过，恐怕全监狱局问问，也不会有人去过。”庞建东嗓音高亢，刘川听得很清，心里隐隐有些难过，也知道庞建东说得没错，他虽然去过秦水，去过隆城，但人家说的是监狱局的干警，和他不相干的。

但他不知为什么还是抬头向前面看了一眼，仿佛想说我去过，不料竟与小珂飘来的目光遭遇上，他被灼了一下似的低了头。他想小珂真是个细心的女孩子，在听到无人识得秦水时，显然一下想到了他。

刘川并不知道小珂隐秘的目光，并非头回向这边传送，在七个小时既往的行程当中，她数不清已经多少回了，故作无意地向刘川这边逡巡。

刘川并不知道，这辆车上还有一个乘客，也在不动声色地看他，那人就是坐在他的身后，隔了三排座位的单鹃。从单鹃凝固不动的瞳仁中，看不出她在想什么。

囚车西行，一路无碍。

下午三点左右，囚车驶入阳曲山一带，在山侧一处平缓路段，民警们的说话声突然中断，车速也明显地放慢了许多。刘川悄悄抬眼，看到窗外公路一侧，已有不少车子靠边抛锚，一眼扫过，以卡车、煤车居多，也有少数轿车、旅行车之类，横七竖八挤在当中。雨仍然下着，可以看到公路的前方，几蓑雨衣，几把雨伞，人影绰绰，来往穿梭……

“低头！”

庞建东向铁栏内喝了一声，三个伸颈探看的犯人，一齐把头低了。刘川在低下头的瞬间，看到囚车的车门已经打开，倒班的司机披了雨衣跑下车去，大概到前边探路去了。两位武警战士处在高度戒备的临战状态，右手的食指扣往微型冲锋枪的扳机，枪口向上，目光平扫，观察着车外的动静。庞建东则面向铁栏，监视着铁栏内鼎足而坐的三名囚犯。老钟和驾驶座上的司机，低声交谈，分析着前方的情况……

刘川和单鹏、范小康一样，都低着头，就像盲人的听觉异常敏锐一样，车前的每一丝响动，都不会逃过他们的耳朵。很快他们就听到倒班司机又回到了车上，连他脚下溅进车厢踏板的雨水，都听得真真切切。那司机上车后急忙向钟大做着汇报，声音轻得近乎耳语，但至少刘川能把情况猜得八九不离十，那情况就是，前方山洪暴发，山石断路，前边已经堵了一些车子，交警尚未赶来，赶来恐也无用……

经过老钟和两位司机的短暂商量，老钟又和监狱的头头通了电话，五分钟后，车子重新开动起来，转着警灯，后转逆行，沿着这条大雨滂沱的国道，原路返回。

刘川在囚车掉头的刹那真的以为他们要返回北京去了，心里不知为什么一阵高兴。但他很快就发觉自己估计错了。车子凭借警灯、警笛在并不拥挤的国道上逆行了三分钟后，拐下主路，向山侧的一条支路开去。从老钟和司机之间只言片语的交谈中，刘川听出来他们是想从另一条公路翻越阳曲山，那条旧路司机以前走过，他们显然没有放弃在天黑前到达襄垣县的原定计划。

刚才他们走的，虽然也是山路，但远远不及这条旧路曲折迂回。感觉他们像是孤军独旅，朝着大山的深处开去，每个罩着雨雾的心灵，大概都有几分恐惧。如果说刚才那条新修的公路是在山的平缓地带绕山而筑，那么这条旧路才是真正的翻山越岭。好在进山之后雨突然小了，也许这正是气象学中的一种独特现象，虽然相隔不过数里，但山里的气候和平原相比，境界迥然而异。车子转过一个荒凉的山口，居然雨过天晴。透过黄土与巨石夹峙的隘口，昏暗的车窗竟然不可思议地被一抹夕阳染红。刘川不禁抬起头来，他同时听到车前铁栏外，警察们全部兴奋地欢呼起来，雨后的夕阳如此夺目，刘川焉能想象，在这样的荒山野岭，景色如此神奇。

司机兴奋地鸣响了喇叭，鸣笛声在寂静的山野中回荡不息。真如革命前辈毛泽东的不朽诗句："马蹄声碎，喇叭声咽。雄关漫道真如铁，而今迈步从头越。从头越，苍山如海，残阳如血。"

壮丽的景色浸染了每一双疲惫的眼眸，每个人的目光都洋溢了或多或少的醉意，意想不到的事情于是在此发生。囚车刚刚在这道步换景移的隘口转过弯来，未及反应就遭遇了车祸。

这场车祸来得猝不及防，任何人都没有丝毫预想，隘口的弯道是个视线的死角，无人预料前边的山崖已被暴雨冲塌，车子一拐过山隘立即撞上一棵随着坍崖歪倒的大树，随后便轰的一声巨响侧翻过来，拖着地又撞向一侧的崖壁。囚车熄火停住的时候，车头已经彻底瘪了进去，整个车身都明显地扭曲变形，机油和汽油不知从什么地方泄漏出来，气味刺鼻。幸而，尚未燃烧起火。在巨大而又连续的撞击响过之后，整个大山万籁俱寂。

最先爬出囚车残骸的，是小珂。

小珂并非受伤最轻，但她可能是从这场灾难的惊慌中最先清醒的一个。

她从离她最近的一扇破碎的车窗中爬出了身子，并且随后拖出了老钟。小珂虽然浑身疼痛，但没有发现具体伤在何处，她把老钟拖离冒烟的囚车时，感觉自己的四肢都还自如。但老钟却像受了内伤，他想从地上起来，但起了一下又侧身仰下去了，脸痛得七扭八歪。

事实上老钟确实伤得不轻，他的左臂似乎不能动了，背部看来也伤得很重，在小珂上来扶他时他还是咬牙坐起了身子，并且马上命令小珂不要管他，赶快去救别人。他自己也挣扎着站起来，跟着小珂从车窗处再爬回车子，一个一个地从车里往外拖人。他们第一个拖出来的是已经昏迷的庞建东，随后又拖出了倒班司机和两位年轻的武警，以及他们那两支完好无损的微型冲锋枪。然后他们打开了囚车的铁栏，铁栏幸而没有彻底变形，还能拉开一条窄缝。铁栏内的三个犯人都还神志清醒，虽然范小康额头破了，刘川的肩膀也溢出了血迹，但他们的伤势，显然都比坐在车头的警察们轻。钟天水和小珂先把刘川从车厢内拉了出来，然后又拉出了单鹃，最后，才把范小康拖出了车厢。

驾车的司机卡在驾驶舱里，不锯开车头肯定无法脱身，而且，现在救出司机显然已无太大意义，因为司机已经血肉模糊，脉搏全无，拖他出来恐也无救。

三个犯人一被拖出车厢就听到了老钟和小珂嘶哑的口令，那口令是让他们蹲向崖壁，双手抱头。钟天水让小珂快去查看庞建东等人的伤情，自己则一瘸一拐地检查了犯人们各自的手铐，有无损坏脱落，又问他们哪里有伤。单鹃和刘川惊魂未定，只是摇头，无法出声。只有范小康喊了声："报告，我有伤！"老钟仅仅发现他额头上有个不深的伤口，血已凝住。便让他站起蹲下，看他动作自如，便暂不理睬，因为这时囚车那边突然传来小珂的哭声。

小珂的哭声断断续续，气息慌恐，夹带着一声声泣不成声的呼喊：

“建东！建东！建东……老王！老王……”

小珂最先呼喊的建东，其实只是昏迷，并未死亡。后来证实，在车祸发生后当即死亡的，除了驾车的司机外，还有倒班的司机和一名武警。庞建东和另一名武警伤势严重，仅有一息尚存，但若仔细摩挲，手上还有脉搏微跳，还不到为他们痛哭的时候。钟天水让小珂止住哭声，上车去取急救箱来。其实那个小小的急救箱对于如此惨重的死伤，显然杯水车薪，无济于事。

但小珂还是听令爬进了车子，找急救包的同时还找到了车上安装的一台呼救器，可惜那台能将呼救信号直接发回天监值班室的呼救器与车头一起，早已和撞崩的崖壁同归于尽。

在小珂一边监视三个抱头面壁的犯人，一边为庞建东进行于事无补的包扎时，老钟再次爬到车里查看了那台撞毁的呼救器，因为他发现手机在这座山中没有一点信号显示。看来呼救器确如小珂说的那样，坏了，坏得不可修复。他从车厢里唯一找到还能使用的东西，只有几瓶已被喝了一半的纯净水和两件军用雨衣，和那块用来界隔男监女监的蓝色布单。

天就要黑了，刚刚露脸的太阳又被乌云遮蔽，甚至看不清太阳此时究竟挂在了山的哪个部位。钟天水决定，立即放弃囚车，放弃处理死者，立即带着伤员，押解囚犯，在黑夜降临之前，从原路下山，返回大路，这样还有可能在途中找到可以救助或帮他们向外界联络的人。

这次押解一共配备了七名干警，两倍于被押的犯人。现在，干警三死两伤，只有钟天水和小珂两个人能动。钟天水实际上也负了重伤，背部一动就疼，左手连动都不能大动。小珂虽无大伤，但她是女的，而且，他们还要设法把重伤的庞建东和另一名武警战士抬下山去。而犯人那边，有两男一女，身体健全，没有大伤。监狱的形式，除了他们手上的手铐，除了钟大固有的威严，其余均已荡然无存。钟天水当时的脑子里，不知想没想到，北京市监狱局已经保持了七年的无暴狱、无脱逃的光荣纪录，也许将在今晚终结。

也许钟天水并没有去想这些，他也许只想着如何尽快走出险境，尽快走到有人迹出没的地方，走到有手机信号的地方，尽快和天监或当地政府取得联系。尽快抢救两个奄奄一息的伤员。

幸亏他和小珂，各持了一支压满子弹的微型冲锋枪，才使这场将要继续的押解不致寡不敌众。在车祸发生的半个小时后，他们将已经牺牲的替班司机和武警战士的尸体，抬到崖壁一侧，用布单盖住，然后出发上路。钟天水命令小珂为刘川和范小康打开了手铐，命令刘川背起庞建东，范小康背起武警，小珂押着仍然戴铐的单鹃，准备启程。押解的队形是：小珂荷枪在前，单鹃抱着药箱和几件雨衣在后。单鹃的后面，是刘川和他背着的庞建东，刘川的后面，是范小康和他背着的武警，钟天水紧跟范小康，以视线统摄，弹压断后。

在“前进”行动继续前进之前，钟天水向犯人宣布了几条指令：

一、每个人都要按规定的序位行走，队形相衔要紧，不得无故拉开距离，不得回头张望，不得左顾右盼，不得交头接耳。

二、如果有事需要报告，先喊报告，得到允许后才能回头。

三、当听到停下的命令时，必须立即停下，当听到蹲下的命令时，必须立即蹲下。行走和蹲下时，要尽量保持伤员的平稳。

四、特殊时期将有特殊措施，特殊政策，有立功表现的，将会得到重大奖励，伺机脱逃或企图暴狱的，将依法严惩，必要时将毫不犹豫地使用武器。希望你们认清形势，不要抱有侥幸心理，不要以身试法，以卵击石。

宣布完几点指令，钟天水问：“听清楚没有？”

两男一女，三个犯人一齐答道：“是！”

从声音上听，与平时在监狱里的回答，同样殷勤，同样服从，别无两样，令人放心。

钟天水一向的习惯，说话都是慢吞吞的，慢得有点拖沓，有点絮烦，但这次，此时，钟天水虽然有伤在身，但所有的指令和问话，其干净利落、短促迅捷，均是前所未有，连小珂和刘川都不由为之一振。

只是在走近刘川时，老钟的一句低声询问，语气才又恢复如前：“你没事吧？”他在问刘川的身体，刘川的肩膀和前胸的衣服，都被渗血浸湿。虽然小珂已为他们检查过伤口，但钟大出发前的再次询问，以及那低声传达的体贴，让刘川的回答充满心领神会的感激。

他说：“没事。”

钟天水说：“血要是还止不住的话，随时报告。”

刘川说：“是！”

他们离开了囚车，呈纵队往山下走去。

小珂在前，重点守住队形的左侧，老钟在后，重点观察队形的右侧。大雨之后，山水激流，年久失修的公路沙石纵横，狼藉泥泞。队伍行进的速度非常缓慢，一来路滑；二来两个男犯身背伤员，不堪重负；三来小珂在前面领队，她实际上又必须时时面对身后的犯人，所以几乎是一路侧身倒行；四来老钟自己也实在走不动了。他后来不得不下令停止前进，就地休息，因为他走不动了。他看到刘川和范小康他们，也像是走不动了。

天渐渐黑下来了，风力开始强劲，以致他们选定的休整之地，必须是个背风的山坳。这个山坳地势较高，受雨水浸泡较少，故而显得比较干燥，可一旦屈身坐下，还是潮湿袭人。钟天水什么都顾不上了，他一屁股坐在地上，让小珂指挥单鹏铺开雨衣，将庞建东和武警战士平放在雨衣上，然后，命令三个犯人也原地坐下，让小珂再次给他们戴上手铐。老钟手中黑洞洞的枪口始终对着单鹏和范小康。小珂则先将武器放在老钟身边，才走过去，命令范小康将双手抱住后脑，然后倍加防范地绕到他的身后，将他的右手高高拽起，搭上铐子，再拽到前边，和另一只手铐在了一起。

铐完范小康，小珂从挎包里取出另一副铐子，走向刘川。虽未命令，但见刘川已经学着范小康的样子，双手抱住了自己的后脑勺，小珂这回没有绕到他的身后，而是径直走到刘川的面前，单腿蹲下，他们彼此目光平视，她看着刘川肩头和胸口的血迹，她真想说一句安慰的话语，问候的话语，鼓励的话语，但不行。她是民警，他是囚犯，此时此地，是非常时期的流动监狱，此时此地，任何男女之间的情感交流都不被允许。

但她相信，刘川看懂了她的目光。他用眼中难以察觉的微笑，来响应面前这个警官，这个女孩，这个给了他最多友爱的朋友投射过来的关怀和疼爱。他把双手放下来，并在一起伸到小珂眼前。那是一双优雅的手，虽然经过了各种劳动的磨炼，但仍然修长好看，手腕有点细，但筋肉的造型坚强有力。小珂轻轻地拉住刘川的一只手，她分不清这只手算是结实还是纤弱，她还没有把手铐搭上那只轮廓完美的手腕时，身后传来了老钟的命令：

"不用给他戴了。"

对这个命令小珂并未立即执行，她让刘川的手在自己的手心里继续放了一会儿，才缓缓松开。她说："让我看看你的伤吧。"刘川点点头，很听话地自己解开囚衣，让小珂检查了他的前胸和肩膀。伤口主要在肩上，胸口的血迹大都来自那里，从血肉模糊的创面上看，分不清是划伤还是撞伤，看不清是一道还是一片，汗水和血水交相腌渍，血迹半凝的边缘，沤得有点发白。

小珂伸出手去，在刘川的肩上轻轻摸了一下，不忍触痛。她说："没有药了，你忍忍吧。"

急救箱里的包扎药物，已经全部用给庞建东和那位比他伤势略轻的武警战士了。此时，他们躺在雨衣上，神志恢复了清醒。他们是在路上先后醒过来的，武警战士的两条腿都有重伤，但此时已能和小珂有问有答地简短交流。庞建东虽然睁开了双眼，但气息依然虚弱，除了他的双腿已无知觉外，大概胸腔也有内伤积血。小珂查看了他们的伤势之后，让刘川扯了衣服上的布把庞建东还在流血的小腿重新包扎了一下，她自己则去老钟的身边为老钟检查。触及老钟她才发觉老钟发了高烧，浑身上下热得烫手，她把手抚在老钟头上，确切地感觉出他像打摆子似的浑身发抖。

药箱里虽然备了一些退烧的药物，但都是治疗感冒发烧之用，对老钟并不适合。老钟一定是因内伤发炎而引起的发冷高热，于是小珂决定给他服用些抗生素以减轻感染。她在药箱里找到了一包青霉素胶囊，分了三份让刘川给老钟、庞建东和武警战士分别吃了。刘川当过分监区卫生员，也知道这时候吃一点抗生素应该没错，但问题是，没有水了。他们出发前从囚车里找出来的几瓶喝剩的矿泉水，在路上给庞建东和武警战士喝了大半，小半让老钟、小珂以及三个犯人分着喝了。他们之所以走不动了，体内缺水也是一个重要的原因。

也许老钟的毅力更加坚强一些，他硬是用自己的唾沫把药粒吞下去了。庞建东和武警战士出血过多，口唇干裂，胶囊黏在嘴里，怎么也咽不下去。特别是庞建东，若不用水灌，恐怕连吞咽的力量也拿不出来。刘川看到小珂蹲在老钟身边，跟老钟低声商量着什么。天上的云层虽然渐渐稀薄，但落山的太阳只在天际残留着最后一点反光。看来，他们今天肯定要在这里过夜了。持续的高热使老钟的思维迟钝，口齿不清，但小珂还是从他断断续续的声音中，从他残缺不全的话语里，听清了他的意思。

老钟的意思是：今天如果在此过夜，小庞可能撑不到天明。所以，“前进”行动今夜无论如何应当继续前进，哪怕只走出一个人去，也必须向山下前进！

小珂也知道，他们必须前进，耗在这里无异于等死。不仅庞建东和那名武警战士，看看老钟这副样子，恐怕拖到明天早上，不死也肯定走不动了。可现在继续前进，唯一能走动的押解力量只有小珂自己。她要押解三个犯人，还要带走三个伤员，这几乎是不可能完成的任务。现在庞建东和武警战士已经不能移动半步，如果小珂自己先行下山求救，靠老钟看住三个犯人和两个垂死的伤员，显然也不是妥当的办法。老钟如果一直高烧不退，夜里山风一来，湿气袭人，病势说不定还会进一步恶化，甚至和两个重伤员一样自身难保，命在旦夕，也都是说不定的。

此时的钟天水已是气若游丝，但好歹还能发出微弱的声音，他的语气甚至比平常还要果断，以致他最后的两句话小珂听得格外清晰。

“让刘川走，”老钟说，“让他下山！”

刘川？

如果不是小珂，相信任何一名监狱民警，在听到这个决定的刹那，都要全身一惊。刘川是一个正在服刑的罪犯，这个决定的性质，无异于“放虎下山”，万一刘川去而不返，私放罪犯的责任绝对无可推卸，必须承担！但小珂没有片刻犹豫就立即附议：“好，让刘川下山！”

小珂随即把刘川带到老钟身边，当着老钟的面向刘川宣布了让他下山的决定，并交代了具体要求。她一边宣布一边用微型冲锋枪的枪口监视着在不远的地上坐着的单鹃和范小康。单鹃和范小康一直被命令低头面壁。

小珂对刘川说：“刘川，经本次押解行动总指挥钟监区长决定，派你单独下山，只要找到人，或者找到有手机信号的地方，马上联系当地公安机关，联系天河监狱，让他们立即进山接应我们，你听明白了吗？”

刘川说：“是。”

天已黑了，借着山崖绝壁的半轮暗月，小珂足以看清刘川黝黑的瘦脸，在那张脸上，没有小珂想象的激动，也没有照理应有的庄严，此时的饥渴与疲惫，似乎正在压倒一切欲念。

“你能完成任务吗？”小珂再问。

“能。”刘川答。

小珂补了一句：“这是监狱对你的信任，我们相信你一定能……”话到一半她突然收住，因为她意识到在此一刻，对刘川来说，任何关于信任的强调，其实都在表述一种担心，一种骨子里的并不信任。

小珂暗暗地骂了自己一句：“笨！”

但小珂还是把停在半空的那句鼓励的话说完，但口气和内容做了改变，变成了朋友般的亲密，变成了亲人似的互勉，她甚至忘了钟天水就在身边，忘了钟大尚还清醒……

“……我一直相信你的，刘川，我一直相信你无论碰到什么困难，没有你过不去的坎！”

她并不顾忌钟大是否猜透了她的语义，她已经不是在说刘川下山这事，而是在说刘川的整个人生，在表达她自己对刘川人品的赞许，甚至，是对刘川几年大墙经历的深切同情和对未来的热切鼓励。做出这样的表达令小珂比刘川显得还要激动，她激动得眼圈发红，声音颤抖：

“你明白吗，刘川？”

刘川应该明白，他应该对小珂的激动有所感应，所以他的声音也有了些许变形，那变形的声音让小珂为之心碎。

“……是！”

但小珂控制了情绪，没有放任泪水，她用严肃的表情遮掩自己的内心，用与身份相称的镇定主导着眼前的场面。她对刘川微微颔首，声音同时恢复了平静。

“好，你先休息一下，准备一下，我先到附近去找点水来，你帮钟大看好其他犯人。我一回来你就带上我的手机出发下山！”

刘川同样控制了脸上的激动，但他不由自主地放大了声音，他用声音回应了小珂的心情，也用声音表达了自己的感动！

“是！”

小珂离开了这个山坳。

她必须在刘川下山以前找到饮水，水可能是让三个伤员能够坚持一夜的必备条件。她拿走了三个喝空的矿泉水瓶，沿着山势略低的方向一路搜寻。阳曲山本来无瀑无溪，但暴雨汇成的水洼让她相信，也许行之不远，就能找到干净的水源。

离开之前，她把自己的那支冲锋枪交给了那个已经可以靠着山壁坐起上身的武警战士，武警战士和老钟一人一枪，子弹上膛，足以震慑两个戴铐的犯人。而且，在那两个犯人当中，还有一个女人，女人不足多虑；而且，在那两支微型冲锋枪之外，还有一个刘川，刘川可助他们一臂之力。

月亮斜斜地挂在头顶，乌云虚虚的尚未散尽，山路的曲折总是互为阴影，视线因此变得模糊不清。

小珂带了一支大号的手电，沿着坡地走走停停，脚下时时践踏出暗藏的水洼，两只裤腿早已糊满肮脏的泥泞。她不知不觉走出很远，竟然寻不到一处源头可汲。下了两天的大雨似乎都被这座土山贪婪地吸进自己的心腹去了，此处想必久旱无雨，草木不生……小珂不得不离开大路向小径寻去，小径乱石堆砌，或许其间能有暗泓积存。

小珂没有找到积水，却在一处石壁前找到一处雨后的滴泉。那滴泉垂落得无声无息，逃过了耳朵却逃不过手电的光柱。滴泉虽未成流，但滴速有如连串的珍珠，接满一瓶顶多三五分钟，但小珂仅仅接了半分钟左右，就脱手扔掉了瓶子。

因为她突然听到了枪声！啪啪啪的一串，很明确，那是一串微型冲锋枪的点射。

小珂那一刻心里完全乱掉，她扔了瓶子，幸而没扔手电，手电的光柱带着她深一脚浅一脚地往枪响的方向跑去，枪声就来自她刚刚离开的那处山坳营地。在她跌跌撞撞的途中，枪声又持续响了多次，都是冷酷无比的点射，彼此间隔很近。枪声的一再响起把小珂对枪声可能属于走火的幻想，无情打破。不能停息的枪声无可置疑地说明，山坳那边，定有大变！

二十七

如果从时间上推算，事变应该就发生在小珂发现滴泉的前后，在山坳那边最先发难的不是别人，正是那个最最危险的范小康。

虽然有两支枪口一直对准范小康，但两个执枪人的战斗力都接近于零。夜幕压来，视线模糊，在感官上隔膜了彼此的威胁。我虽然没在现场，但根据事后的分析我想范小康在车祸后一旦镇定下来，就肯定在处处寻找脱逃的机会。将近三年的狱囚生涯使他几乎改变了自己的外表，脸上的凶残也渐渐收敛起来，但他的内心和血液，仍然潜伏着原本的兽性，一有条件便会蠢蠢欲动，何况从范小康所犯的罪行来看，他无疑是一个攻击性极强的犯人。攻击性也是一种最原始的动物本能，是动物得以生存的必需，在动物进化为人类之后，这个本能很不幸地被悄悄地遗传下来，于是攻击他人有时也是人类一种强烈的欲求，更不用说当一个兽性未泯的人处在这样一个死里求生的关头。

范小康死里求生，他认定小珂返回山坳之前是他唯一的机会，千载难逢不容错过。他用眼睛的余光，观察老钟和武警，看到他们精神萎靡、枪口低落，他确定时机已到，于是低头运气，心中默数，数到十，他突然毫不犹豫地拔地而起，扑了出去。他攻击的首选对象并不是民警老钟，也不是执枪的武警，他离他们太远，速度与枪弹相比，显然拼不过这十步之遥。而躺在雨衣上奄奄一息的庞建东则离得稍近，一个箭步，一个虎跃，便唾手可得。

于是他扑向庞建东，残忍地拖起那个无力挣扎的身躯，用手铐的铁链扼住喉咙，劫为肉盾。老钟和武警战士虽然身体虚弱，但还是一齐抬起了枪口，无奈枪口对准的只能是庞建东僵挺无助的身体，和他声嘶力竭的叫声。那叫声究竟是在呼喊愤怒，还是恐惧与绝望的挣扎，还是仅仅因为难忍的疼痛，几乎无人能懂。

坐在崖壁边上另一个犯人单鹃也尖叫起来了，但很短促。她究竟是为自己还是为范小康而恐惧失声，也同样无法分清。

钟天水和武警战士能听清的只是范小康穷凶极恶的嘶喊："把枪扔了！把枪扔了！扔过来！不扔我勒死他！"

钟天水已经喊不出声了，他拼尽全力发出命令："范小康，你放开他……放开他我既往不咎！"

范小康手上继续发力，庞建东发出濒死的呻吟，武警战士徒劳地喊道："松开他，不松我开枪啦！"那喊声的喑哑失形，几近垂死的哀鸣。

他们彼此对峙了数秒，互相喊，互相声嘶力竭地威胁对方，他们谁也没有注意到单鹃，此时趁夜色悄悄移位，突然扑向离她最近的那位武警。她用地上的一块并不是很大的石块猛然击向武警战士的头部，武警身子一歪，平端的微型冲锋枪应声脱手。单鹃捡起枪，枪口指向老钟，同时尖声大叫："把枪扔了，扔了我不杀你！我保证不杀你！"她看到坐在老钟身边的刘川想要站起来，她马上扣动扳机，把一串连发的子弹钉进刘川面前的泥土，这就是小珂听到的第一串枪声。

枪声把事态推向了极端，告示着一切已经不可挽回。刘川就像被那一排子弹的气浪掀翻似的，一屁股又坐回到了原地。小康和单鹃一齐叫喊：“把枪扔了！扔了不杀你们，只要你们放我们走，我们不杀人！我们保证不杀人！”

老钟依然没有扔掉武器，虽然高烧已把他折磨得神经虚弱，但他还是用残余的力气坚持着劝降的努力。但连刘川都听得出来，他不断重复的呼喊显然越来越没有效力，对于一个已经病得寸步难行的人来说，他手上抖动的枪口已不足以威慑范小康松开人质，不足以让单鹃缴械投降，他们显然已经下定了逃走的决心，任何威胁恫吓，任何政策说教，都不能让他们改弦更张。

从范小康发难算起，已经过了两分多钟，范小康和单鹃不能再有丝毫拖延，他们心里都很明白，他们必须赶在小珂回来之前，就从这里脱身离开。

范小康再次勒紧庞建东的脖颈，他设法让庞建东发出更加毛骨悚然的呻吟。他的吼叫声已经明显压过了老钟，他向钟天水发出了最后的通牒：

“我数三下，你不扔枪，我就勒死他！”通牒之后他毫不停顿地喊道，“一！二……”

单鹃尖声大喊：“把枪扔了！把枪扔了！”

小康再喊：“三！”

钟天水终于把枪扔了。

他用整个上身的力量，用全身残余的力量，把那支枪身小巧但威力强大的微型冲锋枪，抛向远处的山谷，抛向山谷中黑黝黝的树丛。

范小康松开了已经昏迷的庞建东，他冲过去一把掀翻了已无力抵抗的钟天水，从他身上夺过手铐的钥匙。他首先打开了单鹃的手铐，单鹃就是在范小康为她开铐的时候，手中的枪口也始终没有离开过刘川的脑门。

范小康打开单鹃的手铐，随即接过单鹃手中的微型冲锋枪，让单鹃腾出手来再给他开铐。当一切束缚褪尽之后，范小康突然把枪口对准了刘川，然后果断地扣动了扳机。

“啪啪啪！”一串子弹飞出枪膛，但没有射中刘川的头部，单鹃比范小康早了半秒，尖声大叫着推开了枪口，她因力量过猛而扑倒了范小康，两个人一齐摔倒在地上。

在此之前，刘川本以为这几年自己经历的各种危难，已算噩运到头，而在此一刻，他才真正嗅到了死亡的味道，当枪口对准他的那个瞬间，在范小康一脸冷酷扣动扳机的那个瞬间，刘川的肌肉本能地快速收缩，全身的毛孔都闭合了，唯一还有感觉的器官只有一双尚能活动的眼球，那双眼球几乎看到了一串带着烟气的子弹，擦着自己的发梢向空中掠去，在身后的土崖上溅出一片炸开的渣土。这就是小珂听到的第二串枪声，比第一次听到的更加尖锐钻心。这尖锐的枪声在刘川短暂失聪的耳朵里反而变得遥远而虚幻，仿佛并不真实，他因此而没有听清单鹃冲范小康都喊了什么。他看到范小康给了单鹃一下，把单鹃打得滚在一边，然后他站起身来，抬起微型冲锋枪向钟天水开枪射击，射中钟天水后又掉转枪口，把一串点射的子弹直接打进了武警战士的脑门。

这就是小珂听到的第三串和第四串枪声，这两个点射挨得很近，听起来像是一串连射。这两串枪声刘川也听到了，他是用心听到的，枪声把他的心震动得疼痛难忍，那钻心的剧痛让他顿开七窍，让他感觉自己在枪声中轰然已死！射进老钟身体的那几颗子弹，仿佛全部射进了他的心脏！他心脏里的鲜血和他的嘶喊一同炸开，滚烫的热血一刹那涌上了他的脸颊，他喊叫着从地上跃起，扑向杀人后持枪转身的小康。范小康射杀了还能活动的钟天水和武警战士，剩下的只有大概已经断气的庞建东了。他大概以为靠了单鹃才枪下留命的刘川已经被彻底吓破胆了，已经成了一具没有意志的行尸走肉。他拎着微型冲锋枪向庞建东走去，单鹃本以为他要把枪膛里剩余的子弹倾泻在那具已经没有一点声息的躯体上，结果不是，小康是想剥下庞建东身上的那身警服，他不能穿着这身囚服逃走。当范小康蹲下来动手解开庞建东的第一个衣扣时，刘川扑上来了，范小康猝不及防，一下子被刘川压在了身下，虽然依仗惯性又反过来骑在了刘川身上，但很快又被刘川手脚并用掀翻在地。两个男人你上我下殊死搏斗，谁都试图甩开对方拿到地上的微型冲锋枪，在疯狂的搏斗中能渐渐看出刘川占了上风，单鹃知道的，刘川真要玩命儿范小康绝非对手！刘川在隆城OK夜总会玩儿起命来所向披靡，能在几把威风大刀的砍杀中冲出一条血路，更不用说与赤手空拳的小康这样单打独斗。单鹃是在小康几乎只有招架之力的时候加入这场厮杀的，她的加入使优势立即向范小康一边倾斜，他们三人扭作一团顺着山坳的斜坡向公路滚去，滚至路边被一根短粗的路桩戛然卡住。两个男人都已精疲力竭，动作沉重而又迟钝，只有单鹃余勇可贾，在范小康压住刘川双臂的同时，她用女人的细细十指，掐住了刘川长长的脖子。她拼出全力扼断刘川的呼吸，她看到刘川的脸孔在月光下渐渐罩上了死亡的阴影。她和他四目相对，她不知为什么竟发觉刘川濒死的目光突然变得迷离而又平静，那目光盯着她的眼睛，没有恐惧，没有仇恨，甚至静若处子，那份死前的单纯，仿佛泯却了一世的恩仇！

也许，单鹃又有了片刻犹豫，这颗美丽的头颅，这段笔直的脖子，她曾经梦寐以求。如今，此刻，她要的东西已经尽在掌握！但这只不过是短暂的"拥有"，也许再过几秒，一切都将毁灭，最爱的和最恨的，都将灰飞烟灭，不复再有。

然而几秒钟之后她听到了枪声，依然是微型冲锋枪的点射，"啪啪啪！啪啪啪！"一连两串，她的身上突然溅上了一股浓浓的热血，那股肮脏的喷血有力地撞上了她的前襟，那砰然一撞让她惊怔了许久，才惶惶看清那股喷血，竟然来自小康的颈部。小康的身体似乎在空中凝固了片刻，才以简洁的姿态仰天栽倒。单鹃的双手在惊惶的刹那从刘川的咽喉松开，她本能地向弹道的起点回首张望，她看到的是钟天水生死难辨的面孔，还有一支尚未垂下的枪口。

这是小珂听到的最后一串枪声，这时她已经沿着盘山的公路狂奔了很久。当然，很久只是她的心理时间，连串的枪声一再地让她的神经濒于崩溃。时间在枪声中变得分秒如年，她无法知道那个临时的营地到底发生了什么，她所能料想到的，是一场意外的残杀，是一场惨烈的对峙；她所能料想到的，是老钟和刘川，是他们中弹倒下的表情，是他们血肉模糊的躯体……这是她亲生的父亲之外，两个最亲的男人！老钟和刘川，都是她灵魂重要的一部分。

最后一串枪声响过之后，小珂已经接近了临时的营地，她几乎嗅到了硝烟的味道，察觉了死亡的空寂。她开始意识到那场胜负不明的战斗已经结束，意识到她正在步步跑近的，也许并非对亲人的解救，而是自投罗网。但她还是拼尽全力向前奔跑，无论死亡还是解救，她全都义无反顾！

前方，出现了一个人影。那人影显然来自营地，在这条潮湿的公路上，亡命狂奔。小珂从那变形的动作上，很快认出正是女囚单鹃。小珂想喊一声“站住”，不知为什么竟没喊出声来，她们随后便扭在了一起。单鹃也许已经在刚才的厮打中耗光了体力，或者，她已经被死亡和血流刺激得不堪一击，小珂只用三两下，便将单鹃压制在地。

“不许动！”

压倒单鹃小珂才一声大吼，仅仅一声就喊哑了嗓子。

在这一声大吼之后，临时营地里，再也听不见一丝声音。小珂抖着嘶哑的声音又喊了一声：“钟大！”

无人应声。

她又喊了一声：“刘川！”

她压着地上苟延残喘的单鹃，她几乎哭出声来：“刘川……”

营地的边缘，摇摇晃晃地站起一个人影，踉跄着脚步，磕磕绊绊地向营地里面跑去。小珂看到那个人影扑向横躺在湿地上的一具躯体，他想把那具躯体抱起来，他试图让他坐直上身，在那躯体软软倒下的一刻，小珂听到了震撼人心的哭泣：

“钟大……”

午夜零时，“前进”行动重新启动，按照一个新的队形，向山下出发。

他们必须走！庞建东一息尚存，必须尽快救治，每一分钟拖延，都可能丧失拯救的机会。虽然，伤痛、疲乏和难以抑制的悲伤，已经令他们寸步难行，但小珂还是接受了刘川的建议，决定立即下山。

月亮从云层里钻出来了，小珂和刘川擦掉眼泪，小珂持枪看守着单鹃，看着刘川用雨衣掩盖了钟大和那位战士的遗体。然后，她又看着刘川将庞建东用力抱起，背在肩上，站到了她的面前，站到了双臂反铐的单鹃身边。

小珂面向他们，但她的视线和枪口却仅仅指向单鹃。虽然她的声音和钟大相比，还有几分稚嫩，但她的语气和钟大相比，却是同样的庄严。那份庄严穿透夜幕，让夜幕下的整个山林，全都那样肃然无声。

“现在我宣布，押解行动继续进行。刘川，你背伤员走在前面，单鹃，你走在刘川的后面，必须保持五米以上的间距。行进途中，如有任何不服从指挥，企图暴狱、脱逃的行为，必将严惩不贷！听明白了吗？”

刘川和单鹃几乎同时应答：“是。”

单鹃的应答，满含着张皇惊恐，满含着失败的绝望。刘川的应答，却是无比疲惫，充满伤悲。他的胸口虽然只发出一个含混不清的“是”字，简短得让人分不清是虚弱还是哽咽，但那声音让小珂移过视线，让她用饱含信任和鼓舞的语调，在她与刘川之间，完成了深情而亲切的共勉。

“好，出发！”

刘川背负庞建东，首先迈步，他告诉自己，他背上的这条汉子，曾是自己的兄弟，曾是自己的朋友，曾是自己的队长，曾是两年来一直为自己负责的责任民警。他年轻的生命，系于自己的双脚，他脚下迈出的每一步，都将通向他的新生。单鹃在那支冲锋枪的镇压下也开始起步前行，一瘸一拐地走在刘川蹒跚的身后。而她的身后，就是这支押解队唯一的民警，押解行动继任的总指挥郑小珂。

除了昏迷不醒的庞建东外，每个人都在行进中无声地哀哭。夜风萧萧，泪水在他们的脸上随风而散，又在心里慢慢淌开。

事隔很久，当我彻底了解了刘川之后，我想象了这个生离死别的夜晚，刘川该是何种心情。在刘川将近三年的大墙生活当中，钟天水一直是个父亲的角色，一直是他的精神支柱。老钟的牺牲，对刘川来说，与父母的亡故，几乎同等哀恸。也许悲痛真是能够转化成为力量的，也许为了让钟天水的在天之灵能够满意地微笑，他才有力量命令自己没有知觉的双腿，背着庞建东没有知觉的身躯，走出了十多公里泥泞湿滑的山路。

凌晨四点，天最黑的时候，他们在前面拐弯的路口，看到了汽车的灯光。

迎面而来的是两辆警车，不用怀疑，这一定是来搜寻他们的警车！刘川迎着警灯闪烁的光芒，踉跄着最后的气力，脸上挂出哭泣一样笑容，向那色彩迷乱的灯光，步伐摇摆着走去。

警车的大灯照花了他们每个人的双眼，他们视觉中的一切，都变得如梦如幻。他们蒙蒙眬眬地看到，警车的四门大开，说不清多少轮廓模糊的人影，向他们大步跑来。看到救援队伍出现后第一个倒下来的，是压阵的小珂，也许她被行走和战斗耗光了体力，也许她因高度紧张而殚精竭虑，她在看到救援的警察后便无声地瘫倒下去，神经的顿然松弛实际上也是一种崩溃，小珂崩溃后便陷入昏迷。

单鹃见到大批公安民警迎面跑来便原地蹲下，既是筋疲力尽也是表示屈从。警察们高声呼喊着钟天水、庞建东和郑小珂的名字，不知多少双手接过了庞建东的身躯。见到警察刘川也不由自主地蹲下来了，随即支持不住地坐在了地上。他看到好几个黑洞洞的枪口对准他的脑袋，他听到好几个声音厉声喝令："不要动！双手抱头！"他抬起麻木的胳膊，双手艰难地抱住头部，这时他看到小珂正被一位魁梧的民警轻轻地抱起，向前方的警车走去。他的面孔刚刚露出一丝欣慰的笑容，头上的双手就被人有力地一同扳下，反拧着铐在了背后。冰冷的钢铐撞击手腕时他没有觉出冰冷，两个警察把他从地上拉起来时他没有觉出疼痛，他全身每一根神经都不再保留知觉，只有意识依然清醒，他清醒地知道自己正被两名警察拖向警车，他脑海中充满的只有警灯炫耀的颜色。

刘川第一次参加遣送科的押解任务时就喜欢上了这个颜色，那时他站在天监中心广场一字排开的警车、囚车的前面，为车顶那片绚丽的光芒而心情激动。尽管这个颜色现在已不再属于他了，但那红蓝变幻的庄严与豪情，依然美丽如故。

钟天水的追悼会开得极为隆重，司法系统的很多领导都亲自到场。大会由监狱局的一位副局长亲自主持，司法部的一位负责人在会上宣布了追认钟天水为部级英烈的决定，宣读了开展向钟天水学习活动的通知。天河监狱凡不值班的干警全部参加了追悼会，小珂和监狱领导一起站在前排，她的胸口挂着白花，白花的下面，一枚金色的一等功勋章熠熠生辉。

两名牺牲的武警战士和两名牺牲的司机，都被追认为烈士，他们的追悼会已经先期开过。钟天水原来就是部级英模，连续多年被评为"人民满意的民警”，又是粉碎这起暴狱脱逃事件的主要功臣，所以，他的悼念活动需要认真安排，因此延至现在。但遗憾的是，“前进”押解行动另一个生还的民警庞建东没能参加追悼大会，他还躺在监狱局滨河医院的病床上，身上还插着输液的管子，但医生已经向局领导做了表态，庞建东的康复只是需要时间，他一定会健健康康地回到天监去，重返他自己的工作岗位。

在幸存的生还者中，还有两个人，当然也不能参加追悼大会。一个是单鹃，在她去秦水做证回来以后，即被依法追究参与暴狱、杀人和脱逃等多项罪名，一审被判处无期徒刑，她已上诉至二审法院，估计二审改判几无可能。如果不经漫长而又艰苦的蜕变争取减刑，女监的高墙电网无疑将成为她一生永远的风景。

另一个人，是刘川。

那一阵刘川还在秦水为范本才黑社会组织案充当检方证人，钟天水追悼会召开的时候，他因为没有做证的任务，被押在秦水市公安局的看守所里，度过了异常沉默的一天。

在秦水看守所的那些天里，刘川除了出庭做证之外，没有别的事情。他的身体已经恢复如初，但个性却变得更加沉闷。他的脑子里除了老钟那些絮絮叨叨的话语，已经装不进别的。他把自他从公大毕业分配到天河监狱，分配在老钟手下当民警的那些日日夜夜，那些印象永存的每个片断，在记忆的深处一一翻找出来，放在心里慢慢咀嚼。还有自己判刑入狱后，分在老钟手下当犯人的那些春、夏、秋、冬，他的灵魂走过的每一段历程，混沌中的每一次震醒，蒙昧中的每一次开悟，老钟的那些唠叨和叹息，全都言犹在耳，历历在目。他的钟大，总是慢条斯理的钟大，像一道深深的皱纹，永久地刻上了刘川的额头。钟大的音容笑貌，常常令他的表情和思维，陷入停滞，常常令他木然的双颊，潸然泪下。秦水公安局的民警在押解刘川和单鹃返京后，还好奇地向天河监狱的冯瑞龙询问过刘川的性格：“他总是一个人发呆，呆着呆着就自己哭了。他在你们这里也这个德行？他没受过什么刺激吗？”秦水公安大概怀疑刘川有点精神抑郁的征兆，觉得有必要向天监的干部做个提醒。

冯瑞龙也发现，刘川变了，似乎再也没有什么事情可以让他高兴，再也没有什么事情可以让他愤怒，他的表情总是沉默着，总是在想事情，包括立功减刑这种对服刑人员来说的天大喜事，也是一样。在监狱召开的大会上，在刘川从法院的法官手里接过减刑裁定书时，他脸上的表情也并没有想象中的惊喜，他站在台上的样子，像在平静地思索什么，他平静得几乎无动于衷。

从秦水回来后，刘川被带到滨河医院，去看望了一次他的队长。那时庞建东还不能下床，但说话的声音和手势，已恢复正常。他让刘川在他的床沿上坐下，还主动地拉了刘川的双手，他说：“刘川是你救了我，小珂都告诉我了，是你把我背下山的。这说明我不论平时怎么严格管你，你都没有记恨，关键时刻还出手救我，我真的非常感激。听说你快刑释了，等你出去以后，咱们还是最好的朋友。”

刘川说：“真正救你的人并不是我。”停了一下，他接下去说道，“是咱们钟大。”

在离开病房之前，庞建东从枕头下面拿出一张字条，放到刘川的手里。字条上是一个手机号码，刘川以为这是庞建东给他留的号码，结果不是。庞建东说：“过春节那会儿你不是要找季文竹的电话号码吗？我后来帮你找了。可后来一请示分监区，分监区没同意你和她通话，所以就没把号码给你。”庞建东咧嘴笑笑，又说，“大家都知道你是个为了女孩能发疯的人，怕通话通不好影响你的情绪，再说和女朋友通话分监区也没权决定，还得往上报，可往上报也没特殊理由。反正你也快刑释了，刑释以后，再给她打吧。”

刘川说：“啊。”

看完了庞建东，就在滨河医院的一间会议室里，刘川受到了司法局的一位副局长的接见。副局长亲自向他宣布了给他记大功一次和特批为全局改造积极分子的决定。也正是根据这些决定和裁定，刘川才被合并减刑一年零十个月，他的余刑从裁定书下达之日起计算，已不足两个月整。

受到司法局领导的接见对于一个服刑人员来说，是莫大的殊荣。但刘川那天给人的感觉，却仅仅是刻板和规矩，并未表现出应有的激动。那位副局长问什么他答什么，话语很少很少，脸上的表情有点紧张，但更多的是一种木讷和拘谨。

副局长说："刘川，我代表司法局，对你配合政府，粉碎犯罪分子暴狱阴谋，表示感谢，表示慰问，希望你心情开朗，保持健康，用最好的状态，重新开始新的生活。"

刘川说："是。"

副局长又说："我们对你三年来认真改造所取得的重大成果感到非常欣慰，根据天河监狱的呈报，人民法院对你做出减刑的裁定，我在这里对你表示祝贺，希望你以最佳的状态度过为期不长的剩余刑期，利用这段时间，在思想上、知识上、心情上，做好重返社会的准备。"

刘川说："是。"

这个本应激动人心的会见，就这样被刘川的局促弄得无声无色。参加会见的监狱长邓铁山、天监三分监区的分监区长冯瑞龙、和刘川一起走出阳曲山的郑小珂，以及监狱局的几个干部，全都以为接见即将这样平淡地结束，谁也没有想到副局长最后的几句话，竟让刘川为之动容。

"刘川，我记得你刚刚入狱的时候也是个出名的反改造分子。有一次我到天河监狱检查工作，我向你们监区长钟天水问起过你，那时候你还在禁闭队关着。可钟天水却对我说了这样一句话，他说如果刘川一直在我们天河监狱工作的话，其实会成为一个非常优秀的人物。他说很多人的人生路线都可能因为一个偶然的意外而发生转折，但从人的思想逻辑上来看，每一个转折都有某种必然的因素。所以我们对人的改造，就是改造那些必然的因素。钟天水告诉我，他相信你的本质一直很好，只要对某些方面稍加改造，当你有一天走出监狱的时候，就还会沿着原来的道路，成为一个更加优秀的人！”

副局长说出了钟天水两年以前的预言，这个预言让刘川失声痛哭。

二十八

从秦水做证回来以后，刘川开始了出监教育的学习，原定进行的国际法考试被无限期拖后，因为在考试之前，北京闹起了SARS。

SARS疫情的发展快得出人意料，从刘川回到天监的第四天起，北京市监狱局下令封狱。在对监狱的每个角落进行彻底消毒之后，从监狱领导到各级管教，统分了三个班次，A班封闭在狱内，B班在狱外备勤，C班回家休息。犯人居住相对密集，得了病又不能分散到社会救治，一旦集体感染“非典”，后果可想而知。

封狱之后，在狱内执勤的A班等于判了一个月的“刑期”，在“刑期”之内，连监狱长邓铁山算上，任何人不得走出这座深牢大狱。但出监教育学习班却给学员们做了安民告示：凡刑期届满的服刑人员，仍将依法按期释放，不会违法多押一天。

参加出监教育学习班的犯人，剩余的刑期都在两个月以内。出监教育和入监教育当然不同，学员的心情兴奋而且轻松，学习的课程除了国内外时事政治，政府近年来新颁布的一些法令、法规之外，还有许多更加实用的内容，比如怎样择业、怎样上户口、北京市区道路及周边交通的变化、交通规则的某些调整，等等，都有教员授课和正规考核。还有SARS！回到社会后如何做到“四早”，如何养成良好的卫生习惯，随地吐痰该当何罚，当然还是自觉不吐最好。几乎所有的学习内容都关乎未来的生活和工作，因此大家的学习态度不用督促，个个都很自觉。只有刘川依旧有些沉闷，常常坐在课堂上若有所思。没有了老钟，自由将临的快乐已黯然减半。

学习班的课程并不很紧，出工干活也不经常。和三分监区的正常安排相比，节奏显得不那么紧张，自学时间也较充裕，刘川因此而有了更多的机会冥思默想。他把自己几年来的大墙生活，仔仔细细地做了回顾，把头脑中那些片片断断的记忆，缀连成完整有序的篇章。在他脱胎换骨的每个关键阶段，老钟的音容笑貌，都与澎湃的记忆同在。还有冯瑞龙、庞建东，以及所有对他不错的队长，他们表面上常常板着面孔，当众训话官腔十足，但在内心深处，都给过他极大的耐心和理解，宽容和照顾。

还有小珂。

小珂对他怎么这么好啊，好得如同兄妹。

出监前拥有足够的时间，足以把三年中每一个细节一一咀嚼。他甚至回忆起在运动会期间，有一次球队提前到食堂吃饭，他看到孙鹏顺手偷拿了回民灶的两只生鸡蛋，与球队的中锋敲开喝了，说是生鸡蛋最补。刘川和孙鹏同在一个互监连保小组，互相负有揭发举报的责任，但一举报除了孙鹏肯定会被重扣外，说不定还会丧失球队队员的资格，刘川也不知自己究竟是为了哥们儿义气还是球队的荣誉，总之那次冒险替他瞒下。这事后来幸未东窗事发，事过境迁刘川也不再想了，时至现在重新记起，想来竟觉愧对钟大。

他还想起刚从入监教育分监区分到三分监区的那段时间，他的心情沉闷，少言寡语，他不想跟任何人说话，也没人和他说话，只有陈佑成黏在身边极力规劝：“小子，你得说话，人和动物的区别，就是人会说话。你看古人发明的这个‘狱’字多么讲究，两边是犬，中间是言，古人算把监狱看透了，那就是两只狗夹着一个会说话的人！”

陈佑成那一阵没事就爱给刘川洗脑，他告诉刘川：“监狱要想把咱们改造好了，其实就靠一条，就是把你的人格彻底毁掉，让你不把自己当人了，改造也就成了一半。”刘川那时还不知陈佑成有个以挑拨离间为乐的烂嘴，只当他的话深入浅出，充满哲理。从他一踏进监狱大门之后，精神压抑就无时不在，监狱和看守所非常不同，看守所的压抑尚可承受，而监狱里的气氛，每一寸都有重量似的，压得人难以喘息。那时他确实不敢再想“人格”二字，他觉得自己已经无法做人。虽然他仅仅背了五年刑期，但和无期徒刑的心情几乎同样，一天到晚度日如年。他上过大学，当过警察，做过老板，从小父母娇惯，人比天之骄子，一旦沦为阶下之囚，猪狗不如的感觉就比别人更甚，所以那时候陈佑成的“点拨开导”，在他心里几乎句句是真。

回忆也是一种总结，如果总结他这几年，他在监狱这所学校里真正学到的，还是对人的认识。是老钟让他真正找到了自己的缺陷，找到了人格的含义，找到了人格与尊严的关系，于是他解脱了压抑，重拾了信心，生活的快乐从此俯拾即是。

老钟对他说过：“坐牢其实也是一次难得的人生游历，能让你看到许多难得一见的人间风景，看到许多难得一见的人情世态，能强迫你在最短的时间内学会知足和珍惜。知足和珍惜也是一种必不可少的生存本能，也是一种必不可少的人生修养。有了这种本能和修养，才能适应各种环境，才能在最坏的环境里自强求生。”

老钟对他说过：“苦难也是人生给你的一份厚礼，它让你成熟，让你得到心灵的平静，让你拥有无畏而又平和的个性，让你发现真正的朋友。”

老钟对他说过：英雄有三种，一种是地位上的英雄，一种是能力上的英雄，一种是道德上的英雄。只有道德上的英雄，才最值得崇敬。

老钟对他说过：“一个人，如果让我把他当成英雄，他不一定是一个有钱、有地位、有本事的成功者，但他必须是一个人格完善的人，一个具有修养的人，一个在荣誉和成功面前，在失败和灾难面前，都保持本色的人，都坦然如常的人，都该怎么着还怎么着的人，这种人，才真叫人。人和动物不一样就是因为人有精神！”

老钟还对他说过：“真诚、规矩、谦恭，是与人相处的三大法宝，只要做事真诚，谨守规矩，待人谦恭，任何环境，都能容你。”

老钟还说：“刘川，你能做到吗？”

老钟走了，永远不再回来，刘川只能冲着他的背影，倾情呼喊：“我能做到！我能做到！我能做到！”

刘川也对自己呼喊：“你一定要做到，一定要遵守誓言！”

2003年8月11日，刘川站在天河监狱凤凰涅槃的塑像面前，默立良久，然后，他在冯瑞龙的陪同下，第一次自己步行，通过铁网围出的隔离地带，走出隆隆开启的监狱大门。

虽然“非典”疫情已经过去，但为万无一失，封狱的命令尚未解除，因此冯瑞龙不能走出那条隔离地带。他只能目送刘川稳健平和的背影，随着缓缓闭合的灰色铁门，消失在高墙电网之外。

外面的天空果然很大、很蓝，空气清新饱满，刘川扛着自己的行李，穿着一身崭新的蓝布衣裤，走向狱前那条曾经熟得不能再熟的大路。那套崭新的衣裤，连同一双崭新的胶鞋，都是他托冯瑞龙花一百元钱从外面买回来的。他被捕时穿的是医院的衣服，被捕后即被看守所的囚服代替。现在出狱，一身穿戴只能现买。冯瑞龙前一个月一直在狱外备勤，两天前才结束了上岗前的隔离观察。接替了那批连续一个月未曾出监的B班干警上岗值勤。

他把那身新买的衣裤、鞋子交给刘川的时候，离刘川刑满释放的日子，仅剩十几个时辰。

犯人刑释出监的穿戴，通常都由亲属置买。亲属们也会在这一天早早地来到监狱门外，迎接自己重获自由的亲人归来。这一天当然没人来接刘川，除了他病在轮椅上的奶奶，他没有其他亲人。他曾想到，也许小珂会来接他，他也不知道自己为什么会这样猜测，小珂和他非亲非故，但她在他的心里，与钟大一样，已亲如家人。可惜一天前他从干警们的闲聊中偶然知道，小珂作为C班干警，在他出狱的两天前，已经和冯瑞龙一起走进高墙电网，并且将在这座深牢大狱，坚守整个炎热的夏末。

北京的八月，天空高远，颜色透蓝，迎接刘川走出监狱的，虽然无亲无故，却有爽朗的微风轻轻拂面。清风让他全身的皮肤都酣畅地呼吸起来，把形单影只的伤感化解为无，肩上的行李仿佛也失去了重量，全身的重负无碍他大步如飞。

刘川的行李确实很多，行李中除了入监前在看守所盖的被褥之外，还有他在狱中穿了几年的内衣、毛衣，内衣、毛衣都是季文竹买了寄给他的，再破再旧也不能丢弃。同样，必须带走的还有那些函授考试要用的书本，还有尚未用完的肥皂、牙膏，还有已经很旧的洗脸毛巾，还有从生活卫生科他的账上取出的一千余元现金。这笔现金对他来说非常重要，他要用它给奶奶买点东西，在他尚未找到工作之前，还要靠它维持生活的必需。

他把一切还能使用的东西统统带上，出狱后的生活无法预知，一切都要靠他自己。四班的犯人见他如此“财迷”，无不慷慨地解囊相助，把自己用不着或不想用的东西，倒垃圾似的都送到他的怀里。刘川但凡觉得今后用得上的，一律作揖收下——半块香皂、四分之一筒牙膏、穿过的毛裤，都打进他的行李。只有班长梁栋，没把这种馈赠当作处理废旧物资，他从阳光超市专门买了两双袜子，原封没拆地交给刘川，以作送别。

他还把那只带盖的塑料水杯也送给了刘川，因为刘川要带走他的“玻璃”。

还有那棵长势旺盛的文竹，也被装进了一只手提袋里。

于是那只行李就打得又大又沉，于是刘川还斜背了一只挎包，包里装着他的“玻璃”，于是他的手上还提了一只纸袋，纸袋里装着那棵经风历雨的文竹。

他带着如此沉重的“家当”，居然步行了四十分钟，一路未停地走到京开高速的辅路，气喘吁吁地搭上了一辆开往城里的公共汽车。

他知道他应该进城，但他不知道进城之后，又该去向哪里……

公共汽车从六里桥驶出了高速路，驶入了拥挤的西三环，时隔三年零一个月，刘川终于又回来了，又看到了热闹的北京城。

三年零一个月，一千一百二十六个晨昏，那个高墙电网的深牢大狱，是他苦海慈航的方舟，那些杀人、放火、抢劫、强奸、贪污、盗窃、走私、贩毒的囚犯，是他同船共渡的伙伴。现在他已回头是岸，岸上人潮如水，他却无家可归。

他原来的家，早被法院拿去抵债，他租住的房子，早就超过了租期，他的奶奶，住在郊区的养老院里，他在这个广厦万千的城市，上无片瓦，下无立锥。他怀里揣着一份天河监狱开具的释放证明书，他还需要到他家原来所属的派出所去开具一份户口注销证明书，他还需要填写一份入户申请书……这些手续其实并不麻烦，麻烦的是，他到哪里入户？入户需要一份由亲友或招聘他的工作单位为他出具的住房证明，而这份证明，他又该找谁弄去？

公共汽车走走停停，在人潮车海中随波逐流，他不知道该在哪一个车站放下自己，连同自己的“玻璃”和文竹。车子经过航天桥时他看到了那个记忆中的巷口，巷口的小店在视线中潦草地划过，刘川立即抱起了自己破旧的行李，决定在此下车。

十分钟后他站在了那个巷口，也知道不必真的进去，季文竹早在四年以前，就从这里搬到酒仙桥去了，又从酒仙桥搬去了和平里，也许又从和平里，搬到了一处更好的房子，或者，她已经买下了一所高档的公寓，公寓里面已经装修一新……

刘川的目光在巷口的屋角房檐，一一扫过，有几分心酸，有几分留恋。巷口的那间小卖部以前就有，刘川就用这里的公用电话，拨打了季文竹的手机。

居然，电话通了。

刘川一听到季文竹熟悉的声音，额头上就立刻布满了紧张的汗珠，他有点不相信自己的运气，竟会好得如此凑巧。他的声音不由惶恐起来，甚至还有几分恭敬，那感觉几乎不像面对久别的爱人，倒像面对一个新来的队长。

他说："文竹，是我，我是刘川。"

"刘川？"电话那边，有点疑惑，有点发蒙，"哪个刘川？"

"就是刘川啊，你听出我的声音来了吗？"

"你是刘川啊，你，你怎么知道我的电话的，你这是从里边打出来的吗，你这是监狱的电话吗？"

"我出来了，我刑满了，我这是在你们家门口打公用电话呢，就是航天桥你原来住的这边。"

"你出来啦？"电话那边的声音惊喜地抬高，可以想见季文竹脸上绽开了美丽的笑容，"你已经出来了吗，你彻底没事啦？是吗！那太好了！太好了！"季文竹真的笑出声来了。她的笑声让刘川的心情获得了前所未有的抚慰，让他禁不住激动得热泪双流。

他强压声音，不想露出一点哽咽，他说："文竹，我，我想见你……"

他终于知道，这一天的阳光为何如此明媚，这一天的微风为何如此清爽，因为这一天就是他时来运转的日子，因为季文竹没有犹豫就答应了他的要求。

“你在航天桥是吗？我马上找个车去那儿接你。我在亚洲大酒店呢，今天中午我们在这里有一个开机仪式，你来看看吧。中午我们就在这儿吃饭，你过来好啦。”

半个小时后，来了一辆捷达轿车，在这家小店的门口，接上了刘川和他的行李，还有他的“玻璃”和文竹。

亚洲大酒店刘川以前来过，不知是因为这里刚刚做了装修，还是刘川在狱里待得太久，酒店大堂的宽阔辉煌，使他像个乡下人那样目不暇接。来接他的是剧组里的一个剧务，帮他把行李和文竹、“玻璃”都存在了饭店的行李部里，然后带着他向二楼的宴会厅走去。宴会厅门外厚厚的地毯，让刘川像是踩了棉花，走得有点晕头转向。三年多的监狱生活让他对这种地方深感陌生，对服务生的彬彬有礼也颇不适应。他走进宴会厅时开机庆典已经开始，主席台的背景板上铺张着电脑合成的巨幅彩照，迎面居中的正是季文竹那倾国倾城的美丽微笑，看来她真的成了明星，看来她又要饰演主角，要不然也不会发一句话就有人那么老远开车过来接他。他抬头看那剧照，那上面的剧名果然是三个朱红的大字：“红舞星！”季文竹过去学过舞蹈，这个电视剧也许就是为她度身打造。刘川移目台上，他看到季文竹春风满面，坐在前排。她的前后左右，大腕云集，明星聚首，那么多熟悉的面孔盛装而来，人人挂着让人景仰的“封面微笑”，各方记者蜂拥台前，不知多少摄像机、照相机、莱卡灯、闪光灯把众明星团团围住。刘川不敢向前，他身上的蓝布衣服和军用胶鞋虽然都是新的，但在这种地方，却寒酸得格外刺眼。他不得不自惭形秽地龟缩在后面的角落，心里既充满重逢的喜悦，也充满重逢的惶恐。他和季文竹之间，已相距太远，一个是刚刚蹿红的明星，一个是刚刚刑释的囚犯，他们之间，已有天壤之别。

一通拥挤的拍照录像之后，记者纷纷后退，开始提问发言。问完本剧的创作制作，话题又转向明星生活。关于生活的提问大都比较善意，语气多是恭维与祝贺。但第一个提问就让刘川的心跳蹿到喉头，又从喉头沉入丹田，沉得心肌发梗，凉气贯顶。他最初以为是自己听错，但季文竹与那位导演的一脸微笑竟然明确无误——记者在问季文竹新婚宴尔就接拍大戏，而且是与夫君一起合作，你们一导一演，戏里戏外，感觉是否非常默契？刘川不敢相信，季文竹与身边那位中年导演彼此顾盼的目光，那目光中的一团新气，会是真的。他不敢相信，季文竹对她曾经许下的诺言，已不再当真。

刘川也许这时才开始明白，他的狱中三年，看似短暂，其实漫长，山中方一日，地上已千年。季文竹已不是过去那个到处租房到处找戏的“北漂”了，她已经有了新的生活，那种生活将牵引她攀上事业之巅，而演艺事业无止境的收获，不正是季文竹最大的人生目标吗？

刘川没有再听这对“新人”动用各种幸福甜美的辞藻来粉饰他们的“生活”，他掉了魂似的走出这座华丽的大厅。他的这身土气的装束，连服务员都不由侧目耳语，但从他们视线的投向上，又能看出他们并非在议论他的衣服，他们似乎是在诧异他的表情，刘川这才发觉自己已经满脸是泪。

那天晚上，刘川去了季文竹的新家，那是位于东直门的一座崭新公寓。东直门那一带这几年变化很大，季文竹在刘川下午打给她的电话里说了半天，也没让他搞懂具体走法。于是，还是由那位热情的剧务开车在约定的地方接他，一直把他送到那幢公寓楼下。季文竹家的客厅装饰得半中半洋，宽大柔软的美式沙发前，又摆了古旧的明式烟几，墙上的西洋油画之侧，又悬挂了晋式的漏格花窗，整个房间到处洋溢着艺术的气息和寻根的情趣，和几年前季文竹在航天桥、酒仙桥、和平里的临时居所相比，已是一天一地。美式沙发上方的墙壁上，还挂着季文竹的婚纱彩照，新郎和新娘一样浓妆艳抹，扮嫩扮得有点做作。照片上的此导演已不是当年在顺风酒楼给季文竹过生日的那位彼导演，从外表看似乎比“顺风”那位更加显山露水，而且论年龄也似乎比那位明显少壮。

季文竹今晚没戏，所以独自在家。但她既然能派剧组的剧务开车来接刘川，至少说明，她请他来，并未瞒着她的那位丈夫导演。

刘川依然穿着那身有些皱巴的蓝布衣服，很不协调地坐在客厅雪白的沙发上面，他脱了胶鞋的袜子上，隐隐有些走了一天路的汗酸。季文竹给他开了一罐可乐，他没喝。他把随身带来的那盆文竹，放在了季文竹茫然的眼前。

“这是送给我的吗？”她问。

“啊，”刘川点头，“我在监狱养了一盆，可惜死了，这是第二盆，为你养的。”

季文竹凑近花盆欣赏了一通，笑笑，说：“挺好看的，不过我还真不会养花，你看我们家的花，全都是假的。假的现在比真的还值钱呢，真的要给我养，非养死不可。你养得这么好，还是你自己养吧。”

刘川也淡淡笑笑，笑得特别勉强，他说：“你养吧，死了也是它命该如此。死了你就扔掉，旧的不去，新的不来，你不必可惜，就当它从来没有存在过，你以后就养假的就行。”

季文竹也许听出刘川话里的委屈，话里的自弃，她宽容地扯开话题，问起狱中的见闻和刘川的身体。刘川一律简短回答，并不额外发挥。季文竹和过去相比，显然见了不少世面，言谈话语，显得成熟多了，脸上的表情也训练有素。也许演员都该这样，生活如戏，每一刻都是表演的练习。

她说：“我真的很高兴，咱们分手这么久了，你还没有忘记我，一出来就先给我打电话，没忘了我这老朋友，还把这么好的花送给我。听说你今天中午没吃饭就走了，我真不知道你是今天才刚刚出来的，要知道我就不会叫你来了。你刚出来肯定有好多事要办吧，你回家了吗，要不要早点回去？”

刘川说：“好。”

他站了起来，知道自己应该走了。他下午给季文竹打电话求见，说好就是要送她一盆花，没有其他事的。

季文竹也站起来了，把他送到门口，在门厅看他弯腰换上了自己的胶鞋，当刘川直起身时，季文竹出人意料地拥抱了他。

这是刘川盼望已久的时刻，为了这个时刻他曾经几死几活。在他最无助、最无望的那些日子，他对这样的拥抱多么神往——他爱的女孩，熨帖着胸膛，他靠了这个幻想，一步一步从黑暗中爬出来，找到人间的曙光。现在，他终于得到了这个姗姗来迟的拥抱，而且就在他回来的第一个晚上。这个拥抱比他几年来朝思暮想的还要轻盈，还要优雅，优雅得几乎彬彬有礼，和季文竹第一次在他的办公室一把抱住他的率真与激情，完全两样。但刘川依然被这个拥抱立即攻陷，他有意放任了自己的幻觉——这也许就是他苦苦等待的那个拥抱，这个拥抱也许和他的想象并无不同！于是他想哭，想把几年来所有委屈，所有希望，都哭给她听，但他把哭声节制在丹田，也没让眼泪流出眼窝。他在自己的心里，悄悄抽泣，同时把身躯铁一样地绷紧，他不想让拥抱他的季文竹触摸到他深藏的悲恸。

季文竹伏在他的肩头，也许感觉到了他反常的僵硬，她在他耳边轻轻细语，想用她特有的妩媚软化他的“矜持”。

“以后有空，就来看我，好吗？”

刘川用背书一样的声音哑声说道：“好。”

在享受幻觉的同时，理性始终不致彻底枯死，他还不至于弄不明白，这是别人的家，这是别人的妻。

从季文竹家出来，回首仰望那片崛起的新厦，才发现那是多么壮观巍峨。每个巨大的落地窗里，奢华的灯火半隐半露，灯火把这片宏大的社区，勾勒得比白天更具气度，东直门因此而今非昔比，而阡陌迷乱。刘川站在街口，左看右看，他以前去酒仙桥接季文竹，去“美丽屋”上夜班的那条必经之路，大概早被身后的这片广厦吞没了。

他向路人询问了酒仙桥的方向，一直步行了很久很久。他无意中经过了那条熟悉的街道，看到了季文竹的那幢红楼旧居，那座楼上虽然同样灯光点点，但与季文竹的新家相比却尽显寒酸。只是那灯光对刘川来说，却是无比亲切，尽管他分不清哪一个亮灯的窗口，曾经被他拥有，曾经收留过他的一段缠绵。

刘川没有停住脚步，目光不再留恋，他继续茫然地向前走去，居然看到了那个灯火俗艳的“美丽屋”。“美丽屋”门脸依旧，但名字换了，换的名字有点伤感——风雪夜归人，与这夜夜笙歌的狂欢之地，显得有些格格不入。门口站着的保安也换了，全是陌生面孔。大概“非典”刚过，生意尚未红火，刘川从门前张望着走过，已无一人识得。

他走得累了，真的累了。他在一个小巷的入口，找到了一家旅社，比他在丰台与单成功一起住过的那家小店，更加简陋残破。他的行李还存在亚洲大酒店里没取，取了也没地方搁。不知明日此时，即便无风无雪，除了这家又脏又潮的旅馆，他还能夜归何处。

第二天一早，刘川去看奶奶。

养老院离城里很远，他坐长途汽车走京昌辅路，走了两个小时才找到那个朴素的院子。这些天“非典”之禁已经解除，远郊的各条路口也已畅通。养老院的亲属探访早就恢复正常，但进出院门还要测量体温。刘川走进奶奶住的房间时房里只有奶奶一人，正望着窗外的蓝天黯然发呆。奶奶老多了，只有哭声没变。见奶奶哭了刘川才彻底敞开一切，把存在心里的委屈全都释放出来，他抱着奶奶像孩子似的抽泣，抽泣得一点也不像个吃过苦的男人。

奶奶则放声大哭，刘川从奶奶的哭声中知道，奶奶这些年来，一个人，一个人待在这座简陋的养老院里，她心里压了莫大的委屈，莫大的悲哀，她在坚持着，等他回来。

奶奶同屋的几个老人从外面进屋，呆呆地站在门口床前，看着他们祖孙相会。养老院的一个年纪已经不轻的护工听到哭声也进屋来看，看到老太太念叨了三年的孙子终于来了，连忙欢天喜地地与之道贺："老太太，这是喜事啊，这孙子你盼了三年，这不是看你来了吗！你看你这小孙子多漂亮啊，你这福气不就来了吗，你孙子这回是接你出去的吧？"

奶奶的嘴角绽开了笑容，但双颊依然老泪纵横。奶奶后来对刘川说道，她一辈子都是个要强的女人，她一辈子都没流过这么多眼泪，就是在刘川父亲病逝的时候，她白发人送黑发人也没像见到刘川回来这样感慨。她对刘川说，在她住进养老院的半年之后，她突然变得没有信心，因为她预感到自己可能熬不到刘川走出牢门，熬不到刘川过来接她，她预感到她永远见不到刘川了，她预感到当她咽气的时候，身边将没有一个亲人。从那时开始她的一头银发就开始脱落，她就再也不是过去那个腰杆挺直、坚强乐观的老太太了。这三年要不是小珂和钟天水常来看她，要不是小珂逢年过节把她接走，让她还能感觉到孙子的人脉，她也许真的等不到此日此时，他们祖孙在阳光之下重逢相见。

这一天，刘川一直在养老院里陪着奶奶，祖孙之间，如恋人般温存相依。从小，奶奶就爱他，他也爱奶奶，但从未像今天这样，感觉难解难分。

中午，养老院开过饭以后，刘川到小卖部买了一个面包，在外面狼吞虎咽地吃完，才走回奶奶的房间。他在奶奶的房间里看到一个中年妇女，风尘仆仆的样子像是刚从城里赶来。那位中年妇女叫了一声刘川，刘川叫了她一声阿姨，他认出这位不速而来的女人，就是小珂的母亲。

这一天的下午，小珂的母亲和刘川一起，推着刘川的奶奶，走出了养老院的大门，她是受了小珂的委托，到这里来找刘川，受小珂的委托，来接他们祖孙进城。

刘川出狱的那天，小珂刚从备勤转入执勤，将在监狱封闭工作一个月。她不愿让母亲到监狱门口去接刘川，她不愿意把自己对刘川的特殊关心，暴露在监狱的同事面前。她悄悄地打电话回家告诉母亲，让她第二天就到郊区的养老院去，她断定母亲在那座养老院里，一定能见到无家可归的刘川。

小珂的母亲把刘川祖孙接到了刘川曾经租住过的那套房子，她告诉刘川，这所房子原来租给了一个开饭馆的老板，每月的租金也还合算，但两个月前小珂执意不再和那人续约，执意把房子腾空等刘川回来。她说刘川刑释之后一时没有工作，也没有住处，和奶奶久别重逢，却无法团圆，她对母亲说，她不想让刘川出狱后过得比狱中更难。

刘川回来了，他曾经以这里为家，他曾经在这里避难，奶奶也在这里住过，还在这里度过了今年的春节。

他回来了，他想，他如果挣到足够的钱，他一定要再把这里租下，在他的下意识中，与他家原来那幢经历了恐惧和破坏的华丽的公寓相比，这里拥有更多的温情，这里更像一个安定、平和的家。

篇　末

我要讲的这个故事，至此已经讲完，关于个别线索的收尾，再稍稍交代几句。

刘川住进了小珂家的房子，落户口的问题也就迎刃而解。找工作的事也比预想的顺利，他很快就在一家运输公司应聘到一个司机的职位。这工作是王律师介绍他去的，按他的要求，只要挣钱多点，不在乎多苦多累，不在乎好听难听，于是，王律师就推荐了这份差事。这家公司是跑长途货运的，每月光底薪就是一千元，每拉一次货，还能按公里提奖，每公里0.5元，一个月要是跑个五千公里，又能挣到两千五百元整。这份收入在蓝领当中不算低了。而且，最重要的是，这家公司是民营企业，不查档案，对刘川过去的前科劣迹，并不特别忌讳。

刘川渴望挣钱的目的，除了他和奶奶的生活之外，还要按月支付小珂家的房租，小珂父母接他祖孙过来，房租之事一字未提。但刘川不能把人家的这份仁义，享用得如此心安理得。另外，刘川还对奶奶说过，他想尽快把这两年季文竹寄给他的一千五百元钱还了。他和季文竹应该有个善始善终的结束。

刘川上班后半个月内，已经跑了两次长途，当初他在公大学车，考的就是大货车。他随范家父子从秦水至北京的路上，也开过两下拉煤的卡车，但真正驾驶这种“天马”牌的巨型厢式大货车，还是相当紧张。公司为了节约成本，超过一千公里的大活儿，才配两名司机，一千公里以内的中活儿、小活儿，都是一车一人。刘川跟公司的一位老司机跑了一趟南京，又自己单独跑了一趟保定。这两趟“天马”开得他手忙脚乱，首尾不能相顾，每次回来，都累得腰酸背疼。

不跑车的那些日子，就陪在奶奶身边，同时继续准备国际法的考试。奶奶总在小珂妈妈面前夸他，说没想到刘川这趟监狱蹲的，真的长大成人了！比过去懂礼貌了，会关心人了，也爱干活儿了，也知道节约钱了，也不顶嘴了，支使他做什么事情，他马上答“是”，然后马上去做，现在这么听话的年轻人到哪儿找去！

自由的生活是幸福的，拥有自由之后，刘川别无所求。虽然他还需要一段时间，来适应这种自由。刚回家的时候，每天晚上睡觉，他都把灯开着，三年多的牢狱生活，睡觉都是开着灯的。夜里起床尿尿，他有好几次迷迷糊糊地按着卧室门口的电门，冲门外喊“四班刘川求茅！”他第一次决定关灯睡觉的那天晚上，他躺在床上，望着黑洞洞的天花板，延至半夜都没有睡着。

他不在的时候，奶奶的一日三餐，出门晒晒太阳，还有“玻璃”的一天两顿，都靠小珂的妈妈帮忙照应。小珂的妈妈自己还要上班，还要照顾同样坐在轮椅里的丈夫。所以刘川不跑长途的时候，就总去小珂家帮小珂爸爸糊纸袋信封。这活儿他在监狱干过，他们管这种活儿叫“折页子”，他还是一监区折页子的冠军呢，他折的速度让长年以此为生的小珂爸爸都叹为观止，自叹弗如。

刘川还帮小珂的妈妈干活，做饭、收拾屋子、换煤气什么的。有一次帮小珂妈妈翻箱倒柜清理家里的破烂，小珂妈妈准备送出去卖掉，可刘川觉得那些破烂只能当垃圾扔了。两个人一边收拾一边争论，争着争着刘川没了声音，小珂妈妈抬头一看，看到刘川从一只放在地上的抽屉里，翻出一沓邮局汇款的收据。他低着头一张一张地翻看那些收据，在每一份收据的收款人地址一栏，都写着天河监狱的详细地址，在收款人姓名一栏中，都写着“刘川”二字，而汇款人的地址都是小珂家的地址，汇款人则写了“季文竹”的名字。连同这些收据上每次汇款的日期和金额，所有的字迹均由电脑打出，无比清晰地记录了一个让人落泪的秘密。如果不是刘川偶然翻到这沓“垃圾”，他也许将永远蒙在鼓里。就算他冥冥之中有所感知，也将永远无由确认。发现这个秘密对刘川来说，犹如一次痛苦的蝉蜕，他蜕掉了被梦幻麻痹的外壳，露出了感觉真实的血肉之躯。

小珂的妈妈伸手过来，想拿走那沓收据，刘川一抬手躲开了。他低着头，不敢正视小珂妈妈的面孔，他问：“这是给我寄的？”

小珂的妈妈支吾了一下，想绕开这个话题：“谁知道呢，这是小珂的东西，早没用了，给我，我一堆扔了去。”

刘川再次躲过小珂妈妈伸过来的手：“我要留着。”

他说完，把那沓汇款收据，装进自己兜里，然后一声不响地站起身来，迈步走出门去。

九月上旬，刘川接了一单中活儿，拉一车消毒液到襄垣去。虽然“非典”已过，虽然大多数人的本性，都是好了伤疤忘了疼的，但消毒液依然畅销如故。出发之前，他买了些水果、月饼之类的礼品，去了一趟钟天水家里。本来他计划中秋节那天去看一看老钟的妻女，为她们孤儿寡母做点力所能及的事情。不巧节前就要发车离京，节后才能回来，所以他决定在走前务必过去一次，提前把过节的东西送到老钟的亲人手中。

虽然老钟牺牲已经数月，但刘川的到访仍给这个家庭带来了哭声。刘川不知该怎么安慰她们，他告诉老钟已经长大成人的女儿，他和她一样，把老钟当作父亲，很严厉、很慈祥的一位父亲，一旦离开他了，心里总觉得缺少了支撑。

所以，他和她们一样想他，他告诉她们，他将在9月11日中秋节那天从襄垣返回北京，他决定走旧路翻越阳曲山，去寻找老钟救他一命的那个山坳。他想在老钟离开他的地方，找老钟再做一次心理咨询的谈话，他想把这一段的心情告诉钟大，想问问他自己该怎样度过今后难料的一生。

老钟的妻子送刘川出来的时候，脸上浮现出了与老钟同样的慈祥，她告诉刘川，她并不寂寞，自从老钟离开了她们，她才知道他的朋友如此之多。在刘川到来之前，她还接到了小珂的电话，说好中秋节前她一结束值勤，马上就过来看她。

刘川驾驶这辆大型货车，依然从几个月前的路口离开大路，向阳曲山的深处开去。车上的货物已在襄垣卸下，这辆空载的“天马”因此显得轻车熟路。

这一天是中秋佳节，亲人团圆的时刻。这一天天空晴朗，秋高气爽，但与当初那个狂风暴雨的黄昏相同，阳曲山山中空寂无人。找到那个山坳并不困难，山坳的形貌与数月之前并无两样，区别仅仅在于天上的太阳——明媚的阳光将那个夜幕留下的阴影尽情驱赶，货车发出的轰鸣将这里的寂静彻底打破。他看到了那个地方，老钟坐靠的崖壁，曾经殊死搏斗的路旁，每一处泥土都熨帖了天上的暖意，心中隐痛的创口也因而稍感抚慰。卡车巨大的轰鸣似乎夹杂着频频的枪声，那一串串重复不止的点射让他的神经一阵阵痉挛收缩，唯一能压抑枪声的也许只有老钟熟悉的唠叨，那唠叨若远若近，轻如耳语。

他走下货车高高的驾座，手执一捧鲜艳的花朵，那束鲜花跟随他走下公路，踏上山坳前松软的泥土。山坳里的草木，大概受了鲜血的滋养，因此变得异常葱茏，季节已近金秋，却不见秋天的黄肥绿瘦。刘川站在老钟离去的地方，将手中的花束恭敬地祭放，他在那束鲜花一旁席地而坐，努力停住心中难止的唏嘘，把早就想好的哀悼之词在口中默诵。地上的阳光向山坳的一侧无声地倾斜，他自己的身影也随之拉长移去。他朝身影移去的方向举目眺望，看到公路上有辆出租汽车自远而近，出租车戛然而止的地方，太阳正是刺眼，一个女孩亭亭玉立的剪影，雕塑般地现于视线中央。她的双手，也同样捧着一簇凭吊的鲜花，她手捧鲜花走向山坳，走向刘川端坐的地方。

两捧鲜花并排安放，两个年轻的男女一左一右，坐于花的两旁，同样的姿势，同样的沉默，脸上同样布满沧桑。刘川的沧桑是因为苦难的历练，小珂的沧桑是由于苦难的分享。她分享苦难的方法就是从未停息的怜悯和牵挂，以及默默无声的有效支援。

太阳西斜，草木金晖。刘川和小珂并肩走出山坳，向公路上默然停靠的那辆庞然的货车走去。他们彼此依然无话，却走得如影随形。刘川未经任何征询，突然伸出自己的右手，拉住了小珂的左手。他们手拉着手走上公路，在这秋色将熟的山中，犹如一道春天的即景。

故事无论悲喜，在此终将落幕。刘川和小珂一同返回了北京。欲知后事如何，且听下回续说。正如我在篇首所述，我也是这故事中的一个人物，也许还能成为续集中的一个主角，我想你们也许早就猜到我姓甚名谁了吧，本来不难猜的。

还没猜到？笨！